내가
원하는
시간

내가 원하는 시간

펴 낸 날 | 2014년 1월 20일 초판 1쇄

지 은 이 | 파비오 볼로
옮 긴 이 | 윤병언
펴 낸 이 | 이태권
책임편집 | 김주연
책임미술 | 정혜미
펴 낸 곳 | (주)태일소담
　　　　　 서울시 성북구 성북동 178-2 (우)136-020
　　　　　 전화 | 745-8566~7 팩스 | 747-3238
　　　　　 e-mail | sodam@dreamsodam.co.kr
　　　　　 등록번호 | 제2-42호(1979년 11월 14일)
　　　　　 홈페이지 | www.dreamsodam.co.kr

ISBN 978-89-7381-727-6　03880

이 도서의 국립중앙도서관 출판시도서목록(CIP)은 서지정보유통지원시스템 홈페이지
(http://seoji.nl.go.kr)와 국가자료공동목록시스템(http://www.nl.go.kr/kolisnet)에서
이용하실 수 있습니다.(CIP제어번호: CIP2013028765)

• 책값은 뒤표지에 있습니다.
• 잘못된 책은 구입하신 곳에서 교환해드립니다.

Il Tempo Che Vorrei

파비오 볼로 지음
윤병언 옮김

소담출판사

네 몸이 내 마음에 드는 건 네가 이성이기 때문이야.

네 성이 내 마음에 드는 건 너의 입 때문이야.

네 입이 내 마음에 드는 건 너의 혀 때문이야.

네 혀가 내 마음에 드는 건 너의 말 때문이야.

훌리오 코르타사르

나는 한 남자가 저지를 수 있는 가장 악한 죄를 저질렀다.
나는 행복하지 못했다.

호르헤 루이스 보르헤스

차례

나는 한 번도 태어난 적이 없는 사람의 아들이다. 그리고 나는 그걸 아버지의 삶을 관찰하면서 깨달았다. 내가 기억하는 한 나는 그의 눈동자가 무언가를 반겨하는 모습을 한 번도 본 적이 없다. 보잘것없고 희박했던 성취감을 빼놓으면 그에게 행복이란 존재하지 않았다.

이러한 사실은 내가 나의 삶을 한껏 즐기면서 살아가는 데 언제나 걸림돌이 되어왔다. 한 아버지가 자신의 인생을 살지 않았다면 어떻게 그의 아들이 자신만의 삶을 꾸려나갈 수 있단 말인가? 물론 해내는 사람은 있다. 하지만 결코 쉬운 일은 아니다. 왜냐하면 아들의 삶은 쉴 새 없이 가동되는 죄의식의 생산 공장이기 때문이다.

67세에 회색 머리카락과 마른 체격을 지닌 나의 아버지는 한때는 지칠 줄 모르는 대단한 일꾼이었다. 하지만 이제는 늙고 지친 노인일 뿐이다. 인생이 그에게 실망을 안겨주었다. 너무 실망해서 얘기를 꺼낼 때면 똑같은 말을 반복하기까지 한다. 그런 그의 모습을 볼 때마다 나는 걷잡을 수 없는 보호본능이 내 안에서 치솟는 것을 느낀다. 측은하고 죄송한 마음이, 그를 위해 뭔가 해야겠다는 생각이, 그를 돕고 싶다는 생각이 나를 사로잡는다. 할 만큼 하는데도 그것만으로는 내 자신이 너무 부족하다는 생각이 항상 가슴을 죄어온다.

예전에 비하면 그를 숨어서 관찰하는 횟수가 최근 몇 년 사이에 부쩍 늘어났다. 그를 유심히 바라보고 있노라면 나는 아무런 이유 없이 감정이 복받쳐 오르는 것을 느낀다. 굳이 이유를 대라면 그건 내 가슴속에 남아 있는 응어리 때문이다. 그것이 내가 항상 느껴왔던 것이고, 나를 그에게 묶어두는 끈이었다.

우리 두 사람 사이의 관계는 결코 쉽지 않았다. 우리 부자간의 사랑은 스스로를 미워하기로 작정한 사람들만이 이해할 수 있는 그런 종류의 사랑이었다. 어떤 의미에서는 그것이 진정한 의미에서의 사랑이라고 할 수도 있다. 땀을 흘려가며 싸워서 쟁취한 사랑이기 때문이다.

그를 사랑하는 법을 배우기 위해 나는 온 세상을 돌아다녀야만 했다. 그에게서 점점 더 멀어지면서도 사실 나는 그에게 더 가까이 다가가고 있었다. 세상은 둥글었기 때문이다.

꽤 오랫동안 우리가 서로에게 말조차 건네지 않았던 시절이 있었다. 부모와 이야기를 나누지 않는다는 것은 쉽사리 넘어질 수 있다는 걸, 그래서 때로는 갑자기 쉬어가야 할 필요를 느낄 수밖에 없다는 걸 의미한다. 머리가 어지러워서가 아니라 위가 경련을 일으키기 때문이다. 나의 아버지는 언제나 나의 위경련이었다. 때문에 나는 고통과 울분과 미움을 모두 토해낸 다음에야 비로소 아버지를 진정으로 사랑할 수 있었다. 이러한 감정들 대부분이 아버지와 연관된 것들이었기 때문이다.

어렸을 때 나는 아버지가 나와 함께 놀아주기를 바랐다. 하지만 아버지의 일이 항상 먼저 그를 내게서 빼앗아 갔다. 가장 먼저 떠오르는 상황은 두 가지다. 아버지가 일을 하러 나갈 때와, 일을 마치고 피곤에 찌들어서 집으로 돌아올 때. 어떤 경우에든 나는 기다려야만 했고 결국 내 차례는 돌아오지 않았다. 나는 항상 내가 늦는다는 느낌을 받았다.

아버지는 언제나 내 손아귀를 빠져나갔다. 그리고 그건 지금도 마찬가지다. 처음에는 일이 아버지를 빼앗아 갔고 이제는 시간이 천천히 그를 빼앗아 가고 있다. 시간은 내가 싸우거나 경쟁할 수 있는 적이 아니다. 결국 지금 나는 어릴 때부터 느껴왔던 무기력함을 또다시 경험하고 있는 셈이다.

특히 최근 몇 년 사이에 그를 볼 때마다 깨닫는 건 그가 날마다 조금씩 더 늙어간다는 사실이다. 하루하루를 보내면서 천천히 내 손아귀에서 빠져나가는 것이 보인다. 이제 내가 할 수 있는 일이라곤 그의 손가락 끝을 꼭 쥐어보는 것밖에는 없다.

나는 37살의 나이에 이 한 번도 삶을 영위해본 적이 없는 남자를 바라보면서 말런 브랜도가 방에 걸어두었던 문구를 떠올린다. "살 줄 모르면 사는 것이 아니다." 오늘도 여전히 나는 아버지를 위해 무엇을 할 수 있을까 고민한다. 이제는 보살펴주는 사람도 없고 늙고 쇠약해졌지만, 그래서 힘이라면 내가 훨씬 더 세 보이는 것이 사실이지만 정작은 그렇지 않다는 걸 나는 잘 알고 있다. 힘이 더 센 사람은 아버지다. 언제나 그래왔다. 왜냐하면 말 한마디로도 충분히 나를 쓰러뜨릴 수 있기 때문이다. 아니, 말까지도 필요 없다. 그가 입 밖으로 내뱉지 않는 말, 그의 침묵, 다른 곳을 바라보는 그의 시선이면 충분하다. 나는 이리저리 움직이면서 몇 시간이고 고래고래 소리를 지르며 아버지를 비난할 수 있지만, 그는 입술 끄트머리를 살짝 일그러뜨리면서 인상을 찌푸리는 것만으로도 충분히 나를 쓰러뜨릴 수 있다.

성인이 된 나에게 아버지가 일종의 위경련이나 마찬가지였다면 내가 어렸을 때 아버지는 나의 목 근육을 뻐근하게 만드는 장본인이었다. 내가 항상 머리를 치켜들고 그를 바라보기만 했기 때문이다. 내가 기다렸던 것은 나를 향한 그의 눈길, 나를 위한 그의 말 한마디였다. 하지만 그는 건성으로 반응할 뿐이었다. 고작해야 내 머리카락을 가볍게 쓰다듬거나 아니면 볼을 살짝 꼬집는 것이 전부였다. 내가 아버지를 위해 그렸던 그림은 눈 깜짝할 사이에 서랍장 위로 던져졌다. 더 이상 아버지가 내게 해줄 수 있는 건 아무것도 없었다. 왜냐하면 아버지는 나의 고통과 내가 필요로 하고 간절히 바랐던 것들이 무엇이었는지 전혀 깨닫지 못했을 뿐 아니라 자신의 고통과 욕망에 대해서도 전혀 의식하지 못했기 때문이다. 아버지는 감정 표현이 무엇인지 몰랐고 그런 것들을 중요하게 생각하지도 않았다. 아버지가 자신의 인생을 살지 않았다고 내가 말하는 이유도 바로 그래서다. 그는 삶의 저편으로 물러나 있었다.

아마도 그래서였을 것이다. 바보 같은 얘기지만 나는 아버지를 욕망, 혹은 두려움이나 꿈 같은 것을 소유할 수 있는 사람으로 여겨본 적이 한 번도 없다. 아니, 오히려 나는 자라나면서 그를 사람이라고 생각해본 적이 한 번도 없다. 그는 그저 아버지였을 뿐이다. 사람과 아버지는 내게 전혀 별개의 것이었다.

성인이 되어서야, 그리고 잠시나마 내가 그의 아들이라는 것을 망각하면서 비로소 나는 그의 본모습에 대해 이해하게 되었고 그를 알게 되었다. 내가 어렸을 때부터 성인이었다면 아마도 우리는 사내끼리의 대화를 나눌 수도, 우리가 가지고 있는 문제들을 같이 해결해나갈 수도 있었을 것이다. 같이 갈 수 있는 길을 선택할 수 있었을 것이다. 대신에 아버지에 대해 많은 것을 깨닫게 된 지금은 내가 너무 늦게 눈을 뜬 것은 아닐까, 시간이 부족한 것은 아닐까 하는 느낌뿐이다.

이제 내가 아버지에 대해 확실히 안다고 믿는 것들은 사실 그가 의식조차 하지 못하는 것들이다. 나는 그가 가슴속에 가둔 채 밖으로 끄집어내지 못하는 것들을 꿰뚫어 보고 깨닫는 법을 터득했다.

나는 아버지에게 오랫동안 잘못된 방식으로 사랑을 요구해왔다. 그에게 없던 것을 찾았던 것이다. 볼 수 없었고, 때문에 이해할 수 없었다. 그래서 지금은 약간의 부끄러움도 느낀다. 나를 향한 그의 사랑은 희생과 상실 속에, 끝없이 계속되는 노동과 모든 것을 책임지겠다는 그의 선택 속에 감추어져 있었다. 물론 좀 더 자세히 들여다보면 그건 선택이라고 할 수도 없다. 그를 앞서간 모든 아버지들의 삶이 그랬기 때문이다. 아버지는 살아가면서 가장 중요한 건 결혼을 하고 자식을 낳고 가족을 위해 일하는 거라고 교육받은 세대의 아들이다. 질문을 하거나 궁금해할 수 있는 성격의 또 다른 이야깃거리는 아예 존재하지 않았다. 그저 운명이 예정한 역할만이 존재할 뿐이었다. 마치 한 번도 원한 적이 없는 결혼을 하고 자식을 낳은 것과 마찬가지라고나 할까? 나는 나라를 구하기 위해서가 아니라 가정을 구하기 위해 전쟁을 치를 수밖에 없었던 한 남자의 아들이다. 승리를 위한 전쟁이 아니라 대가를 치르고 살아남기 위해 감당해야 했던 전쟁이었다.

나는 아버지를 사랑한다. 나의 온 존재가 그를 사랑한다. 내가 어렸을 때 내 나이가 몇 살이었는지 절대로 기억하지 못하던 아버지를 나는 사랑한다.

오늘도 여전히 나를 껴안을 줄 모르는 이 노인을, 오늘도 여전히 내게 사랑한단 말을 건넬 줄 모르는 이 사람을 나는 사랑한다.

우리는 똑같다. 사랑한단 말을 내뱉지 못하는 건 나도 마찬가지다. 그에게서 배운 셈이다.

1.
언제나 망가져 있는 차양 장치

나는 가난한 가정에서 태어났다. 가난하다는 것이 내게 무엇을 의미하는지 한마디로 요약해보라고 한다면 나는 번듯하게 차려진 식탁 앞에 팔 없는 몸을 하고 앉는 것과 같다고 말하고 싶다.

나는 텔레비전에서 흔히 볼 수 있는 가난함을 모른다. 아무것도 가진 것이 없고 배가 고파서 죽기까지 하는 사람들의 가난함을 나는 모른다. 내가 아는 가난함은 뭐라도 가지고 있는 사람들의 가난함, 먹을 것도 있고, 잘 곳도, 텔레비전도, 차도 가지고 있는 사람들의 가난함이다. 내가 아는 가난함은 가난하지 않은 척할 수 있는 사람들의 가난함이다. 그 가난함은 많은 사물들뿐 아니라 유효기간들로 꽉 채워져 있다. 그 가난함 속에서 나는 불행아인 동시에 행운아다. 형편이 나보다 더 나은 사람도 있고 더 못한 사람도 있기 때문이다. 하지만 가난은 창피한 일이고 잘못이고 끊임없이 지속되는 속박이다. 그것이 결국에는 모든 것에 대한 부족함과 근심으로 이어진다. 가난은 꾹꾹 참아야 하는 울분이다. 가난한 사람은 언제나 고개를 수그릴 줄 알아야 한다. 입을 옷이 없을 정도로 가난한 것은 아니다. 하지만 그가 입고 다니는 옷이 그를 벌거벗기고 그의 비밀을 폭로한다. 꿰맨 자국 하나면 그가 얼마나 가난한지 만천하에 알릴 수 있다. 가난은 그의 머릿속을 잠시도 떠나지 않는 고정관념이다. 가난은 머릿속에서 자리를 양보하지 않는다. 무엇보다도 아름다운 것에 자리를 내어주는 경우는 없다. 왜냐하면 아름다움이란 쓸모가 없기 때문에, 가난한 그가 허락할 수 없는 허영에 불과하기 때문이다.

그는 다른 사람들이 보기에 지극히 정상적인 삶을 살아가는 사람이다. 그러나 사실은 전혀 다른 종류의 법이 그를 구속한다. 그것은 상실의 법이다. 그는 천천히 속이는 법을 터득한다. 가난은 거짓말이다. 때로는 엄청나고 때로는 하찮을 뿐인 거짓말이다. 사람들이 전화선을 끊었는데도 그는 전화기가 고장이 났다고 말한다. 그는 약속이 있다는 핑계를 대고 저녁 식사 약속을 거르는 법을 터득한다. 차를 빌려줬다고 말하지만 사실은 보험금을 내지 않았거나 기름을 넣을 돈이 없을 뿐이다.

그는 기술적인 거짓말쟁이일 뿐만 아니라 무엇보다도 때우기의 명수가 된다. 그는 기우고 잘라 붙이고 끼워 넣는 수선의 달인이다. 그러니까 이런 종류의 가난은 언제나 망가져 있는 차양 장치나 마찬가지다. 자동 고정 장치가 망가진 터라 차양 발이 무너져 내리지 않도록 종잇조각을 말아 끼워 넣지만, 어쩌다 그것이 빠져나가기라도 하는 날에는 마치 단두대의 칼처럼 갑자기 와르

르 쏟아져 내리고 만다. 이런 종류의 가난은 화장실에 새로 끼워 넣어야 하는 타일과 같다. 이 가난은 튜브가 다 보일 정도로 뻥 뚫려버린 싱크대 구멍, 서랍장 모퉁이에 툭 하고 떨어지는 개미 한 마리, 살짝만 잡아당겨도 손에 기어이 안기고 마는 서랍이다. 번쩍 치켜들어야만 열리는 옷장 문도, 전기 코드를 뽑을 때마다 벽에서 함께 떨어져 나오는 콘센트도, 이음새가 일어난 카펫도 모두 마찬가지다. 가난이란, 습기 때문에 부엌의 페인트 벽이 빵처럼 부풀어 오르면서 만들어내는 기포들, 의자를 딛고 올라가 터뜨리고 싶을 정도로 유혹적인 그 기포들과 아울러, 앉는 것조차 위험해 보이는 삐걱거리는 의자를 의미한다.

접착제와 테이프로 유지되는 사물들이 이 가난을 구축한다. 가난은 서랍을 가지고 있다. 그리고 그 안에는 분해되기 일보 직전의 현실을 수리하는 데 필요한 수많은 공구들이 들어 있다. 모든 것이 역부족이고 깨어지기 쉽고 일시적이다. 상황이 호전되기를 기대할 뿐이다. 하지만 놀라운 건 그렇게 끼워 맞춘 사물들의 수명이 실제로는 평생을 간다는 사실이다. 옳은 말이다. 일시적인 것보다 더 오래가는 것은 없는 법이다.

아버지의 입에서 처음으로 "나는 패배자야"라는 소리를 들었을 때 나는 너무 어려서 그 말이 무슨 뜻인지 전혀 이해하지 못했다. 아버지가 그 말을 내뱉던 날, 사람들이 물건들을 가져가기 위해 집으로 찾아왔다. 그때 '차압'이란 말을 처음 들었다. 나는 그때부터 집이나 아버지가 경영하는 바에 모르는 사람들이 들어와 물건들을 가져가도 더 이상 아무 말도 하지 않았다. 아무것도 몰랐지만 이해는 했기 때문이다. 나는 무엇이든 열심히 배웠다. 예를 들어, 사람들이 물건들을 가져가는 이유는 정확히 몰랐지만 바로 그 사람들 덕분에 아버지의 차가 외할아버지의 명의로 되어 있었다는 걸 깨달았다. '명의'란 말도 그때 처음 들었다. 무슨 뜻인지는 전혀 몰랐다. 하지만 아무것도 모른 채 나는 모든 걸 이해했다.

나는 문제를 해결하기 위해 죽도록 일만 하는 아버지를 바라보면서 자라났다. 아버지는 바를 하나 가지고 있었고 그 안에서 줄곧 일만 했다. 아버지는 아플 때도 일을 했다. 일요일에 가게 문을 닫고서도 그 안에서 청소를 하고 부서진 것들을 고치고 정리 정돈을 하면서 하루를 보냈다.

나는 한 번도 부모님과 함께 바캉스를 떠난 적이 없다. 여름이 돌아오면 항상 산중에 집을 빌려서 떠나시던 외조부모님께 맡겨지는 것이 전부였다. 일요일마다 엄마 혼자서 나를 보러 할아버지 할머니를 찾아왔고, 아버지의 안부를 전하곤 했다. 우리는 흔해빠진 관광지를 배경으로 셋이서 같이 찍은 가족사진조차 한 장 가지고 있지 않다. 셋이서 함께 바캉스를 떠날 수 있을 정도의 여유가 없었기 때문이다. 돈이 모자랐다.

돈……. 돈을 빌려달라고 아버지가 모두에게 손을 내미는 모습을 나는 보아왔다. 친척들, 친구들, 심지어는 옆집 사람들까지도 그는 마다하지 않았다. 나는 아버지가 창피한 일을 저지르는 모습도, 창피를 당하는 모습도 지켜봤다. 어렸을 때 아버지의 친구들,

아니면 내가 알지도 못하는 사람들의 집을 찾아가 부엌에서 무작정 기다리기만 하는 일을 얼마나 많이 겪었는지 모른다. 아버지가 친구와 '할 일'이 있어서 옆방으로 건너가 있는 동안 처음 보는 아주머니가 내게 원하는 것이 있으면 말해보라고 권할 때마다 나는 항상 아니라고만 대답했다. 나는 말수가 적었다. 그런 자리가 내게는 항상 불편하게만 느껴졌다. 주변에 있는 모든 사람들이 전부 거인인 것만 같았다. 결국에는 아버지도 똑같은 느낌을 받았으리라는 생각이 든다.

아버지는 이 사람 저 사람 가리지 않고 아무에게나 손을 내밀었다. 어린아이였던 나도 예외는 아니었다. 하루는 내가 지내던 쪽방으로 나를 보러 온 적이 있었다. 내 몸에서 열이 났기 때문이다. 몸은 아팠지만 나는 나름 우쭐해 있었다. 엄마가 말하기를 열이 나는 건 내가 크려고 하는 거고 열이 식자마자 키가 훨씬 커진 걸 보게 될 거라고 했기 때문이다.

"아빠, 내가 다 나으면 키가 더 크는 거 알아요? 내가 나중에 아빠만큼 크는 거 맞죠?"

"아무렴! 나보다 더 커야지!"

방에서 나가기 전에 아버지는 내가 돈주머니로 쓰던 빨강 하마를 집어 들었다. 내게는 은행에 집어넣는 것이 좋겠다고 말했다. 나의 구미를 당겼던 것은 내가 정작 돈이 필요할 때 더 많은 돈을 되돌려주겠다는 말이었다. 내 돈주머니가 정말 어디로 사라졌는지는 시간이 한참 흐른 뒤에야 알았다. 나는 배신감을 느꼈고

속는다는 것이 무엇인지를 깨달았다. 그때부터 나는 어른들을 쉽게 믿지 않는 버릇이 생겼다. 당연히 성장하는 동안 무너지기 쉬운 여린 가슴을 부둥켜안고 강한 척 연기를 할 수밖에 없었다. 내가 의지하고 기댈 만한 강한 인격과 성품을 갖춘 어른이 내 곁에는 없었다. 성장하면서 사람들은 아버지라는 거인이 사실은 그렇게까지 전지전능한 존재가 아니라는 것을 천천히 깨닫는다. 나는 그것을 아주 어렸을 때 깨달았다. 다른 모든 아이들처럼 나도 아버지를 천하무적으로 여기고 싶었지만 그 생각을 일찍부터 포기해야만 했다.

아버지는 일밖에 모르는 사람이었다. 그가 신문을 읽으면서 잠이 들던 모습이 기억난다. 머리를 앞으로 천천히 떨어뜨리다가 마치 목으로 채찍질을 하듯이 크게 흔들며 벌떡 몸을 일으켜 잠에서 깨어나곤 했다. 그러고는 도대체 여기가 어디냐는 듯 주변을 두리번거렸다. 그건 엄마나 내가 그런 모습을 목격한 건 아닌지 살피는 것이기도 했다. 주변을 살피는 동안 그는 무언가를 씹어 먹는 듯이 입을 이리저리 움직였다. 마치 여물 먹는 소를 보는 것만 같았다. 나는 아버지를 유심히 관찰했다. 목이 채찍질을 하기 전에 머리가 천천히 가라앉는 모습을 바라보면서 나는 결정타가 도달하기만을 기다렸다. 그러고는 낄낄거리고 웃어댔다. 내가 바라보고 있다는 걸, 내가 모든 걸 다 지켜보고 있다는 것을 눈치챘을 때, 아버지는 내게 미소를 지으면서 한쪽 눈을 찡긋해 보였다. 나는 행복을 느꼈다. 아버지가 내게 눈을 찡긋해 보일 때마다, 특히나 엄마가 그 모습을 못 보도록 할 때마다 나는 그의 공모자가 된 기분이었고 우리 사이는 놀라울 정도로 가깝게만 느껴졌다. 그의 윙크는 우리 두 남자만을 위한 무엇처럼 여겨졌다. 그래서 나도 그에게 똑같이 윙크를 해주고 싶었지만 불행히도 내 능력 밖의 일이었다. 나는 두 눈을 모두 질끈 감거나 한쪽 눈을 감을 때는 손가락을 이용해야만 했다. 아버지가 내게 눈을 찡끗해 보일 때마다 나는 그것이 우리 사이에 더 새롭고 은밀한 우정이 싹트는 순간이라고 생각했다. 아버지가 드디어 나와 놀아주기로 결심했고 이제부터는 항상 나를 데리고 다닐 거란 생각이 들었다. 얼마나 기뻤던지 의자에 앉아 있던 나는 다리를 앞뒤로 흔들면서 행복에 젖어 헤엄을 치는 듯한 기분 속으로 빠져 들어갔다. 하지만 우리들의 공모관계는 거기서 끝나고 말았다. 식사를 마친 후에 아버지는 허드렛일을 마무리하거나 일을 시작하기 위해 서둘러 자리에서 일어났다. 그걸 이해하기엔 나는 너무 어린 나이였고 그냥 단순하게 아버지가 나를 원하지 않는다고, 나와 같이 지내는 것을 바라지 않는다고만 생각했다.

아버지의 관심과 사랑을 쟁취하기 위한 나의 시도들은 번번이 실패로 돌아갔다. 엄마한테는 통했지만 아버지는 통 반응이 없었다. 내가 재미있는 얘기를 들려주면 엄마는 즐거워했고 나를 껴안으면서 내게 칭찬을 늘어놓았다. 그럴 때마다 나는 내 안에 있는 무한한 힘을 느낄 수 있었다. 나는 엄마의 기분을 바꿀 수도, 엄마를 웃게 할 수도 있었다. 내가 그녀와 있을 때 느꼈던 무한한 힘은 그러나 아버지한테는 통하지 않았다. 아버지가 나를 사랑하게끔 만드는 일은 불가능해 보였다.

나는 아버지가 나를 위해 했던 몇 가지 멋진 일들을 아주 또렷하게 기억하고 있다. 엄마가 간단한 수술을 받기 위해 병원에 입원한 동안 할머니가 우리를 돕겠다고 집에 와 계실 때였다. 할머니는 내 방을 차지했고 나는 아버지와 함께 큰 침대에서 잠을 잤다. 멋진 일은 아침에 일어났다. 일을 하러 나가기 전에 아버지가 내게 아침 식사로 바닐라 푸딩을 만들어주었던 것이다. 가지런히 차려져 있던 테이블까지도 생생히 기억난다.

한번은 부모님과 함께 피자집에 간 적이 있다. 토요일이었고 우리 식구가 처음으로 같이 외식을 하러 나가는 날이었다. 엄마가 말했다.

"월요일에…… 수도국 사람들이 와서 돈을 달라고 할 텐데, 어떻게 해요?"

"몰라……. 그 걱정은 내일 합시다."

아버지가 대답했다.

피자집을 향해 가는 동안 아버지가 나를 번쩍 들어 올려 어깨 위에 앉혔다. 그날의 모든 것이 생생하게 기억난다. 아버지는 내 두 손을 붙잡고 가다가 나중에는 내 발목을 붙들었다. 나는 아버지의 머리 위에 손을 얹고 그의 머리카락을 움켜쥐었다. 내가 양 다리로 그의 목을 감고 있었을 때 느꼈던 기분은 여전히 생생하기만 하다. 온 세상이 내 밑에 있었다. 내 가슴이 그렇게까지 높이 올라갔던 적은 한 번도 없었다. 무슨 심경의 변화가 있었는지는 모르지만 그날 밤만큼은 아버지는 나의 아버지였다. 아버지는 내 피자를 잘라주기까지 했다. 처음이자 마지막으로 아버지가 나를 위해 피자를 잘라주었던 날이 바로 그날이었다. 그날은 웃으면서 내 이야기를 듣는 아버지의 행복한 모습을 볼 수 있었다. 엄마도 마찬가지였다. 그날은 우리 가족 모두가 행복했다. 가장 행복해 보였던 사람은 아버지다. 아마도 그날 밤에 본 아버지가 그의 진정한 모습일 거라는 생각이 든다. 적어도 그 수많은 어려움들을 빼놓고서 생각할 수 있는 아버지는 그런 모습일 것이다.

차를 타고 집으로 돌아오는 동안 뒤쪽에서 앞에 앉은 아버지와 엄마 사이를 바라보며 그날 밤이 영원히 끝나지 않기만을 바랐다. 그래서 이렇게 물었다.

"집에 가면 아빠 엄마랑 좀 더 놀아도 돼요?"

하지만 그렇게 말하고는 차 안에서 곧장 잠이 들고 말았다.

다음 날 아침에는 모든 것이 예전과 다를 바 없었다. 일요일이었다. 엄마는 부엌에서, 아버지는 바에서 일을 했다.

"오늘 저녁에 또 피자 먹으러 가요?"

"아니. 오늘 저녁은 집에서 먹을 거야."

2.
그녀

그녀가 떠난 것은 2년 전 일이다. 아니, 어쩌면 어제저녁이었는지도 모른다. 아니면 아예 떠나지 않은 것인지도……. 같이 있고 싶은 사람과 더 이상 함께할 수 없을 때 일어나는 일은, 당신이 전혀 예기치 못했던 순간에 그 사람에 대한 생각이 당신의 머릿속을 파고든다는 것이다. 지나간 추억과 영상들의 느닷없는 공격이 시작된다. 그런 일이 일어날 때마다 당신이 느끼는 것은 삶이 당신을 외면한 채 흘러가고 있다는 것이다. 그래서 당신은 결국 과거 속에 파묻혀 사는 것이 현재의 삶보다 훨씬 더 아름답다는 결론을 내리게 된다. 재니스 조플린은 노래한다. *I'd trade all o' my tomorrows for one single yesterday. 나의 모든 내일을 단 하루의 어제와 바꾸겠어요.*

같이 있고 싶은 사람과 더 이상 함께할 수 없다는 것은 그를 만지기 위해 한밤중에 어둠 속을 향해 손을 뻗는다는 걸 의미한다. 그건 새벽에 일어나 침대 한쪽을 바라보고 걱정스러운 마음으로 눈을 비빈다는 걸 의미한다. 그리고 가스레인지가 항상 커피로 얼룩져 있다는 걸 뜻한다. 왜냐하면 커피를 불에 올려놓았는지 아닌지 더 이상 기억하지 못하기 때문이다. 그건 파스타를 삶는 물에 소금을 두 번씩이나 집어넣거나 아니면 전혀 집어넣지 않는다는 것을 의미한다.

같이 있고 싶은 사람과 더 이상 함께할 수 없다는 것은 무수히 많은 일과 무수히 많은 생각을 반복한다는 것을 의미한다. 그건 청소를 하고 묵은 때를 닦아내고 정리 정돈을 하고 쓸모없는 것들을 가져다 버린다는 걸 의미한다. 그건 벽에 못을 박는다는 걸 의미한다. 벽에도, 나무에도, 허공에도……. 그건 빈 공간을 메우기 위해 새로운 물건들을 구입한다는 걸 의미한다. 그건 책을 읽으면서 빈번히 앞으로 되돌아가야 한다는 걸 뜻한다. 말들을 그냥 지나쳐 왔기 때문이다. 그걸 의식하는 순간, 열심히 읽었지만 결국엔 아무것도 이해하지 못했다는 걸 깨닫게 된다. 함께할 수 없다는 건 돌려감기 버튼을 누르고 거꾸로 되돌아가야 한다는 것을 의미한다. 무슨 일이 일어났는지 전혀 이해하지 못했기 때문이다.

같이 있고 싶은 사람과 더 이상 함께할 수 없다는 것은 한마디로 거꾸로 되돌아간다는 것을 의미한다. 앞을 내다보기보다는 뒤를 훨씬 더 돌아보기 때문이다. 그건 배를 타고 뱃머리가 아닌 후미에 몸을 기대고 여행을 떠나는 것과 마찬가지다.

같이 있고 싶은 사람과 더 이상 함께할 수 없다는 것은 늦는다고 집에 전화할 필요가 없다는 것을 의미한다. 아무도 당신을 기다리지 않고 아무도 당신에게 관심을 기울이지 않는다. 그건 집에 도착해서 하루 일과가 얼마나 힘들었는지 하소연할 사람이 없다는 걸 뜻한다. 별것 아닌 것 같지만 사실은 그렇지 않다.

그것은 모든 변화를 하나하나 확인하고 극히 사소한 것들까지도 받아들인다는 것을 의미한다. 그건 집에 여자가 없을 때 어김없이 생기는 일들이다. 쓰레기봉투가 며칠이고 집 안에 남아 있는 일이 벌어진다. 쓰레기봉투를 문 앞으로 가져다 놓아도 상황은 바뀌지 않는다. 화장실 휴지는 원래의 자리에 있는 법이 없고 항상 바닥에 내려와 있다. 침대 시트에서는 더 이상 향기로운 냄새를 맡을 수가 없다. 그녀를 만난 지 얼마 되지 않았을 때 그녀의 침대 시트에서 맡았던 향기를 나는 아직도 기억한다. 그 향기가 내 침대에서도 나기 시작했던 것은 내 집이 '우리 집'으로 바뀌었기 때문이다. 그 집이 지금은 다시 내 집으로 돌아왔고 그녀는 좋은 향기들마저 함께 가져가버리고 말았다. 그녀가 떠난 뒤로는 집 안을 감도는 침묵조차 색다르게 느껴졌다. 우리 둘 사이에 침묵이 흐르는 경우가 종종 있었기 때문이다. 우리 둘 사이가 환상적이었던 것 중에 하나는 우리가 괜한 말을 할 필요를 전혀 느끼지 못했다는 것이다. 그녀와 함께 있을 때는 침묵조차도 아름답고 둥글고 호의적이었다. 하지만 지금의 침묵은 불편하고 날카롭고 길게만 느껴진다. 솔직히 이 침묵은 내게는 시끄럽고 마음에 들지 않는 소음에 불과하다.

그녀를 만나기 전에 나는 나 자신에 대한 일종의 고정관념 같은 것을 가지고 있었다. 그녀는 내 생각을 고치려고 꾸준히 노력했고 나는 시간이 한참 지난 뒤에야 그런 생각들을 버리게 되었다. 꽤나 긴 시간이 걸렸다. 아니, 나는 너무 많은 시간을 허비했다. 내가 그걸 깨달았을 때는 그녀가 이미 내 곁을 떠나버린 뒤였기 때문이다.

그녀가 보고 싶다. 내게는 세상에 둘도 없는 여자였다. 나는 많은 것들을 깨달았고 그녀가 원하던 대로 변했지만 이제는 더 이상 다른 어떤 여자들과도 지낼 수 없는 신세가 되고 말았다. 더 이상은 나도 쉽게 넘어가지 않는다. 그런 일이 일어나려면 아마도 내가 나의 옛 고정관념들을 머릿속에 다시 집어넣는 것이 가능해야만 할 것이다.

많지는 않지만 몇 번은 다른 여자들과 잠자리를 같이했던 적이 있다. 그럴 때마다 왜 항상 내 추억을 빼앗아 가는 여자들만 눈앞에 나타나는지 알 수 없는 일이었다. 한 여자와 있었던 일이다. 우리가 침대에 벌거벗고 누워 있는 동안 나는 그녀의 살 냄새가 내가 아직 사랑하던 여인의 그것과 다르다는 것을 알아차렸다. 내 기분은 엉망이었다. 나는 옷을 다시 입고 미안하다고 사과하고는 밖으로 나와버렸다.

헤어지지 않고 오랫동안 관계를 유지하는 커플들이 있다. 오랜 세월이 흐르는 동안 사람들은 정말 사랑에 빠지기도 하고 때로는 사랑의 감정을 상실하기도 한다. 더 이상 사랑하지 않으면서도 계속해서 같이 지내는 사람들이 있는 반면에 헤어지기로 결심하는 사람들이 있다. 하지만 헤어지는 것도 결국에는 시간을 필요로 한다. 사람들은 만에 하나라도 일시적인 문제는 아닐까 의심하면서 정말 헤어져야 할 필요가 있는 것인지 먼저 확실하게 알고싶어 한다. 그래서 결국에는 정말 끝났다는 판단을 내리게 되더라도 사람들은 이어서 헤어질 수 있는 방법을 모색해야 하고, 아픔을 줄이기 위한 적절한 말을 찾아야 한다. 이 시점에서 어떤 사람들은 말을 꺼내지 못해 몇 달을, 혹은 몇 년을 허송세월하기도 한다. 때로는 평생을 허비하고 결국에는 헤어지자는 말을 입 밖으로 내뱉지 못하는 사람들도 있다. 많은 사람들이 헤어지는 데 실패한다. 때로는 더 이상 오갈 데가 없기 때문이기도 하고, 때로는 상대의 아픔에 대해 책임을 져야 한다는 생각을 도저히 받아들이지 못하기 때문이기도 하다. 그것은 우리와 은밀한 관계를 가졌던 누군가만이 느낄 수 있는 아주 강렬한 고통이다. 그리고 사람들은 갑작스러운 고통이 매일같이 계속되는 조그마한 고통들보다 훨씬더 큰 피해를 가져다줄 거라고 믿는다.

사람들의 관계는 오랫동안 지속된다. 얼마 안 있어 차일 사람이 그걸 이미 알아차렸다고 해도 두 사람의 관계는 아무렇지도 않게 지속된다. 왜냐하면 모르는 척하는 걸 선호하기 때문이다. 둘중에 한 사람이라도 용기를 내지 못하면 작별의 메커니즘은 붕괴되고 만다. 두 사람 모두 스스로의 무능력과 상대방의 무능력 때문에 질식할 것만 같은 상태로 돌입한다. 그래서 두 사람은 시간을 벌기로 한다. 그런 식으로 시간은 흘러가고 결국에는 고갈 상태에까지 이르게 된다.

얼마 안 있어 차이게 될 사람들은 거의 대부분이 훨씬 더 친절하고 다정하고 아량이 넓은 사람으로 변신한다. 그런 식으로는 상황을 악화시킬 뿐이라는 걸 이해하지 못한다. 지나치게 복종적인 사람은 누구든 매력을 잃게 마련이기 때문이다. 헤어지는 순간이 미루어지면 미루어질수록 희생자는 계속해서 더 약해질 뿐이다.

어떤 사람은 상대가 무슨 실수라도 범하기만을 기대하면서 적절한 순간을 기다리기까지 한다. 상대가 오류를 범하고 약점을 드러내면 그것을 핑계 삼아 얘기를 꺼낼 수 있고 죄책감을 느끼지 않아도 되기 때문이다.

또 어떤 경우에는 서로 사랑하지도 않고 서로의 삶에 해만 끼치면서도 질투심 때문에 헤어지지 못하는 사람들이 있다. 이들이 헤어지지 않는 유일한 이유는 제삼자가 상대에게 가까이 다가서는 것을 막아야 하기 때문이다.

사람들이 같이 지내는 데는 많은 이유가 있다. 5년 동안이나 관계를 지속하면서도 서로를 정말로 사랑한 적이 두 번 혹은 세 번, 아니면 네 번밖에는 되지 않는 커플도 있을 수 있다. 얼마나 오래 지속되었는가를 기준으로 커플들의 사랑을 평가할 수 없는 이유가 바로 그것이다.

얼마나 오랫동안 사랑했느냐가 아니라 어떻게 사랑했느냐가 중요하다. 내가 그녀와 함께 지냈던 시간은 3년이다. 그런데도 나는 그 시간이 항상 4년이 넘는다고만 생각했다. 나는 우리들의 사랑이 우리가 함께한 시간 이상이라고 항상 생각해왔다. 얼마 전까지만 해도 나는 떠난 지 2년이나 되는 그녀를 아무 말 없이 조용히 사랑해왔다고 믿고 있었다. 하지만 결국 내가 깨달은 것은, 내가 그녀를 진정으로 사랑하지 못했고 그 이유는 오로지 그녀를 사랑할 만한 힘이 내게 없었기 때문이었다는 것이다. 그녀와 나 사이에 나는 항상 거리를 두어왔다. 그건 내가 진정으로 사랑을 느껴본 적이 없었기 때문이다. 나는 배우가 등장인물을 소화해내듯이 타인의 감정을 이입시키는 일만 계속 해왔을 뿐이다. 영화를 보러 가면 나는 항상 눈물을 흘렸다. 절뚝거리는 개를 봐도, 뉴스에서 보도하는 사고 소식을 듣고도 눈물을 흘렸다. 어쩌면 그것이 사랑할 줄 모르는 사람들의 전형적인 습관인지도 모르겠다.

나의 사랑은 일종의 대사 읊기였다. 내 것처럼 여겼을 뿐 어쨌든 그것은 대사 읊기에 불과했다. 그리고 그것을 의식조차 하지 못했다. 내가 나쁜 의도를 가지고 사랑하는 척 연기를 했던 것은 아니다. 내가 그녀에게 사랑한다고 했던 말은 그것이 사실이 아니라는 걸 의식하면서 내뱉었던 말이 아니다. 나를 배신한 건 나 자신이었다. 나 역시 그녀를 정말로 사랑한다고 믿었다. 우리가 함께 보낸 3년이란 세월 동안 그녀를 깊이 사랑한다고 느꼈던 적이 두세 번은 된다.

이러한 것들이 바로 나의 잘못된 고정관념이었다. 그녀가 나에게 눈을 뜨고 직시하라고 종용했던 것이 바로 이런 것들이었다. 내게 사랑할 줄 모른다고 말한 그녀가 옳았다. 내게는 사랑할 수 있는 힘이 부족했다. 나는 사랑을 적응이란 것과 혼동했을 뿐이다.

"당신이 할 수 있는 사랑 표현은 그게 전부야. 당신은 그 두 가지 사실을 헷갈려 해. 적응을 할 뿐인데 당신은 사랑을 한다고 생각하거든."

그녀와 지내면서 조심했어야 했다. 내가 하는 모든 행동들, 내가 느끼는 모든 것들을 하나도 빠뜨리지 않고 전부 알아차렸기 때문이다. 거짓말을 해도 아무런 문제가 없는 여자들이 있다. 과장을 하거나 말도 안 되는 얘기, 우습게 들리기까지 하는 얘기들을 늘어놓아도 덥석덥석 믿어버린다는 것이 빤히 보이는 여자들이다. 하지만 그녀는 달랐다. 내가 사실과 무관한 얘기를 꺼내면 그것이 아무리 그럴싸한 얘기라도 그녀는 도대체 자기를 어떻게 보고 그러느냐는 식의 표정을 짓거나, 아니면 말도 안 되는 소리 하지 말라는 듯이 곧장 큰 소리로 웃어버리곤 했다. 내가 사랑과 적응을 혼동한다고 그녀가 말했을 때 나는 그녀가 틀렸다고, 말씨름 끝에 그냥 홧김에 내뱉은 말이라고만 생각했다. 하지만 그녀가 옳았다.

그녀는 내가 그녀에게 줄 수 없는 무언가를 원했다. 게다가 나는 그것이 무엇인지조차 몰랐다. 오히려 그것이 그녀의 불안감이 만들어낸 일종의 환상이라고, 편집증 증상이나 마찬가지라고 생각했다. 나름대로 나는 이런 생각을 했다.

'나는 질투를 안 하잖아……. 그녀가 원하지 않는 걸 강요한 적도 없고 화를 내는 법도 없고 하고 싶은 대로 마음대로 내버려

두는데. 외출을 해도 어딜 가느냐고 묻는 법도 없고……. 더 이상 뭘 어떻게 하란 말이야?'

나는 그녀가 내게서 뭘 원하는지 이해하지 못했다. 그러다 어느 날 갑자기 모든 것이 분명해졌다. 조금 시간이 걸리긴 했지만 결국에는 그것이 무엇이었는지 깨달았다. 단지 너무 오래 걸렸을 뿐이다. 그래서 지금은 침대에 누워 발이 차가울 정도로 외로움에 시달리고 있다.

이제 나는 예전과는 다른 사람이다. 그래서였다. 아마도 한 달 전부터였을 것이다. 나는 그녀를 다시 찾기 시작했다. 그리고 오늘처럼 전화를 걸었다.

"안녕! 나야!"

"알아! 하고 싶은 얘기가 있어서 받은 거야. 다시는 나한테 전화하지 마!"

"하지만……."

뚜뚜뚜뚜.

나는 내가 그녀를 사랑하고 있고, 그녀에게 돌아가 그녀가 원하는 모든 것을 되돌려줄 준비가 되었다는 걸 깨달았다. 하지만 바로 그것 때문이었다. 며칠 전에 니콜라가 그녀에 관한 소식을 전해주었을 때 내 자신이 그토록 처참하게 느껴졌던 이유가.

3.
나지막한 목소리로 전해 들은 소식

내가 무슨 일을 하느냐고 누가 물어오면 나는 먼저 사람을 보고 판단한다. 그리고 카피라이터라고 대답을 할까, 아니면 조금 모호하게 광고문을 만든다고 얼버무릴까 고민한다. 가끔씩은 나도 실수를 한다. 그래서 내가 카피라이터라고 대답한 뒤에 많은 사람들이 그게 뭐냐고 되물어 오는 경우가 생긴다. 두 번째 질문에 나는 보통 이런 식으로 대답한다.

"말도 안 되는 말 그럴싸하게 하고 돈 받는 거예요."

더 이상 긴말하고 싶지 않을 때는 그냥 자유 전문직이라고 대답해버린다. 내가 가장 싫어하는 대답이지만 그렇게 답하고 나면 사람들은 더 이상 귀찮은 질문을 하지 않는다.

내가 만든 광고가 성공을 거두고 있는 시기라면 나는 이렇게 대답한다.

"그 광고 본 적 있으세요? ……라고 쓰여 있는 광고 말이에요. 그거 제가 만들었어요."

모든 카피라이터들과 마찬가지로 나에게도 아트 디렉터라는 파트너가 있다. 내 동료의 이름은 니콜라다. 우리들이 하는 일은 창조적인 면을 가지고 있다. 그럴싸해 보이지만 머리가 돌아가지 않으면 끝장이나 마찬가지다. 니콜라가 내게 곧장 소식을 전하지 않고 우리가 하고 있던 광고 작업이 끝날 때까지 기다렸던 것도 바로 그런 이유에서였다.

　　어쨌든 그 소식은 나의 모든 일상을 마비시켰다. 그러니까, 니콜라는 내가 더 이상 일을 계속할 수 없으리란 것도 어느 정도는 예상하고 있었던 셈이다. 하지만 나는 그 몇 마디의 말이 나를 때려눕힐 수 있으리라고는 상상조차 하지 못했다. 어쩌면 불 보듯 뻔한 일이었는데도 그 소식이 이 정도로까지 나를 화나게 만들 줄은 나도 미처 몰랐다. 어쨌든 그 소식을 니콜라가 전해주었다는 건 불행 중 다행이었다.

　　내가 근래에 자주 만나는 친구들은 니콜라와 내 옆집에 사는 줄리아다. 우리들은 응답기나 전화에 대고 이름을 얘기하는 대신 그냥 '나야'라고만 할 정도로 친한 사이다.

　　니콜라에 비하면 줄리아를 알고 지낸 지는 그리 오래되지 않았지만 그녀와 함께 있으면 어떤 감정들은 다스리기가 훨씬 수월해진다. 가끔씩은 악기를 조율하듯이 내 감정들을 조율해야 할 필요를 느낀다. 내가 누군가와 함께 감정을 조율한다는 건 여자들하고만 가능한 일이다. 감정을 다스리는 것은 외롭게 집 안의 고요함 속에 파묻혀서 해야 할 일이다.

하지만 가끔씩은 또 다른 악사에게 음을 빌리는 것도 그리 나쁘지 않다. 줄리아는 항상 내게 걸맞은 음을 빌려주는 친구다. 니콜라는 대신에 온갖 걱정거리들을 말끔히 씻어주는 재주가 있다. 손짓 하나로, 말 한마디로 기분을 좋게 만드는 재주는 아무도 당할 사람이 없다. 이런 친구들을 가지고 있는 나는…… 행운아인 셈이다.

줄리아는 저녁 시간에 자주 놀러오는 편이다. 사실 빈번히 전화를 하는 사람은 나다. 그녀가 아직 저녁 식사를 하지 않았으면 내 집으로 초대한다. 나를 위해 요리를 한다는 건 멋진 일이다. 남을 위해서라면 그건 더욱 멋진 일이다. 게다가 두 사람을 위한 레시피는 음식 맛이 훨씬 좋을 뿐 아니라 기억하기도 수월하다. 그녀가 나를 초대하는 경우도 물론 종종 있다. 일을 하고 있는 동안에 그녀에게서 문자가 날아온다.

'오늘 저녁 우리 집에서 야채덮밥 어때?'

우리는 친구일 뿐이다. 별다른 건 없다. 아마도 내가 줄리아를 만났을 때 그녀, 그러니까 나의 '그녀'가 나를 버리고 떠난 지 얼마 되지 않았고 줄리아도 이혼 수속을 밟고 있었기 때문일 것이다. 우리 사이에 틈새가 있을 수 없던 시기였다. 적어도 섹스를 생각할 만한 정신적인 여유는 우리에게 없었다. 게다가 옆집 사람이다 보니…… 뭐랄까, 한마디로 시기를 놓친 셈이었다. 그리고 사실 어떤 사람에게 약간의 성적 매력을 느꼈다고 해서 일부러 뭔가를 반드시 해야 할 필요는 없는 법이다.

줄리아를 처음 저녁 식사에 초대했을 때 나는 그녀의 집으로 찾아가 문을 두드렸다.

"나야. 데리러 왔어. 내가 좀 구식이거든."

그녀는 내게 미소를 지으면서 준비가 아직 덜 된 상태라며 잠시 안으로 들어오라고 했다. 나는 두리번거리면서 주변을 둘러보았다. 모든 것이 깨끗하게 정리 정돈되어 있는 영락없는 여자의 아파트였다.

우리 집에서 저녁 시간을 같이 보낸 후에 나는 그녀를 다시 집까지 데려다 주었다.

"데려다 줄게. 이 늦은 시간에 혼자서 돌아가도록 내버려둘 수는 없지."

처음으로 같이 식사를 하고 한 달 정도가 흐른 뒤에 벌써 나는 그녀의 아파트 열쇠를, 그녀는 내 아파트 열쇠를 가지고 있었다. 줄리아를 만난 지 얼마 되지 않았을 때 같이 보냈던 저녁 시간을 나는 어제 일처럼 생생하게 기억하고 있다. 마치 쿠엔틴 타란티노 영화의 주인공이라도 된 듯한 기분이었다.

'생선?' 내가 낮에 보낸 문자였다.

그녀는 곧장 대답을 했고 그 바람에 실시간 문자 교환이 시작되었다.

'좋아. 하지만 신선해야 돼. 내가 못 참는 게 있거든. 그건 이따 설명해줄게.'

'냉동이 나을까? 농담이야. 아님 다른 걸로?'

'아니. 생선 좋아. 신선하기만 하면 돼.'

'낚시해서 갈게.'

'그럼 9시에 생선 요리 오케이. 집에 가서 샤워하고 갈게.'

'내가 데리러 간다. 안녕. 이따 봐.'

줄리아가 8시 30분경에 집에 들어온다고 해서 나는 9시에 그녀를 데리러 갔다. 우리 집 식탁에는 샐러드, 바스마티 쌀 요리, 감자와 방울토마토를 곁들여 오븐에 구운 도미 요리와 함께 만반의 준비가 갖추어져 있었다.

와인도 있었다. 메인 요리는 생선이었지만 우리는 적포도주를 선택했다. 나는 몬테쿠코를 한 병 땄다. 그녀가 말했다.

"내가 할 얘기가 하나 있는데, 놀라지 마."

그러고는 주머니에서 노란색 튜브에 바늘이 달린 주사기 같은 물건을 하나 꺼내 들었다.

"우리가 생선을 먹는 동안 혹시라도 내가 말을 더듬거나 중얼거리기 시작하면…… 어쨌든 내가 어디가 안 좋은 기미가 보이거든 이 덮개를 열고 나한테 주사를 놔줘. 아드레날린이야."

"아니, 무슨 얘기를 하는 거야, 돌았어? 지금 농담하는 거지, 맞지?"

"아니! 내가 히스타민 과민증이 있어서 그래. 싱싱하지 않은 생선에는 그게 엄청 많이 들어 있거든. 그러니까 혹시라도 내가 안 좋아지면 주사만 놓으면 돼."

"도대체 왜 먼저 얘기를 안 한 거야? 그럼 파스타든 닭요리든

했을 거 아냐……."

"가끔은 나도 생선이 먹고 싶거든. 스시도 먹으러 다닌다니까. 그냥 혹시 모르니까 알려주는 것뿐이야. 정작 일이 벌어지면 말만 더듬다가 기절해버리니까 설명을 제대로 못 할 거 아냐. 그래서 미리 알려주는 거야."

"어, 잠깐만…… 이건 아니야, 그럼 아니지……. 아니, 대체 정신이 있는 거야? 나는 이런 심장 뛰는 일 싫어. 이제 새로 파스타 삶는다. 아니, 나더러 네가 땅에 쓰러지는 꼴 보라고 이 생선을 먹으라는 거야? 그래서 네가 바닥에 쓰러지면 〈펄프 픽션〉에서처럼 네 심장에다 이 주사를 찔러 넣으라는 거야? 나는 존 트라볼타가 아니야. 말만 해도 다리가 다 후들거리는데……."

"주사기를 꼭 가슴팍에 꽂을 필요는 없어. 여기 허벅지도 괜찮아."

"가슴이나 허벅지나 나한텐 마찬가지야. 손톱 자르는 것만 해도 조마조마한데, 누워서 알아듣지도 못할 말만 중얼거리는 너한테, 허벅지에 아드레날린 주사를 놓으라고? 생각만 해도 아주 끔찍하다!"

"한 번밖에 그런 적 없어. 그것도 2년 전에 미국에서……. 이것도 그때 받은 거야. 아이, 그러지 말고……. 지난주에도 스시 먹었는걸! 나는 그냥, 혹시 모르니까 얘기한 거야. 실제로는 그런 일 안 일어나. 이 도미 싱싱한 거지?"

"그래. 싱싱한 건 맞아. 하지만 만에 하나라도 그렇지 않으면 어떻게 할 거야? 정말 미치겠네……. 눈은 멀쩡했어. 나한테 윙크까지 하고 '날 잡아먹어라' 그러더라. 차에 한 20분 정도 있었어. 집에 올 때까지 그 정도 걸렸으니까. 그러고는 곧장 오븐에 집어넣었어."

"알았어. 그럼 아무런 문제 없을 거야."

"어련하시겠어……."

우리는 생선을 먹기 시작했다. 그리고 나는 30초마다 질문을 던졌다.

"좀 어때? 괜찮아? 별일 없어?"

"생선이 신선하지 않았으면 벌써 거품 물고 쓰러졌을 거야. 그러니까 안심해. 아무 일 없어."

"너 아무래도 정상이 아니다. 아니, 왜 생선을 먹는 거야?"

"맛있으니까 먹지!"

나는 노란색 튜브를 집어 들고 그녀에게 되돌려주었다.

"그래, 저녁 맛있게 먹었어?"

"응."

"또 못 참는 거 있어? 다음에 칠면조 요리하면 내가 뭘 해야 해? 새총에 좌약이라도 끼워서 준비해놓을까?"

"내일 내가 피해야 할 음식들 메모지에 적어서 가져다줄게. 깡통에 든 음식이나 오래 묵힌 치즈, 뭐 그런 것들이거든……. 그러면 날 초대해서 음식 준비할 때 걱정 안 해도 되잖아. 알아! 내가 너무 귀찮게 하지?"

"귀찮은 거 없어. 다른 사람보다도 네가 귀찮겠네."

줄리아를 알고 지낸 지 서너 달 정도 지난 뒤에 나는 그녀와 니콜라를 만나게 하려고 두 사람을 같이 저녁 식사에 초대했다. 니콜라는 궁금해서 죽을 지경이었다. 내가 그녀에 대해 끊임없이 늘어놓았기 때문에 줄리아는 그에게 거의 신화적이고 전설적인 인물이 되어가고 있었다. 두 사람도 지금은 친구가 되었다. 그리고 둘 다 내가 제일 자주 만나는 친구들이다.

나와 줄리아 사이의 끈끈한 친화력을 두고 내가 도저히 이해하지 못하는 것이 한 가지 있다. 아무리 줄리아가 나를 잘 알고 깊이 이해한다고 해도 여자들에 대한 나의 취향에 대해서만큼은 백발백중 틀린다는 점이다. 그런 일은 자주 일어났다. 줄리아가 내게 수도 없이 했던 말이 있다.

"내가 굉장히 예쁜 친구 한 명 소개해줄게. 분명 네 마음에 쏙 들 거야."

하지만 줄리아는 얘기했던 것과 전혀 다른 여자와 함께 나타났다. 절대로 그녀가 얘기했던 여자일 리가 없었다. 한번은 소개하는 여자가 미인일 뿐만 아니라 나한테 딱 어울리는 여자라고 했던 적이 있다. 그 여자와 5분 정도 얘기한 뒤에 나는 이런 생각을 했다.

'나를 정말 조금도 이해하지 못하는군.'

어떻게 한순간이라도 그런 여자가 내 마음에 들 거라고 상상할 수가 있었는지 설명이 되지 않는다.

이런 문제가 니콜라와 함께 있을 때는 전혀 대두되지 않는다. 우선은 니콜라가, 내게 소개해줄 여자가 있다든지 아니면 나한테 딱 어울릴 여자가 있다는 식으로 얘기할 사람이 절대로 아니기 때문이다. 그가 할 말은 뻔하다.

"한번 만나 볼래? 내 생각엔 보자마자 너랑 침대부터 가고 싶어 할걸!"

우리 셋이서 같이했던 것들 중에는 '서랍 맹세'라는 게 있다. 우리는 각자 서랍을 하나씩 마련하고 그 안에 아무에게도 들키고 싶지 않은 비밀스러운 물건들을 보관했다. 맹세는 우리들 중에 어느 한 사람이 갑자기 세상을 떠나게 되면 다른 두 명이 그 사람의 집에 들어가서 서랍 안의 내용물을 소각시켜버려야 한다는 것을 전제로 하고 있었다. 가족들에게 불미스럽고 불편한 소식들이 전해지는 것을 피하기 위해서였다. 사실 그걸 서랍이라고 부르긴 했지만 나와 니콜라의 것은 그냥 상자에 불과했고 서랍보다는 좀 더 많은 물건들이 들어갔다.

줄리아의 서랍 안에 들어 있던 물건들은 그녀의 어머니가 보아서는 안 될 것들이었다. 그녀는 그걸 '장난감'이라고 불렀고 우리는 '진동관'이라는 이름으로 불렀다. 니콜라의 상자 안에 들어 있던 건 그가 옛날 애인들과 사랑을 나누는 동안 찍은 동영상들이었다. 내 상자 안에 들어 있던 물건들은…… 얘기하지 않는 편이 차라리 낫다.

니콜라가 내게 소식을 전했을 때 그는 저녁 식사를 하러 우리 집에 와 있었다. 사라와 함께 외출을 할 계획이었지만 그녀가 오후에 전화로 몸이 안 좋다고 알려왔다. 그래서 내가 그를 초대했던 거다. 저녁 시간을 함께 보내기 위해 그가 우리 집에 들르는 건 흔한 일이다. 보통은 같이 식사를 하고 영화를 본다. 내가 모아놓은 비디오들 중에는 〈원스 어폰 어 타임 인 아메리카〉, 〈좋은 친구들〉, 〈대부〉, 〈위대한 전쟁〉, 〈마돈나 거리에서 한탕〉, 〈움베르토 D〉, 〈우리는 그토록 사랑했네〉, 〈알제리 전투〉, 〈순응자〉, 〈이상한 커플〉, 〈아파트〉, 〈7인의 사무라이〉, 〈신사 숙녀 여러분〉, 〈맨해튼〉, 〈황금광 시대〉 같은 영화들이 있다. 하지만 이것들은 보통 혼자서 보는 영화들이고 니콜라와 같이 있을 때 보게 되는 건 결국 〈우는 일밖에는 남지 않았네〉, 〈영 프랑켄슈타인〉, 〈랠리 코스트 쟁탈전〉, 〈내 이름은 튜니티〉, 〈앞으로 나와 바보야〉, 〈쥬랜더〉, 〈보로탈코〉, 〈크리스마스 휴가 1편〉 같은 것들이다. 니콜라가 안으로 들어오자마자 나는 사라의 몸 상태가 어떤지 물었다.

"괜찮아. 한 달에 한 번씩은 꼭 저러니까. 첫날이라 너무 아파서 침대에 누워 있어야겠대. 단순해. 약 먹는 걸 당분간 그만뒀기 때문에 일어난 일이야. 복용을 다시 시작하면 더 이상 그런 일 없을 테니까 걱정 마."

"여자들이 그것 때문에 침대에서 못 일어난단 얘기는 처음 들어보는데……."

"사람마다 달라. 여자들이 그것 때문에 아주 심한 고통을 느낄 때는 대부분 몸이 에스트로겐이나 프로게스테론을 충분히 생산해내지 못하기 때문이야. 세로토닌 보유량이 아주 낮을 때 그런 일이 생기지. 약만 복용하면 문제는 해결돼. 호르몬이 급작스럽게 증가하는 걸 막아주니까."

"아니, 도대체 네가 그런 걸 다 어떻게 알아? 프로게스테론이 란 건 대체 뭐야? 동굴에 사는 선사시대 동물쯤 되냐? 나는 한 번 도 들어본 적이 없는데 너는 그게 뭔지 알고…… 나 원 참."

"그럼, 알고말고."

"그걸 왜 알고 있는 건데?"

"아니, 잠깐만. 지난번에는 조르조가 저녁 먹으면서 낚시 강의 를 두 시간 동안이나 했었잖아. 낚시 종류가 얼마나 많은지, 미끼 가 어떻고 찌가 어떻고 릴이……."

"그건 또 무슨 얘기야?"

"누구나 나름대로의 취미를 가지고 있는 것 아니겠어? 나야 낚싯대에 대해서는 아무것도 모르지만, 나도 공부도 하고 검색도 한다고."

"아니, 도대체 뭘 한 거야? 생리가 뭔지 궁금해서 야간대학이 라도 다닌 거야? 무슨 그런 거지 같은 취미가 다 있어?"

"내가 방금 검색해본 거라고 했잖아! 차를 좋아하는 사람도 있 고 오토바이를 좋아하는 사람도 있듯이, 나도…… 아니, 대체 뭐 가 잘못된 건데?"

"알았어, 알았어. 잘못된 것 하나도 없어! 나는 그냥, 네가 그런 걸 알고 있다는 게 조금 이상했을 뿐이야. 난 듣기만 해도 비위가

상하는데…… 그러니까 나는 엉덩이 붙이고 앉아서 호르몬이니 생리니 또 그 희한한 이름의 프로 선수니 프로게스테론이니 하는 것들을 공부할 생각은 절대로 안 했을 거라고. 내가 생리에 대해서 아는 거라곤, 여자들이 약을 복용하면 좀 더 규칙적으로 생리를 한 다는 것하고 또 여자들끼리 아주 가깝게 지내거나 아니면 아예 같 이 사는 여자들은 생리를 비슷한 시기에 한다는 것뿐이야."

"와! 그래도 그 정도면 보통 사람들보다는 훨씬 더 많이 아는 거야."

"뭐 먹을래?"

"간단한 걸로……. 파스타 한 접시 해서 먹을까?"

"리조토는 어때?"

"리조토 오케이……. 어쨌든 한 가지만 더 얘기하자. 얘기를 또 꺼내고 싶어서가 아니라, 네가 뭘 틀렸을 때는 항상 제대로 알 고 싶어 한다는 걸 아니까 하는 말이야. 아까 생리와 약 복용에 대 해서 네가 했던 얘기 중에 틀린 게 있어."

"그게 뭔데?"

"여자가 약을 복용할 때는 그걸 생리라고 부르면 안 된다는 거지."

"그래? 그럼 그걸 뭐라고 불러?"

"유예용 출혈. 약이 배란을 억제시키니까 그렇게 부르는 거야. 그건 생리가 아니라 아무짝에도 쓸모없는 출혈일 뿐이야. 그래서 미국에서는 그런 일이 아예 일어나지 않게 하려고 또 다른 약까지

만들어냈어. 그걸 먹으면 1년에 세 번만 하면 된대. 28일마다 한 번씩이 아니라 넉 달에 한 번인 셈이지."

"아니, 너 정말로 작정을 하고 달려들었구나? 여자들의 생리 현상이 그렇게도 궁금하던?"

"내 참. 얼핏 보기에 아무것도 아닌 것 같지만, 사실은 그렇지 않아. 여자들은 성격뿐만 아니라 호르몬 구조도 상당히 복잡해. 어떻게 언제 생리를 시작하는지 알고 있으면 여러모로 유용하다니까."

"예를 들면?"

"예를 들자면, 생리 주기가 시작되는 첫 2주 동안에는 뇌가 해마체의 네트워크 활동을 20% 이상이나 증가시키거든. 그래서 그때 여자들이 더 활달하고 민첩하고 명랑하고 명석해지는 거야. 그런 다음에는 난소가 프로게스테론을 생산하기 시작하면서 그때까지 에스트로겐이 구축해놓았던 것들을 전부 무너뜨리게 되지. 결과적으로 대뇌 활동은 점점 느려지고 생리가 시작될 무렵에 프로게스테론 분비도 갑자기 중단되도록 되어 있어. 마치 온몸에 주입되던 마취제를 갑자기 끊어버리는 것과 비슷한 효과를 내지. 그래서 여자들이 평상시보다 더 신경질적이고 민감하게 변하는 거야. 내 옛날 여자 친구는 생리하기 전에 어땠는지 알아? 잡지만 봐도 울더라. 휴지에 둘둘 말려 있는 강아지를 보고 우는데 도무지 멈출 생각을 안 하더라니까. 생각해봐. 이런 걸 아는 게 그렇게 쓸모없어 보여? 여자 친구랑 2, 3일 정도 바닷가에서 지내고 싶으면 생리 끝나고 2주 안에 가는 게 훨씬 나아. 시기를 놓치면 아무것도 아닌 일 가지고 괜히 싸우게 된다니까."

"아무래도 너 정상이 아니다. 솔직히 얘기해봐! 너 혹시 주말에 같이 놀 여자들 호르몬 수치 따져가면서 고르는 거 아냐?"

"무슨 소리야. 내가 그냥 그런 생각을 해봤다는 거지, 무슨……."

"너 또 그거 피우기 시작했지, 사실대로 말해봐!"

"내 참, 몇 대 피운 것밖에 없어. 그것도 너랑 같이 피웠잖아! 내 얘기 좀 들어봐. 생물학적인 면을 과소평가하면 안 돼. 여자가 배란기에 있을 때 남성 페로몬에 훨씬 더 민감하게 반응한다는 사실이 정말 아무짝에도 쓸모없는 얘기라고 생각해? 그게 별것 아닌 거 같아? 예를 들어서, 어떤 여자가 내 마음에 들면, 그리고 그 여자가 배란기에 있다는 걸 알게 되면 나는 향수 같은 거 안 뿌려. 그리고 그게 통한다니까! 호르몬 앞에서 너라고 별수 있을 것 같아? 어떤 여자들은 배란기가 되면 안에 손가락을 넣었다 빼서는 목에다가 마치 향수처럼 찍어 바른다는 거 알아? 남자들이 무의식적으로 그걸 좋아한다는 얘기 아니겠어?"

"그 '안'이 어딜 말하는지는 잘 모르겠지만 별로 알고 싶은 생각도 없다."

"여자들이 음순에 손가락을 집어넣어서 적신 다음에 향수 대신 목에 바른다는 거야. 음순의 페로몬은 코청의 뒷부분에서만 감지되기 때문에 우리들은 냄새를 맡을 수 없어. 다시 말하면, 의식은 못 하지만 감지는 하는 셈이지. 그것이 우리를 끌어당긴다는 거야. 페로몬이 우리에게 전달하는 것이 뭔지 알아? 바로 유전자 정보야. 놀라운 건 그것이 우리 남자들의 유전자 정보와 상이하게 다를 경우에만 우리의 관심을 끌고, 비슷할 경우에는 오히려 거부 반응을 일으킨다는 거야. 맘에 드는 여자가 있어도 가까이서 냄새를 맡은 뒤에는 관심이 싹 가시는 경우가 있지? 그게 바로 두 사람이 유전자적으로 많이 닮았기 때문이야……. 내 옛날 여자 친구도 그런 식으로 남자들을 유혹했는데 그게 통한다고 그러더라. 너도 한번 터놓고 얘기할 수 있는 여자들이 있으면 가서 물어봐."

"아이, 지저분하게……."

"그래, 지저분하시겠지. 하지만 난 농담 삼아 이런 얘기 하는 게 아냐. 내가 용어부터 '구멍' 대신 '음순'이란 말을 쓴 걸 네가 귀담아들었는지 모르겠네."

"그럼, 당연하지! 내가 널 알고 지낸 뒤로 네가 '음순'이란 점잖은 단어를 입 밖으로 내뱉은 건 처음 들어보거든. 어쨌든 이런 걸 전부 알아서 어디다 쓰려고 그러는 거야? 아니면 이런 걸 안 다음부터 섹스가 더 잘되더라는 얘기를 하고 싶은 거야?"

"아니. 그런 것 같지는 않은데……. 하지만 내가 이런 얘기를 해주면 여자들은 그렇다고 생각하는 것 같더라."

"그럼 그렇지! 기능을 향상시키는 게 아니라 여자들 꾀는 데 필요한 얘기잖아. 여자들 만나면 주로 그런 얘기들만 하지? 정말 훌륭하셔!"

"사람들한테 자동차 엔진 얘기만 줄곧 해봐라. 말 안 해도 너한테 보닛부터 열어젖힌다고. 그만큼 네 말을 믿는다는 거야. 아직도 잭 해머로 아스팔트 깨부수듯이 섹스하는 놈들이 세상에 돌아다닌다는 건 한심한 일 아니겠어? 대신에 이런 얘기들을 나누면 네가 능력 있는 남자라는 인상도 주고……. 어쨌든 여자들은 그런 걸 궁금해하거든. 그리고 난 여자들하고 친하게 지내는 거 싫지 않아. 물론 먼저 섹스부터 해야지. 그래야 정말 친해질 수 있는 기회도 오니까."

"마치 섹스를 안 하면 친해질 수도 없다는 것처럼 말하네."

"그게 더 어렵다는 거야. 어쨌든 곧장 섹스부터 하는 게, 아니 가능한 한 먼저 하는 게 더 나아. 먼저 하면 할수록 유리한 점이 많거든."

"그게 뭔데?"

"그게…… 당장은 생각이 안 나네. 나중에 내가 아예 목록을 만들어주지. 지금은 배가 고파서 도저히……. 요리하는 동안에 먼저 요기할 거라도 좀 없냐?"

"냉장고 열어봐. 괜찮으면 말린 고기랑 치즈 있으니까 먹어."

니콜라는 자리에 앉아서 프로슈토*와 모차렐라 치즈를 먹기 시작했다.

"아니, 어떻게 하기에 찬장하고 냉장고가 그렇게 항상 먹을 걸로 가득 차 있어? 도대체 언제 장을 보는 거야?"

---

* 파르메산 치즈로 유명한 이탈리아 북부의 파르마 지방에서 생산되는 말린 고기

"퇴근하고 오면서. 너랑 빠이빠이 하고 나와서 장부터 보러 가거든."

"부럽다. 나는 너랑 빠이빠이 하고 나와서 식전주부터 하러 가는데……. 그 리조토가 나한테는 일주일 만에 처음 먹어보는 따뜻한 음식이라는 거 알아? 며칠째 빵 쪼가리밖에는 못 먹었어. 맥주랑 감자칩으로 견디고 있는 거라고……."

그러는 사이에 그의 휴대폰이 울렸다. 음식이 가득한 입으로 전화를 받으면서 그는 테라스 쪽으로 향했다. 밖으로 나가기 전에 내가 물었다.

"사프란 리조토 먹을래, 아니면 치즈 소스로 할까?"

"치즈 소스? 웬일이야? 이젠 다 나은 모양이네……."

"그래, 나아지고 있는 중이야."

"난 사프란으로 했으면 좋겠는데. 어쨌든 나아지고 있다니 반갑네."

"서두를 필요 있겠어? 천천히 나아지겠지……."

치즈 소스 리조토는 그녀가 가장 잘하던 요리였다. 그녀가 만든 것보다 더 맛있는 치즈 소스 리조토는 어느 레스토랑에서도 먹어본 적이 없다. 치즈 소스 리조토와 티라미수는 우리 두 사람이 가장 즐기던 코스였다.

그녀가 떠난 뒤로 나는 치즈 소스를 요리한 적도, 먹은 적도 없었다. 니콜라가 놀랐던 건 바로 그 때문이었다.

테라스에서 돌아온 그에게 내가 말했다.

"너, 걔랑 사귀기 시작한 뒤로는 꼭 15살 먹은 애들처럼 휴대폰에서 떨어질 생각을 안 하는 거 알아?"

"네 얘기 했어. 내가 할 얘기가 하나 있는데……. 글쎄, 잘 모르겠네. 사라는 내가 벌써 얘기를 했어야 한다고 하지만……."

"왜, 임신이라도 했어?"

"아니, 우리 얘기가 아니라 네 얘기라니까. 너랑 직접적으로 연관이 있는 얘기는 물론 아니지만……."

"너희 둘이서 날 두고 무슨 얘기를 해? 아니, 나도 모르는 얘기를 너희 둘이서만 한단 말이야? 글쎄, 이걸 내가 봐줄 수 있을지 모르겠네."

"걱정 마라. 너한텐 나밖에 없으니까. 어쨌든 내가 며칠 전부터 하고 싶었던 얘기가 있는데, 너한테 그다지 반가운 소식은 아닐 것 같아서 그냥 적당한 시기를 보고 있었을 뿐이야. 우리가 하던 일을 끝낼 때까지만이라도 기다려야겠다고 생각한 건, 그러지 않으면 네가 일을 다 망쳐놓을 것 같아서……. 어쩌면 내 생각이 틀렸을 수도 있겠지. 이제 너한테는 관심 없는 얘기일 수도 있으니까."

"알았다, 알았어. 이제 그만하고 얘기해. 대체 무슨 일인데?"

"그 여자…… 뭐라고 해야 하나, 그러니까 네 여자 말이야. 둘이서 헤어지고 난 다음에 네가 나보고 이름도 입에 올릴 생각 하지 말라고 신신당부했던 그 여자……."

"그래서?"

"한 달 반 뒤에 결혼한대."

4.
한 아이

아버지가 경영했던 첫 번째 바는 아침 늦게 문을 열고 밤늦게까지 영업을 하는 바들 중에 하나였다. 그런 바를 운영하려면 술 취한 손님들을 다룰 줄 알아야 했다. 아버지가 점심 식사를 하고 날마다 오침을 했던 것도 바로 그런 이유에서였다. 집 안에서는 모든 걸 조용히 다루어야 했다. 그 시간에는 모든 것이 가볍고 느릿느릿해졌다. 포크들을 서랍 안에 넣을 때나 찬장 안에 접시들을 포개 넣을 때도 소리를 낼 수 없었고, 의자를 옮길 때도 번쩍 들어 올려야만 했다. 텔레비전을 볼 때는 소리를 줄이고 문을 꼭 닫아야 했고, 하고 싶은 말이 있어도 소곤소곤 작은 목소리로 말해야만 했다. 한번은 내가 소란을 피우는 바람에 아버지를 깨운 적이 있다. 화가 난 아버지는 헝클어진 머리를 하고 팬티 바람으로 부엌에 나타났다. 그 뒤로 난 다시는 그런 실수를 하지 않았다. 아버지에 비해 엄마하고 더 친했기에 야단을 맞아도 엄마보다는 아버지에게 맞는 것이 훨씬 더 중하고 무섭게 느껴졌기 때문이다. 예를 들어, 엄마가 나무랄 때는 내가 말을 듣지 않는 바람에 그만하라는 말을 수도 없이 반복해야 했지만, 아버지가 나를 나무랄 때는 한 번으로 족했다. 아버지의 권위를 세우는 데 단단히 한몫을 한 사람은 어쨌든 엄마였다. '저녁에 아빠가 돌아오면 일러줄 거다…….'

어느 날, 아버지에게 누군가가 시내에 있는 바를 내놓았다는 소식이 전해졌다. 그 바는 주거지역인 데다가 사람들이 많이 오가는 길목에 자리 잡고 있었다. 아버지가 경영하던 바와는 조금 다른 종류였다. 일찍 문을 열고 아침 식사에 주력하는 바였으니까 사실은 아버지가 가지고 있던 것과는 정반대인 셈이었다. 새벽같이 문을 열어야 했지만 저녁 7시면 일을 마칠 수 있었다. 아버지는 늦게까지 일하는 것에 신물이 나 있었고, 새로운 바는 일일 수익도 거의 두 배에 가까운 액수를 보장하고 있었다. 당연히 아버지는 시도해보기로 결심했고, 그렇게 해서 우리는 잘사는 사람들이 모여 사는 동네로 이사를 왔다. 하지만 불행하게도 영업을 시작하면서 바는 예상했던 만큼의 수익을 올리지 못했고 초기에는 빚을 지기도 했다. 당시에 나는 초등학교 2학년이었고 새 바에 대한 얘기가 오갔던 것은 학기가 반쯤 지났을 때였다. 우리는 살던 집에서 몇 달 정도 더 지내다가 이사를 했다. 그리고 나는 남은 학기를 다 마치고 다음 해에 새로운 학교로 전학을 갔다. 훨씬 더 멋지고 깨끗한 학교였다. 겨울이면 어김없이 난방이 작동되었고 예전처럼 학교에 갈 때 파자마를 내복으로 껴입어야 할 필요도 없었다.

아버지가 바에서 늦게까지 일할 때는 저녁 시간을 엄마와 단둘이서만 보냈다. 잘 때가 되면 엄마와 같이 자겠다고 조르는 것이 보통이었고 엄마는 내 부탁을 거절하지 않았다. 나는 엄마 곁에서 잠이 들었다. 하지만 아침에 눈을 뜨면 내 침대에 혼자 누워 있었다. 뒤늦게 돌아온 아버지가 나를 안아 들고 내 방으로 옮겨다 놓았던 것이다. 거의 매일 밤마다 반복되는 일이었다.

아이를 어머니에게서 떼어놓는 아버지는 아이의 무의식 속에 이상한 메커니즘을 심어놓는다. 아이에게 아버지는 일종의 경쟁자가 된다. 엄마와 단둘이서만 보냈던 저녁 시간들은 내가 나 스스로를 남자로서, 곁에서 엄마를 지키고 보호해줄 수 있는 유일한 남자로서 느낄 수 있도록 해주었다. 하지만 바를 바꾼 다음부터는 아버지도 저녁 시간을 함께 보냈다. 결과적으로 나는 아주 강한 중압감과 무기력함을 느꼈고 아버지가 나를 사랑하는 여인으로부터 떼어놓으려는 남자로 보이기 시작했다. 아버지는 내가 결코 꺾을 수 없는 막강한 경쟁자였다. 내가 나중에 커서 남다른 경쟁의식을 가지게 된 것도 어쩌면 이런 상황에서 비롯되었던 것인지도 모른다.

저녁 식탁에는 우리 셋이 함께 앉았다. 아버지와 함께할 수 있어서 나 역시 기뻤던 것이 사실이지만 잠이 들 때 엄마를 독차지할 수 없다는 게 맘에 들지 않았다. 왠지 한쪽 구석으로 밀려난 느낌이었고 그것이 옳지 않아 보였다. 나와 엄마 사이에 아버지가 끼어들었다고 생각했던 것이다. 엄마와 단둘이 있을 수 있는 시간은 이제 바에서 먼저 집으로 돌아와 저녁 식사를 준비하고 상을 차릴 때뿐이었다. 엄마를 돕는 것이 나는 마음에 들었다. 엄마는 요리를 했고 나는 상을 차렸다. 더 이상은 엄마가 시켜서 하는 일이 아니었다. 그것이 내 몫이라는 걸 나는 알고 있었다.

하루는 아버지와 엄마가 서로 은밀히 나누는 얘기를 엿들은 적이 있다. 새 학기가 시작되면 돈이 더 들어갈 거라는 얘기를 나누면서 어떻게 대처해야 할지 고민하고 있었다. 책가방, 필통, 공책, 책……. 나는 내가 짐이 된다는 생각이 들기 시작했다. 내가 집 안에 문제를 일으키는 골칫거리라는 생각이 들었다. 부모들이 이혼을 할 때 자식들이 죄책감을 느끼는 것과 비슷했다.

나는 죄책감 속에서 자라났다. 그래서 어려서부터 문제를 일으키지 않으려고 노력했고 착한 아이가 되려고 안간힘을 썼다. 아버지가 가지고 있던 것과 비슷한 손목시계를 하나 가지고 싶었던 것이 기억난다. 가지고는 싶었지만 감히 사달라고 조를 엄두가 나지 않아서 나는 혼자 시계를 만들었다. 손목을 물어가며 이빨 자국으로 시계 모양을 새겨 넣었던 것이다. 시계를 바라보면서 나는 시간을 상상할 수 있었고 동시에 내 치아가 고르지 못하다는 걸 한눈에 알아볼 수 있었다. 불행히도 시계는 오래가지 못했다. 흐르는 시간을 따라잡을 수가 없었다.

내가 학교에서 쓰던 책은 거의 대부분이 헌책이었다. 우리는 거리의 가판대에서 파는 중고 서적들을 사러 다녔고 어떤 때에는 책을 구하려고 집집마다 찾아다니기도 했다. 책을 훑어보는 엄마의 눈은 다른 엄마들의 눈과 다를 바가 없었다. 모두들 똑같은 문제를 안고 있는 집안의 여자들이었고 흥정에 대해서는 아무것도 모르면서 단순한 물물교환 이상을 기대하며 어쩔 수 없이 현실과 부딪혀야만 했던 사람들이었다.

학기가 시작되면 엄마는 비닐을 사서 책 겉장을 싸주었다. 다 만들어진 책들은 모두 똑같은 모양새를 하고 있었다. 그래서 무슨 책인지 구별하기 위해 나는 겉표지 한가운데에 스티커를 붙이고 역사, 수학, 지리 등의 과목 이름을 적어 넣었다. 내가 필요로 하는 책이 중고로 나와 있지 않을 때에는 어쩔 수 없이 새 책을 사야 했고 그럴 경우에는 책을 조심스럽게 다루어야만 했다. 밑줄을 그을 일이 있으면 나는 연필을 사용했다. 가끔씩은 학기 도중에 헌책들의 겉장이 뜯어지는 경우도 있었다. 그러면 엄마가 책을 다시 붙여주기 전까지, 표지가 없어서 첫 페이지가 그대로 보이는 너덜너덜한 책들을 가지고 다녀야 했다.

내 헌책들의 겉장이 떨어져 나갈 때마다 여선생이 내게 하던 말이 있다.

"책을 그렇게 간수해서야 쓰겠니?"

선생님은 나를 좋아하지 않았다. 내가 이해하지 못했던 것은 왜 내가 가난한지에 대한 정확한 이유, 어쩌면 간단할 수도 있는 내 가난의 원인이었다. 가난이란, 가끔씩은 마치 전염병이라도 앓고 있는 사람처럼 거부당할 수도 있다는 것을 의미한다. 나는 이해는 못 했지만 그 이상한 느낌을 안고서 살아왔다. 그건 사람들이 나를 반기지 않는다는, 내가 그들 가운데 한 사람으로 받아들여지지 않는다는 느낌이었다. 그래서 나는 환상 속으로 숨어 들어갔다. 나는 산만했고 선생님 말씀도 듣지 않았다. 하지만 그건 한곳에 꼼짝도 하지 않고 앉아서 관심 없는 이야기들을 듣는다는 것이 딴생각을 하도록 부추겼기 때문이기도 했다. 아침 시간에는 우리가 있던 층까지 높이 뻗어 있던 창밖의 나뭇가지들을 바라보면서, 도망가려면 나무를 타고 내려가야겠다는 상상을 하곤 했다. 나는 세상을 떠돌아다니는 내 모습을 상상했다. 나가서 뛰어 놀며 사람들을 만나고, 배를 타고 미지의 세계를 탐험하는 꿈을 꿨다. 아침에 학교의 바깥세상은 어떤 모습을 하고 있을까 항상 궁금했다. 내가 알고 있는 것은 오후의 세상뿐이었다. 나는 학교가 내게서 훔쳐간 아침의 삶을 되찾는 꿈을 꿨다.

창문 밖을 바라보며 상상을 하는 습관은 지금까지도 남아 있다. 가끔씩은 회의를 하는 동안에도 자리에서 일어나 바깥을 쳐다보고 싶은 생각이 든다. 나는 여전히 한자리에 오랫동안 앉아 있질 못한다.

시간이 한참 흐른 지금에 와서야 할 수 있는 말이지만 그 여선생이 한 가지만큼은 나한테 분명하게 가르쳐주었다고 생각한다. 그건 미움이었다. 그때까지 나는 아무도 미워한 적이 없었다. 그녀는 내게 굴욕과 함께 미움을 선사했다. 먼저 반항을 하기 시작한 것은 내 몸이었다. 학교를 다니는 동안 나는 빈번히 심한 배앓이를 했고 통증은 엄마가 나를 데리러 와야만 가라앉곤 했다.

나는 아무 말 없이 여선생의 모욕에 반항했고 여러 가지 방식으로 나만의 복수를 감행했다. 그중에 하나가 글쓰기였다. 나는 다른 친구들처럼 공책을 가로로 놓는 대신 세로로 놓고 글을 썼다. 그러니까 왼쪽에서 오른쪽 방향으로 쓰는 대신 아래쪽에서 위쪽으로 글을 썼던 셈이다. 글을 쓸 때는 몸을 한쪽으로 약간 구부리기도 했다. 그녀는 내 자세를 고쳐보려고 몇 번이나 시도했지만 번번이 실패했고 결국에는 포기하고 말았다. 하지만 그건 어떻게 보면 내 글씨체가 멋있었기 때문이기도 했다. 그런 자세로 글씨를 쓰면 철자들이 전부, 무엇보다도 키가 큰 철자들이 꼭 바람에 흔들리는 나무들처럼 쓰러질 듯한 모양새를 가지게 된다. 나는 아직도 그런 식으로 글씨를 쓴다.

또 다른 복수는 공부를 안 하는 것이었다. 대신에 엄마는 내 교육 문제를 두고 걱정했다. 제대로 된 교육을 받아서 예의 바른 사람이 된다는 건 그녀에게 모든 것에 우선하는 중요한 문제였다. 엄마는 옆집 사람들을 방해하지 않으려고 텔레비전 소리를 항상 낮게 유지했다. 모든 사람에게 늘 인사를 했고 절대로 먼저 인사하는 법이 없는 사람들도 빼놓지 않았다. 내 기억 속에 이 예의범절에 대한 엄마의 과도한 집착이 얼마나 강하게 새겨져 있었던지, 내가 처음으로 비행기를 탔을 때 스튜어디스가 커피 한잔 하겠느냐고 묻자 나는 이렇게 대답했다.

"다들 드시려고 끓이시는 거면 저도 한잔 주시죠."

가족이 다 함께 바캉스를 떠날 수 없었기 때문에 부모님은 가끔씩 나를 혼자 퀼른으로 보내곤 했다. 떠나기 전에 엄마는 내가 가지고 가는 모든 옷과 팬티, 양말, 수건 위에 바느질로 내 이니셜을 새겨 넣었다.

퀼른은 내가 루치아나에게 첫 키스를 했던 곳이다. 하지만 퀼른에서 있었던 일 중에 가장 또렷하게 기억나는 것은 사실 조금은 덜 낭만적이다. 나는 피에로와 다투기 시작했고 어느 시점에선가 그가 이렇게 말했다.

"입 다물어! 여기엔 오지도 말았어야 할 놈이…… 퀼른까지 오는 여행 경비도 돈 루이지가 낸 거 알아?"

나는 고함을 지르면서 대답했다.

"아니야!"

"사실이야. 우리 엄마가 그랬어. 돈을 모은 사람이 우리 엄마야. 넌 돈도 안 내고…… 너 대신에 교구 사람들이 내준 거라고."

나는 그에게 달려들어 울면서 그를 때리기 시작했다. 사람들이 곧 우리를 떨어뜨려놓았고 나는 거기서 도망쳐 나왔다. 그 후에 돈 루이지가 나를 찾아왔다. 나는 가슴이 너무 아팠다. 다른 사람들이 나를 위해 돈을 냈다는 사실을 온 세상이 알고 나를 종전과 다른 눈으로 바라본다는 생각이 들었기 때문이다.

사실 나는 우리 가족과 다른 가족들 사이의 차이점을 경험을 통해 익히 알고 있었다. 그러니까 집 안에 있으면 세상도 가만히 있다. 가난함이란 비교를 통해서 더 드러나는 법이다. 학교를 예로 들면, 헌책들은 제쳐놓고라도, 내 책가방에는 당시에 유행하던 만화 주인공들이 새겨져 있지 않았다. 공책들도 전부 한 가지였다. 아버지가 바에 필요한 물건들을 대량으로 사 오는 마켓에서 구입한 공책이었기 때문이다. 필통도 오래된 청바지 천을 잘라 엄마가 만들어준 것이었다.

나는 나와 가족에게 주어진 삶을 병처럼 여기면서, 신의 저주처럼 여기면서 살았다. 주일날 돈 루이지가 우리에게 본디오 빌라도에 관한 얘기를 한 번 한 적이 있다. 빌라도는 손을 씻으면서 예수의 피에 대해 상관하지 않겠다는 말을 남겼다. 그 이야기를 듣고 나는 하느님이 우리 가족에게도 똑같이 처신했을 거라는 생각이 들었다.

당시에 나는 항상 남들이 입었던 옷만 입고 다녔다. 사촌들, 옆집 사람들, 부모님의 친구의 자식들이 입던 옷들이었다. 어느 주일날 오후에 우리는 이모 댁으로 식사를 하러 갔다. 그리고 나보다 두 살 많던 사촌 형이 내가 그의 스웨터를 입고 들어오는 모습을 목격하는 일이 벌어졌다. 모든 어린아이들은 기억조차 하지 못하는 자신의 물건이 남의 손에 쥐어져 있는 것만 보면 되돌려달라고 떼를 쓰게 마련이다. 사촌 형이 악을 쓰기 시작했다.

"내놔! 내 거야!"

형은 나를 잡아당기면서 옷을 벗기려고 안간힘을 썼다.

"내놔, 내놔……. 나쁜 놈, 도둑놈!"

나는 그 옷이 형의 것이었는지 몰랐다. 나는 그냥 어리둥절해할 뿐이었고 결국에는 스웨터 없이 집으로 돌아와야만 했다. 하지만 나는 울지 않았다. 물론 바로 그 사촌 형 때문에 운 적이 있긴

했다. 내가 주워 온 자식이고 엄마가 진짜 내 엄마가 아니라고 말했을 때, 그때는 정말 많이 울었다.

스웨터 없이 차를 타고 집으로 돌아오는 동안 나는 복수를 해야겠다는 생각으로 사촌 형과의 약속을 깨버렸다. 나는 엄마에게 그가 큐브 퍼즐을 맞추는 대신 사각형 스티커들을 다 떼어다가 여섯 면 모두 색깔별로 다시 붙인다고 말해버렸다. 그러고는 덧붙였다.

"내가 눈치챈 걸 알고는 아무한테도 얘기하지 말라고 맹세를 하라잖아. 하지만 난 얘기할 거야."

말을 다 하고 난 다음에는 약속을 지키지 않았다는 것 때문에 마음이 왠지 씁쓸해졌다.

나는 신발도 중고를 신었다. 보통은 내 치수보다 훨씬 큰 것들이 대부분이었다. 게다가 정말 가뭄에 콩 나듯이 가끔 새 신발을 사서 신게 되는 경우가 생겨도 내 것보다는 약간 위 치수의 신발을 골랐다. 점원은 신발이 잘 맞는지 보려고 발가락 부위를 엄지손가락으로 꾹 눌러보고는 쑥 들어간 부위가 금방 돌아오지 않으면 한 치수 적은 걸 가져오겠다고 했다. 그럴 때마다 엄마의 대답은 항상 똑같았다.

"아니, 이거면 됐어요."

신발 끝으로 땅바닥을 쓸어가며 자전거로 급정거를 하는 나의 나쁜 버릇은 그다지 오래가지 못했다. 자전거를 타고 발끝으로 바닥을 끌면서 내리막길을 달려 내려오는 것이 얼마나 마음에 들었는지 모른다. 하지만 그런 좋지 못한 습관과는 상관없이 내 싸구려 신발은 금세 망가졌다. 보통은 앞부분이 먼저 떨어졌다. 너덜거리는 밑창 때문에 내 신발은 꼭 물고기가 입을 벌리는 것처럼 보였다. 그럴 때면 아버지가 벌어진 틈 사이에 접착제를 바른 다음 신발이 꼭 붙도록 테이블이나 찬장 다리 밑에 끼워 넣었다.

내가 중학생이었을 때 하루는 체육 시간에 사용하는 흰색 운동화를 신고 테니스 코트가 있는 스포츠 센터에 간 적이 있었다. 나는 아무도 안 보는 사이에 흰 운동화를 테니스 코트의 붉은 흙으로 더럽히기 시작했다. 테니스를 치러 다니는 부잣집 아이들의 운동화에는 전부 붉은 흙이 묻어 있었기 때문이다.

엄마는 장을 보는 데 귀재였고 절약의 천재였다. 바를 운영하면서 우리는 많은 식료품들을 아주 낮은 가격으로 구입할 수 있었다. 바를 가지고 있다는 건 모든 걸 커다란 깡통으로 사야 한다는 걸 의미했다. 전부 어마어마한 크기였다. 방문 판매를 하는 아저씨가 놓고 간 참치는 무게가 무려 5킬로그램이었다. 마요네즈는 거의 양동이나 다름없었고 절인 야채나 살라미, 치즈도 마찬가지였다. 온 세상이 내게는 대량으로만 느껴졌다.

크리스마스가 지난 뒤에는 몇 주 동안이나 계속해서 파네토네*를 먹었다. 세 개를 하나 가격으로 샀기 때문이다. 바를 가지고 있을 때 생기는 유리한 점은 가격뿐만이 아니었다. 예를 들어, 제

---

* 이탈리아에서 성탄절에 먹는 빵이다. 밀가루를 발효시켜 건포도, 설탕에 절인 과일, 피스타치오, 아몬드, 호두 등을 넣어 만든다.

품에 딸린 포인트로 얻을 수 있는 사은품들은 전부 내 차지였다. 빨간색 운동복에 풍차 방앗간 모양의 라디오, 부활절 달걀 안에 들어 있는 장난감 스포츠카 등이 전부 내 것이었다.

부모님이 차로 나를 학교에 데려다 줄 때면 나는 멀찌감치 떨어진 곳에서 차를 세워달라고 요구했다. '피아트 128' 같은 낡은 자동차를 타고 다닌다는 것이 부끄러웠기 때문이다. 물론 내가 그 나이에 어떤 게 멋있는 자동차인지 식별할 수 있었던 것은 아니다. 하지만 다른 사람들이 나를 놀리면서 우리 차와 다른 차들 사이에 과연 어떤 차이가 있는지 주목하게 만들었다. 하루는 엄마가 걸어서 나를 데리러 온 적이 있었다. 아버지가 사고를 당하는 바람에 나를 데리러 올 수 없었다고 했다. 미세한 접촉 사고였고 크게 걱정할 일은 아니었다. 차는 수리 중이라서 당분간 이용할 수가 없었다. 그것이 내게는 기쁜 소식이었다.

피아트 128은 흰색이었다. 하지만 수리를 마치고 나온 128은 밤색 보닛을 달고 있었다. 새 것을 살 돈이 없었기 때문에 수리공이 폐차장에서 쓸 만한 것을 골라 달았던 것이다. 흰색이 아니라는 것은 내게 불행한 일이었고 아버지는 돈을 절약하기 위해 칠하는 것마저도 포기했다. 아침에 엄마는 밤색 보닛의 128을 몰고 나를 학교까지 바래다주었다. 차로 움직이는 동안 나는 천천히 의자 밑으로 미끄러져 들어갔고 학교 앞에 도착했을 때는 거의 바닥에 드러누운 상태였다.

한번은 친구들과 함께 수업을 마치고 나오면서 차 안에서 나를 기다리고 있던 엄마를 못 본 척 지나친 적이 있다. 나는 집을 향해 발길을 돌렸고 잠시 후 뒤쪽에서 클랙슨이 울리는 소리가 들려왔다. 한 번으로는 부족했다. 두 번째가 되어서야 비로소 나는 고개를 돌리고 차에 올라탔다. 내가 차에 올랐을 때는 차가 이미 모퉁이를 돌아선 다음이었다. 결국은 아무도 내가 그 차에 오르는 것을 보지 못했다.

얼마 지나지 않아 다행히도 아버지는 새 차를 장만했다. 훨씬 더 멋진 차라고 할 수는 없었지만 적어도 색깔은 하나였다. 차종은 피아트 판다였다. 아버지는 판다를 아끼고 존중해야 한다고 했다. 최소한 시동은 걸렸기 때문이다.

5.
한 통의 전화

급하게 장을 볼 일이 있으면 나는 슈퍼마켓에 들어가서 걸음을 멈추지 않고 입구에 있는 장바구니부터 낚아챈다. 사야 할 물건이 많을 경우에만 두 개를 집어 든다. 카트는 절대로 사용하지 않는다.

나는 빠르게 움직인다. 살라미를 썰어주는 곳에 갈 일이 있으면 우선은 번호표부터 뽑아놓고 내 앞에 사람들이 얼마나 많은지 확인한 뒤에 장을 보러 간다. 가끔씩은 내 차례가 돌아오기도 전에 나머지 장 보는 일을 마치는 경우도 있다.

나는 가격표를 보는 법이 없다. 항상 똑같은 물건들만 고르기 때문이다. 가격이 올랐으면 그건 모르고 지나갈 수밖에 없는 일이다. 똑같은 비스킷에 똑같은 파스타, 똑같은 참치, 똑같은 것들뿐이다. 장을 볼 때 나는 단순해진다. 뭔가 색다른 물건들을 고를 수도 있다는 생각은 내가 다니는 슈퍼를 벗어나서 다른 곳에 가야만 떠오른다. 하지만 그건 위험한 일이다. 마음에 드는 새로운 물건을 구입하게 되면, 나중에 그 물건이 내 슈퍼마켓에 없을 경우 그것을 사기 위해 먼저 샀던 곳까지 가야 한다는 문제가 생기기 때문이다. 그래서 가끔은 장을 두 번씩 보는 날이 있다.

대신에 바쁘지 않을 때는 과일이나 야채를 사거나 정육점에 들르는 편이다. 내가 다니는 과일 가게의 주인은 60세 정도의 노인으로 평생 동안 과일만 팔아온 사람이다. 계산은 전자식 계산대에서 하면서도 몽당연필 하나를 항상 귀에 꽂고 일하는 버릇이 있다. 오래전에 그렇게 일을 시작했기 때문이다. 한번은 그걸 귀에서 빼라는 건 그에게 바지를 벗으라는 것과 마찬가지라는 얘기를 내게 해준 적이 있다.

며칠 전에는 시간도 살 것도 그다지 많지 않았다. 나는 성급히 바구니를 집어 들고는 번호표부터 뽑으러 갔다. 37번이었다.

"33번 손님 오세요!"

나는 다른 물건들부터 담아와야겠다고 생각했다. 네 명이 내 앞에 있으니 나한테 필요한 물건들을 챙길 만한 시간은 충분했다. 잠시 후 한쪽 복도를 빠져나오면서 나는 한 바퀴 더 돌 만한 시간이 있는지, 아니면 기지로 돌아가야 하는지 보려고 전광판 쪽으로 고개를 돌렸다. 유지방 제품들이 들어 있는 냉장고 앞에서 요구르트를 집으려고 하는 순간 휴대폰이 울렸다. 엄마였다.

"엄마, 웬일이세요?"

"잘 있었니? 방해하는 건 아니지?"

"아니에요. 지금 장 보고 있었어요."

"그래, 그래야지."

"어떻게들 지내세요?"

"별일 없어. 우린 잘 지내……."

엄마의 목소리가 약간 이상했다.

"무슨 일 있어요, 엄마? 목소리가 별로 안 좋은데……."

"아니야, 아무 일도……. 한데, 내가 너한테 할 얘기가 하나 있다. 잘 들어."

엄마가 '잘 들어'라는 말을 했다는 건 무슨 일이 터졌다는 것을 의미했다. 나더러 '좋아 보이는데'라고 말할 때 사실은 내가 살이 쪘다는 얘기를 하는 것과 마찬가지였다.

"무슨 일 있어요?"

"걱정할 필요는 없어. 하지만 내가 하는 얘기 잘 들어라. 네 아버지에 관한 얘기니까."

"왜요? 아버지한테 무슨 일 있어요?"

"일단 들어봐라. 어쩌면 아무것도 아닐지 모르니까……. 지난주에 네 아버지가 종합검진을 했는데 엑스레이 검사에서 뭔가 나왔다는 거야. 그래서 단층촬영하고 생체 검사를 하기로 했다지 뭐니……. 알아들었니?"

"그게…… 안 좋은 거예요?"

"아직은 몰라. 그러니까 검사를 해보자는 거지. 그 안에 뭐가 들어 있는지 보려고 말이야. 이제 알아듣겠니?"

"그럼요. 알아들었어요……. 그런데 그 많은 검사들을 다 언제

한대요?"

"지난주 금요일에……."

"지난주라니요? 아니, 그걸 이제야 말씀하시는 거예요? 왜 미리 얘기 안 하셨어요?"

"괜한 걱정 시키고 싶지 않아서. 정말 별것 아닐 수도 있고……. 그래서 확실한 결과가 나오기 전까지는 그냥 아무 말 안 하기로 했던 거야. 아무것도 아닌 걸 가지고 괜히 가슴 태울 일 있니……."

"어쨌든 얘기하셨어야죠. 결과는 언제 들으러 가세요?"

"내일 아침에, 9시까지 가기로 했단다."

"안 좋은 결과가 나올 가능성도 있는 거예요?"

"어느 정도는…… 그럴 수도 있지 않을까 싶은데……."

"어느 정도요? 아니, 무슨 말이 그래요? 대체 뭐가 있는데 그러세요?"

"아직은 확실한 건 아닌데……. 어쨌든 의사들이 폐결절이란 걸 발견했대. 그게 말이야, 잠깐만 있어봐라……. 내가 혹시라도 말실수하게 될까 봐 의사 선생님한테 써달라고 한 종이가 여기 어디 있었는데……. 아, 여기 있네. 의사 선생이 하는 얘기는 그게 선암일 수도 있고 아니면 원발성 폐암일 수도 있다네. 두 번째 경우라면 사태야 심각한 거겠지만 화학요법을 쓰면……."

"화학요법이요? 엄마! 아니, 날 걱정 안 시킨다고 하다가 그렇게 갑자기 말씀하시는 법이 어디 있어요? 그것도 전화로……."

"안다, 얘야……. 그래, 우리가 잘못했다. 하지만 두고 봐라, 정말 별일 없을 거야."

엄마는 통화를 마치면서 이렇게 말했다.

"이렇게 갑작스럽게 알려줘서 미안하구나. 하지만 너무 걱정 마라. 정말 아무 일도 없을 테니까."

나는 전화를 끊고 장바구니를 손에 든 채 앞만 멍하니 바라보며 서 있었다. 어느 정도의 시간이 경과한 후에야 앞에 놓여 있던 요구르트들이 다시 시야에 들어왔다. 제일 먼저 눈에 띈 것은 보기 좋게 찍혀 있는 유효기간이었다. 멀리서 37번을 부르는 소리가 들려오고 있었다. "37번 손님, 37번 손님……." 하지만 내가 의식을 되찾고 지금 있는 곳이 어디인지 깨달았을 때 즉석식품 코너에서는 벌써 큰 소리로 38번을 부르고 있었다. 나는 장바구니를 그 자리에 내려놓고 집으로 돌아왔다.

우리 부모님은 점잖고 예의 바른 분들이다. 그건 나를 대할 때도 마찬가지다. 특히 엄마는 전화를 걸 때마다 나를 방해하는 건 아닌지, 내가 얘기를 할 수 없는 상황은 아닌지 빼놓지 않고 물어본다. 가끔은 내가 대답도 하기 전에 이런 식으로 덧붙이기까지 한다.

"힘들면 내가 나중에 전화해도 된다."

나한테 걱정을 끼치는 일은 도무지 싫어하시는 분들이다. 하지만 나를 보호하려는 이분들의 마음이 가끔은 욕심으로 드러나는 경우도 있다. 결국에는 이번처럼 소식을 몰아서 듣게 되는 일이 벌어지고, 결과적으로 내가 미리 알 수도, 할 수 있는 일도 아무것도 없었다는 허탈한 결론을 내리게 만들어버린다. 그래서 나는 항상 일어나는 일들을 미리미리 알려달라고 부탁한다. 무엇보다도 두 분에게 일어나는 일들을 내가 알고 있는 것이 중요하다고 설명한다.

이모가 수술을 했을 때 나는 일 때문에 칸에 가 있었다. 서둘러서 진행된 응급 수술이었다. 나는 집으로 전화를 걸 때마다 잊지 않고 이모의 안부를 물었고 엄마는 항상 아무 일 없으니 걱정하지 말라고만 대답했다.

"많이 걱정되시는 모양인데, 제가 필요하면 말씀하세요. 돌아갈게요."

"아니, 정신이 있니? 일하는 중일 텐데. 게다가 네가 할 수 있는 일이 뭐가 있겠니."

며칠 후에 내가 집으로 돌아왔을 땐 이모는 벌써 돌아가신 뒤였고 장례식까지 다 마친 상태였다.

우리 부모님은 단순하신 분들이다. 단 한 번도 비행기를 타본 적이 없고 살고 있는 도시를 벗어나 바캉스를 떠나본 적도 없으시다. 부모님은 내가 머나먼 딴 세상에서 살고 있다고 믿으신다. 내가 영어로 대화하는 걸 자주 들으시기 때문이기도 하고, 두 분이 자동차를 타는 것보다 내가 비행기를 타고 돌아다니는 횟수가 훨씬 더 많기 때문이기도 하다. 나는 두 분의 사소한 일상들이 방해할 수 없는 머나먼 나라에 사는 아들이다.

엄마와 통화를 마친 뒤에, 나는 아무것도 구입하지 않고 슈퍼마켓을 빠져나와 줄리아를 찾아갔다. 문이 열렸을 때 그녀의 눈에 비친 내 모습은 병든 환자나 다름없었다. 창백한 얼굴로 어쩔 줄 몰라 했기 때문이다. 나는 소파에 앉아서 엄마와 나누었던 이야기를 들려주었다.

"저런, 어쩌니……. 하지만 너무 걱정하지 마. 어쩌면 정말 선암일 수도 있고, 아직 전이가 이루어진 게 아니면 수술도 받을 수 있으니까……. 혹 제거할 수 있으면 화학요법은 필요도 없어. 그게 그렇게 어려운 수술도 아니고……. 우리 삼촌도 똑같은 병을 앓았거든."

"만약에 그런 게 아니라면 무슨 일이 벌어지는 건데? 뭐 좀 아는 거 있어?"

"삼촌 일을 겪어봐서 조금은 알아……. 사실대로 알고 싶은 거야?"

"아니…… 응……. 의사가 엄마한테 좀 다른 것일 수도 있다고 그랬대. 그게 뭔지 이름이 기억이 안 나는데…… 그럴 경우에는 화학요법을 적용해야 한다고 그랬다는데……."

"원발성 폐암."

"맞아. 바로 그거야. 그러니까, 만에 하나라도 그거라면 그다음에는 무슨 일이 벌어지는 건데?"

줄리아는 더 이상 설명이 필요 없는 표정을 지어 보였다. 나는 안타까울 뿐이었다.

"말해봐, 그러지 말고."

"만약에 그렇다면, 물론 아직은 모르는 거지만, 수술도 할 수 없어. 화학요법을 사용하는 수밖에. 하지만 희망을 가지기는 힘들어."

"희망을 가지기는 힘들다는 말이 무슨 뜻이야?"

"만약에 그렇다면, 하지만 내가 말했던 대로 최악의 경우를 얘기하는 거야……. 몇 달 정도 더 사실 수 있을 거야. 하지만 그런 얘기를 지금 할 필요는 없어. 먼저 뭐가 정말 문제인지 알아내야지. 보나마나 선암일 거야. 폐에 혹이 생긴 거면 거의 대부분이 그렇거든."

"와인 한잔 할 수 있을까? 없으면 내가 집에 가서 한 병 가져오고……."

줄리아가 와인을 가지러 간 사이 나는 소파에 앉아서 꺼진 텔레비전을 물끄러미 바라보았다. 검은색 화면 위로 희미하게 비치는 내 모습이 눈에 들어왔다. 내가 느꼈던 내 자신의 모습이 화면 위에 그대로 옮겨지는 것만 같았다.

6.
(아이를 원했던) 그녀

훔친다는 건 창조적인 성격을 가지고 있는 모든 일의 기본적인 요소다. 나와 니콜라가 하는 일도 마찬가지다. 영화에서도 훔쳐오고, 노래에서도 훔쳐오고, 기차 혹은 슈퍼마켓에서 줄을 서서 기다리는 동안 엿들은 대화에서도 훔쳐온다. 창작에 종사하는 사람들은 뱀파이어처럼 생명을 가진 모든 것들로부터 피를 빨아들인다. 우연한 말 한마디, 문장 하나, 새로운 개념 하나라도 포착하게 되면 그게 바로 자신들이 원했던 것이라고 떠들어댄다. 반면에 그들은 훔치고 있다는 생각은 전혀 하지 않는다. 모든 것이 그들을 위해 준비된 하나의 선물이라고 생각할 뿐이다. 짐 자무시가 남긴 말은 그래서 창작을 하는 사람들에겐 하나의 성경 말씀이나 다름없다.

"중요한 건 그것들을 어디서 가져오느냐가 아니라 어디로 가져가느냐다."

우리들의 안테나는 일을 하지 않을 때에도 항상 작동한다. 하지만 우리는 새로운 광고를 시작할 때마다 항상 긴장을 하고 작업에 임한다. 우리는 목록을 만든다. 일종의 준비운동으로, 우리에게는 상당히 유익한 방법이다. 예를 들어서, 내가 '우리가 좋아하는 소리 혹은 소음들'이라고 하면 니콜라는 책상 서랍에서 스트레스 해소용 공을 꺼내 들고 생각을 하기 시작한다. 그러고는 그가 생각한 것들의 목록을 나열한다.

"내가 어렸을 때 좋아했던 건데, 대문이 열릴 때마다 나던 삐걱거리는 소리, 들어본 지 정말 오래됐거든."

"자전거 페달을 거꾸로 밟을 때 체인이 헛돌면서 내는 소리."

"비가 내리는 소리. 무엇보다도 아침에, 침대에서 일어나기 전에, 빗소리가 사실은 지나가는 자동차 소리와 섞여 파도처럼 들려온다는 것이 느껴질 때."

"모카 포트에서 커피가 올라올 때 나는 보글거리는 소리."

"양파를 기름에 튀길 때 나는 소리."

"애타게 기다리고 있는 사람이 집으로 돌아와 문에 열쇠를 집어넣고 찰카닥 돌리는 소리."

"바에 있을 때 찻잔들이 부딪히는 소리."

상상력을 발휘하도록 만든다는 장점 말고도 이런 식으로 목록을 만들다 보면 반드시 하나 정도는 광고로까지 연결될 수 있는 아이디어를 건지게 마련이다. 물론 가끔씩 니콜라가 야한 이야기 목록을 만들어보자고 제안하지만 그건 그냥 재미삼아 우리들끼리 하는 얘기일 뿐이다.

니콜라는 '당신이 목격한 가장 아름다운 장면들'이란 목록 속에, 공항에서 아담하기 짝이 없는 가방을 끌고 여행을 떠나는 아이들의 모습을 집어넣은 적이 있다. 나중에는 결국 광고 이미지로까지 선택되었던 장면이다.

니콜라는 한번 얘기를 하면 꼭 하고야 마는 성격의 친구다. 그는 여자를 만났을 때 곧장 섹스를 해야 하는 합당한 이유들의 목록을 만들어주기로 내게 약속했고, 며칠 후에 다시 나타나서는 어김없이 이야기를 늘어놓기 시작했다.

"샤워를 마치고 나왔을 때 옆에 사람이 있어도 수건 하나 걸치지 않고 발가벗은 채로 집 안을 돌아다닐 수 있으니까."

"생수를 병째로 들고 마셔도 되니까, 그리고 물이 얼마 안 남았을 때 '내가 끝낼게'라고 정당화할 필요가 없으니까."

"정말 친구로만 남을 것인지 결정할 수 있는 유일한 조건이니까."

"원하지 않을 때 일부러라도 친절하게 행동하는 걸 하지 않아도 되니까."

"원할 때 하기 위해서. 예를 들어, 저녁 약속을 했으면 섹스는 식사 전에 하는 것이 나으니까(속이 빈 상태에서 섹스를 하는 것이 훨씬 효과적이고 섹스를 한 다음에는 식사도 더 맛있게 할 수 있다. 식후 섹스는 따분한 일이다)."

"그녀가 말을 할 때 가슴을 훔쳐보는 일을 그만둘 수 있으니까."

"다음 날 그녀와 다시 전화 통화를 하게 될지 궁금하니까."

니콜라는 나한테 여성용 목록까지 들려주었다. 그가 자신의 '그녀'에게 문자로 알려주었던 목록이었다. 그녀는 자신의 친구에게 모든 얘기를 털어놓았을 것이고 두 여인은 드디어 정말로 흥미로운 대화를 나눌 수 있었을 것이다. 왜냐하면 여자들은 세심한 것들을 사랑하기 때문이다.

니콜라는 목록을 나열한 뒤에 이렇게 덧붙였다.

"우리 남자들한테는 훨씬 쉬운 얘기야. 남자들 사이에 오가는 질문은 이거야. '성공한 거야?' 하지만 여자들은 좀 달라. '그 남자, 다시 연락한대?' 이해가 가지?"

다음 날 우리는 줄리아와 함께 이야기를 나누었다. 하지만 줄리아는 여자들이 하는 질문에 대해선 생각을 달리했다. 여자들마다 그리고 나이에 따라 조금씩 다르다는 것이 그녀의 의견이었다. 줄리아가 보기에 신세대 여성들이 던지는 질문은 니콜라가 남성들만의 질문이라고 주장하는 것에 더 가까웠다. 물론 그녀에게는 '역겨운' 질문이었다.

니콜라와 줄리아가 나누는 대화를 듣는다는 건 굉장히 재미난 일이다. 줄리아는 조용하고 신중하고 예리하고 우아한 면까지 갖추고 있는 반면에 니콜라는 줄리아가 있으면 일부러라도 더 유치하고 저질스럽게 변해버린다. 그녀를 자극하면서 재미를 느끼기 때문이다. 가끔씩 그는 내가 보기에도 심하다 싶을 정도로 세밀한 부분들을 입에 올리곤 한다. 웃지 않고는 도저히 견딜 수 없는 분위기가 그렇게 해서 만들어진다.

하루는 줄리아가 나한테 핸드크림이 있는지 물은 적이 있다. 나는 화장실에 가면 있을 거라고 대답했고 줄리아는 화장실에서 돌아와 손을 문지르면서 이렇게 말했다.

"니베아 크림을 바르면 나는 여름이 생각나더라."

니콜라는 곧장 이런 반응을 보였다.

"나는 애널이 생각나던데……. 날 그렇게 쳐다보지 마. 다른 게 없어서 가끔 사용했던 것뿐이니까. 상상이 가니? 난 니베아 냄새를 맡으면 물건이 그냥 서버린다니까. 그냥 조건반사일 뿐이야. 파블로프의 개나 마찬가지지."

그 말을 들으면서 역겨워하던 줄리아의 얼굴 표정을 나는 절대로 잊을 수가 없다.

반면에 니콜라는 남들을 자극하고 괴롭히고 귀찮게 하는 걸 좋아했다. 내가 그녀를 만났을 때도, 그러니까 나를 버리고 떠나서 한 달 반 뒤에 결혼을 하는 '그녀'를 만났을 때도 그는 곧장 섹스 얘기부터 꺼냈다. 우리는 거의 다투다시피 하면서 입씨름을 했다. 내가 그런 얘기를 하고 싶어 하지 않았기 때문이다. 평상시에도 나는 그녀에 관한 얘기를 조금씩밖에는 하지 않았다. 그 이유는 나도 모른다. 왜 요새 와서 그녀가 그렇게 보고 싶은 건지 그 이유도 전혀 모르겠다. 마지막 시간들을 같이 보내면서 내가 많이 괴로워했던 탓일까?

나한테는 가장 진지한 러브 스토리였다. 우리는 같이 살아보기까지 했다. 하지만 우린 동거라는 것이 우리들의 삶을 격하시킨다는 걸 깨달았다. 같이 산다는 것이 우리의 사랑뿐만 아니라 자기 자신까지도 망가뜨렸다. 우리는 최악의 모습을 서로에게 보여주었던 것이다. 그걸 우리가 서로에게 말할 수 있었다는 것만큼은 놀라운 일이다. 그렇게 민감한 현실을 이해하고 서로에게 터놓고 얘기할 수 있었다는 건 정말 대단한 일이었다. 상처를 주지 않기 위해 거짓말을 하는 대신 우리는 대화를 선택했다. 얼마든지 서로를 속일 수 있었다. 실제로 속이는 사람들도 있다. 서로에게 누만 끼치는 상황인데도 아무도 입을 열 생각을 하지 않는다.

우리는 거처를 두 군데로 나눌 생각이었다. 헤어지지 않으려고 동거 생활을 접을 참이었다. 하지만 서두르지 않고 각자의 생활을 준비하는 동안 모든 것이 돌이킬 수 없는 상황으로 치달았고 결국 우리는 헤어지고 말았다. 정확하게 말하자면, 그녀가 나를 버리고 떠나버렸다.

우리들의 관계에 자꾸만 의혹이 생기는 걸 어찌해볼 도리가 없었다. 친구들 모두가 동거를 하고 있었고 우리에게만 문제가 있었으니 어떻게 보면 의혹이 생기는 것도 당연한 일이었다. 친구들도 서로를 사랑해서라기보다는 마지못해 같이 지내는 것이 사실이었지만, 어쨌든 우리가 남다르다는 것은 거슬릴 수밖에 없는 문제였다.

사실 우리들의 불안감과 사랑의 위기가 구체적으로 모습을 드러내기 시작한 것은 우리가 아이를 가지는 문제에 대해 얘기를 꺼낸 순간부터였다. '아이를 키우면서 과연 두 집 살림을 할 수 있을까?' 헤어지지도 않고 아이도 갖지 않고 각자 다른 집에서 사는 것이 우리에게는 최선책이었다. '하지만 아이가 생기면?'

혼자 있는 시간들이 우리에게는 절대적으로 필요했다. 우리를 인격적으로 좀 더 훌륭하게 만들 수 있는 것은 고독뿐이었다.

우리의 친구들도 특별히 만족스러워하는 것 같지는 않았다. 불행했다고까지는 할 수 없었지만 만족스러워했던 것도 아니다. 모두들 한결같이 하던 얘기가 삶의 낙은 아이들이라는 것이었다. 세상에서 유일하게 아름다운 것이 아이들이었다. 이야기는 마치 사랑이 아이들을 갖기 위해 지불해야 하는 대가라는 식으로 흘러갔다. 아이를 가진 친구들은 우리가 이해하지 못한다고만 했다. 두려움과 과대망상증을 안고 살아가는 어리석은 사람들이 대부분이었는데도, 아이가 태어나고 몇 달만 지나고 나면 어느 날 갑자기 모든 걸 통달한 현자로 둔갑했다. 친구들은 우리가 무슨 얘기를 하든지 간에 때와 장소를 가리지 않고 마치 윗사람이 아랫사람에게 말하듯이 대답했다.

"아이를 가지기 전에는 모르는 거야."

들을 때마다 웃음을 자아내는 말이었다. 재미있는 건 그들이 어떻게 삶의 무대에 올라와서 얼마나 그럴싸하게 각자의 역할을 소화해내고 있는지 바라보는 일이었다. 친구들은 우습게도 똑같은 말을 아무 경우에나 집요하게 사용했다.

"물 한잔 마실래?"

"응, 고마워."

"그래, 아이를 가지기 전에는 모르는 거야. 이 물이 얼마나 소중한 건지……."

우리는 결혼을 하고 나서 성숙해진 친구들을 본 적이 없다. 그들이 사랑 이상의 것이라고 믿었던 것도 곧장 위기에 봉착했고 욕망은 의무로, 모든 대화는 '차라리 관두자!'라는 한마디로 대치되어버렸다.

아이들 때문에 같이 사는 사람들이 대부분이었다. 아니면 동거를 그토록 간절히 바라던 시절의 외로움이 두려웠기 때문일 수도 있었다.

결국에는 우리도 시도를 해보자는 결론을 내렸다. 그리고 아이를 가질 준비를 한답시고 두 집 살림을 계획하는 도중에 모든 것이 그만 수포로 돌아가고 말았다. 준비가 덜 된 사람은 나였다. 나는 아직 아버지가 될 마음의 준비가 되어 있지 않았다.

나는 힘든 인생을 살아왔다. 항상 일만 하고 나 자신을 돌보지 않았다. 내가 정말 원하는 것이 무엇인지 개의치 않았다. 아이가 태어나면 이 모든 것을 처음부터 다시 시작해야 하지 않을까 하는 두려움이 있었다. 아이가 있으면 일도 더 해야 할 것 같고 책임져야 할 일도 늘어날 것만 같았다. 게다가, 내가 어떻게 감히 아이를 원할 수 있겠는가? 여전히 아버지를 찾고 있던 나였다.

그녀는 공교롭게도 내가 삶 속에서 뭔가 가볍고 흥미로운 것을 찾던 시기에 아이를 갖길 원했다. 동거 생활 초기에 내가 아이에 대한 두려움이 전혀 없었다는 걸 생각하면 좀 우스운 일이다.

그건 물론 내가 아이를 키워보겠다고 작정을 했거나 마음의 준비가 되었기 때문이 아니라, 단지 너무 깊이 사랑에 빠져 있어서 아무런 생각이 없었기 때문이다. 내게 아이가 생긴다는 건 그런 식으로 만난 지 얼마 되지 않았을 때의 그 광적인 사랑에 푹 빠진 상태에서만 가능했을 것이다. 그녀는 상황을 보고 천천히 결정하자는 의견이었다. 맞는 얘기였다. 그러나 내가 정신을 차리고 현실을 직시하기 시작한 후로는 더 이상 내키지 않는 일이 되어버리고 말았다.

하지만 솔직히 그녀가 날 떠난 건 내가 아이를 원하지 않아서가 아니라 무엇보다도 그녀가 나를 사랑할 수 있도록 나 스스로를 내버려두지 않았기 때문이다.

7.
분노의 구렁

　중학교 3학년을 마친 뒤에 나는 공부를 그만두고 아버지와 함께 바에서 일을 하는 것이 낫겠다는 생각을 했다. 결정을 내리게 된 이유 중에 하나는 책을 비롯해 기타 용도로 쓰이게 될 돈을 5년이나 더 낭비하도록 만든다는 것이 너무나 괴로웠기 때문이다. 그러고 싶지가 않았다.

　나는 바에서 일을 하기로 결심했다. 그것이 내가 할 수 있는 최선이었다. 더군다나 내가 부모님 곁에서 일을 하면 다른 사람을 고용하는 것보다는 돈이 덜 나갈 것이 틀림없었다. 모든 것이 다 예정되어 있는 듯했다. 언젠가 바는 내 소유가 될 터였다.

　부모님과 함께 일하면서 나는 우리가 처한 상황이 과연 어느 정도였는지를 깨달았다. 아버지는 돈이 관련된 골치 아픈 문제들과 우리를 연관시키지 않으려고 항상 애를 썼고 많은 얘기들을 입 밖으로 내지 않았다. 엄마도 가끔씩 질문을 던졌을 뿐 더 이상은 궁금해하지 않았다. 엄마는 아버지를 믿고 사랑했다. 나 역시 아버지를 사랑했다. 하지만 나는 알고 싶었다. 나는 그를 유심히 지켜보고 정보를 수집했다. 그리고 여러 가지 것들을 알게 되었다.

무엇보다 우리는 어음에 파묻혀서 살고 있었다. 집에서든 바에서든 여는 서랍마다 지불해야 할 어음이 들어 있었다. 지불된 어음을 발견하는 일은 아주 드물었다.

채무 기한이 끝나기 전에 돈을 내지 못하면 어음은 거처를 옮겨 3일 동안 공증인 사무소에 맡겨졌다. 그곳에서 수수료를 따로 내고 밀린 돈을 지불해야 했다. 하지만 3일이 지나고 나면 그다음에는 법원을 찾아가야 했다. 법원에서는 채무증명 말소를 요청할 수 있었다. 신청 서류와 인지를 비롯해 돈이 많이 들어가는 일이었고 따로 작성해야 할 서류들도 거의 한 뭉치였다.

하루는 신청서를 작성하기 위해 사무실의 테이블을 이용한 적이 있었다. 서기관 사무실에서 일하는 조그만 키의 빨강 머리 남자가 나에게 말을 걸었다.

"거기에 기대면 안 돼. 너 편하라고 가져다 놓은 테이블이 아니야. 남의 물건을 존중할 줄 알아야지."

나는 반사적으로 절을 하다시피 고개를 숙여 사과했다. 그러고는 밖으로 나와 벤치 하나를 찾아서 쭈그리고 앉았다. 글을 쓰기에는 불편한 자세라서 나는 벤치를 책상 삼아 무릎을 꿇고 앉았다. 그런 자세로 얼마나 많은 서류들을 작성했던지, 여전히 내 머릿속에는 당시에 기록하던 말들이 하나의 기도문처럼 남아 있다.

"만인에게 칭송받는 자상하신 재판장님께, 본인은……."

신청서 마지막에는 '충실하게 의무를 이행할 것을 약속드리면서'라고 적어야 했다. 마지막 문구까지 정확하게 기억하고 있는 것은 언젠가 한번 신청서 서류를 새로 사서 처음부터 끝까지 다시 적어야 하는 일이 있었기 때문이다. 다행히도 인지는 아직 붙이지 않은 상태였지만 나는 '의무'란 말을 빼먹는 어마어마한 실수를 범했다.

'만인에게 칭송받는 자상하신……'이란 말을 쓰기 위해 무릎을 꿇고 앉아 있던 내 모습이 어딘가에 사진으로 남아 있다면 한 푼도 아끼지 않고 사들일 것이다.

우리가 경험했던 껄끄럽고 모욕적인 상황들, 반갑지 않고 경망스럽고 오만하고 뻔뻔스러웠던 모든 사람들을 나는 하나도 빼놓지 않고 기억한다. 약한 자들 앞에서는 강한 척, 강한 자들 앞에서는 약한 척하는 사람들이었다.

아버지가 돈을 줘야 하는 방문 판매상들을 아침 일찍부터 기다리던 것이 기억난다. 사람들이 도착하면 아버지는 돈 대신에 항상 신세타령을 늘어놓았다. 결론은 당장은 돈이 없으니 다시 와달라는 것이었다. 한번은 이런 장면을 뚫어지게 쳐다보고 있는 나를 아버지가 특별한 이유 없이 외면한 적이 있다. 나는 왠지 모를 당혹감을 느꼈다. 그때부터 나는 방문 판매상이 바를 찾아올 때마다 가능하면 자리를 피했다.

엄마와 함께 모자라는 돈을 챙기기 위해 마지막 순간까지 계산대 앞에 서 있다가 은행이 문을 닫기 일보 직전에 돈을 내려고 쏜살같이 달려갔던 적이 수없이 많았다. 돈이 아주 조금만 모자랐던 적도 가끔 있었다. 이미 호주머니란 호주머니는 다 뒤져본 다음이었고 옷장 안의 겨울 코트들까지도 다 확인해본 뒤였다. 친구들에게도 부탁해봤지만 소용이 없었다. 어떤 친구들에게는 말조차 꺼낼 수가 없었다. 아직 갚지 못한 돈 때문에 아예 연락하지 않는 편이 훨씬 나았다. 무슨 놈의 삶이 그 모양이었는지……. 모든 것을 위해 달리고 가슴 졸이며 말도 안 되는 액수의 돈을 가지고 조마조마하면서 살아야 했다. 하루는 2만 7,000리라가 모자랐던 적이 있었다. 우리는 바 안으로 들어오는 손님마다 커피 한 잔만 하지 말고 뭐라도 좋으니 하나라도 더 주문하기를, 토스트 아니면 맥주, 무엇이든 조금이라도 더 비싼 것을 주문하기만 바랐다.

한번은 긁어모은 돈을 모두 종이봉투에 담아서 자전거를 타고 부리나케 달려가 돈을 낸 적이 있었다. 자전거를 타고 달리면서 최소한 몇 번은 사고도 낼 뻔했다. 헐떡거리면서 법원에 도착한 나는 집행관 앞에 가서 어음을 지불하기 위해 왔노라고 설명했다. 60세쯤 되어 보이고 1미터에서 콩 하나 더 얹은 듯한 키의 집행관이 나를 바라보며 말했다.

"이제 와서 돈 내려고 뛸 필요 없어. 돈도 없으면서 사인을 먼저 하는 일도 있어서는 안 돼."

그러고는 돈 봉투를 집어 들더니 지폐를 하나하나 정리까지 해가면서 돈을 세기 시작했다.

"다음번에는 정리해서 가져와. 모두 한 방향으로 놓이도록 해야지."

나는 의자를 하나 집어 들어 그의 머리를 내려치고 싶었다. 돈을 정돈까지 해야 하는 줄은 몰랐다. 하지만 참아야 했다. 나는 많은 걸 배우고 있는 중이었다. 그리고 하루하루가 지나면서 내가 아무 말도 하지 말고 입을 꼭 다물고 있어야 하는, 무슨 일이 있어도 꾹꾹 참으면서 살아야 하는 사람들의 계층에 속한다는 걸 깨달았다. 세상은 그들이 누구이고 내가 누구인지 가르쳐주었다. 그리고 그 속에서 산다는 것이 무엇인지 깨닫게 해주었다. 그것이 내가 받은 교육이었다. 나의 졸업장은 그 안에 들어 있었다.

나는 대답조차 크게 할 수 없었다. 다음에 내가 1분이라도 늦게 도착하면 이미 끝났다고 문전박대를 당할 수도 있었기 때문이다. 대신에 고분고분 행동하면 한두 번쯤은 그가 눈감아줄 수도 있었다. 나는 감사도 할 줄 알아야 했다. 그가 친절하게도 나를 이용했다는 사실 때문이었다. 그걸 입 밖으로 내뱉은 사람 역시 그 인간이었다.

"내가 친절하게 대해주는 것도 한두 번이지, 계속해서 늦는 건 안 좋은 버릇이야."

아무 말 없이 고개를 숙이는 것, 이것이야말로 진정한 사회인의 정치적 태도다.

하루는 채무 기한이 끝난 어음을 지불하기 위해 어느 공증인에게 돈을 가져간 적이 있었다. 그는 돈 봉투를 거꾸로 뒤집어 책상 위에 털어놓고는 불평을 토로했다.

"이 쓰레기들은 다 뭐야?"

"저희가 제시간 안에 못 낸 미불 어음을 갚으려고 가져온 돈인데요."

"아니, 이걸 오후 내내 세고 앉아 있으란 말이야 뭐야? 다음번에는 큰돈으로 좀 가져와!"

'오후 내내 내 좆이나 빨아라, 이 더러운 새끼야!'

내가 하고 싶었던 말이었다. 다시 한 번 의자를 집어 들고 그 자식의 검게 그을린 얼굴을 뭉개버리고 싶었다. 사무실 입구에 걸려 있던 라이언 클럽 휘장을 뜯어다가 갈기갈기 찢어서 그 잘난 입에다 처넣고 싶었다. 당연히 오후 내내 씹어 먹을 시간은 없을 테니 큰돈처럼 큼지막하게 썰어서 입에 처넣을 참이었다.

그는 무능한 삶의 결정체라고 할 수 있는 인간이었다. 무능하면서도 위선으로 가득한 인간들이 있다. 크리스마스 자선 경매 행사처럼 무엇을 기부하든 자신의 이름이 새겨지는 것을 보지 않고는 못 견디는 인간들이다. 그는 어딘가에 늘 소속되고자 하고, 무슨 수를 써서라도 관대한 사람으로 보이려고 집착하는 욕망의 노예였다.

의자를 집어 들고 사람들의 머리를 깨부수는 것, 그것이 내가 가지고 있던 환상이었다. 하지만 나의 현실은 달랐다. 어쩔 수 없이 그 잘난 공증인 앞에서도 나는 시선을 떨어뜨리고 나지막한 목소리로 대답했다.

"네, 알겠습니다. 죄송합니다."

거의 반사적인 반응이었다. 아무런 생각 없이 내뱉은 말이었다. 그 공증인은 내게 또 다른 삶의 교훈을 심어주는 또 하나의 인간일 뿐이었다.

나는 분노를 삭일 줄 아는 법을 배웠다. 그것은 여러모로 유익했고 무엇보다도 바의 바닥을 청소하는 데 커다란 도움이 되었다. 얼룩을 닦고 지우고 묵은 때를 긁어내고 구석구석 문지르고 필요하면 검지 손톱이라도 사용해서 바닥을 깨끗하게 청소하려면 분노를 삭일 줄 알아야 했다. 손님들이 이용하고는 물조차 내리지 않는 화장실도 내 몫이었다. 그런 일을 할 수밖에 없는 것이 바로 내 운명이었다. 그러니까 바가 아버지의 소유였다는 것만 해도 덕분에 일자리를 쉽게 얻을 수 있었으니 감사해야 할 일 중에 하나였던 것이다.

바가 문을 여는 시간은 아침 7시였다. 아버지는 5시 반이면 벌써 일어나서 일을 하러 내려갔고 나는 한 시간 정도 뒤에 움직이기 시작했다. 코르네토*와 미니 피자, 파니니도 모두 우리가 만들었다. 나는 쉽게 일어나질 못했다. 자명종이 울리고 나서 다시 잠이 들어버리는 경우가 허다했다. 벌써 아침이라는 것이 믿기지가 않았고 이제 막 잠자리에 든 것 같은 느낌을 떨쳐버릴 수가 없었다. 시계를 잘못 맞추었으리라는 막연한 기대감뿐이었다. 그래서 내가 제시간에 내려오지 않으면 아버지는 집으로 전화를 했고 엄

---

* 이탈리아식 크루아상

마가 방 안으로 들어와서는 나를 깨우며 말을 걸었다.

"로렌초, 또 잠들었구나. 그만 일어나야지……."

나는 엄마의 목소리에 반사적으로 벌떡 일어났고 2분이면 벌써 바에 내려가 있었다. 9시가 넘으면 은행에서 전화가 걸려 오기 시작했다. 그것도 세 군데에서 걸려 오는 전화였다. 은행이 세 개라는 건 계좌가 세 개라는 걸 의미했고, 결과적으로 하나 이상의 수표첩을 가질 수 있다는 걸 뜻했다. 이 일로 후에 고소를 당한 아버지는 장장 5년 동안이나 은행에 계좌를 열 수가 없었다. 하지만 다행히도 내가 성인이 되는 해였고 우리는 내 이름으로 곧장 또 다른 계좌를 열 수 있었다. 그러던 어느 날 은행장이 나를 소환했다. 그의 사무실에 들렀던 날 나는 수표첩을 반납했고 카드도 그날부로 끊기고 말았다. 나는 은행을 벗어나면서 내가 왠지 불치병을 앓고 있는 환자처럼 느껴졌다.

은행 계좌를 하나 이상 여는 건 돈이 없는 사람들에게는 필수적인 일이기도 하다. 거의 대부분은 수표의 인출 날짜를 뒤로 미루어 쓰고 결제를 하기 때문이다. 그래서 사람들은 그걸 '미사일 수표'라고 부른다. 원래는 불법이다. 하지만 어떤 사람들에게는 불법이 유일한 돌파구가 되기도 한다. 물론 부자가 되기 위해서가 아니라 살아남기 위해서라는 단서가 붙어야 할 것이다. 우리 식구들은 '미사일 수표'로 어떻게 시간을 버는지에 대해 모르는 것이 없는 전문가가 되어버렸다. 가능한 한 결제는 금요일 오후에 하는 것이 유리하다. 금요일 오후에는 은행이 문을 닫아서 아무도 현금을 인출할 수 없기 때문이다. 게다가 우리에게는 토요일의 수익이 보장된다는 유리한 점도 있었다. 아니면 수표에 다른 도시 이름을 쓰는 방법도 있다. 보통 '지역'을 표시하는 곳에 쓴다. 수표를 발행한 은행의 도시와 다른 이름이면 된다. 그러면 수표가 며칠 정도 돌아다니다가 도착하기 때문에 돈이 인출되기 전까지는 꽤나 긴 시간이 걸린다.

한번은 영업을 마치고 가게 문을 닫은 뒤에 아버지가 나를 은행의 야간 입금 창구까지 차로 데려다 준 적이 있었다. 은행에서 발부한 돈주머니를 이용해 돈을 입금하기 위해서였다. 창구가 열렸을 때 나는 구멍 안에 들어가지 못한 채 옆으로 쓰러져 있는 또 다른 주머니 하나를 발견했다. 돈으로 가득 찬 주머니였다. 나는 주머니를 집어 들고 차에서 기다리고 있던 아버지에게 가져갔다.

"이런 게 있던데요. 돈으로 가득 찼어요."

아버지는 주머니를 한 번 쳐다보고는 1초 정도 기다렸다가 입을 열었다.

"잘 닫아서 다시 안으로 집어넣어라. 이번에는 구멍 안으로 떨어지는지 꼭 확인하고……."

이것이 바로 우리 아버지의 모습이다. 그렇게 어려운 순간에도 아버지는 정직함과 인간 존중을 가장 우선시할 줄 알았다. 나는 아직 어렸고 어떤 것들은 정말 이해하기가 힘들었다. 아버지는 이러한 가치들이 중요하다고 가르쳤지만 그의 가르침은 많은 문제를 안고 있었다. 나를 인간 취급조차 하지 않는 오만하고 경망스러운 인간들이 모든 면에서 탁월했고 모두에게 선망의 대상이었기 때문이다. 내가 보기에 그건 불공평한 일이었다. 나는 혼란스러웠다. 이해하기가 힘이 들었다. 나는 우리 부모님이 가르쳐주는 인생의 가치가 실제의 삶 속에서는 그다지 효율적이지 않을 수도 있다는 의혹을 품기 시작했다.

한번은 바에 새로운 상품을 소개하러 왔던 방문 판매상들이 돌아다니면서 아버지가 돈을 제때 지불하는 사람인지 물었던 적이 있다. 모두들 이구동성으로 했던 얘기는 아버지가 힘들어한다는 것과 지불 기한을 제대로 지킨 적도 없다는 것, 하지만 끝내는 빚을 갚는 사람이라는 것이었다.

어느 날 아침 보건위생부에서 나온 조사관이 바 안으로 들어와서는 이곳저곳을 둘러보았다. 1년 전에 우리한테 와서 그의 말대로 '소소한 수리'라는 걸 하게 만들었던 바로 그 사람이었다. 1년 전에 그는 우리가 파니니와 샐러드를 준비하는 안쪽 공간의 싱크대를 알루미늄으로 바꾸고 수도는 팔꿈치형으로 교체해야 한다고 말했다. 팔꿈치형이란 수도꼭지에 기다란 손잡이가 달려 있어서 팔꿈치로도 쉽게 물을 틀었다 잠갔다 할 수 있는 형태의 수도를 말한다. 외과 의사들이 수술실에 들어가기 전에 손을 씻는 곳에 가면 볼 수 있다. 화장실에 있는 양변기도 터키식 변기로 교체해야만 했다. 우리는 갑자기 큰돈이 들어가는 일이라 걱정이 앞섰지만 그 인간한테는 상관도 없는 일이었다.

"에이, 그 정도 가지고 뭘……."

그가 나가면서 했던 말이다.

그런데 이제 1년이 흐른 뒤에 똑같은 남자가 돌아와서 하는 말이, 팔꿈치형 수도는 유행이 지났으니 페달형을 써야 하고 화장실도 터키식 변기로 반드시 바꿀 필요는 없었다는 것이었다.

"지금 우리를 가지고 노는 거요? 1년 전에 이걸 전부 바꾸게 한 사람이 바로 당신이잖아!"

나는 소리를 버럭 질러버렸다.

"아니, 이 조그만 것이 감히 누구한테……."

아버지가 나를 말리고 나섰다. 나한테 나가 있으라고 하고는 그에게 곧장 미안하다며 사과하기 시작했다. 나는 작업복을 집어 던지고 밖으로 뛰쳐나와 거리에 있는 쓰레기통을 발로 걷어찬 뒤에 정원으로 향했다. 내가 가게로 돌아왔을 때 아버지가 분노를 터뜨리며 나에게 퍼부었던 말들이 아직도 기억난다. 그중에서도 머릿속에 또렷이 각인되어 있는 말은 내가 살아가면서 분을 삼켜 넘길 줄 알아야 한다는 것이었다. 아버지는 끝에 가서 이런 말도 했다.

"주인 행세를 하는 놈들이 괜히 주인 행세를 하는 줄 알아? 놈들이 먹는 빵은 두꺼워서 속이 안 보이는 법이야……. 그렇게 화가 난 것 같지는 않으니까 그나마 감사한 줄 알아. 그 인간이 한번 속이 뒤틀리면 우리 가게 문 닫게 만드는 건 일도 아니라니까. 그게 무슨 뜻인지 알지?"

우리는 아무에게나 위협받을 수 있는 존재였다. 하다못해 그

난쟁이 같은 놈도 우리를 궁지에 몰아넣을 수 있었다.

어느 날 아침에는 식품위생관리국의 지역 담당이 우리 바에 벌금고지서를 던져놓고 갔다. 하루 수익의 반이 훨씬 넘는 액수였다. 벌금의 명목은 문밖에 영업시간을 표시하지 않았다는 것뿐이었다.

나는 더욱더 화가 치밀었다. 속에서 들끓는 분노는 금방이라도 터질 것 같은 시한폭탄처럼 느껴졌다. 그때까지 한 번도 느껴본 적이 없는 분노였다. 나는 언제나 조용하고 성실한 소년이었다. 하지만 그때부터 나는 분노를 안고 살아갔다. 이 분노를 해소하는 방법은 두 가지뿐이었다. 나는 마음을 진정시키기 위해 칸나를 피우거나 아니면 일요일에 축구 경기를 보러 스타디움에 갔다.

스타디움에서 상대편 팀을 응원하던 사람들은 전부 일주일 내내 나를 괴롭히던 이들과 같았다. 나는 응원을 하는 동안 그들을 향해 고래고래 고함을 지르면서 욕설과 위협을 퍼부었다. 응원단끼리 한바탕 싸움이 붙었고 나도 같이 끼어들고 싶은 충동이 강하게 일었지만 얼른 마음을 고쳐먹었다. 나는 폭력과는 거리가 먼 사람이었다. 말로 했으니 그만 멈추어야 했다. 하지만 얼마나 통쾌했는지 모른다! 나는 목이 완전히 쉰 상태에서 스타디움을 나오곤 했다.

어쨌든 나는 스타디움에서 만나던 친구들과는 내가 조금 다르다는 것을 느꼈다. 그래서 다른 친구들을 사귀기 시작했다. 주로 디스코텍에 다니던 친구들이었다. 거리를 싸돌아다니는 청년들의 햄버거 문화가 폭발적인 인기를 얻고 있었던 시기였고 나 역시 그 분위기에 푹 빠져들었다. 가뜩이나 어려운 상황에 일은 더욱 복잡하게 꼬여가기 시작했다. 그때부터, 하다못해 양말들까지도 브랜드 이름을 달고 나왔기 때문이다. 한 가지만큼은 분명했다. 나는 팀버랜드나 몽클레르 양말 같은 건 꿈조차 꿀 수 없었다. 한번은 시외에 이름 있는 옷가게를 간 적이 있었다. 유명 상표의 제품들이었지만 전부 소소한 하자가 있는 옷들만 파는 곳이었다. 나는 호주머니 부위에 조그마한 얼룩이 있는 스톤 아일랜드 청바지를 한 벌 샀다. 흠이 있었지만 비싼 건 마찬가지여서 다른 건 아무것도 살 수가 없었다. 대신 나는 벌링턴 양말을 여섯 켤레나 가지고 있었다. 다섯 켤레는 가짜였지만 한 켤레는 오리지널이었다. 물론 가격이 얼마인지는 부모님께 얘기하지 않고 산 양말이었다.

일요일이 돌아와서 디스코텍에 갈 때면 당연히 나는 오리지널을 꺼내 신었다. 그러던 어느 날 그레타가 눈치를 채고 내 양말을 가리키면서 이렇게 말했다.

"아니, 너는 맨날 똑같은 양말만 신고 다니니?"

모든 친구들이 그 소리를 듣고 한바탕 웃는 일이 벌어졌다. 일주일이 지난 뒤에 나는 오리지널을 다시 신는 것이 나을지 아니면 가짜가 더 나을지 한참을 고민했다. 그리고 결국에는 디스코텍에 가는 걸 포기하고 말았다. 한 켤레의 양말 때문에 집을 나설 수가 없었던 것이다. 그것이 내가 처한 상황이었다. 그 부끄러운 인생이 나의 인생이었다.

한번은 내 친구 카를로의 또 다른 친구 한 명이 18살 생일 파티를 연 적이 있었다. 카를로는 그 친구에게 나를 데려가도 되냐고 물었고 그는 파티가 디스코텍에서 열리니 아무런 문제가 없을 거라고 했다. 우리 모두가 알고 있던 친구였다. 잘생긴 유도 선수였고 여학생들이 굉장히 좋아했을 뿐 아니라 부잣집 아들이었다. 그 친구의 집안은 시에서 잘살기로 소문나 있었다. 나는 그 파티에 꼭 참석하고 싶었다. 같이 갈 수 있다는 것이 믿기지가 않을 정도였다. 어쨌든 잘 차려입고 갈 필요가 있는 파티였다.

"넥타이는 매지 않아도 되는데 최소한 재킷에 바지는 챙겨 입어. 청바지 입지 말고."

나한테는 신데렐라의 무도회나 마찬가지였다. 엄마가 누구한테 돈을 빌렸는지, 이모였는지 아니면 엄마 친구였는지, 기억나지는 않는다. 어쨌든 어느 날 오후 엄마와 나는 어마어마하게 큰 옷가게를 찾아갔다. 우리는 재킷과 바지 한 벌, 그리고 넥타이 대신에 머플러를 하나 샀다. 돈에 여유가 조금 있어서 나중에는 셔츠도 한 벌 살 수 있었다.

나는 파티에 참석했다. 잘사는 집안 아이들이 모두 그곳에 모여 있었다. 그리고 나는 그들 중에 한 명이었다. 올림포스 산에 올라와 있는 느낌이었다. 옷도 새 옷이었다. 하지만 문제는 옷이 아니라 신발이었다.

특히나 내가 삐딱하게 걷는 바람에 바깥쪽으로 많이 닳아 있는 낡은 신발이었다. 신발이 나의 본래 모습을 드러내고 있었다.

하지만 내 정체를 폭로하던 것이 신발 한 가지만 있었던 건 아니다. 또 다른 것이 있었다. 그것은 어쩌면 신데렐라가 겪었을 수도 있을 법한 문제였다. 내가 항상 생각했던 것이 있었다. 신데렐라야 물론 멋진 드레스를 입고 예쁜 머리를 하고 유리 구두를 신고 무도회에 참석했겠지만 과연 손도 그렇게 아름다웠을까? 그녀의 손은 무도회장에 있는 다른 귀부인들과는 틀림없이 달랐을 것이다. 그녀의 손은 바닥용 걸레를 쥐어짜고 화장실을 청소하고 독한 세제를 사용하는 손이었을 것이다. 내 손 역시 친구들의 손과는 판이하게 달랐다. 내 손은 상처와 할퀸 자국과 굳은살투성이였다.

어쨌든 나는 파티에 참석할 수 있어서 행복했다. 나는 흥분된 상태였고 아무도 내게 특별한 관심을 가져주진 않았지만 거의 모두와 얘기를 나눌 수 있었다. 하지만 내가 조금 특이하다는 건 누구나 눈치챌 수 있었다. 아이들은 서로를 곧장 알아보았다. 한 번도 본 적이 없는 사이이거나 다른 도시에서 온 아이가 끼어 있어도 아이들은 한결같이 똑같은 냄새를 풍기고 있었다. 가난이 가난의 냄새를 풍기듯이, 내 얼굴에 쓰여 있는 가난이 냄새를 풍기듯이, 그들 역시 그들만의 냄새를 풍기고 있었다. 그들과 함께한다는 것만으로도 흥분되어 있던 나는 그 순간 마음속에 깊은 상처를 받고 말았다. 나는 되돌아가기로 마음먹었다.

디스코텍에서 나오는 동안 입구에서 사브리나라는 여자아이를 알게 되었다. 내가 입고 있던 새 재킷을 눈여겨본 것 같지는 않았다. 완전히 취해 있었기 때문이다. 어쨌든 그다음에 일어난 일은 2분 뒤에 우리가 어느 방 안에서 뜨겁게 키스를 하고 있었다는 것이다. 두말할 필요도 없이 나는 10초 만에 사랑에 빠져버리고 말았다. 디스코텍을 빠져나왔을 때는 꼭 구름 위를 걷는 것만 같았다.

다음 날부터 곧장 나는 번호 사냥을 시작했다. 내가 아는 거라곤 그 아이의 이름이 사브리나라는 것뿐이었다. 카를로는 그 여자아이가 어느 파티에서 두 명의 남학생과 동시에 놀아났던 걸로 유명하다는 얘기를 해주었다. 내 눈에는 그렇게나 얌전한 아이였는데, 도저히 믿을 수 없는 얘기였다. 무엇보다도 상상이 가질 않았다. 어쨌든 카를로 덕분에 나는 사브리나의 집 전화번호를 얻을 수 있었다. 불행히도 휴대폰이라는 것이 없었을 때였다. 집으로 전화를 건다는 건 내가 원하는 사람이 전화를 받으리란 보장이 전혀 없다는 걸 의미했다. 그녀의 오빠 혹은 어머니가, 최악의 경우에는 그녀의 아버지가 전화를 받을 수도 있었다. 그때만 해도 나는 사브리나의 부모님이 이혼을 했고 아버지는 더 이상 그녀와 같이 살고 있지 않다는 것을 모르고 있었다. 나는 번호를 눌렀고 그녀의 어머니가 전화를 받았다.

"안녕하세요. 저는 로렌초라고 하는데요. 사브리나와 통화할 수 있을까요?"

"잠깐만 기다리거라. 사브리나아—. 너한테 전화 왔다. 로렌초라는데."

그러고는 어머니가 다시 말을 이었다.

"지금은 힘들겠어. 샤워 중이거든. 번호를 남겨줄래? 사브리나가 전화하겠단다."

휴대폰이 나오기 전 일이지만, 누구한테 전화를 걸었는데 그 친구가 샤워 중이란 대답을 들으면 사실 그 친구는 화장실에 가 있는 경우가 대부분이었다. 점잖지 못한 얘기다 보니 예의상 그렇게 둘러대는 것이 보통이었다. 하지만 지금은 변기 위에 앉아서도 얼마든지 전화를 받을 수 있으니 상황이 많이 달라진 셈이다. 그래서 상대가 뭘 하고 있냐고 물어오면 힘을 주면서 얼마든지 이렇게 말할 수가 있다.

'응, 부엌 정리하고 있었어.'

옛날에는 전화를 기다리는 상황도 많이 달랐다. 지금이야 휴대폰이 있으니 저녁에 외식을 하러 나가도 아무런 문제가 없다. 하지만 아주 옛날에, 무선전화기조차 없었을 때는, 꼭 받아야 하는 전화를 기다리는 중이라면 전화기 옆에 아예 진을 치고 앉아 있는 것이 상책이었다. 혹시나 화장실을 간 사이에 전화가 걸려 오면 어쩌나 두려워서 꼼짝도 하지 못했다. 내가 따로 전화번호를 가지고 있지 않은 사람이라면 다시 전화를 건다는 것도 불가능했기 때문이다. 전화를 못 받으면 그걸로 끝이었고 필요하다면 수십 통의 확인 전화를 작정하고 걸어야만 했다.

'네가 전화 걸었니?'

게다가 이런 말을 내가 좋아하는 사람에게 한다는 건 죽을죄를 졌지만 사랑한다고 고백하는 것과 마찬가지였다.

전화를 기다릴 때마다 매번 전화번호부에 낙서를 하거나 잡지에 실린 배우들의 활짝 웃는 얼굴에 하얀 이 대신 검은 이를 채워 넣어야 했던 것도 커다란 고충 중에 하나였다. 하지만 집 전화의 가장 큰 맹점은 통화를 하는 동안 전화기에서 멀어질 수가 없다는 것이었다. 그래서 가족 모두가 듣는 가운데 통화를 할 수밖에 없던 때도 있었다. 당시 미국 영화를 보면 선 길이가 10미터가 훨씬 넘는 전화기가 나온다. 우리에겐 꿈이나 다름없는 전화기였다. 아니나 다를까, 그 시절을 보낸 사람들은 휴대폰이 등장하자마자 전화를 하면서 걷는 버릇이 생겼고 통화를 마칠 때면 수 킬로미터 떨어진 곳에 가 있기도 했다. 개인적으로도, 휴대폰을 사용해서 대화를 하다가 길을 잃어버렸던 사람들을 몇 명 알고 있다. 그 사람들을 찾겠다고 경찰견이 투입되기까지 했었다.

나는 사브리나의 전화를 기다리는 동안 내내 그녀가 전화를 걸 리가 없다는 두려움에 사로잡혀 있었다. 그런데 내가 전화기에서 멀어지자마자 그녀가 전화를 걸어왔다. 전화를 받은 사람은 엄마였다.

"전화받아라. 누가 널 찾네."

내 입안은 침이 바싹 말라 있었다. 할 말도 미리 준비해두었고 잊어버리지 않기 위해 스무 번도 더 반복해서 연습을 했는데도 '여보세요'란 말 한마디에 모든 것이 기억 속에서 사라지고 말았다. 게다가 그녀는 내가 누군지도 모르는 상태에서 전화를 걸었다. 그녀가 제일 먼저 내뱉은 말이었다.

"너 누구니?"

"나⋯⋯ 로렌초야. 기억할지 모르겠는데, 알베르토의 파티에서 만났잖아. 그러니까⋯⋯ 우리, 키스까지 했었는데."

"그럼, 당연히 기억하지."

"내가 물어보고 싶었던 게, 혹시 만날 생각이⋯⋯ 그러니까, 우리 다시 한 번 보는 게 어떨까 하는데⋯⋯."

"좋아. 조금 더 있다가 괜찮으면 내가 시내로 나갈게. 4시에 극장 앞에서 보자, 어때?"

"그래그래."

불가능한 일이 벌어지고 있었다. 아버지한테는 그날 오후에 3시 반이면 일을 마치고 나가야 된다고 설명한 뒤 4시 정각에 극장 앞에 가 있었다.

나는 사브리나의 남자 친구로 등극했다. 우리는 거의 2주 동안이나 커플로 지냈다. 그녀의 집을 찾아갔던 날 나는 누군가 느닷없이 나타나서 나를 깔보며 비웃을까 봐 지레 겁을 먹고 있었다. 혹시라도 이 모든 것이 누군가 꾸며낸 일인지도 모른다는 생각이 들었다. 어쩌면 내 재킷을 보고 비웃었던 놈들이 작당을 하고 꾸민 음모인지도 몰랐다. 내가 모든 게 사실이었다는 것을 깨닫고 믿기까지는 거의 일주일이라는 시간이 소요되었다. 우리가 사귀었던 시간의 절반이었다. 뭐랄까, 내가 그렇게 멋진 것에 익숙하지 않았던 때문이기도 하고 내가 곧장 의혹부터 가지기 시작했던 탓도 있었다. 가끔씩 나는 키스를 하는 동안에도 눈을 뜨고 도대체 어디에 함정이 있는 걸까 살피기까지 했다. 어떻게 아이들이 사브리나를 두고 그런 이야기들을 수군거릴 수 있는지 믿기지가 않았다. 너무나 상냥하고 아름다운 아이였다. 그런 얘기들이 사실인지 물어보고 싶은 충동을 느낀 적도 있었지만 결국에는 용기를 내지 못하고 포기하고 말았다. 어쩌면 그걸 정말로 알고 싶었던 건 아니었는지도 모른다. 하지만 나는 여전히 왜 그녀가 나와 함께하길 원하는지 궁금했다. 내가 생각했던 것 중에 하나는 부모님을 향한 반항심 때문일 수도 있겠다는 것이었다. 누구보다도 아버지를 향한 반항심이 컸을 것이다. 제일 흔한 경우이긴 했지만 젊은 여비서 때문에 집을 나가버렸으니 딸의 반항심 정도는 어떻게 보면 지극히 당연한 결과였다.

그러던 어느 날, 나와 내 친구 알레산드로는 우연의 일치치고는 좀 이상하다 싶은 사실 하나를 발견했다.

"안녕, 알레산드로! 어떻게 지내?"

"응, 별일 없어. 넌?"

"나…… 여자 친구 생겼어."

"이야아, 짜식! 드디어 해냈구나. 누군데?"

"사브리나라고 해."

"그래? 내 여자 친구 이름도 사브리난데……."

"내 여자 친구는 언덕에 있는 동네에 살아."

"그래? 이상하네, 내 여자 친구도……."

알레산드로가 그녀의 성까지 얘기해주었을 때는 도저히 믿기지가 않았다. 우리는 같은 여자 친구를 사귀고 있었던 것이다.

우리는 곧장 전화박스로 달려가서 전화를 걸었다.

"안녕, 사브리나. 나 지금 여기 알레산드로랑 같이 있는데, 알레산드로가 하는 말이 자기가 네 남자 친구래."

2초 동안 아무 말이 없다가 전화가 끊기고 말았다.

알레산드로는 화가 난 듯했다. 나는 거의 죽을 지경이었다. 살면서 내 마음을 가장 많이 아프게 한 여자들의 순위를 매긴다면 사브리나는 틀림없이 메달권 안에 들어갈 것이다. 고작해야 10일 만에 끝난 러브 스토리였지만 나는 실망이 이만저만이 아니었다. 아직은 상처받기 쉬운 나이였기 때문이다.

다음 날 사브리나가 가게로 전화를 걸어서 자기 집으로 좀 와달라고 부탁했다. 나는 다시 그녀를 찾아갔다. 사브리나는 내게 사과를 하더니 내가 알레산드로나 이전에 사귀던 남자 친구들과는 다르다면서 자기를 이해해주는 유일한 남자라고 했다. 나는 그녀를 항상 부드럽게 대할 줄 아는 남자였고 자기를 침대로 데려갈 생각만 하는 다른 남자아이들과는 전혀 다르다는 것이었다. 아니나 다를까, 알레산드로와는 경험이 있었지만 나하고 있는 동안 그런 일은 일어나지 않았다. 그도 그럴 것이 함께 있는 동안 내가 영원한 사랑을 운운하면서 낭만적인 이야기들만 늘어놓았으니 어쩔 수 없는 노릇이었다. 용서를 비는 의미에서였는지, 헤어지지 말자고 나를 설득하고 싶어서였는지 그녀는 나에게 바지를 내려보라고 했다. 바보같이 나는 그냥 괜찮다고 해버렸다. 그러자 그녀는 서랍에서 스웨터를 한 벌 꺼내 들었다. 나를 위해 사두었던 스웨터였다. 그 옷을 보는 순간 가슴이 찡해졌다. 푸른색 스웨터에 앞쪽에는 색색으로 물고기들이 새겨져 있었다. 레 코팽에서 만든 스웨터였다. 그냥 스웨터가 아니라 레 코팽이었다. 아침 일찍부터 채무증명 말소신청을 하러 가는 아이는 절대로 입을 수 없는 스웨터였다. 화가 머리끝까지 치솟은 은행장은 절대로 만날 일이 없는 아이들만 입을 수 있는 스웨터였다. 그들은 나와 아버지의 얼굴에 침 뱉는 일을 밥 먹듯이 하는 인간들의 아이들이었다. 화장실 청소도 한 번 해본 적이 없고 걸레도 짜본 적이 없는 아이들이었다. 미워해야 했지만 대신에 내가 부러워했던 아이들이었다. 그걸 알고 있던 사브리나가 이제 마지막 카드를 꺼내 든 셈이었다.

레 코팽 스웨터는 나의 자존심을 위기에 빠뜨렸다. 나는 생각을 해보겠다고만 말했다. 하지만 스웨터 선물은 기꺼이 받아들였다. 멋들어진 쾌락은 거부하고 스웨터는 뿌리치지 못했던 것이다. 얼마나 비참했는지 모른다.

나는 그녀를 다시 만나지 않았다. 결국에는 그녀를 용서하는 데 실패하고 말았다. 하지만 스웨터는 되돌려주지 않았다. 나한테 얼마나 잘 어울리던지…….

8.
(돌아온) 그녀

결국에는 그녀가 나를 사랑할 수 있도록 내버려두지 않았기 때문에 그녀가 떠난 것이라는 생각을 하면서 깨달은 것이 있다. 우리가 어떤 사람을 사랑할 때, 그 사람이 우리에게 해준 것보다는 우리가 그 사람을 위해 해준 것이 많기 때문에 계속해서 사랑을 하게 되는 경우가 종종 있다. 내가 그녀에게서 빼앗은 것이 바로 그 가능성이었다.

그녀와 함께 있을 때 내가 자주 하던 말이, 나에겐 나만의 공간이 필요하다는 것이었다. 그리고 한참이 지난 뒤에야 나는 내가 필요로 하던 유일한 공간이 바로 그녀였다는 사실을 깨달았다.

그녀가 나를 떠난 건 두 번이다. 정말로 헤어지기 넉 달 전에 벌써 한 번 시도해본 적이 있었다. 내가 가지고 있는 두려움에 대해서 그녀가 떠나기 전에 내게 남겼던 말이 기억난다.

"인생은 누가 보증해줄 수 있는 성질의 것이 아니야. 고장 나면 누가 와서 고쳐주고 가는 세탁기라도 되는 줄 알아? 망가지면 그걸로 끝이라고. 팔짱 끼고 바라보면 인생이 뭔지 보이니? 그게 뭔지 깨달을 수도 있겠지. 하지만 그건 환영에 불과해. 실제로 네가 할 수 있는 거라곤 아무것도 없는 거야."

그녀가 처음 나를 버리고 떠났을 때 우리는 어떤 식으로든 일단락을 맺어야 할 필요가 있다는 걸 벌써 오래전부터 알고 있었다. 무슨 일이든 벌어질 수밖에 없는 상황이었다. 그런 식으로 계속해서 살아간다는 것은 현실적으로 불가능한 일이었다. 나는 내 자존심을 버리는 데 성공하지 못했고 결국에는 우리의 러브 스토리를 버리고 말았다. 나는 '우리'라는 걸 지탱할 만한 능력이 없었다.

그녀는 떠나버렸고 나는 곧 미칠 것만 같았다. 그녀 없이는 더이상 살아갈 수가 없었다. 나는 그녀를 돌아오게 만들려고 모든 노력을 쏟아붓기 시작했다. 안 한 짓이 없었다. 페인트를 사다가 그녀의 집 앞 인도 위에 빨간 하트를 그리는 것이 시작이었다. 끊임없이 전화 걸기에 문자 세례까지 쉴 틈을 주지 않았고 그림을 그려 사무실로 팩스를 넣기까지 했다. 나는 그녀의 집 앞에서 내가 그려놓은 빨간 하트 옆에 앉아 그녀를 기다렸다. 꽃을 보낸 적도 있다. 반지도 보냈고, 색연필에 거품 비누까지, 그리고 무엇보다도 나의 확신을 실어 보냈다. 전화로 그녀의 친구들까지 괴롭히면서 그들에게도 도움을 요청했다. 한번은 완전히 취한 채 그녀의 집 앞에서 밤을 새운 적도 있다. 그리고 함께 우리 아이를 가지고 싶으니 제발 집 안으로 들어가게 해달라고 졸랐다.

결국 나는 그녀를 설득하는 데 성공했고 그녀는 다시 나에게 돌아왔다.

이어지는 날들은 항상 그래야 하지 않을까 싶을 정도로 행복했다. 그때까지 나는 한 번도 그렇게 많은 사랑을 한꺼번에 받고 느껴본 적이 없었다. 사랑을 나누는 것도, 같이 식사를 하는 것도, 일을 먼저 마치고 집으로 돌아와 그녀를 기다리는 일까지도 모두 즐겁고 행복하게만 느껴졌다. 사랑하면서 동시에 사랑받을 수 있다는 건 커다란 기쁨이었다. 내가 느꼈던 것이 바로 그런 사랑이었다. 아니, 적어도 나는 그렇다고 믿고 있었다.

그러나 내가 더 이상 감당해내지 못하는 시점이 찾아왔고 천천히 모든 것이 다시 처음으로 되돌아갔다.

우리는 곧장 알아차렸다. 그녀는 좀 더 견뎌보고 싶어 했지만 결국에는 다시 내 곁을 떠나고 말았다. 작별을 고하던 날 문 앞에서 나를 보고 돌아선 채 눈물을 글썽거리며 말했다.

"로렌초! 그거 알아? 이렇게까지 날 바보로 느끼게 만든 사람은 세상에 너밖에 없을 거야. 그런 너한테 내가 다시 돌아왔다는 게 아직도 믿기지가 않아…… . 솔직히 말해서 우리가 처음 시작했을 때는 모든 게 정말 멋있고 짜릿짜릿하고 네가 하는 것들 전부, 네가 살아가는 방식까지도 다 마음에 들었어. 단지 네가 가지고 있는 몇몇 생각들만 바꿀 수 있으면 좋겠다고 생각했고 또 그럴 수 있다고 믿었어. 그걸 내 마음대로 해보겠다고 생각하다니…… . 널 내 마음대로 바꿔보겠다는 바보 같고 건방진 생각을 했던 것이 내 잘못이야. 어쩌면 너를 과대평가했는지도 몰라. 내가 네 모습을 너무 이상적으로만 꾸며왔던 건지도……. 몰라, 더 이상은 아무것도 모르겠어.

같이 지내는 동안 나한테 신경써주었던 거 너무너무 좋았어. 넌 그런 거 잘하잖아. 날 돌아오게 만들려고 했던 일들을 얘기하는 게 아니야. 그 이전 얘기야. 나한테 그렇게 세세한 부분까지 신경써주는 모습을 보고 자기가 나를 사랑하는 줄 알았어. 정말 사랑에 빠진 사람만이 그런 걸 할 수 있다고 생각했던 거야. 하지만 내가 틀렸어. 아니, 어쩌면 아닐지도 몰라. 내가 틀린 게 아니라 정말 몇 분 안 되는 짧은 시간이지만 네가 정말로 나를 사랑했던 적이 있었을 거야. 그래, 비록 짧은 시간이었지만 마음의 문을 열고 나를 사랑했어. 단지 마음의 문을 곧장 다시 닫아버렸을 뿐이야. 네가 왜 그랬는지 그 이유도 알아. 그건 누군가 그 안에 들어올까 봐 겁이 나서가 아니야. 너는 밖으로 나오기가 두려운 거야. 네 스스로 거기서 달아날까 봐 두려운 거야.

로렌초! 난 네 잘못이란 얘기는 하고 싶지 않아. 네가 원래 그런 걸 어떻게 하겠어. 다 내 잘못이야. 나랑 있으면 네가 사랑하는 법도 배울 수 있을 거라고 생각했어. 하지만 어느 한순간만 빼놓고는 아직도 아니야. 네가 하는 건…… 그건 끼워 맞추기라고 하는 거야. 사랑을 표현해도 그게 전부라고. 왠지 알아? 네가 네 생각만 하기 때문이야. 뭘 하든지 네 걱정만 한다고. 하는 행동이든 일이든 하다못해 포기하는 일까지도 너는 네 생각만 해. 게다가 그런 식으로 네 사랑이 전부 증명될 수 있다고 믿잖아……. 네 눈에는 다른 사람들이 포기하고 희생하는 건 보이지도 않아. 너랑 같이 지내는 게 쉬웠을 것 같아? 너야 그렇다고 생각하겠지. 옆 사람을 방해하는 법도 없고 도움을 청하는 법도 없고 화도 안 내고 싸우지도 않고……. 하지만 알아둬, 네 옆에서 지내는 거 힘든 일이야. 내가 얼마나 많이 걱정하고 참고 기다리고 실망도 하고 눈물도 흘려보고 펑펑 울기까지 했는지 몰라. 아무 말도 하지 않고 안 보이는 곳에서 그랬으니 네가 알 턱이 없지. 내가 한 번이라도 얘기를 꺼낸 적이 없는 건 너한테 상처를 주고 싶지 않아서였어. 그리고 또 누구든지 너란 사람을 알게 되면 입부터 다물게 된다는 거 알아? 그건 네가 어떤 반응을 보일지 빤히 알기 때문이야. 네 옆에서 지내는 게 힘들면 헤어지면 될 거 아니냐는 게 네 대답이잖아. 네 마음속엔 아무런 감정도 남아 있질 않아. 그래서 네가 화를 안 내는 거라고. 그건 네가 감정을 다스릴 줄 알아서가 아니라 감정이란 감정은 모조리 뿌리치기 때문이야. 분노도 뿌리치고 사랑도 뿌리치고 무엇이든 그냥 네 일 속으로 숨어버리잖아. 네 일이 중요하다는 건 우리 모두가 아는 사실이야. 하지만 우리 두 사람한테는 이래저래 아무것도 못 하게 만드는 원인이었잖아? 저녁 약속 취소했던 적이 도대체 몇 번이었지? 보기로 했다가 못 본 영화들, 가기로 했다가 못 간 콘서트들, 걷다 만 산책로, 마지막 순간에 날아가버린 주말 약속들……. 전부 뿌리치고 억누르고 지워버리고……. 세상에 일하는 사람은 너밖에 없는 것 같잖아. 일에만 그렇게 빠져 있으니 한 사람이 네 곁에 같이 있고 싶어서 참아내는 그 수많은 일들에 관심이 갈 리가 없지. 지금도 한번 봐. 내가 이제 떠나려 하잖아. 널 버리고 떠나려는 거라고. 이번에는 정말 영영 떠나는 거야. 그런데도 너는 아무것도 문제 될 게 없다는 듯이 입만 꾹 다물고 있잖아. 얘기해봐. 내가 이기주의자라고, 내가 나쁜 년이라고. 너를 있는 그대로 받아들이지 못하고 가차 없이 차버리는 인정머리 없는 여자라고 얘기해보라고. 소리라도 질러봐. 화라도 좀 내보라고. 그렇게 멀뚱멀뚱 서 있지 말고 뭐라도 해보란 말이야."

그녀는 반짝이는 눈으로 나를 똑바로 바라보며 문 앞에 꼼짝 않고 서 있었다. 그녀는 나에게 도망가지 못하도록 잡아달라고 애원하고 있었다. 그게 바로 그녀가 내게 묻고 싶었던 말이었다. 내가 할 수 있는 말이라고는 한마디밖에 없었다.

"내가 무슨 말을 하겠니. 네 말이 맞아. 이해해."

실망한 표정으로 그녀가 마지막 말을 내뱉었다.

"지옥에나 떨어져라!"

그녀는 그렇게 내 시야에서 사라졌다.

9.
새로 이사 온 이웃집 사람

나는 14살이었다. 로베르토는 30대 초반이었을 것이다. 그는 집 앞에서 박스 위에 앉아 기타를 치고 있었다. 우리들의 첫 만남이 이루어지는 순간이었다.

"여기 사니?"

그가 물었다.

"네. 그런데 왜요?"

"오늘부턴 나도 여기서 살거든. 이사 왔어."

"아, 네. 전 로렌초라고 해요. 3층에 있는 빈 아파트로 이사 오신 모양이네요? 저는 아저씨 집 지나서 바로 왼쪽 아파트에 살아요. 지금 올라가세요?"

"아니, 친구 기다리고 있는 중이야. 친구 차로 다른 박스들을 실어 오고 있거든. 또 보자."

"그래요."

세상에는 처음 만날 때부터 상당히 흥미로운 인상을 풍기는 사람들, 그래서 곧장 가깝게 느껴지는 사람들이 있다. 로베르토도 그런 사람들 중에 하나였다.

그가 이사를 온 곳은 우리 집 바로 옆이었다. 저녁이 되면 사람들의 웃음과 음악 소리가 그의 아파트에서 자주 흘러나왔다. 나는 궁금했다. 그래서 벽에 귀를 가져다 대고 흘러나오는 음악 소리를 엿듣곤 했다. 가끔은 컵을 사용하기도 했다. 하지만 나중에 가서는 접시를 이용하는 것이 훨씬 더 잘 들린다는 것을 알아냈다. 말소리는 알아들을 수 없었지만 사람들이 즐기고 있다는 것만큼은 파악할 수 있었다. 그들과 함께 어울리고 싶은 마음도 있었지만 모두들 내 나이의 두 배나 되는 30대 어른들이었고 내가 그 사이에 낀다 해도 나를 사람 취급조차 하지 않을 것이 분명했다.

하지만 로베르토는 집 밑에서 혹은 계단이나 바에서 만날 때마다 내게 인사를 건넸다. 그는 항상 내가 어떻게 지내는지 물었고 매번 조금씩 나와 얘기를 나누었다. 그는 사람들의 눈치를 보며 내게 형식적인 인사를 건네는 법이 없었다. 그는 나를 인격적으로 대해주었고 그를 만나는 것이 내게는 언제나 반갑고 즐거운 일이었다. 집에 있는 동안 그의 아파트 문이 열리는 소리가 들릴 때면 나는 바에 내려가는 척 밖으로 뛰어나가곤 했다. 내게 인사를 할 때마다 그는 웃음을 한껏 선사했다. 그의 자유분방함은 바로 내가 꿈꾸어왔던 것이었다. 그는 혼자서 살고 있었고 하고 싶은 대로 마음껏 할 수 있었다. 그는 내가 가족이란 울타리를 넘어서야만 경험할 수 있는 바깥세상 그 자체였다. 매료당할 수밖에 없는 존재였다.

어느 날 바에 나타난 로베르토는 평상시처럼 선 채로 에스프레소를 마시고 곧장 가버리는 대신 자리를 차지하고 앉았다.

"집 밖에 갇혀버렸어. 복사해놓은 열쇠를 친구가 지금 가지고 오는 중이야. 주머니에 있는 줄 알았는데 밖으로 나와서 문을 닫으니까 그제야 부엌 테이블 위에 놓고 나온 열쇠 꾸러미가 떠오르는 거야. 젠장."

"제가 한잔 쏠까요?"

"그래, 맥주 한 병 마실게."

나는 안타까운 마음이 들었다. 하지만 그를 만나서 반가웠고 말도 조금은 해볼 수 있겠다 싶어서 내심 들떠 있었다. 그의 친구가 가능하면 늦게 왔으면 좋겠다는 생각도 했다.

"옆자리에 같이 좀 앉아도 돼요?"

"그럼, 당연하지. 여기서 하루 종일 일하는 거니?"

"일요일만 빼고요."

"일은 맘에 들어?"

"네, 불만은 없어요. 일이니까요. 문제가 조금 있기는 하지만, 문제없는 사람이 어디 있겠어요?"

"벌써부터 어른처럼 얘기하는구나……. 그럼 학교는 안 다니니?"

"네, 중학교 3학년 마치고 그만뒀어요. 1년도 채 안 됐네요."

"책 읽는 건 좋아하니?"

"그저 그래요. 저는 공부랑은 거리가 멀어요. 게다가 하루 종일 일을 해야 하니까 책 읽을 시간도 없고."

"시간이야 만인이 둘러대는 핑계고……. 그래, 일 안 하는 저녁에는 뭘 하니?"

"아버지 어머니랑 텔레비전을 보든지 아니면 제 방에 가서 혼자 보든지 그래요……. 알아요, 무슨 얘기인지. 텔레비전 볼 시간이 있으면 책 읽을 시간도 있을 거란 얘기잖아요. 맞아요. 하지만 하루 종일 일을 하고 나서 머리 쓰는 일은 내키지 않아요. 텔레비전 보는 게 더 좋아요. 쉬고 싶은 생각밖에는 없는데……."

"그래. 일리가 있는 말이네. 음악은 좋아하니?"

"바스코요. 난 바스코 로시를 좋아해요. 바스코 좋아하세요?"

"그럼. 음반만 집에 수두룩하게 쌓여 있는데. 괜찮으면 와서 들을래? 그래, 와서 다른 음악들도 들어봐. 마음에 드는 게 있을지도 모르잖아?"

"축구팀은 어디 응원해요?"

"응원하는 팀 없는데……. 축구 안 보거든. 하지만 어렸을 때는 밀란 응원했어. 아버지 따라서."

"나도 밀란 응원해요. 지난주 일요일엔 재수 없게 지고 말았어요. 이길 수도 있는 경기였는데. 마지막에 2분 남겨놓고 들어간 골이……."

책도 음악도 나는 아는 게 없었다. 하지만 축구 얘기라면 자신이 있었고 그에게 잘 보이고 싶은 생각뿐이었다. 나는 당시의 시즌 경기 결과 말고도 그전에 있었던 경기까지 모든 내용을 완벽하게 외우고 있었다. 매 경기마다 뛰었던 선수들, 골을 넣은 선수들 그리고 몇몇 경기는 골이 들어간 시간까지도 기억하고 있었다. 바를 찾는 손님들도 다른 얘기는 아예 하질 않았다. 월요일이 특히 더 그랬다.

하지만 로베르토가 축구를 좋아하지 않는다는 사실에 나는 당황했다. 더 이상 무슨 말을 해야 할지 몰랐고 거북함이 느껴지기 시작했다. 어쩌면 로베르토가 나보다 나이가 두 배나 많은 사람이었기 때문일 수도 있고, 아니면 그에게 잘 보이고 싶어서 조급해했던 것인지도 모른다. 어떻게 해보고 싶다는 생각에 나는 마음만 졸이고 있었다.

그때 그의 친구가 열쇠를 들고 나타났다. 나는 속으로 살았구나 싶었다. 로베르토는 남은 맥주를 들이켜고 자리에서 일어났다.

"얼마니?"

"됐어요. 내가 쏜다고 했잖아요."

"고마워, 잘 마셨어. 오늘 저녁에는 집에 나 혼자 있는데, 식사하고 들르고 싶으면 와도 돼. 무슨 음악이 네 마음에 드는지 한번 보자."

"정말요?"

"그럼."

나는 당장이라도 그의 집에 쫓아갈 수 있었지만 집에서 식사를 하고 부모님에게도 옆집으로 음악을 들으러 간다고 말했다. 두 분은 아무런 이의도 제기하지 않았다. 로베르토가 워낙에 친절하고 부모님 마음에도 쏙 드는 사람이었기 때문이다. 그는 사람을 끌리게 만드는 뭔가를 가지고 있었고 그것이 모두를 매혹시켰다.

식사를 마치고 나는 그의 아파트 문을 두드렸다.

"들어와, 들어와."

꽁초로 가득한 재떨이와 여기저기에 널려진 CD 재킷들, 아무렇게나 던져놓은 바지, 셔츠들이 눈에 들어왔다. 하지만 그날 나는 정말 멋진 밤을 보낼 수 있었다. 그가 말하는 방식에 나는 완전히 매료당했다. 그가 하는 모든 말들이 얼마나 열정적이던지 들으면서 그 이야기에 푹 빠져들 수밖에 없었다. 그가 설명하는 세계를 동경하지 않는다는 건 불가능한 일이었다. 왠지 그가 형처럼 느껴졌다. 로베르토는 내가 한 번도 가져본 적이 없는 완벽한 형이었다. 흥미진진한 것들을 끝도 없이 알고 있었고 무엇보다도 그걸 내게 가르쳐주고 싶어 했다.

"맥주 한잔 할래?"

맥주는 내가 싫어하는 것 중에 하나였다.

"네, 좋아요."

우리는 수다를 조금 떤 다음에 음악을 들었다. 도어즈의 노래였다. 그는 음악을 들으면서 왜 그룹 이름이 도어즈인지 이야기하기 시작했다. 도어즈란 이름은 윌리엄 블레이크가 언급한 적이 있는 '인식의 문'과 관련이 있었다. 블레이크 다음에는 올더스 헉슬리가 쓴 『인식의 문』이란 제목의 책 이야기가 시작되었다. 헉슬리가 메스칼린*의 효과에 관해 쓴 책이었다. 그는 내가 누군지도 모르고 있던 이 작가가 후두암 진단을 받고 말도 못 하는 상태로 말년을 침대에서 보냈다는 얘기를 해주었다. 헉슬리는 LSD 주사를 놔달라는 쪽지를 써서 아내에게 남기고는 그다음 날 아침에 세상을 떠났다. 바로 그날이 미국 대통령 케네디가 암살을 당한 날이었다. 로베르토는 짐 모리슨이 책을 읽던 로스앤젤레스의 베니스 비치 얘기도 해주었다.

"생각해봐. 짐 모리슨이 베니스 비치에 있는 그의 집 지붕 위에 올라가서 바다랑 지나가는 사람들을 바라보며 시도 쓰고 쉬지 않고 책을 읽었다는 게 상상이 가니?"

나는 그가 얘기하는 사람들이 전부 어떤 인물들인지, 베니스 비치라는 곳이 정확히 어디인지 정말 아무것도 모르고 있었다. 조금 창피한 일이지만 모든 것을 로베르토가 차근차근히 설명해주었다.

왠지 모르게 나는 문학을 비롯해서 어떤 특별한 음악들, 특별한 영화들은 전부 부자들을 위해 만들어졌다는 생각을 항상 가지고 있었다. 문학이나 연극 같은 것들이 내게 전해주는 느낌은 벤츠나 수영장이 딸린 빌라를 볼 때 느끼는 것과 크게 다르지 않았다. 그것은 운명이 다른 계층의 사람들을 위해 준비해둔 것일 뿐이었다.

대신에 하늘에서 뚝 떨어진 것 같고 교수의 이미지라고는 전

---

* 선인장에서 추출한 환각 물질

혀 찾아볼 수 없는 로베르토가 나를 그 세계 안으로 끌어들이고 있었다. 나와는 거리가 멀다고 항상 생각해왔던 것들에 대해 이야기하면서 나를 새로운 세계로 인도했다. 그는 우리들 중에 한 사람이었다. 그는 잘난 척하기 좋아하는 지식인과는 거리가 멀었다. 책에 대해 이야기할 때도 거만한 모습은 전혀 찾아볼 수 없었다. 그는 책을 사랑하는 사람이었고 내가 책을 가깝게 느낄 수 있도록 도와주었다. 그가 하는 모든 얘기는 한 이야기에서 또 다른 이야기로 이어졌고, 그런 식으로 영영 끝나지 않을 수도 있겠다는 느낌까지 들었다.

어느 시점에선가 그가 말했다.

"그것 참 안타까운 노릇이네. 책 읽는 걸 안 좋아한다니 말이야. 네가 좋아할 만한 정말 아름다운 이야기들이 많이 있는데……. 하지만 싫다는 걸 억지로 강요할 수는 없지. 너도 책을 싫어하는 이유가 있을 테니까."

"책을 읽는다는 게 왜 그렇게까지 중요한 거예요? 보니까 나보다 훨씬 더 오래전에 그것도 수천 킬로미터 떨어진 곳에서 살았던 사람들의 이야기 같은데, 그게 나한테 꼭 필요한 거예요? 가뜩이나 골치 아픈 문제도 많은데, 책까지 꼭 읽어야 하나?"

"책 읽는 게 너한테 힘든 일이면 안 읽어도 좋아."

"책을 읽으면 행복해지나요? 아닌 것 같은데. 인생고를 해결하려면 책을 읽을 게 아니라 일을 해야죠."

"네 얘기도 맞다. 하지만 행복이든 불행이든 자신이 당면한 문제들을 어떤 식으로 해결하느냐에 따라 뒤바뀔 수 있는 거야."

"그렇죠. 하지만 내 문제들은 실질적인 것들이에요. 머리로만 하는 고민이 아니라⋯⋯."

"그래. 하지만 문제 해결은 머리로 하는 거야. 가끔은⋯⋯ 우기고 싶지는 않은데, 어쨌든 알아둬야 할 건, 독서가 네 안에 있는 모든 것을 움직이게 한다는 거야. 시동을 거는 거지. 네가 가지고 있는 상상력, 정서, 감정 모두 말이야. 책을 읽는다는 건 세계를 향해 우리 감각의 문을 열어젖히는 것과 같아. 독서란 우리가 가슴 안에 가지고 있으면서도 책을 읽지 않으면 놓치기 쉬운 것들을 찾고 확인하는 일이야. 우리가 삶의 중심을 되찾을 수 있도록 도와주는 거지. 읽는다는 건 맞는 말을 찾는 것과 같아. 네가 설명하기 힘들었던 것들을 완벽하게 표현하는 말을 찾는 거지. 그건 네가 한마디로 표현하기 힘들었던 말의 이유를 밝혀내는 것과 같아.

책 속에 쓰여 있는 다른 사람들의 말이 우리 안에서 메아리처럼 울려 퍼질 때가 있어. 왜냐하면 우리 안에 이미 들어 있었던 말이기 때문이야. 플라톤이 얘기했던 것도 바로 이런 종류의 앎이었어. 원래 우리의 것이고 우리가 가슴속에 담아두고 있는 앎이지. 독자가 젊은 사람이든 노인이든 중요하지 않아. 도시에 살든 시골에 살든 중요한 건 그게 아니야. 마찬가지로 책이 다루는 주제가 과거이든 현재이든, 혹은 상상 속의 미래이든 상관없는 문제야. 시간이란 상대적인 개념이야. 모든 시대마다 현재였던 때가 있는 거지. 그리고 무엇보다도 책을 읽는다는 건 멋진 일이야. 책을 한 권 다 읽고 나면 가끔은 배가 부를 때도 있어. 충족감을 느끼는 거지. 몸도 거뜬해지고."

책에 대한 긴 대화를 마친 뒤에도 우리는 음악을 더 들으면서 이런저런 얘기를 나누었다. 그리고 나는 집으로 돌아왔다. 어쨌든 그날은 평상시에 비해 친근감이 덜 느껴졌던 날이었다. 뭔가가 나를 불편하게 만들었다. 하지만 또 다른 무언가가 계속해서 나의 관심을 부추기고 있었다.

그날 이후로 우리는 많은 시간을 함께 보냈다. 로베르토는 계속해서 책, 영화, 음악 이야기를 늘어놓았고 나중에는 그런 주제들을 가지고 얘기를 나누는 것이 나한테도 자연스러운 일이 되어버렸다. 그는 정말 친형이나 다름없었다. 내가 고른 형이었을 뿐이다. 한 달 정도 시간이 흐른 뒤에 나는 그에게 책을 한 권 빌려줄 수 있냐고 물었다.

"당연하지. 하지만 나중에 돌려줘야 돼. 난 책은 아무한테도 안 빌려줘. 너한테만 예외로 빌려주는 거야. 어쨌든 책을 고르는 것만큼은 신중해야 돼. 만에 하나라도 책이 네 마음에 안 들면 다른 책들도 안 보게 되거든."

우리는 책꽂이 앞으로 다가갔다. 나는 제목들을 읽기 시작했다. 짐 모리슨이 베니스 비치의 지붕 위에서 읽던 『밤 끝으로의 여행』**이 눈에 들어왔다. 나는 그 책부터 시작해야겠다고 생각했다.

** 루이 페르디낭 셀린의 소설(원제 「Voyage au bout de la nuit」)

그러나 로베르토의 생각은 달랐다. 첫 책으로 읽기에는 상당히 어려운 내용이기 때문에 좀 더 시간을 두고 기다렸다가 읽는 편이 더 나을 거라고 했다.

"쓴 에스프레소나 마찬가지야. 항상 설탕을 넣고 마시던 사람이 그 맛을 음미할 수 있으려면 적응하는 데 시간이 걸리거든."

나는 그의 말을 믿기로 했다.

그러나 다시 한 번 내 선택은 과감했다. 그가 미소를 지으면서 말했다.

"그건 더 난해한 책이야. 하지만 네가 좋은 책 냄새를 맡을 줄 아니 어쨌든 반가운 일이다. 책방에 가서 무슨 책을 골라야 할지 모르는 경우가 생겨도 걱정은 없겠어."

내가 냄새를 맡을 줄 안다는 얘기는 사실과 거리가 멀었다. 내가 조이스의 『율리시스』를 골랐던 것은 중학교에 다닐 때 오디세이를 공부했으니 읽기가 훨씬 수월할 거라고 생각했기 때문이다.

그 시점에서 나는 그에게 책을 한 권 골라달라고 부탁했다. 로베르토는 잭 케루악의 『길 위에서』를 집어 들었다.

내가 집 밖으로 나서기 직전이었다.

"잠깐만. 생각 바꿨다. 그 책 빌려줄 생각 없어."

"어…… 미안. 얘기를 하지……."

"그냥 줄게. 선물이야. 자! 연필도 하나 줄게. 그래야 맘에 드는 문장이 있으면 밑줄도 그을 거 아냐!"

내가 그의 집을 나왔을 때 내 손에는 책 한 권과 연필 하나가

쥐어져 있었다. 나는 침대에 누워 책갈피 사이로 나의 첫 여행을 시작했다. 책 제목은 내가 처한 상황을 완벽하게 표현하고 있었다. 나는 이틀 만에 책을 다 읽었고 그를 다시 만났을 때 이렇게 말했다.

"이런 걸 꼭 책이라고 해야 하나, 차라리 인생이라고 하지……."

그는 미소로 대답했다.

"책 한 권 더 빌려줄 수 있어?"

"한 권 사줄게. 생각나는 책이 있는데, 보나마나 다 읽고 나면 책을 곁에 두고 싶어 할 거야. 아무한테도 빌려주지 못할걸? 어쨌든 그래야 마음 놓고 밑줄도 그을 수 있을 테니까."

그는 내게 브루스 채트윈의 『송라인』을 선물해주었다. 푹 빠져들었던 기억이 난다.

시간이 조금 흐른 뒤에 독서는 일종의 마약이 되어버렸다. 나는 계속해서 책을 읽었다. 어떤 책들은 하룻밤 사이에 끝을 보기도 했다. 가끔은 책 내용이 너무 마음에 들어서 읽는 속도를 늦추기까지 했다. 더 이상 넘어가고 싶지 않은 페이지들이 있었다. 이야기가 금방 끝난다는 것이 도무지 마음에 들지 않았다.

케루악과 채트윈 다음에는 헉슬리를 읽었다. 나는 초창기에 읽었던 책들을 아직까지도 기억한다. 존 판테의 『애스크 더 더스트』, 찰스 부코스키의 전 작품들, 허먼 멜빌의 『모비딕』, 월터 스콧의 『아이반호』, 체사레 파베세의 『달과 화톳불』, 디노 부차티의 『타타르의 사막』, 헤밍웨이의 『태양은 다시 떠오른다』, 플로베르의 『감정교육』, 카프카의 『심판』, 괴테의 『친화력』과 『젊은 베르테르의 슬픔』, 스티븐슨의 『보물섬』, 트루먼 커포티의 『인 콜드 블러드』, 오스카 와일드의 『도리언 그레이의 초상』, 하인리히 뵐의 『어느 어릿광대의 견해』, 이탈로 칼비노의 『보이지 않는 도시들』, 파솔리니의 『루터의 편지』……

도스토옙스키의 작품들은 한마디로 충격이었다. 그가 묘사하는 현실이 얼마나 생생했는지 모른다. 나는 그가 가리키는 건물들의 계단, 지하실, 부엌의 냄새까지 맡을 수 있었다. 눈길을 걷는 장면에선 오싹함이 느껴졌고 주인공들이 난로 가까이서 손을 녹일 때면 따뜻함이 느껴졌다.

학교를 다니던 내 친구들은 낮에 공부를 했고 밤에는 책 읽을 생각을 하지 않았다. 대부분은 공부에 흥미를 느끼지 못했고, 시험기간이 끝난 후에는 아무것도 기억하지 못했다. 대학에 가서도 문제는 시험을 통과하는 것뿐이었다. 시험 전날 밤새 공부하는 아이들도 있었지만 일주일만 지나고 나면 대부분의 경우는 모든 걸 다 잊어버리고 말았다. 그건 음식을 잔뜩 먹고 다 토해낸 다음 몸이 가벼워짐을 느끼는 것과 비슷했다. 폭식증……

내 상황은 조금 달랐다. 의무적으로 공부한다는 것은 내게 이색적일 뿐이었다. 나는 책과 가까워지면서 나한테 맞는 책들을 골라 읽었다. 특별한 목적이 있는 선택은 아니었다. 점수를 따기 위해서도 아니었고 단지 새로운 걸 발견한다는 즐거움을 느낄 뿐이었다. 내게 계속해서 책을 읽도록 부추겼던 것은 의무가 아닌 나의 궁금증이었다. 나는 조금이라도 더 알고 싶었다. 그것이 내가 성장하고 있다는 것을 느끼게 해주었기 때문이다. 나는 책 속의 인물들과 만나는 즐거움을 발견했다. 그들과 나를 비교하고 경쟁까지 시도해보았다. 나의 내면은 그들의 내면과 은밀히 연결되어 있었다. 어렵고 힘들고 나보다 훨씬 열악한 상황 속에서 살아가는 사람들의 이야기를 읽는 동안 마음이 가벼워지는 것을 느꼈다. 많은 사람들이 굴욕을 당하는 상황 속에서 나는 외로움을 덜 수 있었다. 세상 어딘가에 나와 비슷한 사람들이 있었다. 나는 내가 버려진 존재가 아니라는 걸 깨달았고 무엇보다도 나 스스로에 대해 내가 모르던 많은 것들을 새로이 알게 되었다. 아무리 지어낸 이야기라 해도 감정만큼은 사실이었고 작가가 무슨 얘기를 하려고 하는지도 분명했기 때문이다. 새로운 인물들이 내 삶의 공간을 채우기 시작했다. 모두 나의 감정 상태에 변화를 주고 때로는 새로운 생각들, 새로운 느낌으로 나를 놀라게 하는 힘을 가진 인물들이었다. 집 안에는 책이 많지 않았다. 게다가 전부 내가 모르는 작가들이었고 부모님도 대부분의 인물들이 누구인지 알지 못했다. 세상은 기회로 가득했지만 우리 가족들의 눈에는 그것이 보이지 않았다. 내가 학교 숙제를 할 때 다른 아이들에 비해 훨씬 어려웠던 것도 바로 그 때문이었다. 다른 과목보다도 수학과 영어가 가장 힘들었다. 부모님은 내가 숙제하는 것을 도와줄 수가 없었다. 행렬이나 집합 괄호들을 보고 과연 무슨 대답을 해주셨을까? 내가 몇 번 도움을 요청했을 때 어쩔 줄 몰라 하면서 당황해하시던 두 분의 얼굴이 기억난다.

나는 바에서도 책을 읽기 시작했다. 물론 아침에는 불가능한 일이었다. 하지만 틈이 나는 대로, 특히 오후에는 테이블에 자리를 잡고 앉아서 책을 읽었다. 쉽지 않은 일이었다. 바에 있으면 해야 할 일이 끊이질 않았기 때문이다. 책이 너무 흥미로워서 저녁까지 참고 기다릴 수 없는 경우에는, 책을 화장실에 감추어놓고 가끔씩 들어가서 문을 걸어 잠근 뒤 조금씩 읽고 나오곤 했다.

계속해서 등장하는 새로운 이름의 작가들 말고도 내 삶은 가수와 음악가와 밴드로 채워지기 시작했다. 모든 정보의 경로는 로베르토였다. 샘 쿡, 쳇 베이커, 낸시 윌슨, 세라 본, 머디 워터스, 빌 위더스, 크리던스 클리어워터 리바이벌, 더 후, 재니스 조플린, 더 클래시, AC/DC, 크로스비 스틸스 내시 앤 영, 다이어 스트레이츠, 두비 브라더스, 에릭 클랩튼, 그랜드 펑크 레일로드, 이기 팝, 레드 제플린. 그는 종종 노래 가사들을 번역해주고 내가 마음에 들어 하는 노래들을 카세트테이프에 녹음까지 해주었다. 로큰롤에서부터 팝, 재즈, 블루스, 솔뮤직까지 모두…….

한번은 로베르토에게 이렇게 물은 적이 있다.

"이 많은 걸 어떻게 다 알게 된 거야? 이런 걸 나한테 가르쳐주니까 하는 말인데, 이걸 다 누구한테서 배운 거냐고."

"아버지한테서……. 난 이 음악들을 들으면서 컸어. 너한테 해주는 얘기들도 전부 아버지한테 들은 거고. 책들은…… 아주 어렸을 때부터 읽어주셨지. 저녁이 되면 옛날이야기를 들으면서 잠이 들곤 했으니까. 나는 아주 일찍부터 책을 읽기 시작했어. 그리고 15살이 됐을 때는 정말 닥치는 대로 읽었지. 항상 집 안에 틀어박혀서 책 한 권만 손에 들고 도무지 밖으로 나갈 생각을 안 했으니까. 어머니가 걱정을 꽤 하셨어. 나더러 그만하고 나가서 신선한 바람 좀 쐬고 오라던 소리를 정말 수도 없이 들었지…….

방 안에 책꽂이가 하나 있었어. 나는 거실 책꽂이에 꽂혀 있는 아버지 책들을 가져다가 하나씩 읽은 다음 내 책꽂이에 꽂아두기 시작했단다. 목표는 거실에 있는 책들을 전부 내 방으로 옮겨오는 거였어. 일종의 집착이었지. 책꽂이에 책들이 늘어가는 모습을 보면서 얼마나 기뻤는지 몰라. 누가 나한테 선물을 주고 싶으면 책을 사주면 된다는 걸 다들 알고 있었지. 대신에 어머니는 계속해서 걱정만 하셨어. 한번은 이렇게 말씀하셨어. '내가 저녁 먹으라고 부르지 않는 이상 넌 밥도 안 먹고 계속해서 책만 볼 게다. 내가 왜 걱정을 안 하겠니.' 그래서 나는 걱정하지 마시라고, 그냥 난 보이지 않는 도시 사이를 산책하는 걸 좋아할 뿐이라고 대답했지. 그랬더니 그 말이 더 걱정스러우셨는지, 날 심리분석가한테까지 보내려고 했다는 것 아니겠어?"

"아버지는 뭐라고 하셨는데?"

"아버지야 아무 말도 하실 수가 없었지. 내가 14살 때 돌아가셨으니까. 미칠 것만 같았지만 사실은 간단했어. 내가 세상에서 가장 사랑하는 사람을 잃었던 거야. 그래서 아버지를 더 가까이서 느껴보려고 아버지의 책도 읽어보고 음악도 듣고 했던 거지. 책장

들을 넘기면서 난 아버지를 다시 만날 수 있었어. 나보다 아버지가 먼저 읽었던 책이니까 무슨 흔적이라도 남겨놓지 않으셨을까 열심히 찾으면서 읽었지. 아버지는 『죄와 벌』 속에서 라스콜니코프와 함께 주막에 들른 적이 있었어. 『거장과 마르가리타』 속에서 베를리오즈와 함께 생수를 마신 적도 있고 나보다 먼저 『폭풍의 언덕』으로 올라가서 캐서린의 향기를 맡았던 거야. 『마의 산』을 산책하는 카스토르프와 로도비코 세템브리니의 뒤를 쫓아가며 그들이 주고받는 대화를 엿들었겠지. 나는 가끔 사물이나 상황을 묘사하는 대목들을 읽으면서 장면을 나름대로 꾸며보기도 했어. 재떨이가 하나 등장하면 그 위에 놓인 아버지의 담배꽁초를 상상했던 거야. 모래사장을 보면 아버지가 남겨놓은 발자국을, 자동차가 지나가면 운전대를 잡고 있는 사람이 혹시나 하고…… 알아, 망상에 불과하다는 거. 하지만 이런 상상을 할 수 있다는 것 자체가 나는 기뻤어."

10.
(이제 다른 남자를 사랑하는) **그녀**

"네 말이 맞아. 이해해."

그녀가 내 곁을 떠나는 순간 내가 했던 말이다. 안다. 정말 치졸하기 짝이 없는 말이었다는 건 그 말을 내뱉는 순간부터 벌써 느낄 수 있었다. 얼마나 저질스러운 표현이었는지 나도 안다. 하지만 그런 순간이 오게 되면 내 두려움들이 정체를 드러내고 나를 꼼짝달싹 못하게 만든다. 머리뿐만 아니라 몸도 함께 굳어버린다.

남에게 줄 줄을 모른다는 결함 때문에 나는 소중한 사람을 놓치고 말았다. 우리가 아이를 가지는 문제에 직면했을 때도 나는 실수를 범하고 말았다. 솔직히 말해, 정말 알고 싶어 한 적도 없었고 한 번이라도 그녀와 신중하게 대화를 나누어보려고 시도한 적도 없었다. 아이 얘기가 나올 기미가 보이면 나는 기분이 언짢아졌다. 어쩌면 그녀에게 아이가 얼마나 중요한 존재였는지 알면서도 모르는 척 방관만 했는지도 모른다.

초창기의 광적인 사랑 덕분이었을까, 한번은 아이를 갖는다는 것이 정말 멋진 일일 거라고 생각했던 적이 있었다. 하지만 나는 곧장 생각을 바꾸었다. 언제나 그랬듯이 두려움 때문이었다. 그리고 그 두려움의 시발점은 하나의 이미지였다. 어느 일요일 오후에 우리는 아이를 둘이나 키우는 친구 집에 놀러간 적이 있었다. 태어난 지 몇 달밖에 되지 않는 아이도 하나 있었다. 그녀는 아이들과 잘 어울렸고 특히나 큰아이와는 한참을 같이 붙어 있었다. 그러고는 막내와 내가 함께 있는 방으로 들어와서 아이를 팔에 안아 올렸다. 그 순간 내가 바라본 그녀의 모습과 얼굴 표정에서 떠오른 것은 다름 아닌 성모 마리아였다. 모성애로 가득한 그녀의 눈동자를 바라보는 순간 나는 더 이상 그녀를 사랑한다고 말할 수 없다는 걸 깨달았다. 그녀의 가장 커다란 꿈이 실현되는 것을 방해하는 내가 사랑한단 말을 계속해서 내뱉을 수는 없는 노릇이었다. 나는 선택의 기로에 놓여 있었다. 아이를 가지든지 아니면 그녀를 떠나보내든지 둘 중에 하나였다.

'영원히'란 표현을 쓸 수 있는 건 세상에 자식들밖에 없다는 얘기들을 종종 한다. 하지만 함께 자식들을 낳는 여자에게도 어떤 식으로든 영원하다는 표현을 써야 한다. 만에 하나 남자와 여자가 헤어지는 한이 있더라도 엄마와 자식들과의 인연은 끊을 수 없기 때문이다.

어쨌든 훨씬 쉬운 것이 자식의 역할이다. 아무것도 선택하지 않아도 되고 선택할 수도 없기 때문이다. 아버지, 어머니, 형제, 자매는 아무도 선택할 수 없다. 반면에 부모들에게는 선택을 할 수 있다고 하는 사실 자체가 가슴을 애타게 만드는 원인이 된다. 잘 못된 선택에 대한 두려움 때문이고, 그것이 계속해서 결정을 미루게 하는 요인이 되기도 한다. 내 경우가 그렇다는 것은 물론 아니다. 그렇다고 그녀가 문제였던 것도 결코 아니다. 그녀가 나를 버리고 떠난 것이 아이를 갖고 싶었기 때문이란 생각이 들 때면 나는 그녀를 더 칭찬해주고 싶은 마음뿐이다. 남자 하나를 차지하려고 엄마가 되는 것을 쉽게 포기하는 여자들도 세상에는 얼마든지 있다.

그녀는 내가 기대할 수 있는 최고의 여인이었다. 그러나 나는 그녀를 놓치고 말았다. 원인은 나에게 있었다. 내 잘못이었다. 그녀가 관심을 더 쏟아달라고 부탁할 때마다, 내게 좀 더 가까이 다가오려고 노력할 때마다 나는 오히려 거리를 두고 행동했다. 때로는 말 한마디만으로도 충분한 일이었다. 이제 그 거리감은 내가 더 이상 바라지 않는 것이 되고 말았다. 내가 그런 식으로 행동했던 것은 그녀가 나를 버리고 떠날 수 있다고는 단 한 번도 상상해본 적이 없기 때문이다. 그녀가 나를 사랑한다는 걸 느낄 수 있었다. 사랑이 많은 여자였고 자신이 느끼는 것을 표현하는 데 아무런 거리낌이 없는 여자였다. 나를 향한 그녀의 사랑이 나의 우유부단함을 충분히 덮어줄 수 있을 거라고 믿었다. 그러나 그녀에게 필요한 건 단 한순간이었다. 그녀가 내게 종말을 고한 것은 찰나에 불과했다. 한순간에 모든 것이 바뀌고 말았다. 그 순간에 나는 내가 던져버린 것이 얼마나 소중한 것이었는지를 깨달았다.

그녀와 함께 산책을 할 때면 모든 사람들이 그녀를 바라보곤 했다. 직장에서도 다른 남자들이 탐욕스러운 눈길로 그녀를 바라보면서 키스와 애무를 갈망했지만 그것이 허락되는 특권을 가지고 있는 사람은 세상에 단 한 명뿐이었다. 그녀는 나의 여자였다. 침대에 함께 있는 동안 가끔은 그녀가 내 곁에 누워 있다는 것이 믿기지 않을 때가 있었다. 그녀에게 키스하고 그녀를 만지고 내게 가까이 끌어당길 수 있다는 것이 꿈처럼 느껴지곤 했다. 그럴 수 있다는 것이 내게는 어떤 마약보다도 강렬하게 작용했다. 나는 끊임없이 그녀를 바라보고 욕망하고 그녀를 향해 손을 뻗었다. 그녀와 함께 식사를 마치고 테이블 위에서 사랑을 나눌 수 있었다. 내가 원하는 자세로 그녀를 취할 수 있었고 그녀는 그것을 기꺼이 받아들였다. 저녁에 화장을 지우느라 욕실에 들어가 있는 그녀의 치마를 들어 올리고 그곳에서 곧장 그녀의 뜨거운 몸 안으로 깊숙이 밀고 들어갈 수 있었다. 나는 그녀가 세면대 끝을 양손으로 꼭 붙들고 입술을 깨물면서 쾌락에 신음하는 모습을 거울을 통해 볼 수 있었다. 나는 그녀가 행복해하고 있으며 그것이 바로 그녀가 원하는 일이고, 오직 나에게서만 원한다는 걸 느낄 수 있었다. 나를 미칠 지경으로까지 흥분시키는 게 바로 그것이었다. 정말 믿기 힘들 정도로 놀라웠던 건 그렇게 아름답고 매력적인 그녀가 그 모든 것을 나하고만 하고 싶어 했다는 사실이다. 다른 남자들은 원하지도, 거들떠보지도 않았다. 아마도 그랬을 것이다.

하지만 지금은 내가 바로 그녀가 거들떠보지도 않는 남자들

가운데 한 명이 되고 말았다. 그녀와의 에로틱한 사랑을 상상하면서 자위밖에 할 수 없는 남자들 중에 한 명이 되고 말았다. 하지만 자위조차도 내겐 힘든 일이다. 그녀를 생각하면 슬퍼지기 때문이다. 나는 더 이상 그녀를 소유할 수 없다. 이제는 다른 남자가 그녀의 목덜미를 애무하고 있을 것이다. 다른 남자가 그녀의 가슴을 애무하면서 다리를 벌리고, 허리를 감싸 안고 그녀의 살 냄새를 맡으면서 부드러운 말과 함께 머리카락을 뒤로 넘기고 있을 것이다. 그녀의 머리와 허리를 붙들고 있는 것은 다른 남자의 손이다. 그녀는 즐겨야 한다는 생각뿐이다. 나를 잊어야겠다고 마음먹었을 것이다. 아니, 어쩌면 벌써 잊었는지도 모른다. 이제 그녀는 사랑을 나눌 때 더 이상 나를 생각하지 않는다. 쾌락을 느낄 때 이제는 나를 생각하지 않는다. 그녀의 행복 속에 나는 존재하지 않는다. 드디어 그녀는 행복을 쟁취했다. 그녀가 그토록 갈망하던 것을 누군가가 선사했기 때문이다. 내가 줄 수 없었던 것을 이제는 가졌기 때문이다.

그녀가 보고 싶다. 모든 것에서 그녀의 빈자리가 느껴진다. 내가 그녀와 헤어지게 될 날이 얼마 남지 않았다는 것을 당시에 알았더라면, 그녀의 새로운 이미지들을 빼놓지 않고 머릿속에 담는 일에 신경을 기울였을 것이다. 사진을 찍었을 것이다. 하지만 슬플 때 사진을 찍는다는 건 어울리지 않는 일이다. 사진에는 늘 미소가 담겨 있다. 사진들이 항상 간직하고 있는 의미가 있다. 그것은 시작이다.

지금은 사진들이 아무 데서나 불쑥불쑥 튀어나오지만 한때는 앨범 안에 보관하거나 상자에 담아 옷장이나 창고 깊숙한 곳에 넣어두는 것이 보통이었다. 고통스러운 기억을 보관하는 곳은 쉽게 손이 닿지 않는 곳이어야 했다. 지금은 다르다. 사진은 컴퓨터 속에, 메일 속에, 휴대폰 속에, 도처에 널려 있다. 오래된 사진 속의 푸른 바다를 주목하다가도 머나먼 기억들이 느닷없이 생생하게 떠오를 수 있다. 태양빛이 뜨겁게 내리쬐는 바닷가, 그녀의 눈동자와 미소, 행복에 젖어 있는 그녀의 빛나는 머리카락…… 디지털 포토는 언제 다시 나타날지 모르는 입병이나 다름없다.

　많은 사람들이 사랑하는 사람과 헤어진 뒤에 기회가 되는 대로 아무하고나 관계를 맺는다. 잊기 위해서이기도 하고 아니면 단순히 자신들이 원했던 게 바로 그것이었다는 자각 때문이기도 하다. 나는 아예 여자들을 당분간 만나지 않기로 다짐했다. 내가 먼저 선택한 것은 고독이었다. 기억에 충실한 고독, 어둠과 그녀의 영원한 빈자리에 충실한 고독이었다. 나는 끝없는 고요함을 갈망했다. 시간이 어느 정도 흐른 뒤에 나는 여자들과의 교제를 다시 시도했다. 하지만 나는 그 자리에 없는 것과 마찬가지였다. 또 다른 작별과 아픔을 낳을 수밖에 없는 만남이었다. 여자들이란 사랑받지 않는다는 느낌이 들면 나중에는 설교를 늘어놓고 죄목을 나열하기 마련이다.

　"……왜 그렇게 부끄러워 해? 편하게 생각해. 뭐가 무서운 거야? 어떻게 마음대로 할 줄 아는 게 없니? 넌 할 수 있다고 생각하겠지만 사실은 그냥 생각뿐이잖아……. 자유롭다는 게 다 뭐야? 네 스스로를 마음대로 내버려두질 못하면 그게 무슨 자유겠어? 여자들만 많이 만나면 다야? 결국에는 아무것도 남지 않아. 그건 도피에 불과한 거니까……."

내가 항상 하는 말이지만 전부 맞는 말들이다. 의식의 문제고 용기의 문제다. 둘 다 내가 가지고 있지 않은 것들이다.

하지만 적어도 한 번만큼은 나도 내 솔직한 생각을 얘기해보고 싶다.

'느낌만 가지고 내 결점들 정리하시느라 얼마나 많은 시간과 공을 들였는지는 모르겠지만, 네가 나한테는 다른 여자들과 다를 바 없고 중요하지 않을 수도 있다는 가능성에 대해서 정말 한 번도 생각해본 적이 없니?'

하지만 나는 남들의 잘못을 입에 담고 돌아다니지는 않는다. 나는 사람들이 내게 주는 것을 받아들일 뿐이다. 아무것도 주는 것이 없다면 내게는 중요하지 않은 사람이란 얘기다. 그 사람과의 관계는 형식적으로 남을 뿐이다.

하지만 그녀와의 관계는 달랐다. 그녀는 내게 중요한 사람이었고 우리 둘은 남다른 사이였다. 그러나 이제 그녀는 떠나버렸고 나는 엉망진창이 되고 말았다. 나는 허물어지기 일보 직전의 집과 같다. 손봐야 할 곳이 한두 군데가 아니다. 그 안에 여전히 그녀가 살고 있다. 아직까지는……. 그러나 수리가 끝나는 대로 그녀는 떠나야 할 것이다. 아니, 어쩌면 돌아와야 하는 것인지도 모른다.

그녀가 돌아오기를 내가 바라기 때문이다. 며칠 전에 그녀에게 전화를 걸었던 것도 바로 그래서였다. 그녀는 내게 다시는 전화하지 말라고 대답했다. 하지만 이제 확실히 깨달았다. 나는 그녀와 함께 지낼 마음의 준비가 되어 있다. 맹세할 수 있다.

하루는 니콜라와 그녀에 관한 이야기를 나눈 적이 있다.

"나는 내가 가지고 있는 한계 때문에 그녀를 포기했던 거야. 하지만 그녀를 사랑하는 걸 포기한 건 아냐."

"말도 안 되는 소리 그만 집어치워라. 아예 소설을 쓰지그래! 나 잠깐 좀 앉아야겠다, 토할 것 같아서……. 아니지, 어디다 적어 둬야겠네. 나중에 바비 인형 광고 만들 때 문구로 쓰면 좋겠어. 그래, 딱이네……. 신부 인형 다음에, 켄한테 버림받고서 자살하는 바비 인형을 만들어보는 건 어때? 이름하고 장면도 떠오른다. '슬픈 바비', 어때! 장난감 집 안에서 바비가 얼굴을 바닥에 댄 채 쓰러져 있고 그 옆에 텅 빈 약통도 하나 떨어져 있고……. 켄을 너무 너무 사랑해서 자살을 한 거지……. 아직도 정신 못 차리니? 네가 네 스스로를 아끼는 마음이 그녀를 사랑하는 마음보다 훨씬 더 강했던 거야."

"내가 나를 아낀다니 그건 또 무슨 말이야? 그게 대체 무슨 상관인데?"

"그 애를 사랑했다는 것 자체가, 네가 뭔가를 바꾸려고 했다는 것 자체가 네 균형을 깨뜨렸던 거야. 널 좀 봐! 원룸 아파트 하나로 네 세계를 구축했다고 생각하겠지만 벽을 허물고 공간을 더 넓

혀볼 생각은 조금도 안 하잖아. 알량한 그릇 하나 들고 돌아다니면서 네 그릇 안에 들어가는 것만 취하는 게 너야. 그것보다 더 큰건 다 버리잖아. 거추장스럽거든. 간단해. 적응하는 게 싫은 거고 삶이 네게 선사하는 모든 것이 거추장스러운 거야. 인생의 크기는 네가 정하는 게 아니야. 인생이 너를 붙들고 치수를 재는 거라고. 너는 '귀찮게 하는 법'부터 배워야 해. 내가 허구한 날 하던 말을 기억해봐라. 너는 사람을 도무지 귀찮게 하는 법이 없잖아."

맞는 얘기다.

문제는 이제 내가 투룸 아파트로 들어갈 준비가 되었다는 거다. 그게 힘들면 '슬픈 바비'라도 하나 살 참이다.

11.
고개를 폭 숙이고

15살의 나이에 일을 한다는 것은 억울한 일이다.

오후에 공원으로 모여드는 내 친구들을 만나려면 아버지의 허락을 먼저 받아야만 했다. 가끔은 친구들이 내가 일하는 바로 놀러오는 경우도 있었다. 친구들은 뜨거운 초콜라타를 마시거나 감자칩 혹은 케이크를 주로 사 먹었다. 뭘 먹느냐는 먼저 뭘 피웠느냐에 달려 있었다. 친구들 사이에서 나는 항상 이질감과 거리감을 느꼈다. 아마도 내가 유일하게 일을 했기 때문일 것이다. 나머지 친구들은 전부 학생이었고 활동하는 시간대도 모두 비슷했다. 18살이 되어서는 친구들도 공원에서 만나는 일을 자제하기 시작했다. 어떤 친구는 학교를 졸업하고 곧장 일을 시작했고 어떤 친구들은 연애를, 또 어떤 친구들은 대학에 진학했다. 그러니까 사실 내게는 친구가 한 명도 없었던 셈이다. 친구가 있다면 그건 로베르토뿐이었다. 하지만 그는 어른이었다. 나는 같은 또래의 친구들이 필요했다. 나는 18살이었다. 그리고 친구 한 명 없는 외톨이었다.

바 근처에는 세무사 사무실이 하나 있었다. 10명 정도가 근무를 하는 곳이었고 사람들은 커피나 차, 코르네토를 종종 주문했다. 나는 배달 가는 일이 마음에 들었다. 신선한 공기도 쐴 수 있어서 돌아올 때면 걸음걸이를 천천히 늦추곤 했다. 어느 날 아침 식사를 배달 갔을 때 사무실에는 평소에 보던 사람들 말고도 새로운 아가씨가 한 명 와 있었다. 대표 세무사의 딸 루치아였다. 그녀가 처음 일을 시작하던 날이었다. 그녀는 내게 미소를 지었고 나는 그녀의 새하얀 이를 보면서 이런 생각을 했다.

'보라고만 저렇게 만들어진 건가, 아니면 저런 이로 뭘 먹기는 하나?'

완벽하다고 할 수 있는 치아였다. 그녀의 입술도 마찬가지였다. 그녀의 눈, 머리카락, 목과 손까지 모든 것이 완벽했고 옷을 입는 것도, 숨을 쉬는 것조차도 완벽해 보였다. 그날 이후로 나는 사무실에서 아침 식사 주문이 오기만을 손꼽아 기다렸다. 처음에는 아무런 생각 없이 사무실을 들락거렸지만 그날 이후로는 항상 화장실에 들러서 작업용 가운을 벗고 머리를 손질한 다음에야 배달을 갔다.

내가 좋아하고 있다는 걸 그녀가 눈치챈 듯했다. 나는 얘기를 걸어보고 싶었다. 하지만 용기가 나질 않았다. 하루는 냅킨 위에 간단히 하고 싶은 말을 적고 그녀의 코르네토가 들은 봉투 안에 집어넣었다.

'너를 볼 때마다 계산을 틀리는데 도와줄 생각 있어?'

나는 얼마나 어리석은 짓을 했는지 후회하면서 남은 하루를 보냈다. 저녁이 다 되었을 무렵 바의 바닥을 청소하고 있는데 그녀가 가게 유리문을 두드렸다. 그녀는 내 글씨가 적혀 있는 냅킨을 유리문에 붙여보이고는 환한 미소를 지었다.

아침이 되면 나는 그녀의 사무실에 올라갔고 우리는 설레는 마음으로 서로의 눈을 바라보았다. 그리고 그녀는 퇴근을 하면서 내게 인사를 하기 위해 바를 찾아왔다.

나는 그녀가 들를 시간만 되면 아버지가 항상 내게 바닥 청소를 시키는 것이 맘에 들지 않았다. 그런 모습을 보이고 싶지 않았기 때문이다. 게다가 걸레를 쥐어짜다 보면 조금 뒤에는 손이 빨개지고 말았다. 그래서 그녀와 이야기를 나눌 때면 불안한 마음에 어떻게든 손을 감추려고 노력했다. 나는 언제나 내 손을 부끄러워했다. 카를로의 생일 파티에서 그랬던 것과 마찬가지였다. 아버지에게 설명할 수도 있었다. 하지만 내가 기대할 수 있는 대답은 전부 뻔한 것들이었다.

'창피할 게 뭐가 있니? 일을 하는 것뿐인데……. 사람들한테 나쁜 짓 하는 거나 부끄러워하면 돼.' '일하는 사람의 손을 절대로 더럽다고 생각하면 안 된다.'

그래서 나는 아무 말도 하지 않았다. 나는 바닥을 닦다가 그녀가 도착하면 곧장 작업복을 벗어던지고는 그녀를 보러 밖으로 나갔다. 그녀는 내가 걸레로 바닥 닦는 일을 한다는 것이 그다지 대수롭지 않은 모양이었다. 나 혼자만의 괜한 걱정이었던 셈이다.

하루는 그녀에게 일요일 오후에 시간이 있으면 나와 극장에 영화를 보러 갈 생각이 없냐고 물었다. 그녀는 좋다고 대답했다. 그날은 금요일이었고 그녀는 내게 자신의 집 주소를 가르쳐주었다. 일요일이 돌아오면 점심 식사를 마치고 그녀를 데리러 가야 했다.

다행히도 아버지의 차는 더 이상 고동색 보닛이 달린 흰색 128이 아니었고 판다도 아니었다. 우리 차는 피아트 우노였다. 특별히 내세울 만한 것이 없는 평범한 차였지만 어쨌든 잘 달렸다. 단지 결점이 하나 있었다. 비가 오면 어디선가 물이 새어 들어왔다. 그래서 며칠 동안은 차 안에 밴 습한 공기 때문에 고약한 냄새가 풍겼다.

토요일에는 하루 종일 차를 닦았다. 재떨이에 향수를 뿌리고 저녁에는 차 안에서 들을 음악 테이프를 만들었다. 그때 골랐던 모든 곡들을 다 기억하는 것은 아니지만 어쨌든 나는 최대한 낭만적인 분위기를 만들어보려고 노력했다. 노래들 중에는 스콜피언스의 〈스틸 러빙 유〉, 배리 매닐로의 〈맨디〉, 조 코커와 제니퍼 윈스의 〈업 웨어 위 빌롱〉, 폴 영의 〈에브리타임 유 고 어웨이〉 등이 들어 있었다.

약속은 2시 반이었고 영화가 시작하는 시간은 3시 반이었다. 2시 정각에 나는 벌써 루치아의 집 아래에 와 차 안에서 백미러로 내 얼굴 이곳저곳을 살피고 있었다. 같이 보러 가자고 제안했던 영화는 제라르 드파르디외가 나오는 〈시라노 드베르주라크〉였다. 영화를 본 뒤에 우리는 차를 한잔 하러 어느 바에 들어갔다. 나는 영화 때문이었는지 아니면 그녀와 함께 있다는 것이 기뻐서였는지 끝없는 수다를 늘어놓았다. 내가 말을 많이 하는 건 정말 오랜만의 일이었다. 학교에 다니지 않는 나도 뭔가 안다는 걸 보여줄 수 있다는 것이 나에게는 커다란 기쁨이었다. 우스꽝스러운 일이라는 건 나도 안다. 하지만 공부를 하지 못해서 모르는 게 많은 사람은 뭐라도 하나 알게 되면 마치 어린아이 같은 반응을 보이게 마련이다. '나 그거 알아, 그거 알아, 그거 알아.'

그 바에 앉아서 우리는 많은 얘기를 나누었다. 사랑 이야기가 대부분이었다. 나는 시라노에서부터 시작해 바이런과 단테, 셰익스피어, 랭보까지 이야기를 끌고 갔다. 이야기를 마치고 우리는 자리에서 일어나 밖으로 나왔다. 루치아는 그녀의 손가방을 들고 나는 내 것을 챙겨 자리에서 일어났다. 사실 내가 손에 쥐고 있던 것은 탈착형 카스테레오였다. 언뜻 조그만 철가방처럼 보이는 물건이었다. 가끔씩은 차의 좌석 밑이나 사물함 안에 넣어두기도 했지만 도둑들도 그걸 알고 있었다. 그래서 나는 항상 손에 들고 다니는 걸 선호했다.

월요일 아침에는 루치아가 사무실에 올라가기 전에 아침 식사를 하러 바에 들렀다. 아침이라 언제나처럼 사람들로 붐비고 있었고 나는 그녀와 많은 이야기를 나눌 수가 없었다. 게다가 모든 사람들이 우리 관계를 눈치채는 것이 싫었다. 우리 가족도 예외는 아니었다. 그녀가 내게 속삭이듯이 말했다.

"어제 고마웠어. 정말 재미있었어."

그러고는 내게 책 제목을 물어보았다. 전날에 내가 얘기했던 책들 중에 하나였다. 나는 냅킨을 집어 들고 그 위에 제목을 적었다. '헤르만 헤세, 『유리알 유희』.'

우리는 주중에도 같이 외출을 하기 시작했다. 나는 곧장 침대로 가는 일을 삼가고 싶었다. 처음부터 사탄의 역할을 하고 싶지 않았기 때문이다. 하지만 동시에 내가 일전에 들어본 적이 있는 그 위험한 문장이 그녀의 입을 통해서 다시 흘러나올까 봐 두려웠다.

'아니야. 안 하는 게 나아. 괜히 우리 우정에 금이 가게 만들 일 있어?'

일주일 정도가 흐른 뒤 어느 날 나는 작정을 하고 그녀가 일하는 건물 중앙 현관 앞에서 그녀를 기다렸다. 그녀가 밖으로 나왔을 때 나는 다시 안으로 들어가라고 말하고는 뒤쫓아 들어갔다. 나는 그녀를 응시했다. 그리고 현관 안쪽 모퉁이로 그녀를 몰아세우고는 열정적으로 키스를 퍼부었다. 그녀가 내게 말했다.

"너 제정신이 아니구나."

그리고 이번에는 그녀가 내게 키스를 했다. 그렇게 길지 않은 키스였다. 동료들이 그곳을 지나가지 않을까 두려웠기 때문이다.

이제 우리는 연인이었다. 물론 한 달이 지난 뒤에도 우리는 여전히 사랑을 나누지 못한 상태였다. 아직은 키스를 하고 그녀의 치마 밑으로, 속옷 안으로 손을 밀어넣는 정도였다. 그녀의 포근하고 말랑말랑한 부위가 축축이 젖어오는 것을 처음 느꼈을 때 나는 온몸이 불덩이처럼 달아오르는 것을 느꼈다. 얼굴이 제일 화끈거렸다. 그녀를 부드럽게 애무하던 나는 놀란 토끼나 다름없었다.

그녀는 차 안에서 하는 것을 원하지 않았다. 두려웠기 때문이다. 호텔 얘기는 아예 꺼낼 수도 없었다. 그녀가 먼저 호텔은 자신을 싸구려 여자로 느끼게 만들어서 싫다고 했기 때문이다.

저녁이 되면 나는 그녀를 집까지 데려다 주었고, 집에 돌아와서는 자러 가기 전에 화장실에 들러 평상시보다 좀 더 긴 시간을 머물러 있곤 했다.

하루는 로베르토가 나한테 전화를 걸어서 이렇게 말했다.

"내 얘기 좀 들어봐. 내가 토요일 저녁에 나가서 친구 집에서 하룻밤 묵고 올 예정이거든. 그날 우리 집에 네 여자 친구를 데려오는 건 어때?"

나는 그 얘기를 루치아에게 전했고 그녀는 좋다고 대답했다. 그날은 목요일이었고 그 순간부터 나는 점점 더 커져만 가는 조바심과 불안감에 몸을 가누질 못했다. 그녀와의 사랑을 내가 얼마나 간절히 소망하고 기대했는지 모른다. 반면에 나는 우리들의 첫 경험이 단 3초 만에 끝나버리는 것은 아닐까 두려웠다.

토요일 오후, 샤워를 하기 전에 나는 미사일을 한번 닦아야겠다고 생각했다. 나는 자위를 했다. 하지만 그녀를 생각하지는 않았다. 그녀를 생각하면서 한다는 것이 왠지 추잡해 보였고 머릿속으로 하는 상상이 이후에 벌어지게 될 우리들의 아름다운 순간을 방해하지는 않을까 두려웠기 때문이다.

나는 바에서 몰래 샴페인도 한 병 가져다놓았다. 영화의 한 장면 같았으면 하는 바람이었다. 우리는 둘이서 같이 새 침대보로 침대를 정리했다. 아무 말도 하지 않는 가운데 어색한 분위기가 감돌았다. 무슨 용도로 쓰일지 빤히 알면서 새 침대보를 같이 깐다는 것이 이상한 기분이 들게 만들었다. 왠지 전쟁터를 준비하는 것처럼 느껴졌다. 우리가 자리를 잡고 앉은 곳은 소파였다. 우리는 다소곳한 목소리로 이야기를 시작했다. 큰 소리를 낼 수 없었던 건 부모님이 내 목소리를 들을까 봐 겁이 났기 때문이다. 우리는 샴페인을 마시면서 키스와 애무를 시작했다. 배경 음악도 있었다.

"음악을 잘못 고르는 실수는 하면 안 돼."

로베르토가 당부했던 말이다. 테이블 한쪽에는 그가 나를 위해 고른 디스크들이 놓여 있었다. 샘 쿡, 스티비 원더, 마빈 게이, 코모도스, 록시 뮤직……

우리는 사랑을 나누었다. 우리들이 처음 나누는 사랑이었다. 우리는 세 번이나 사랑을 나눴다. 마치 평생 동안 기다려온 것만 같은 사랑이었다. 어쩌면 정말 그랬던 것인지도 모른다.

그녀를 사랑하는 동안 나는 아무런 한계를 느끼지 못했다. 그녀는 나의 첫 번째 여자였다. 마치 신이 된 것만 같은 느낌이었다. 처음으로 나는 누군가에 속한다는 것의 유혹적인 향기를 감지할 수 있었다. 그녀는 내 여자였고 나는 그녀의 남자였다. 나의 모든 존재가 그녀의 소유였다.

세상은 나에게 그렇게까지 불공평하고 잔인하지는 않았다. 다음 날 아침, 나는 그때까지 나를 화나게 만들던 모든 것을 훨훨 털어버릴 수 있었다. 그리고 다짐했다. '이제는 다 필요 없어. 나한테는 루치아가 있으니까. 다 잊어버릴 거야.' 나는 가운뎃손가락을 세워서 온 세상을 향해 들어 보였다. 루치아와 함께 있으면 모든 것을 잊을 수 있었다. 나는 그녀와 함께 산책을 하고 이야기를 하고 사랑을 나눴다. 침대에 누워서 우리는 한참 동안 서로를 부둥켜안고 꼼짝도 하지 않았다. 그리고 천장을 바라보면서 영원한 미래를 약속했다.

아침이 되면 나는 그녀의 코르네토 봉투 안에 '사랑해'라고 적은 냅킨이나 조그만 꽃 한 송이 혹은 초콜릿을 집어넣었다. 나는 날이 갈수록 더 그녀를 사랑했고 그 믿기지 않을 정도로 강렬한 사랑에 매번 놀라기까지 했다. 세무사 사무실에서 우리 관계를 눈치챈 사람은 아무도 없었다. 그녀는 모든 것으로부터 동떨어진 또 다른 세계였다. 그녀는 모든 사람들과, 심지어는 내 가족들과도 무관한 세계, 내가 항상 갈망해왔던 세계였다. 아무도 침입할 수 없는 세계였……. 왜냐하면 나는 내 인생이 없는 곳에서만 가장 뛰어난 인간이었기 때문이다.

어느 날 나는 루치아의 집 아래에서 그녀를 한참 동안 기다린 적이 있었다. 그녀가 차에 올랐을 때 나는 그녀가 울고 나왔다는 걸 곧장 알아차렸다.

"무슨 일이야?"

"아무것도 아니야. 가자."

나는 질문을 포기하지 않았고 결국 그녀는 내게 무슨 일이 있었는지 실토했다. 루치아와 내가 사귀는 것을 그녀의 어머니가 원하지 않는다는 얘기였다. 내가 바에서 일을 하고 공부를 계속하지 않았기 때문이다. 이야기를 듣는 순간 나는 마치 기나긴 꿈에서 깨어난 듯했다. 나를 되돌아보자 어느샌가 나는 다시 작업복을 입고 있었다.

그녀의 어머니는 당신의 딸이 결국엔 바의 계산대에 주저앉게 되리라는 생각에 충격을 받아, 수단과 방법을 가리지 않고 나와 전쟁을 치르기로 결심했다. 나는 더 이상 그녀에게 전화를 할 수 없었고, 그녀 역시 나에게 전화를 걸 수 없었다. 여전히 다이얼 전화기를 사용하던 시기였다. 그녀의 어머니는 내가 바에서 하던 것과 마찬가지로 집 전화기의 다이얼을 자물쇠로 잠가버렸다.

그녀를 집까지 데려다 주고 헤어진 다음에는 다시 연락할 방법이 없었다. 그녀를 데리러 가면 한참이 지난 후에야 집 밖으로 나왔고 그럴 때마다 나는 그녀가 어머니와 다투고 나왔을 거라고 생각했다.

"내가 한번 만나서 얘기해볼까? 그래야 내가 허우대 멀쩡한 청년이라는 것도 보실 수 있고, 또 마음도 놓으실 수 있을 것 아니겠어? 난 새벽 6시에 일어나서 하루 종일 일해. 내가 성실한 청년이라는 거 너도 알잖아."

"아니야. 소용없을 거야. 지난주에 내가 엄마한테 편지까지 썼

어. 그런데 뜻을 굽힐 생각이 조금도 없다면서 내가 보는 앞에서
편지를…… 찢어버렸어."

루치아에게는 그녀보다 한 살 어린 여동생이 있었다. 괜찮은
집안 아들과 사귀고 있는 중이었고 남자의 아버지는 철강 산업과
관련된 사업체를 가지고 있었다. 루치아의 어머니는 그 소식을 듣
고 기뻐서 어쩔 줄 몰라 했다. 주중에 자정이 다 되어서야 돌아오
는 루치아에게는 고함을 고래고래 지르면서도 루치아의 뒤를 이
어 들어오는 동생에게는 아무 소리도 하지 않았다.

루치아가 일요일 날 우리 집에 놀러와 있을 때였다. 그녀의 어
머니가 우리 집으로 전화를 걸어왔다. 루치아의 여동생이 남자 친
구와 함께 로터리 클럽 파티에 가니 언니도 참석해야 하지 않겠느
냐는 것이었다.

"집에 들러라. 그래야 옷을 갈아입고 가지. 나갈 때마다 입는
그 청바지 그대로 가면 쓰겠니……."

도저히 믿기지가 않는 말이었다. 나는 무슨 말을 해야 할지 몰
랐다. 어쨌든 그녀의 어머니였다. 루치아 앞에서 그녀의 어머니에
대해 나쁜 말을 늘어놓고 싶지는 않았다.

"아무래도 가는 게 낫겠어……."

루치아가 말했다.

"아니면 아마도 일주일 내내 밖으로 못 나가게 하실 거야."

"그래. 데려다 줄게."

나는 그녀의 집에 도착할 때까지 아무 말도 하지 않았다. 파티

에는 나를 빼놓고 갈 것이 틀림없었다.

　나는 집으로 돌아와서 스테레오에 재니스 조플린의 앨범 〈펄〉
을 집어넣고 이어폰을 꽂았다. 슬픔으로 가득한 조플린의 목소리
가 그토록 간절히 듣고 싶었던 적도 없었다.

　나는 루치아를 생각했다. 그녀가 다른 남자를 만날 수도 있다
는 것과 나를 버릴 수도 있다는 생각이 들었다. 그때 나는 태어나
서 처음으로 질투심이 무엇인지 깨달았다.

　어느 날 아침, 바의 전화벨이 울렸다. 내가 전화를 받은 건 불
행 중 다행이었다.

　"여보세요."

　"여보세요. 루치아의 엄마 되는 사람인데요."

　"안녕하세요. 저 로렌초입니다."

　"그래. 부모님 좀 바꿔봐라. 할 얘기가 있으니까."

　"저한테 말씀하셔도 됩니다. 저도 다 큰 성인이고 하실 말씀이
있으시면 저한테 하시죠."

　"그래. 그럼 너한테 얘기하마. 더 이상은 루치아를 데리러 집
으로 오지 않았으면 좋겠다. 루치아가 너희 집에 놀러 가는 것도
나는 싫고, 더 이상은 루치아와 외출도 허락 못 하겠다. 이제부턴
전화도 하지 말고, 그냥 잊어버려라. 걜 좀 내버려두란 말이다. 알
았니?"

　"죄송하지만, 도대체 무슨 연유에서 그런……."

　뚜뚜뚜……. 무례하게도 루치아의 어머니는 전화를 끊어버리

고 말았다.

나는 욕실로 들어가서 거울 속의 나를 바라보았다. 내가 불쌍하게 느껴졌다. 내 인생이 불쌍하기만 했다.

루치아는 나의 나날들을 살 만한 값어치가 있는 시간들로 바꾸어주었는데…….

나는 세상이 왜 나를 여전히 그런 식으로 대하는지 이해가 되지 않았다. 하필이면 왜 나한테만 그런 일이 일어날까? 나는 의욕적이고 예의 바르고 아무도 함부로 대하지 않고 열심히 일하는 청년이었다. 내 동년배들과 친구들에 비해 나는 훨씬 더 많은 일을 했다. 친구들은 학교를 다니면서 공부만 했다. 학년을 진급하지 못하면 따로 돈을 내서라도 과외를 받고 2년 안에 해야 할 공부를 1년 안에 마칠 수도 있었다. 친구들은 내가 가지고 싶어 하던 오토바이를 가지고 있었고, 내가 원하던 옷을, 내가 원하던 집을 가지고 있었다. 내가 원하던 바캉스도 정작 떠나는 이들은 그들뿐이었다. 대신에 나는 계속해서 모욕을 감수해야만 했다. 하루 종일 일만 하면서도 내가 원하는 걸 아무것도 살 수가 없었다. 나는 아마도 세상이 나를 원하지 않는 거란 생각을 하기 시작했다. 어쩌면 하느님이 나를 거부했던 것인지도 모른다. 그렇다면 내가 『약혼자들』에서 읽었던 문구는 무슨 뜻이란 말인가? '신은 아들들의 기쁨을 방해하는 법 없이 좀 더 분명하고 큰 기쁨을 선사하기 위해 예비하실 뿐이다.' 아마도 책들이 항상 진실만을 말하는 것은 아니었던 모양이다. 나는 내 희생의 대가를 요구하지 않았다. 단지 나의 그 모든 희생에도 불구하고 왜 항상 부족하기만 한지 알고 싶을 뿐이었다.

루치아의 어머니가 전적으로 틀렸던 것만은 아니다. 루치아는 나에 대해서 여전히 모르는 것들이 많았다. 내가 어음을 지불하러 뛰어다닌다는 것도 몰랐고 은행과의 문제들에 대해서도 아는 것이 없었다. 이런 문제들을 한 번도 그녀에게 얘기한 적이 없었다. 어느 정도 짐작은 했었을 것이다. 하지만 그런 것들을 중요하게 여기지는 않는 것 같았다.

하루는 아버지가 나에게 돈이 좀 있냐고 물어본 적이 있었다. 방문 판매상에게 지불해야 할 돈이 필요하다고 했다. 토요일이었고, 일이 끝나는 대로 계산대에서 꺼내 가면 되지 않겠느냐는 얘기였다. 나는 돈이 있는지 한번 봐야겠다고 대답했다. 사실 돈은 가지고 있었다. 하지만 그날은 루치아와 함께 저녁 식사도 하고 극장에 데리고 가서 영화도 보여줄 생각이었다. 나는 망설였지만 아무 일 없겠거니 생각하고 결국에는 아버지에게 돈을 빌려주었다. 그런데 가게 문을 닫기 전에 또 다른 방문 판매상이 찾아왔다. 아버지가 이번에도 힘들겠단 말은 도저히 꺼낼 수 없는 사람이었다. 다시 와달란 소리만도 벌써 세 번째였기 때문이다. 결론은 내가 돈이 없어서 그날 저녁에 외출을 할 수 없단 얘기였다. 저녁 시간 안에 돌려주겠노라 약속하지 않았냐고 투덜거려봤지만 아버지는 한마디로 딱 잘라서 대답했다.

"미안하다. 월요일에 주마."

나는 집으로 돌아와서 방문을 걸어 잠그고 엉엉 울기 시작했다. 그러고는 정신을 차리고 루치아에게 전화를 걸었다. 열이 높아서 나갈 수가 없다는 말을 하기 위해서였다.

어쩌면 나와 루치아를 떨어뜨리려고 했던 그녀의 어머니가 옳았을지도 모른다. 하지만 나는 그녀를 사랑했다. 루치아를 사랑했다.

시간이 흐른 뒤에 나는 루치아의 어머니와 전화로 나누었던 얘기를 그녀에게 들려주었다. 그녀는 울면서 미안하단 말을 했다. 언젠가는 그녀의 어머니가 나와의 전쟁을 포기하리라는 기대와 함께 우리는 교제를 계속했다.

하루는 루치아의 집 밑에서 기다리는 동안 그녀의 어머니가 발코니로 나와 내게 큰 소리로 고함을 지르면서 말했다.

"아니, 내 얘기를 잘못 알아들었든지 아니면 내가 농담을 했다고 생각하는 모양인데, 다시 말하지만 이제 우리 딸아이와는 만날 생각 하지 마라. 알아들었어?"

나는 아무런 대답도 하지 않았다.

일주일이 지난 뒤에 두 번째 전화가 걸려 왔다. 단단히 작정을 하고 걸어온 전화였다.

"우리 오라버니가 감사원에서 일해. 내가 벌써 얘기해뒀다. 루치아 만나는 걸 당장 그만두지 않으면 네 아버지가 하는 가게 문 닫게 만들어버릴 테니까 알아서 해. 농담 아니야. 우리 딸아이 쫓아다니는 것 좀 그만하란 말이야. 그리고 내가 전화해서 이런 애기 했었다는 것도 입 밖에 낼 생각 하지 마라. 그랬다가는 곧장 우리 오라버니한테 일러버릴 테니까."

그녀는 다시 한 번 예고 없이 전화기를 내려놓았다. 이번에는 그녀의 승리였다. 드디어 나의 약점을 찾아냈고 그곳을 집중 공격하기로 마음먹었던 것이다. 전화를 끊고 잠시 후에 나는 화장실로 달려가 토하고 말았다.

가족이 연루된 이상 포기할 수밖에 없었다. 게다가 루치아가 정말로 내게 과분한 여자라는 건 사실이었다. 협박은 제쳐 두고라도 그녀의 어머니가 하는 말도 완전히 틀린 것은 아니었다.

나는 눈물만 글썽이는 루치아에게 아무런 설명도 없이 등을 돌려버렸다. 그날 이후로 세무사 사무실에 배달 가는 일을 그만두었다. 어쩔 수 없이 가야만 하는 경우가 생기면 그녀의 시선을 피하기 위해 고개를 푹 숙이고 들어갔다. 그녀는 나를 찾기 시작했다. 바에 찾아와서 내게 설명을 요구했고 생각을 바꿔 자신에게 돌아와달라고 사정했다.

나는 그녀를 회피했다. 그리고 가슴속 어디에선가부터 천천히 죽어가기 시작했다. 나는 아무것도 느끼지 못했고 무엇도 두렵지 않았고 누구와도 얘기하고 싶지 않았다. 밤에는 잠드는 일이 힘들었고 아침에 일어나는 것도 마찬가지였다. 식사량도 줄고 가끔은 정말 아무것도 먹지 않았다. 살이 빠지기 시작했고 얼굴은 창백해졌다.

그때 일을 지금 돌이켜보면 그녀의 어머니는 어쩌면 상관없는 일이었단 생각이 든다. 나는 결국 루치아를 잃고 말았을 것이다. 내가 가지고 있는 멋진 거라곤 그녀밖에 없었고 그런 그녀에게 나는 모든 것을 의지하고 있었다.

나는 더 이상 사랑하고 싶지 않았고 사랑받고 싶지도 않았다.

사브리나가 가져다준 사랑의 실망, 루치아와의 사랑이 가져다준 고통, 집안 문제, 은행장들, 공증인들, 서기들, 나의 끊임없는 '지옥에나 가라', 결국 찾지 못한 내 돈지갑, 그 외의 모든 것들이 더 이상은 내가 견딜 수 없는 지경으로 나를 내몰고 있었다. 나는 무릎을 꿇고 말았다. 그것이 내 모습이었다. 나는 모두에게서 버림받은 존재였다. 그것이 진정한 나의 모습이었다. 내가 남에게 부탁하지 않는 법을 배운 건 그래서였다.

내가 마음을 열고 받아들일 수 있었던 유일한 것은 영화와 음악, 그리고 무엇보다도 문학작품이었다. 텅 빈 가슴을 부둥켜안고 책들을 이전보다 훨씬 더 아끼고 사랑하기 시작했다. 나는 책을 닥치는 대로 집어삼키고 소화해냈다. 내가 가지고 있던 모든 문제로부터 멀리 도망치기 위해 나는 책들이 담고 있는 이야기 속으로 숨어 들어갔다. 나에게 상처를 준 세상으로부터 나는 점점 더 멀어지고 있었다.

12.
(선택을 해야 하는) **그녀**

"이런 거 한 번이라도 생각해본 적 있니? 블로잡Blow Job*이란 말 대신에 쓸 수 있는 말이 수백 가지나 있는 반면에 쿤닐링구스 Cunnilingus**란 말은 딱 하나밖에 없다는 거……."

며칠 전에 니콜라가 일을 하면서 내게 던진 질문이다.

"아니, 생각해본 적 없는데. 모르면 큰일 나나?"

"사실은 여성들이 자유로워지면서 실행도가 높아졌다는 게 내 생각이야. 반면에 남자들은 여전히 구강성교를 싫어하는 편이 고……."

"하지만 모든 여자들이 블로잡을 좋아하는 건 아니잖아."

"그래. 하지만 안 하는 여자들이 상당히 적다는 거지……. 그 럼 왜 많은 남자들이 그걸 안 하는 줄 알아? 여자한테 구강성교 를 해주려면 용기가 필요하기 때문이야. 그건 여자들이 우리들한

---

* 남성 성기에 하는 구강성교
** 입술이나 혀로 여성의 성기를 애무하는 성행위

테 해주는 거랑은 전혀 달라. 우리들 물건이야 밖으로 툭 튀어나와 있잖아. 크든 작든, 얇든 두껍든, 단단하든 물컹거리든 눈에 보이고 그게 뭔지도 빤한 거야. 하지만 여자들 건 안 보이잖아. 그건 좀 달라……. 신비하고 어둡고 동굴 같은 곳이잖아. 여자들조차도 잘 모른다고……. 우리 남자들 물건이야 손에 쥐고도 볼 수 있지만 여자들은 거울 없으면 못 보거든. 이해가 가? 그 아래에 뭐가 있는지도 모르고 아무 생각도 없는 여자들이 세상에 얼마나 많은 줄 알아? 그런데도 아무렇지 않게 돌아다니잖아…….

어떤 여자들은 정확한 위치가 어딘지도 모른다고. 소변을 어디로 보는지도 모른다는 게 이해가 가? 한번은 내 대학 동창이 이렇게 묻더라. '여자들이 탐폰을 그 안에 넣고 있을 때는 도대체 어떻게 소변을 보는 거냐?'

내가 하고 싶은 얘기는, 그걸 하려면 용기가 필요하다는 거야. 왜냐하면 우리가 그 신비로운 걸 바로 코앞에 두고 입을 맞추고 그 안에 혀를 집어넣는다 해도 사실은 정확하게 어디에다 혀를 집어넣는 건지 알 수 없거든. 잘 생각해봐. 거기서 갑자기 무슨 손이라도 하나 튀어나와서 우리 혀를 붙들고 놔주지 않으면 어쩔 건데? 침이라도 쏘면 어쩔 거냐고. 침 맞고 죽을 수도 있는 것 아니겠어? 도대체 뭐가 나올지 알 도리가 없잖아."

"그만 좀 해라. 알아들었으니까……. 그런 걸 아예 못 하게 만들려고 아주 작정을 한 모양이구나. 나중에 기회가 오면 네가 한 말부터 떠오를 거야. 기분이 잡쳐서 어디 하고 싶은 마음이 들겠냐고."

"내 참, 아무 일 없어. 걱정 마. 그리고 네가 나처럼 그런 걸 딱히 좋아하는 것도 아니잖아. 물론 누가 불쑥 튀어나와서 맘에 드냐고 물어볼 수야 있겠지……"

"내가 그런 걸 싫어한다고 누가 그래? 난 그냥 아무 여자하고나 못 할 뿐이야. 내가 정말 맘에 드는 여자들이면 왜 못 하겠어? 아무것도 가리지 않는 너랑은 다르다고."

"가릴 필요가 뭐가 있어. 생각해봐. 나는 턱 밑에 베개부터 끼고 침대에 나타나거든. 토끼 다루듯이 한 손으로 여자 발목을 붙잡아 들어 올리고는 엉덩이 밑에 베개를 끼워 넣고 그다음에…… 할 일을 하는 거지. 죽이잖아! 그걸 하려면 대단한 용기가 필요한 거야. 거짓말 탐지기 앞에 서는 거나 마찬가지거든."

"거짓말 탐지기라니?"

"그럼. 거짓말 탐지기나 다름없지. 왜냐하면 여자들은 금방 알거든. 네가 그걸 정말로 마음에 들어서 하는 건지 아니면 나중에 너한테도 해주기를 기대하고서 하는 건지 다 안단 말이야. 네가 꿩 먹고 알 먹을 심산인지 금방 알아차린다는 거지. 그리고 그걸 싫어한다는 거야. 왠지 속았다는 느낌을 받거든. 한 여자에게 네가 어떤 인간인지 그것처럼 정확하게 말해주는 건 없어."

"아니, 이런 얘기는 다 누구한테 들은 거야? 아니면 지난번 여성 생리처럼 또 공부한 거냐?"

"당연히 공부했지. 내 여자를 즐겁게 해주려면 장시간 섹스하는 것보다는 그녀를 가능한 한 편안하게 느끼도록 해주는 것이 훨씬 더 중요하다는 걸 알아야 해. 쾌락을 향한 여자의 감각이 깨어나려면 대뇌의 편도체라고 하는 부분이 먼저 활동을 중단해야 돼. 그러기 위해서는 여자가 마음을 편안히 가져야 하고 아무런 걱정도, 생각도 하지 말아야 해. 또 한 가지 알아야 할 건 클리토리스 끝 부위의 신경선이 자극을 받으면 여자가 흥분을 하겠지만 자극이 중단되는 순간 클리토리스는 더 이상 아무것도 전달하지 않는다는 거야. 그냥 꺼지는 거나 마찬가지라고. 그러니까 그럴 경우에는 네가 거기에 있을 필요가 없어. 헛수고 하는 거라고. 왜냐하면 여자는 더 이상 아무것도 느끼지 못하거든. 당연히 네가 알고 있어야 하는 거 아니겠어?"

"아이고 그래, 고맙다. 아주 제대로 맞췄네!"

"그것 말고, 정말 흥미로운 건 사람들이 그걸 할 때 무슨 생각을 하느냐는 거야."

"그거라니?"

"오럴 섹스……. 여자가 너한테 그걸 해주는 동안 무슨 생각을 하는 걸까? 반대로 네가 할 때 너는 무슨 생각을 해?"

"안 해본 지 너무 오래돼서 무슨 생각을 했는지 기억이 잘 안 나네……. 왜, 너는 그때마다 생각하는 거라도 있냐?"

"아니. 그냥 가끔은 '얘 이름이 뭐더라?' 아니면 '나를 보고 있는 걸까?' 정도……. 그런데 사라는 말이야……. 걔하고는 몇 시간씩 계속 붙어 있거든. 그 아이 냄새가 세상에서 가장 멋진 냄새라는 생각이 머릿속에서 떠나질 않는 거야. 시럽에 담근 복숭아 냄새라고나 할까. 그것도 다리 사이에서 말이야. 물론 어디 한군데도 빼놓을 수 없이 다 마음에 드는 애야. 부드럽고 깨끗한 피부에…… 근데 살갗이 반짝이기까지 하는 거 아냐? 밤에 숨바꼭질을 하면, 왜냐하면 우린 집에서 발가벗고 밤에 숨바꼭질 하거든. 불이 꺼져 있어도 금방 찾아낸다니까."

"발가벗고 집에서 숨바꼭질을?"

"가끔……."

"아이고 맙소사! 생각만 해도 끔찍하다. 홀딱 벗고서 숨바꼭질을, 네가……. 그 핏기 없는 털북숭이 몸뚱이로 구석에 웅크리고 앉아서……."

"그렇게 오래 안 숨어 있어……. 물론 내가 사라를 찾는 거야 어렵지 않은 일이고. 냄새만으로도 금방 찾아내거든. 그 향기 때문에 내가 뿅 갔다는 거 아니겠어? 게다가 그 탱탱한 가슴하며, 늘씬한 다리에 엉덩이는 말까지 한다니까. 솜털도 얼마나 부드러운지, 꼭 진짜 솜을 만지는 것 같아. 옛날 그 여자하고는 정말 비교할 게 못 되지. 왜, 작년에 내가 헬스장에서 보여줬던 여자 말이야. 털이 꼭 낚싯줄 같았던 거 아냐? 그 털을 묶어서 쓰면 2킬로그램짜리 물고기가 걸려들어도 끄떡없었을 거다. 맙소사, 양다리 사이에, 그게 털이야, 알루미늄 수세미지……. 생각해봐라, 와싱하는 날이면 매번 나한테 문자를 보냈어. 왠지 알아? 털이 너무 빨리 자라는 바람에 하룻밤 자고 나면 곧장 찔러댔기 때문이야.

어쨌든 사라하고는 단순히 육체적이라고만은 할 수 없는 관계야. 그런 거 알지? 섹스를 마친 뒤에 여자들이 보통 나가지 말고 곁에 있어달라고 하는 거 말이야. 사라는 나한테 그런 걸 요구하지 않아. 왜냐하면 내가 자리를 뜨지 않거든. 일을 마친 뒤에도 곁에 남아 있고 싶은 유일한 여자가 사라야. 다른 여자들 하고는 끝나자마자 투석기 타고 딴 동네로 날아가서 옷 입고 산책하고 싶은 마음뿐인데 말이야.

하루는 사라와 사랑을 나눴는데 마치고 나서 내가 눈물까지 흘렸다니까. 내가 우는 걸 사라가 본 건 아니야. 내가 얼굴을 베개 속에 파묻었거든. 하지만 그러고 나서 난리가 벌어졌어……."

"왜, 무슨 일이 있었는데?"

"사라 말로는 내가 사랑한단 얘기를 했다는 거야."

"얘기를 하긴 한 거야?"

"아니! 사라 생각에 그렇다는 거지."

"생각이라니? 얘기를 한 거야, 안 한 거야?"

"눈물이 나오는 바람에 얼굴을 베개 속에 파묻고 있는데, 마음이 흔들리기 시작하는 거야. 내가 그런 감정을 느낄 수 있으리라고는 생각도 못 했던 거지. 나는 일어나서 밖으로 나가고 싶었어. 산책이라도 해야겠다는 생각이 들더라. 나는 몸을 일으켜서 사라를 부둥켜안았어. 내 입이 사라의 목 가까이에 가 있었고 그때 내가 그랬어. '안디아모나가자.' 그런데 사라가 나한테 이러는 거야. '나도.' 그래서 나는 '안디아모'라고 했지 '티 아모사랑해'라고 한 적

없다고 말하고 싶었는데 차마 그렇게는 못 하겠더라. 그렇게 된 거야. 이제 사라는 내가 걔를 사랑한다고 생각해.

이게 나한테 얼마나 심각한 일인 줄 알아? 나는 살아오면서 이제까지 한 번도 사랑한단 말 누구한테 해본 적이 없어. 그런데 개한테는 말도 안 꺼냈는데 그 말을 해버린 셈이 되어버렸잖아. 갑자기 사라한테서 도망가고 싶더라……. 다음 날 발레리아가 전화를 걸어서는 나더러 얼굴 한번 보자고 그러는데, 아무래도 진정을 좀 해야겠다는 생각에 그만 좋다고 해버렸지 뭐야. 내가 자유로운 남자라는 걸 다시 느껴보고 싶어서 그만……."

"발레리아, 누구? 에로티즘 패밀리?"

"응, 맞아."

에로티즘 패밀리. 우리가 그녀를 그렇게 불렀던 이유는 진지한 사랑을 해보고 싶어 하는 욕심과 금기의 위반에 대한 욕망, 이례적인 장소에서의 섹스, 야생적인 취향 등을 모두 다 가지고 있던 여자였기 때문이다. 니콜라를 만났을 때 그녀는 곧장 에로틱한 게임들을 좋아한다고 고백했다. 하지만 그것 때문에 가족을 포기할 여자는 아니었다. 그는 농담조로 이케아 화장실에 가서 섹스를 해보는 건 어떠냐고 제안했다. 니콜라가 종종 여자들에게 하는 어리석고 말도 안 되는 농담들 중에 하나였다. 그는 항상 그런 식이었고 그런 얘기들을 아무렇지도 않다는 듯이 뻔뻔스럽게 해대는 바람에 사람들을 웃게 만들었다. 예를 들면, 이런 식이다. 어떤 아가씨가 그의 섹스 프러포즈에 이렇게 반응한 적이 있다.

"제가 좀 구식이라서……. 땅에 발붙이고 다녀야지 그렇게 붕붕 날아다녀서야 되겠어요?"

"그럼 다음에 만날 때 치마 입고 와야겠네. 땅에 발을 붙이고 있어야 한다니 머리 위로 벗을 수 있는 걸 입는 게 낫지 않겠어?"

그런 식으로 농담을 내뱉었으니 결과는 불 보듯 뻔하다고 나는 생각했다. 하지만 일주일 뒤에 그 구식이라는 여자는 니콜라의 집에 와 있었다. 물론 땅에 발을 붙이고 있었을 리는 없다.

"너 그래서 발레리아랑 잤단 얘기냐?"

"걔가 그러고 싶다고 했는데……. 처음에는 싫다고 했어. 하지만 난 사라로부터 도망치고 싶다는 생각뿐이었어. 얘기했잖아. 난 다른 여자가 필요했다고. 어쩔 수 없었어. 내가 세 번이나 안 된다고 했는데……. 그러고는 싫다는 말을 더는 못 하겠더라. 좋다고 한 적 없어. 안 된다는 말을 그만뒀을 뿐이지……."

"그리고 또 언제 만났어?"

"오늘 아침에. 6시 반에 찾아와서 벨을 누르는데, 내 참……. 어제 들를 거란 얘기를 하긴 했었어. 나는 농담인 줄만 알고 까맣게 잊고 있었는데 정말 새벽에 나타난 거야."

"무슨 철강왕이란 사업가랑 결혼한다고 하지 않았었나?"

"오늘이야. 그래서 그렇게 새벽같이 찾아왔던 거야. 한 판 하고 집으로 돌아갔어. 결혼하러 가야 하니까. 아니, 근데 네가 볼 때는 혼전 성교라는 것이 이런 걸 두고 하는 얘기인 것 같냐?"

나는 웃음을 터뜨리고 말았다. 그러고는 그에게 물었다.

"그런데 한번 솔직히 말해봐. 사라 말이야. 걔가 말을 잘못 알아들었다는 걸 떠나서 걜 사랑하긴 하는 거야?"

"그런 것 같아. 맘에 들거든. 사라랑 애를 낳고 싶은 생각도 있고……. 너는 그러고 나서 한 번도 다시 생각해본 적 없어? 걔가 떠난 다음에 말이야."

"최근 들어서……."

아이를 가지고 싶은 소망에 대해 그녀가 했던 몇 마디 말이 기억난다. 나를 버리고 떠난 그녀, 그리고 한 달 반 뒤에 결혼하는 그녀가 어느 날 차를 타고 집으로 돌아오는 동안 했던 얘기다. 일요일이었고 친구 집에서 점심 식사를 하고 돌아오는 길이었다. 반박의 여지가 없는 이야기였다.

"어렸을 때 나는 아이를 다섯 명이나 키우는 꿈을 꿨었어. 그런데 시간이 흐르고 해가 거듭되면서 그 수가 점점 줄어들더라. 다섯 명에서 네 명으로 줄더니 세 명으로까지 내려갔어. 그리고 이제 난 36살인데 둘만이라도 가질 수 있는 기회를 놓치고 있다는 생각이 들어. 조금 더 있으면, 어쩌면 마지막 기회마저 사라지게 될지도 모르고…….

난 엄마가 되고 싶어. 아이들 아빠 될 사람을 찾는 게 쉽지는 않아……. 너라면 좋겠어, 나는……. 하지만 하느님이 우리를 이렇게 다르게 만들어놓으신 걸 어떻게 하겠어. 우린 나이는 비슷하지만 시간이 없어. 너야 앞으로도 얼마든지 아이를 낳을 수 있겠지. 너보다 나이 어린 여자만 찾으면 되니까. 하지만 나한테는 시간이 이제 얼마 남지 않았어. 내가 불안해하는 건 그래서야. 그런 모습 보이고 싶지는 않아. 그러면 그럴수록 네가 더 거리감만 느끼니까. 하지만 이제는 더 이상 못 참을 것 같아. 내가 자기를 얼마나 사랑하는지 알 거야. 하지만 지금은 그게 너무 힘들어. 자기가 나한테 요구하는 희생, 내가 감당하기에는 너무 큰 희생이야. 쉬울 거라고는 생각하지 말아줘. 자기랑 헤어진다고 해서 내가 문제를 금방 해결하는 건 아니니까. 짧은 시간 안에 사랑하는 사람을 만나서 아이까지 낳을 수 있는 가능성은 그렇게 많지 않아. 더군다나 여전히 네가 내 머릿속에 들어 있는 지금은……. 하지만 그래야 나중에 시도라도 해봤다고 할 수 있지 않겠어? 화가 나, 나 스스로한테. 너무 많은 시간을 허비했어. 여기까지 와서 다시 남자를 찾아야 하는 신세가 되어버렸다는 게 너무 한심해. 내가 살면서 이런 지경에까지 도달하게 되리라고는 정말 상상도 못 했어."

나는 당장이라도 차에서 내려버리고 싶었다. 하지만 다행히도 그녀가 친구 집에 가고 싶다고 했다. 나와 함께 집에 돌아간다는 것이 내키지 않았기 때문이다. 차라리 그 편이 나았다. 밤늦게 그녀가 집으로 돌아왔을 때 나는 벌써 잠자는 척을 하고 있었다.

13.
나 홀로 세상에서

어느 날, 피렌체에서 주말을 보내고 돌아온 로베르토가 내게
속사정을 털어놓았다. 우연히 만난 마리아라는 이름의 바르셀로
나 아가씨와 사랑에 빠졌다는 이야기였다. 그리고 3일 후에 마리
아가 그의 집을 찾아왔다.

마리아가 떠난 지 한 달이 넘었을 즈음 어느 날 로베르토가 내
게 말했다. 그녀와 함께 지내기 위해 바르셀로나로 떠날 결심을
했다는 것이다.

"이젠 나도 내 가족을 가지고 싶어. 아이들도 많이 낳고. 그 아
이들을 마리아와 함께 낳았으면 좋겠어. 살다 보면 문이 열릴 때가
있지. 하지만 문은 곧 닫히게 마련이야. 지금 들어가지 않으면 정
말 신비롭고 소중한 걸 놓치게 될 것 같아. 난 마리아를 사랑해."

"에이, 다른 사람도 아니고 마리아면 1년 뒤에도 마찬가지 아
니겠어?"

"나는 그렇게 생각 안 해. 나는 들어갈 수 있는 것도 한순간이

고 나올 수 있는 것도 한순간이라고 생각해. 그리고 지금이 그 순간이란 걸 알아."

"그러니까 잠깐 지내고 올 목적으로 바르셀로나에 가는 게 아니라 영영 살 생각으로 가는 거야?"

"모르겠어. 어쩌면 일이 뒤틀릴 수도 있겠지. 하지만 시도는 해봐야 하지 않겠어? 내 느낌에 충실하기로 했어."

그는 커다란 짐 가방을 세 개나 준비했다. 그리고 가지고 있던 많은 물건을 친구들에게 선물했다. 음반과 책들은 내 몫이었다.

이제는 루치아 없이, 로베르토 없이…… 자신이 없었다. 혼자 남은 나에게는 모든 것이 더 힘겹게만 느껴졌다. 나는 저녁 식사를 마치고 곧장 내 방 침대에 드러누워 천장을 바라보며 해결점을 찾으려고 골똘히 생각에 잠겼다. 이어폰을 끼고 음악을 듣기도 했다. 내가 주로 듣던 음악은 핑크 플로이드였다.

그 시점에서 내게 가장 중요했던 건 돈을 좀 더 벌어서 가족을 돕는 일이었다. 밤늦게까지 여는 바에서 일을 하거나 아니면 디스코텍에서 혹은 피자집에서 종업원을 할 수도 있었다. 하지만 내가 죽어라고 일을 한다 해도 그렇게 해서 번 돈만 가지고는 우리가 처한 상황에서 쉽게 벗어날 수 없었다. 어쨌든 내가 번 돈은 터무니없이 부족했고 우리에게 필요한 돈은 터무니없이 큰돈이었다.

발레리오라는 녀석이 하던 일은 내가 꿈조차 꿀 수 없는 일이었다. 어느 신사 양반의 집을 찾아가서 매번 20만 리라를 받아올 수 있었지만 그가 하던 일은 바지를 내리고 그 신사가 하고 싶은 대로 내버려두는 일이었다. 카를로와는 재미있는 문구와 그림들이 새겨진 티셔츠를 만들어볼까 생각해본 적도 있었지만 결국 돈이 모자라는 바람에 모든 것이 수포로 돌아가고 말았다.

우리 집안에 경제적인 문제가 끊이지 않았던 것은 아버지에게 장사꾼 기질이라곤 전혀 없었기 때문이다. 아버지는 물건을 사달라고 조를 줄도 모르고 설득할 줄도 몰랐다. 바를 경영했으니 그렇게 많은 기회가 있었던 것은 아니다. 하지만 타고난 장사꾼들은 다르다. 어떤 식으로든 방법을 찾아내는 것이 장사꾼들이다. 우리 집 밑에 있는 정육점 아저씨를 예로 들 수 있다. 아저씨는 진열장에 약간 붉은 조명을 설치해서 고기가 항상 신선해 보이도록 한다. 아무것도 아닌 것 같지만, 실제로는 먹히는 방법이다. 게다가 고기를 팔면서도 언제나 통하는 오래된 수법을 쓴다. 이른바 '아, 그건 못 팔아요!'라는 수법이다. 그는 손님들이 뭘 달라고 하면 최소한 한 번씩은 이런 식으로 얘기한다.

"아, 죄송한데요. 사모님, 오늘은 그거 안 사시는 게 나아요. 오늘은 그 부위가 너무 안 좋아서……. 아니, 오늘은 사모님께 그거 도저히 못 드리겠어……. 오늘은 다른 부위 가져가세요."

그 순간에 손님은 단골이 되어버린다. 믿음이 가는 사람이란 인상을 심어줬기 때문이다. 그리고 다음 손님한테 똑같은 소리를 되풀이하면서 방금 전에 안 좋다고 했던 부위를 파는 건 그 사람 마음이다. '우리 정육점 아저씨는 날 위해서 항상 좋은 부위만 남겨놓아…….' 이것이 그의 손님들이 가지고 있는 생각이다.

뭘 파느냐라는 문제를 떠나 물건을 파는 일은 재주가 필요하다. 무엇을 가져다 놓든 다 팔아치우는 사람이 있다. 우리 아버지는 아니다. 아버지는 정직해야 한다는 강박관념에 사로잡혀 있는 사람이다. 그건 사랑보다는 믿음이 더 중요하다는 식의 강박관념과 비슷했다.

정직함뿐만이 아니라 우리 부모님이 '존중'이란 말로 부르던 것도 마찬가지였다. 두 분이 어떤 상황에서 그런 표현을 쓰시는지는 정확하게 꼬집어서 설명하기 힘들지만, 예를 들어, 빚 때문에 쩔쩔매면서도 바를 찾아오는 많은 손님들이 돈을 내는 대신 외상 장부에 사인만 하고 가는 경우가 종종 일어났다. 외상값이 한 달째 밀린 손님도 있었던 반면에 우리들이 갚아야 할 빚은 점점 쌓여가기만 했다.

"엄마, 이제 사람들에게 돈 좀 내라고들 해요……."

그러니까, 우리에게 돈을 지불해야 할 의무가 있는 사람들에게조차도 말을 못 꺼냈던 것이다. 원래가 그런 분들이었다. 돈이 필요했는데도 말을 못 하셨다. 사람들을 '존중'할 줄 아셨다.

우리 부모님은 신중한 분들이었다. '귀찮게 해드리는 건 아닌지 모르겠네요.' '민폐 끼치는 일을 할 수는 없죠.'

내가 어렸을 때 부모님은 의자를 끌면서 잡아당기지 말라고 항상 주의를 주었다. 아래층 사람들이 불평을 할 수도 있지 않겠느냐는 것이었다. 하지만 항상 시끄럽게 굴면서 우리를 '존중'할 줄 모르던 위층 사람들에게는 한 번도 불평불만을 토로해본 적이 없었다. 텔레비전 볼륨도 항상 낮게 틀어놓아야만 했다. 사람들이 문을 열어놓고 지내는 여름에는 특히 더 그랬다.

어느 날 〈이상한 나라의 앨리스〉를 보고 있을 때였다. 어느 시점에선가 앨리스의 몸이 점점 불어나더니 머리가 지붕 위로, 팔이 창문 밖으로 튀어나오기 시작했다. 그 장면을 보고 바로 그게 내가 겪고 있는 상황이라는 생각이 들었다. 우리 집이 내게 너무 작은 듯했다. 내 몸이 더 이상 들어갈 것 같지 않은 느낌이었다. 나역시 집을 떠나고 싶었다. 나도 하얀 토끼를 쫓아가고 싶었다. 나는 내 눈에 보이는 것들 때문에 지쳐 있었다. 내 귀에 들어오는 소리들, 내가 하던 일들, 끊임없이 되풀이되는 모욕과 똑같이 반복되는 말들, 다가오지 않을 미래를 약속하는 말들, 이 모든 것들이 나를 지치게 만들었다.

도망 다니는 것에 지쳤고 방 한구석에 쭈그리고 앉아서, '조용히 있을게요' '원하는 거 없어요' '아무한테도 방해받고 싶지 않으니 그냥 내버려두세요'라고 말없이 울부짖는 것에 지쳐 있었다. 수년 전에 붙여놓은 접착테이프가 너덜너덜해진 합판 침대에 지쳐 있었고, 항상 망가져 있는 차양 장치에, 욕실의 부서진 타일에, 접착테이프와 끈과 밧줄과 못으로 가져다 붙인 삶에 지쳐 있었다. 해결점을, 탈출구를 찾지 못하고 천장만 쳐다보는 일에 지쳐 있었다. 나의 무능함과 불만에 지쳐 있었다. 숨이 막힐 것만 같았다. 내게는 보상이 필요했다. 내게도, 엄마에게도, 아버지에게도 보상이 필요했다.

나는 운명이 내게 관대하기를 바랐다. 아니, 날 위해서 그냥 무슨 일이라도 일어나게 해줬으면 하는 기대를 가지고 있었다. 어렸을 때부터 나는 아버지가 꾸벅꾸벅 조는 모습을 바라보는 것이 재미있었다. 하지만 이제는 나를 두렵게 만들 뿐이었다. 그것이 바로 나를 기다리고 있는 내 미래의 모습이었기 때문이다. 그렇게 살아가야 한다는 생각에 나는 치를 떨었다. 하염없이 무료한 나날들이 끝없이 계속되는 상상을 하는 것이 내게는 하나의 상처였다. 나는 사는 것이 불편했다. 흠뻑 젖은 옷을 입고 지내는 것과 다를 바가 없었다. 옷을 입은 채 물에 들어갔다가 나왔을 때의 바로 그 느낌이었다. 나는 모험을 하기로 했다. 바에서 하던 일을 그만두고 다른 일을 찾기로 결심했다. 인생의 의미는 이해하기 힘든 부분이 있었다. 하지만 나는 삶 자체가 그걸 깨달을 수 있는 유일한 방편이라는 걸 깨달았다.

나는 한참을 생각하고 고민했다. 생각을 하느라 책을 읽는 것도 뒤로 미루어두었다. 도무지 집중을 할 수가 없었기 때문이다. 나는 책을 읽는 대신 행동으로 옮겨야 할 때라는 걸 느꼈다. 독서가 행동으로 탈바꿈해야 할 시기였고 용기로 드러나야 할 때라는 생각이 들었다. 하지만 내 생각은 오만에 불과한 것일 수도 있었다. 도대체 내가 뭐라고 감히 가족들과 다른 삶을 기대한단 말인가. 어쩌면 나는 만족을 모르는 버릇없는 아이에 불과했던 것인지도 모른다. 내가 뭔가 새로운 것을 시도하려고 할 때마다 사람들은 내 노력을 대수롭지 않게 여겼다. 아버지가 특히 그랬다. 무슨 시도를 하던 간에 아버지에게 그건 내가 머릿속에 품고 있는 괴상 망측한 망상에 불과했다.

당시에는 과거에 읽었던 책 내용들이 자주 머릿속에 떠오르곤 했다. 예를 들어, 골드문트*의 운명은 어떤 식으로든 결정되어 있었지만 그 역시 본연의 모습을 되찾기 위해 자신의 운명을 거부했다. 단테의 『신곡』 지옥편에 등장하는 율리시스도 세상과 인간을 알고 싶어 하는 열정 때문에 모든 사소한 감정들을 포기할 줄 알았다. 『모비 딕』의 에이해브 선장은 내게 모든 일에 끝을 볼 줄 알아야 한다는 것과 절대로 포기하지 말아야 한다는 걸 가르쳐주었다. 인생을 살아가는 데 가장 중요한 것들을 내게 가르쳐준 인물이 에이해브였다. 그건 무엇을 목표로 하든 그 목표에는 고귀함이 깃들어 있어야 한다는 것과 위험을 받아들이되 절대로 두려워하지 말아야 한다는 것이었다. 『나무 위의 남작』은 어쩌면 극단적인 선택이었을 수도 있다. 하지만 지속되는 삶 속에서 자신을 더 이상 알아보지 못하는 나 같은 사람에겐 더할 나위 없이 완벽한 소설이었다. 나는 내가 가지고 있던 질문들의 답을 찾기 위해 예전에 읽었던 작품들 중 몇몇을 다시 뒤져가며 읽었다.

책을 읽는다는 건 멋지고 매력적인 일이다. 하지만 똑같은 책을 다시 읽을 때는, 그 책은 거의 불가항력적인 매력을 발산한다. 적어도 나에게는 그랬다. 읽은 책에 다시 흥미를 느꼈던 것은 이

---

* 헤르만 헤세의 『나르치스와 골드문트』

미 알고 있는 스토리 때문이 아니라 내가 소설을 읽으면서 상상했던 세계에 대한 궁금증 때문이었다. 소설 속의 세계, 상황들이 전과 똑같은 방식으로 비추어질지 궁금했고 무엇보다도 그 세계가 나를 다시 받아줄 수 있는지 혹은 내 안에 들어와 숨 쉴 수 있는지가 궁금했다. 마음에 쏙 드는 책을 읽으면 몇몇 페이지들이 나를 변화시키는 일이 일어난다. 그리고 그 책을 다시 읽게 되면 이번에는 내가 그 페이지들 속의 내용을 변화시킨다.

당시에 조지프 콘래드의 문장 하나가 마치 계시처럼 내 눈에 들어왔던 적이 있다.『섀도 라인』이란 작품이었다. 밑줄을 그어놓았던 부분은 마치 나를 위해서 쓰인 것만 같았다. '유아기에 종지부를 찍는 순간 인간은 마법의 정원에 들어서게 된다. 그곳에서는 그림자들까지 반짝이며 미래를 노래한다. 가는 곳마다 오솔길이 그들만의 유혹적인 손길을 뻗는 곳이다.'

그리고『선과 모터사이클 관리술』이 있다. 세상에서 자신의 일을 열정적으로 정성을 다해 하는 것보다 더 혁명적인 것은 없다는 걸 나는 이 책을 통해서 배웠다.

책 속에 등장하는 인물, 문장, 단어들은 내가 있는 곳에서 내가 가고 싶은 곳으로 건너갈 수 있도록 만들어진 일종의 다리들이다. 나의 옛 모습과 나를 기다리고 있는 새로운 내 모습을 연결해주는 다리인 셈이다.

하루는 카를로가 그의 삼촌이 시키는 일을 한번 해보는 게 어떻겠냐는 제안을 했다. 자신도 공부하면서 몇 번 정도는 해본 적이 있는 일이라고 했다. 인생은 정말 아이러니한 면을 갖고 있다. 그 일이라는 게 돌아다니면서 채무자들에게 빚을 수거하는 것이 었기 때문이다. 사업체들을 대신해서 돈을 수거하는 것이 내 일이 었다. 나는 일을 수락했지만 아버지한테는 어떻게 말을 해야 할지 몰랐다. 결국에 가서 내가 취한 행동은 거칠고 충동적이었다. 월요일에 아무 말 없이 바에 나가지 않았던 것이다. 내가 자리에 없는 이유를 아버지에게 설명한 사람은 엄마였다.

나 스스로도 받아들일 수 없는 행동이었다. 아버지가 이해하지 못할 것이 너무 뻔했기 때문이지만 어쨌든 얘기는 했어야 했다. 하지만 일을 그런 식으로 처리하는 바람에 모종의 긴장감 같은 것이 생기면서 그날부터 우리 두 사람의 관계는 이상하게 변해버리고 말았다. 그때부터 아버지는 내가 결코 되고 싶지 않았던 인간으로 나를 보기 시작했다. 배신자.

아침이면 나는 집을 나와 우리 가게가 아닌 다른 바에서 아침 식사를 했다. 첫날 아침 대문 밖으로 나서던 순간이 마치 어제 일처럼 생생하게 기억이 난다. 내 뒤에서 문 닫히는 소리가 쾅 하고 들려왔을 때 나는 그 자리에 그만 멈추어 서고 말았다. 단호하고 짧고 신경질적인 그 문소리가 마치 다시는 돌아오지 말라는 소리처럼 들렸기 때문이다. 하지만 나는 이미 밖으로 나와 있었다.

따뜻한 바람이 불어오고 있었다. 얼굴을 스치고 지나가는 미지근한 바람이 포근한 느낌을 전해주었지만 내 기분은 곧장 좋아지지 않았다. 왠지 그럴 만한 자격이 없는 것처럼 느껴졌기 때문이다. 치유가 불가능해 보이는 상처였다. 나는 배신자였다. 몰래 숨어서 집을 빠져나오는 겁쟁이였고 가족에게 등을 돌리는 이기주의자였다. 내가 등을 돌린 사람은 누구보다도 아버지였다. 아니나 다를까, 하루도 못 기다리고 아버지는 이렇게 말했다.

"드디어 배에서 내렸구나."

저녁에 집으로 돌아온 나는 아무 말도 하지 않았다. 엄마는 새일이 어땠느냐고 질문을 던졌지만 나는 아버지 앞에서 그 이야기를 꺼낸다는 것이 영 내키지가 않았다. 이제는 나한테 더 이상 말도 걸지 않을 것이 분명했다. 우리 부자간의 대화는 서서히 자취를 감추기 시작했다. 나중에는 말 몇 마디 건네는 횟수도 적어졌고 결국에는 꼭 해야 하는 말조차도 입을 다물어버리는 지경이 되고 말았다. 어쩌다가 내가 한마디씩 던지는 말도 아버지가 오해할 수 있겠다는 생각이 곧장 들었다. 하지만 굳이 설명을 한다는 것은 상황을 악화시킬 뿐이었다. 그런 식으로 엇갈리기만 하던 서로 간의 틀린 생각과 기대들이 우리의 삶을 점점 화합할 수 없는 지점으로 몰아갔다. 얼마든지 '그런 게 아니라 설명을 잘못했으니까……'라는 식으로 긴장을 완화시킬 수도 있었을 텐데, 그냥 모든 걸 포화 상태로 방치해둘 뿐이었다. 상대방의 침묵을 마음대로 해석해서는 안 된다. 하지만 우리는 그러질 못했고 그래서 계속해서 멀어질 수밖에 없었다.

내가 새 일을 시작한 곳은 차입 자본을 관리하는 회사였다. 도대체 무슨 일을 해야 하는 건지 몰라서 회사를 찾아갔던 첫날 나는 곧장 질문부터 하기 시작했다.

"돌아다니면서 사람들을 때려야 하는 건가요?"

다행히도 그럴 필요는 없다는 것이 회사 측의 대답이었다. 하지만 오랫동안 빚만 지고 살다 나와 그런 일을 시작한다는 것이 내게는 어쨌든 이상하게만 느껴졌다.

전화를 거는 것이 내 일이었다. 여러 계층의 고객들에게 빚을 지고 있는 사람들이 있었다. 그들에게 전화를 걸어서 지불이 지연되는 이유가 돈이 모자라서인지 아니면 송금에 기술적인 문제가 있어서인지 혹은 공급된 물자에 하자가 있어서였는지 등을 파악하는 것이 주 업무였다. 대부분의 사람들이 늘어놓는 말은 지불 기한을 가능한 한 늦춰보려는 핑계에 불과했다. 핑계라는 냄새는 멀리서도 맡을 수 있었다. 내가 잘 알고 있는 냄새였다. 어느 누가 나보다 더 잘 그들을 이해할 수 있었겠는가? 나는 할 수 있는 최선을 다해 그들을 도왔다.

내가 더 이상 보고 싶지 않아서 도망쳐 나왔던 모든 것이 다시 눈앞에 계속해서 펼쳐지기 시작했다. 죄를 짓고 벌을 받는 느낌이었다. 나의 모든 과거가 그곳에 담겨 있었다. 나의 악령들이 나를 에워싸고 있는 느낌이었다.

내게 돈을 지불해야 하는 사람들을 만날 때마다 내 앞에 등장하는 것은 나의 아버지였다. 그들에게 가능한 한 친절하게 대하려고 애를 썼고 어떤 식으로든 도와주려고 노력했다. 한번은 반지하의 아파트 문을 두드린 적이 있다. 아주머니 한 분이 문을 열고 나

와서는 나더러 집 안으로 들어오라고 했다. 딸과 단둘이서 살고
있는 분이었다.

"좀 앉으세요. 커피 한잔 하시겠어요? 아니면 물이라도 드릴까
요? 안타깝게도 다른 건 없네요."

"고맙지만 사양하겠습니다."

"괜찮아요. 제가 한잔 마시려고 준비 중이었는데, 원하시면 얼
마든지……."

"벌써 하고 계셨던 거면…… 네, 한잔 주시죠."

아주머니가 커피를 내놓는 동안 딸은 소파에 앉아서 아무 말
없이 나를 바라보고 있었다. 15살쯤 되어 보이는 나이였고 상당히
예쁜 얼굴을 가지고 있었지만 기운은 없어 보였다. 그녀의 얼굴 표
정은 내게 너무나 익숙한 것이었다. 사람들이 우리 바를 찾아와서
불평불만을 늘어놓았을 때 내가 하고 있던 바로 그 표정이었다.

가난은 창피스러운 일이다. 하지만 그날은 그 사람들보다도
내 자신이 더 부끄러웠다. 커피를 마시는 동안 아주머니는 조금씩
이라도 돈을 갚아나갈 수 있으니 걱정하지 말라는 말을 했다. 자
신이 정직한 사람이라는 얘기와 함께 딸아이가 나이가 어려 쉽지
는 않았지만 주말에 피자집에서 아르바이트를 할 수 있게 되었다
고 덧붙였다. 나는 점점 더 부끄럽기만 했다. 내 자신이 역겨웠고
죄송스러운 마음에 몸 둘 바를 몰랐다. 할 수만 있다면 그 두 여인
을 데리고 나와 내 집으로 데려가고 싶은 마음뿐이었다. 아주머니
의 말들이 내 가슴을 도려내고 있었다.

어느 시점에선가, 나와 아주머니가 지불 횟수를 의논하고 있는 사이에, 모든 것이 멈춰 서고 말았다. 우리 집 부엌에 있던 것과 비슷한 모양새의 기름때가 벽에 배어 있는 것이 눈에 들어왔다. 잠시 동안의 침묵이 흐른 뒤에 내가 입을 열었다.

"아주머니, 이 순간부터 빚은 없는 겁니다. 지금부턴 걱정하지 마세요. 다시는 안 찾아올 겁니다. 아무도 찾아오지 않을 거예요."

"아니, 그게 무슨 말씀이신지……."

"걱정하지 마세요."

믿기지가 않는 모양이었다. 그녀는 내 말을 제대로 알아들었는지 확인하기 위해 똑같은 질문을 네 번이나 되풀이했다. 나는 그녀에게 아무런 문제도 없으니 걱정하지 말라고 설명했다. 그녀는 내게 고맙다는 인사를 하기 시작했다. 내 손을 꼭 붙들고는 눈물을 흘리면서 딸에게 말했다.

"감사하다고 선생님께 인사드려라, 어서. 고맙다고 인사드려야지."

그러고는 나를 바라보면서 덧붙였다.

"선생님은 하느님이 보내주신 천사예요."

나는 내 감정을 다스릴 만한 준비가 되어 있지 않았다. 나는 일에만 묶여 있었고, 진실한 인간관계에 특별히 시간을 할애해본 적이 없었다. 그래서 이런 상황이 전개될 때면 아무것에도 대항할 줄 모르는 무기력한 인간으로 변해버렸다. 매번 가슴이 무너져 내리는 것만 같았다.

나는 속이 뒤틀리는 걸 억지로 참고 반지하 아파트를 뛰쳐나왔다. 그리고 차 안에 틀어박혀서 울기 시작했다. 도저히 멈출 수가 없었다. 딸꾹질을 해가면서 나중에는 온몸을 부들부들 떨기까지 했다. 사무실에 도착한 나는 업무일지에 실패라고 기록하고 은행에 보고서를 쓰기 시작했다. 채무자들의 흔적을 찾아볼 수가 없었고 따라서 자금을 회수할 방법이 전혀 없다고 기록했다.

은행 입장에서야 커다란 문제는 아니었다. 어쨌든 아무런 문제 없이 해결할 수 있는 적은 액수의 돈이었고 피해액에 대한 세금 공제의 가능성도 가지고 있었다.

똑같은 일이 반복되었다. 물론 항상 가능했던 것은 아니다. 내가 천사가 되기로 결심하는 순간 사람들은 고마움이 가득한 눈길로 나를 바라보았다. 그 눈길은 내게 힘을 주는 동시에 나를 부끄럽게 만들었다. 사람들은 내게 저녁 식사를 함께하지 않겠느냐고 물었고 살라미, 치즈, 와인들을 선물했다. 시간이 흐르면서 비슷한 상황을 많이 경험했지만 적응하기 힘든 것은 마찬가지였다. 모든 것이 역겹게만 느껴졌다. 내 자신조차 역겨웠다. 나는 내 일을 미워하기 시작했고 그것이 내가 벌을 받기 위해 자진해서 선택한 일이라는 느낌마저 들었다. 스스로를 자학하는 대가로 월급을 받고 있었던 것이다.

부모님으로부터 독립하기 위한 나의 첫 번째 시도가 하나의 쓰라린 경험이었다는 걸 인정해야만 했다. 나는 내 자신이 미웠고 마음에 들지도 않았다. 그 시기에 내 상황이 얼마나 안 좋았는지는 친구들조차 모르고 있었다. 내가 입 밖에 낸 적이 없었기 때문이다. 얘기해도 소용없는 일이었다. 어느 누구도 타인의 외로움 안으로 들어갈 수 없기 때문이다.

말수가 점점 줄어가는 것은 집에서도 마찬가지였다. 일 이야기는 아예 꺼내지도 않았다. 아니나 다를까, 빚을 지고 있는 사람들 얘기만 나왔다 하면 아버지가 보이는 반응은 불 보듯 뻔했다.

"거 봐라. 전부 그렇게 살잖니. 우리만 그런 게 아니라고."

나는 그 말이 싫었다. 저녁 식사를 할 때 나는 꼭 필요한 만큼만 앉아 있다가 마지막 남은 파스타를 입안에 털어 넣자마자 자리에서 일어나 내 방으로 들어와버렸다.

나는 모든 스트레스를 일을 하면서 풀었고 당연히 회사에서는 그걸 나의 열성으로 받아들였다. 회사 사람들은 내게 칭찬을 늘어놓기 일쑤였다. 하지만 나는 1년 정도만 더 일하고 그만둘 생각이었다. 가끔은 사람들이 지불을 지연하는 이유가 공급 물자에 대한 불만족 때문인 경우가 있었다. 그럴 때 나의 과제는 그것이 실제 상황인지 점검하는 일이었다. 나는 회사에 그중에서도 액수가 높은 중요한 건수들을 처리할 수 있도록 해달라고 요청했다. 그리고 새로 맡은 일들을 처리하기 위해 나는 전국을 돌아다녀야만 했다. 아직도 첫 출장이 생생하게 기억난다. 나는 아침나절 내내 어느 창고에 들어가서 침흘리개 인형, 오줌싸개 인형들을 하나하나 조사했다. 인형들이 정말로 침을 흘리는지 혹은 오줌을 싸는지 알아내야 했다. 일을 하면서 나는 자주 아버지를 머릿속에 떠올렸다.

인형이 가득 든 상자 옆에 주저앉아서 일하고 있는 내 모습을 아버지가 보았다면 무슨 생각을 하셨을까 그려보았다.

"이건 오줌 싸네, 이건 안 싸고. 이건 싸고, 이건 안 싸고……."

출장을 가게 되면 나는 항상 늦게까지 일을 했다. 대도시에 가면 일을 마친 뒤에 늘 뭔가를 하곤 했다. 산책을 하기도 하고 어떤 성당 계단 아래에서 담배를 피우기도 하고…….

어느 시골의 산골짜기 마을에 떨어지게 되면, 그래서 모텔의 레스토랑도 일찍 문을 닫아버렸을 경우에는 나의 슬픈 하루 일과를 마감하기 위해 방 안의 감자칩과 땅콩을 입안으로 던져 넣곤 했다. 물론 감자칩이 있을 경우에 가능한 일이었다. 운이 좋아야 팬티 바람에 텔레비전도 볼 수 있었다.

가끔은 냉장고 안에 들어 있는 미니 위스키들을 한군데다 부어 넣고 단숨에 들이켜곤 했다. 담배 맛을 제대로 느껴보기 위해서였고, 살아 있다는 것을, 약간의 로큰롤을 느껴보고 싶어서였다. 내가 일만 하는 사람이 아니라, 인생을 즐길 줄도 아는 인간이라는 환영에 빠져보고 싶어서였다.

대신에 모텔에 일찍 도착하면 레스토랑에서 식사를 할 수 있었다. 물론 슬프기 짝이 없는 일이었다. 혼자서 물 탄 레드 와인 500밀리리터를 시켜놓고, 나처럼 혼자 레스토랑을 찾아온 다른 남자들과 같이 모퉁이 한쪽에 매달아놓은 텔레비전을 보기 위해 고개를 치켜들고는 식사가 도착할 때까지 크래커를 씹어 먹어야 했다.

14.

(내 인생에 들어온) 그녀

사랑은 죽음과 유사한 점을 가지고 있다. 바로 언제 우리를 공격할지 모른다는 사실이다. 피할 수 없는 것이 죽음이다. 하지만 우리는 그걸 맘대로 조정할 수 있는 가능성만큼은 하나 가지고 있다. 예를 들면, 우리는 죽는 순간을 결정할 수 있다. 하지만 사랑은 그렇지 않다. 사랑을 계획한다는 것은 불가능한 일이다. 사랑은 마음먹는다고 해서 되는 일이 아니다. 우리는 우리를 사랑으로 공격하게 될 어떤 여자, 어떤 남자가 언제 우리 삶 속에 들어올지 알지 못한 채 살아간다. 하지만 얼마든지 일어날 수 있는 일이고, 불행히도 그 얼마든지 일어날 수 있는 일이 나에게도 일어났다. 그것도 내가 더 이상 사랑할 수 있는 힘이 없다고 느꼈을 때.

가끔은 누군가 나타나서 우리의 가슴을 설레게 해주었으면 좋겠다고 바랄 때가 있다. 하지만 그걸 바라는 우리들의 욕망이 아무리 강렬하다고 해도 그 욕망의 힘이 우리가 원하는 사람을 만나게 해주는 것은 아니다. 오히려 그런 만남이 이루어지는 상황은 우리가 뭔가를 사고 싶기는 하지만 정확히 뭘 사야 할지는 모르는 상태에서 쇼핑을 하러 가는 때와 비슷하다고 할 수 있다. 사는 물건은 책일 수도 있고 머플러나 선글라스 혹은 향수일 수도 있다. 하지만 어떤 때에는, '아무것도 안 샀어, 살 만한 게 정말 없더라'고 말하게 되는 경우도 얼마든지 생길 수 있다.

그녀를 만나기 전에 나에게는 지나간 수많은 애인들, 수많은 러브 스토리들, 여전히 만나고 있던 여자들이 있었다. 그렇게 사는 것이 나는 좋았다. 새로운 것을 경험한다는 일이 나한테는 아주 오랫동안 절대로 포기할 수 없는 마약과도 같았다. 그러던 어느 순간 그녀가 나타났다. 그리고 나는 뭔가 특별한 일이 벌어지고 있다는 것을 느꼈다. 많은 것들을 통해 나는 그녀와 함께하는 시간이 다른 여자들과 있을 때하고는 다르다는 사실을 깨달았다. 그중에 하나는 내가 그녀에게 말을 걸 때 할 말을 고른다는 것이 영 내키지 않았고, 단지 내가 느끼는 것만을 솔직하게 얘기하고 싶었다는 것이다. 나는 그녀와 함께 정착하게 되리라는 것을 깨달았다. 하지만 그녀를 진정으로 사랑하기도 전에 내 앞에 지불해야 할 계산서가 와 있는 것을 발견했다. 나는 더 이상 사랑할 만한 능력이 없다는 것을 깨달았다. 누군가 나에게 그녀를 사랑하느냐고 물어본다면 나는 틀림없이 그렇다고 대답할 것이다. 하지만 문제는 내가 정말로 그녀를 사랑하는지 나 자신도 모르고 있었다는 사실이다.

내게 여전히 사랑할 수 있는 능력이 남아 있는지 깨닫기 위해 노력하는 동안 나는 사랑하는 척 연기를 하기 시작했다. 나는 타고난 연기자였고 연기는 내게 이미 많은 경험들을 통해 습관화되어 있는 부분이었다. 평생 연기만 해왔으니 어려움이 있을 수 없었다. 그래서 당연히 그녀에게도 쉽사리 먹혀들어가리라고 생각했다. 우리가 겉으로만 사랑하는 사람들은 어느 정도 선에서 만족할 줄 아는 법을 터득하는 것이 사실이다. 그 이유는 비록 받는 사랑이 진실한 사랑은 아니라고 해도 그 사랑에의 의지와 헌신만큼은 봐줄 만한 진실이기 때문이다. 사랑하고 싶은 바람과 욕망만큼은 진실인 것이다.

하지만 나는 그녀를 속이는 대신 나 스스로를 속이고 말았다. 어느 시점에선가 그녀를 정말 사랑한다고 그만 믿어버렸기 때문이다. 미움은 연기를 통해서는 표현되지 않는다. 하지만 사랑은 가능하다. 물론 그것이 그렇게 오래가지는 않는다. 하지만 황당하게도 내가 연기하던 사랑은 내가 평생 경험했던 것 중에서 가장 진실한 사랑이었다.

연애를 하는 사람들은 보통 서로 잘 지내다가도 한번 싸우고 나면 서먹서먹하게 되는 경우가 허다하다. 어떤 경우에는 잘 지낸다기보다는 '잘'은 빼고 그냥 '지낸다.' 잘 지내는 것도 아니고 못 지내는 것도 아니다. 우리는 둘 다 아니었다. 같이 지내는 대신 그녀가 떠나는 걸 선택했기 때문이다. 그녀는 내가 가지고 있는 사랑의 의지나 헌신, 욕망만으로는 더 이상 만족할 수 없었다. 바이런이 말한 대로 '여자는 첫 번째 열정 속에선 남자를 사랑하지만

그 후에 이어지는 모든 열정 속에서 사랑하는 것은 자신의 사랑하는 감정일 뿐이다.'

내가 느껴야 할 진정한 사랑의 순간은 여전히 도달하지 않고 있었고 그녀는 자신의 인생을 내 손에 맡기고 있었다. 너무나 막중한 책임감이 뒤따르는 일이었고 동시에 너무나 많은 두려움과 근심거리를 동반하는 일이었다. 한 사람의 인생을 자신의 팔 안으로 부둥켜안는다는 것은 많은 걸 의미한다. 어쩌면 지나치게 많은 걸 의미하는지도 모른다. 그건 모든 것을 감당해야 한다는 걸 뜻한다. 그 사람의 꿈과 두려움과 욕망, 생각과 가치관, 사랑하는 방식과 말하는 방식을 공유해야만 한다. 심지어는 그 사람의 근무 시간까지, 내 것보다 항상 먼저 울리는 그 사람의 자명종 소리까지도 공유할 줄 알아야 한다.

나도 많이 바뀌었고 모든 걸 이해한 지금, 이제는 그녀와 함께 하고 싶은 마음뿐이다. 전화를 걸었던 건 그래서였다. 기차를 완전히 놓친 것은 아닐 수도 있다는 생각이 들었기 때문이다. 전철을 타려고 계단을 내려가는 동안 전철이 도착하는 소리가 들려오면 그것이 내 차라는 생각에 뛰어 내려가지만 사실은 맞은편 전철인 경우가 있다. 마찬가지였다. 그녀가 탄 전철은 아직 떠나지 않고 그곳에 문이 열린 채로 서 있을지도 모르는 일이었다.

결국에는 그 뒤로 2년이란 세월이 흐르고 말았다. 그리고 나는 여전히 그녀를 찾고 그리워하고 있다. 무엇보다도 그녀의 미래가 그립다. 내가 아직 모르는 모든 것들이 그리운 것이다. 그녀와 함께 발견하고 경험할 수도 있었던 모든 것들이 그립다.

내 등에 와 닿는 그녀의 젖가슴이 그립다. 아침이면 자명종을 끄고 내게 다가오는 그녀의 따뜻한 체온이 그립다. 등 뒤에서 그녀를 꼭 부둥켜안고 젖가슴을 손에 움켜쥐는 것도, 아침이면 팔다리가 이리저리 엉켜 있는 모습을 발견하는 것도, 일어나자마자 섹스를 하는 것도, 그녀가 입을 다물고 내게 해주던 키스도, 그녀의 살 냄새도…… 저녁에 침대에 누워서 내 등에 손가락 글씨로 사랑을 고백하면 내가 알아맞히는 게임을 하곤 했다. 비몽사몽 간에 가벼운 접촉을 찾아 팔을 뻗는 것도 그리운 일 중에 하나다. 그건 꼭 붙어 있는 것과는 다르다. 그건 아기자기함 혹은 살짝 얹어놓은 듯한 포근함에 불과하다. 그건 그녀가 내 곁에 있다는 걸 확인할 수 있다는 기쁨에 조심스럽게 매달리는 것과 같다. 그런 순간들이 그립다. 그녀가 내 심장이 제대로 뛰고 있는지 알고 싶어서 내 손목 위에 손가락 두 개를 얹어보고는 나를 안심시키던 순간들이 그립다. 일을 마치고 돌아왔을 때 집에 있는 그녀의 모습이, 그녀가 요리하는 음식 향기가 그립다.

여전히 가끔씩은 늦은 시간에 내가 그리워하는 것들의 목록을 만들어본다. 무엇이 바뀌었고 무엇을 잃었는지 목록을 작성해본다. 가슴을 아프게 만드는 일이다. 하지만 결국에는 내가 그녀와 좀 더 가까워졌다는 느낌을 준다. 그녀가 나를 버리고 떠난 건 나를 더 이상 사랑하지 않았기 때문이 아니다. 그건 내 잘못이었다. 내가 끊임없이 반복해서 읽는 문장이 하나 있다. 오비디우스가 남

긴 말이다. '나는 당신과는 살지 못하고 당신 없이도 살지 못해요.'
나 같은 인간들은 항상 존재해왔다는 생각이 들게 만드는 말이다.
니콜라가 만약 오비디우스의 친구였다면 이 말을 듣고 그에게 집
어치우라고 했을 것이다.

15.
창밖의 신선한 공기

나는 일을 많이 하고 지출을 줄였다. 부모님의 생활비도 보탰다. 내가 돈을 내밀 때마다 아버지는 아무것도 원하지 않는다고 했다. 하지만 그뿐이었다. 돈은 결국 아버지의 주머니 속으로 들어갔다.

우리의 관계는 많이 악화된 상태였다. 우리의 의사소통은 인사가 전부였다. 그것도 말로 하지 않고 고개만 끄덕였을 뿐이다. 그래서였는지 나는 아버지보다 훨씬 더 거칠고 꽉 막힌 사람으로 변해버렸다. 오갈 말은 다 오갔고 더 이상은 덧붙일 말도 없었다. 그것이 바로 우리 두 사람의 관계였다. 가끔씩 손짓을 하거나 가까워지려는 시도를 해보았지만 상처는 여전히 열려 있는 상태였다. 시간이 필요했다. 우리는 더 오랫동안 괴로워해야만 했다. 그점에 있어서만큼은 우리는 서로를 실망시키지 않았다.

하루는 점심시간에 헬스장에서 운동을 한 다음 헬스장 바에 가서 샐러드와 닭 가슴살 요리, 흰 쌀밥을 시킨 적이 있다. 헬스장을 심각하게 출근하던 사람들이 하는 식대로 흉내를 내보았던 것이다. 역기를 들어 올리는 일이 당시에는 스트레스 해소에 만점이었지만 나와 헬스장이란 세계와의 인연은 그다지 오래가지 못했다. 바에서 환타를 홀짝거리며 마시는 동안 옆 테이블에 앉아 있던 신사 한 분이 내게 물었다.

"그 환타가 어떻게 해서 탄생한 줄 아나?"

엉뚱한 질문이기도 했지만 알지도 못하는 사람이 그런 질문을 한다는 게 왠지 이상하게만 느껴졌다.

"아니요. 그런 건 잘 모르겠는데요."

"막스 카이트라는 독일 사람이 발명했네. 2차 세계대전 당시에 코카콜라의 독일 지사장이었는데 코카콜라가 미국 회사다 보니 독일 땅에서는 더 이상 콜라를 팔 수가 없었지. 그래서 대안으로 내놓았던 것이 바로 환타야. 코카콜라에서 만든 상품이란 문구는 어디에도 쓰여 있지 않았지. 그래서 독일 땅에서 마음 놓고 팔 수 있었던 거고. 왜 이름이 환타인 줄 아나?"

"글쎄요. 저는 그런 거 생각해본 적 없는데요."

"환타란 이름은 '판타지'에서 비롯된 걸세. 어쨌든 그 맛은 잼과 치즈의 첨가물에서 추출해낸 거니까, 그걸 발명한 사람은 소비자들이 오렌지 맛을 느끼기 위해선 많은 상상력이 필요할 거라고 생각했던 거네."

신사의 이름은 엔리코였다. 우리는 얘기를 나누기 시작했고 나중에는 식사를 같이했다. 우리는 그날 이후로 친구가 되었다.

모르는 것이 없는 사람이었다. 정치학 개념에서부터 건축, 미술, 문학, 환타의 역사, 당근이 왜 주홍색인지까지 방대한 지식을 섭렵하고 있었다. 그가 얘기하는 많은 것들이 내가 전혀 모르던 사실들이었다. 예를 들어, 당근의 색깔이 원래부터 주홍색이 아니었다는 사실은 처음 들었다. 당근을 오렌지색으로 만들어버린 사람들은 다름 아닌 네덜란드인들이었고 오랑주 왕조를 기리기 위해서였다고 한다. 우리가 처음 만났던 날, 내가 이렇게 물었던 것이 기억난다.

"그러니까 오렌지 맛 음료수들은 오렌지를 전혀 함유하고 있지 않다는 말씀인가요?"

"과일 주스란 이름을 쓰려면 음료수는 최소한 12% 이상의 과일즙을 함유하고 있어야 돼. 하지만 무슨 '맛' 음료수라고 하는 것들은 진짜 과일즙 같은 건 아예 가지고 있지도 않아. 맛은 향료들을 섞어가면서 실험실에서 만드는 거야. 예를 들어서, 귤 냄새랑 버터 향이랑 같이 섞어서 맡아보면 파네토네 냄새가 나거든. 젓가락 두 개를 하나는 감자 향에, 또 하나는 튀김 향에 담근 다음 같이 맡아보라고. 감자칩 냄새가 나지. 훈제라는 것도 마찬가지야. 훈제 소시지라는 건 훈제 향이 들어간 소시지란 얘기지. 개중에는 발 냄새가 나는 것도 있다니까."

"발 냄새요?"

"그럼. 부티르산이라고 오래 묵힌 치즈라든지 토사물에서 나는 냄샌데 실험실에서는 그걸 보통 발 냄새라고 부르지."

"에그, 더러워라."

"알아. 내 식대로 말하면 누군들 안 더러워하겠어. 하지만 발 냄새는 바닐라 향을 만들 때도 쓰이고 딸기 향, 생크림 향을 만들 때도 쓰여. 네가 먹고 마시는 아주 많은 것들 속에 들어 있지……."

우리는 헬스장에서 같이 운동을 했다. 물론 우리 두 사람 중 어느 누구도 운동이 절대적으로 필요하다고는 생각하지 않았다. 그는 역기보다 러닝머신을 선호했다. 대단한 책벌레였던 그와 함께 나누는 대화는 언제나 흥미로웠다.

그는 오페라를 끔찍이 사랑하는 사람이었다. 내가 그의 집에 놀러갈 때면 그는 항상 볼륨을 크게 틀어놓고 오페라를 듣고 있었다. 요리를 하면서 나무 주걱을 손에 쥐고 스테레오 쪽으로 다가가 볼륨을 높이며 말하곤 했다.

"이것 좀 들어봐. 무슨 노래를 하는지 좀 들어보라고……."

얼마나 아름다운가! 얼마나 사랑스러운가!
그녀를 볼 때마다 더 깊이 그녀를 사랑하게 된다네.
하지만 그녀가 나를 사랑하게 만들 아무런 방법이 없네.
나를 향한 따뜻한 마음을 조금도 불러일으킬 수 없네.
그녀는 읽고 공부하고 배운다네.
그녀는 정말 모르는 것이 없다네.
나는 언제나 바보일 뿐,
한숨만 지을 뿐이네.

누가 내 마음을 비워주겠는가?

누가 나에게 사랑받는 법을 가르쳐주겠는가?*

"뭐예요?"

오페라에 대해서는 아무것도 모르는 내가 물었다.

"도니체티의 사랑의 묘약이야."

나는 엔리코와 나누는 대화가 마음에 들었고 엔리코 역시 나와 함께 보내는 시간을 즐거워했다. 우리는 자주 연락을 주고받았다. 여자를 어떻게 다루어야 하는지에 대한 조언이라고 늘어놓는 그의 이야기는 언제나 재미있고 아이러니했다.

"여자의 옷을 벗기기 전에 먼저 귀금속부터 벗겨야 돼. 목걸이, 귀걸이, 팔찌, 반지 전부. 귀에 키스를 할 때는 귀걸이가 없는 게 나아. 귀금속이 없으면 어쨌든 여자들이 옛날 기억들을 떠올리게 될 염려는 없으니까. 다른 무엇보다도 반지는 끼고 있으면 안 돼. 헤어진 남자 친구가 선물해준 걸 수도 있으니까. 내버려두어도 되는 귀금속이 있다면 그건 진주 목걸이야. 하지만 너랑 함께 다니는 여자들을 생각해보니 이건 네 문제는 아닌 것 같다……. 팬티는 벗기지 않는 게 좋아. 내 말 믿어. 그걸 더 좋아한다니까. 어떤 때에는 그냥 살짝만 벗기는 게 더 나을 때도 있어. 그곳에 얼굴을

---

* Quanto è bella, quanto è cara! / Più la vedo, e più mi piace…… / ma in quel cor non son capace / lieve affetto ad inspirar. / Essa legge, studia, impara…… / non vi ha cosa ad essa ignota; / io son sempre un idiota, / io non so che sospirar. / Chi la mente mi rischiara? / Chi m'insegna a farmi amar?

파묻고 싶어도 다 벗기는 건 좋지 않아. 그냥 팬티 위에 키스를 하는 게 더 나아. 몇 분 정도. 그래야 네 뜨거운 입김을 그곳에서 느낄 테니까. 그리고 반대로 여자들이 너한테 그러기 시작하면, 그래서 네 팬티 위에 키스를 퍼붓기 시작하면, 그건 그날 네가 정말 환상적인 밤을 보낼 거란 얘기나 마찬가지야. 스타킹이나 신발도 안 벗는 여자들이 있거든. 전부 마찬가지야. 정말 뭘 아는 여자들이지⋯⋯. 하지만 진짜 비밀은 이거야. '여자처럼 만지고 남자처럼 키스해라.'"

"그건 또 무슨 말이에요?"

"여자들을 만질 때는 마치 네가 여자가 된 느낌으로 부드럽게 만지고 대신에 키스를 할 때는 박력 있게 하란 뜻이야."

하루는 운동을 마치고 점심으로 샐러드를 먹고 있는 동안에 그가 말했다.

"내 밑에 와서 한번 일해볼 생각 없어?"

그는 광고 회사를 경영하고 있었다.

"제가 할 수 있는 일인지 잘 모르겠네요. 공부한 것도 없고. 저는 중학교 3학년 마치고 학교 그만뒀어요. 청소부가 필요하신 거면 몰라도⋯⋯."

"나한텐 똑똑하고 빠릿빠릿한 사람이 필요해. 대학 졸업장만 가지고는 알 수 없는 일이지. 하지만 넌 똑똑하잖아?"

"아, 고마워요. 하지만 무슨 말을 해야 할지⋯⋯."

엔리코는 내가 중학교 3학년까지만 공부하고 학교를 그만두었다고 했을 때 처음으로 보통 사람들과는 다른 반응을 보인 사람이었다. 그는 학교 공부를 중요하게 여기지 않았다. 나는 당황스러웠고 무슨 말을 해야 할지 몰랐다. 내 침묵을 깨면서 그가 말했다.

"학교라는 건 대부분 똑똑한 사람들한테는 유용하지가 못해. 기억력이 좋은 사람들한테나 유용하지. 그리고 기억력이 좋다는 건 똑똑한 것과는 거리가 멀어. 게다가 공부든 대학이든 필요한 만큼만 하면 그걸로 족한 거야. 어쨌든 생각해봐."

"면접시험이라도 보러 오라는 건가요?"

"벌써 한 거 아냐? 시험 통과야. 넌 영화도 알고 음악도 알고, 문학작품들에 대해서도 잘 알고……. 무엇보다도 넌 뭐든지 궁금해하거든. 무엇에든 흥미를 느낀다는 얘기야. 네가 말하는 걸 들어봐도 그렇고 아이러니하면서도 번뜩이는 네 표현들이나 어떤 개념들을 명쾌하게 설명하는 걸 봐도, 아주 훌륭한 카피라이터가 될 수 있을 거야. 기본적인 사항들 몇 가지만 터득하면 그걸로 충분해. 똑똑하니까 아무런 문제 없을 거야. 곧장 대답하지 않아도 돼. 잘 생각해봐. 싫다고 해도 상관없어. 지금처럼 친구로 지내면 되니까. 평상시와 다를 바 없이 얼마든지 즐거운 시간을 함께 보낼 수 있어. 하지만 학교를 다니지 않았다는 이유 하나만으로 포기하면 그건 잘못된 판단이야."

"알았어요. 생각해볼게요."

"비비 킹하고 머디 워터스가 누군지 알지?"

"그럼요."

"네가 볼 때는 잘하는 것 같아?"

"당연하죠. 최고들인데."

"그래. 그런데 사실은 악보도 못 읽는 사람들이었다는 거 알아? 정말 악보가 뭔지도 모르는 사람들이었어. 빌 번바흐의 얘기 대로 규칙이란 예술가들이 결국에는 파괴하고 마는 것들에 지나지 않아. 인류가 이룩해낸 위대한 업적 가운데 규칙에서 탄생한 건 하나도 없어. 위대한 건 인생이야. 노력을 해서 찾아내는 게 중요하지."

"뭘요?"

"내 말은 위대해지려고 노력을 해야 한다는 뜻이야. 차이는 거기에 있어."

"전 빌 번바흐가 누군지 모르는데요."

"우리가 같이 일을 하면 알게 될 거야. 어쨌든 모든 걸 떠나서, 다시 한 번 얘기하지만, 모른다는 것이 두려워서라면 걱정할 필요 없어. 네가 나한테 필요한 건 의사소통을 위해서야. 그리고 의사소통은 아는 게 없어도 할 수 있어. 앎이라고 하는 것은 정보를 제공할 때 필요한 거야. 그러니까 네가 정보까지 제공하고 싶은 마음이 들면 그때 가서 공부하면 돼. 이제 그만하고 진 토닉 한잔 하자. 네가 쏴!"

"헬스장 바인 데다 아직 오후 2시밖에는 안 됐는데……."

"알아. 하지만 오늘은 왠지 그러고 싶네."

이런 대화를 나눈 뒤 한 달 반 만에 나는 엔리코 밑에서 일을 시작했다. 그는 새 일에 대해서 내가 알아야 할 모든 것을 가르쳐 주었다. 약속을 지킨 셈이었다. 그리고 나는 빌 번바흐가 누구인지, 그의 창조 혁명이 무엇이었는지 알게 되었다. 광고 세계에서 중요한 많은 인물들도 그때 알았다.

엔리코는 나한테 읽으라면서 마케팅과 커뮤니케이션에 관한 책들을 많이 빌려주었다. 그 가운데는 기호학에 관한 도서도 들어 있었다. 그는 내가 듣고 참석해야 하는 강의, 세미나, 워크숍을 추천해주었다.

나는 공부를 하면서 배워나갔다. 처음에는 주로 커피 심부름을 했다. 카탈로그를 정리하거나 편지를 부치기도 하고 그의 비서와 함께 스케줄을 정리하기도 했다. 청소는 하지 않았지만 언제라도 빗자루를 집어 들어야 하는 분위기였다. 어쨌든 옆에서 그가 일하는 모습을 지켜본 것이 내게는 학교를 다닌 것과 마찬가지의 역할을 했다. 상당히 많은 것들, 내가 평생 동안 사용하게 될 지식과 기술들을 나는 그때 터득했다.

첫 번째 임무를 맡은 것은 한 달 뒤였다. 체인점을 가지고 있는 어느 슈퍼마켓의 광고판을 만드는 일이었다.

슈퍼마켓, 세상에서 수레를 끄는 가장 아름다운 곳.

이것이 나의 첫 작품이었다.

엔리코 밑에서 일을 하는 동안 나는 빚을 회수하러 다닐 때보다 훨씬 많은 돈을 벌 수 있었다. 그와 함께했던 4년 동안 나는 일을 하면 할수록 더 만족스러웠고 상도 몇 개 거머쥘 수 있었다. 마지막으로 받은 상은 내가 만든 커피 머신 광고 덕분이었다.

멀리, 마치 조각 작품이라도 한 점 올라가 있어야 할 것 같은 멋진 흰색 받침대 위에 커피 머신 한 대가 놓여 있다. 커피가 천천히 찻잔 안으로 흘러내리고 커피 머신이 점점 확대되는 가운데 화면에는 다음과 같은 문장들이 흐르기 시작한다.

"6개월만 지나면 사람들은 텔레비전이라고 불리는 저 나무상자를 바라보는 일에 싫증을 낼 것이다."

—1946년, 20세기 폭스사 사장, 대릴 재넉

"잊어버립시다. 그런 영화 가지고는 1센트도 못 벌 거예요."

—1936년, 영화 〈바람과 함께 사라지다〉에 대하여,

메트로 골드윈 메이어 스튜디오 디렉터, 어빙 탈버그

"저희는 그 친구들을 원하지 않습니다. 시대에 걸맞지 않은 음악이에요. 기타를 사용하는 밴드는 이제 더 이상 통하지 않아요."

—1962년, 비틀스의 음악에 대하여, 데카 레코드사 대변인

"밴드는 좋아요. 하지만 제발 그 가수 좀 빼세요. 입술이 그렇게

두꺼워서야, 여학생들이 놀라지 않겠어요?"

—1963년, 롤링 스톤스에 대하여,

BBC 프로그램 프로듀서, 앤드루 루그 올덤

"피카소의 유명세는 급속히 꺾일 겁니다."

—1934년, 미술 평론가, 토머스 크레이븐

마지막 문장은 커피 머신이 화면을 꽉 채우고 있을 때 나타난다. 커피 머신은 마지막 몇 방울의 커피를 느릿느릿 떨어뜨리고 있다. 그러고는 광고 메시지가 등장한다.

"가장 맛있는 커피는 바에서 기계로 뽑은 커피입니다."

이 광고가 나간 뒤에, 밀라노에 본부를 두고 있는 유명한 한 광고 회사가 내게 연락을 취해왔다. 그들은 가능한 한 빨리 나와 일을 시작하고 싶다는 의사를 표명했다. 나는 이 소식을 엔리코에게 어떻게 전해야 할지 몰랐다. 아버지와의 쓸쓸했던 관계가 다시 반복되는 듯했다. 결국 내 속사정을 털어놓았을 때, 그는 비록 아무 말도 안 했지만 나는 그가 가슴 아파하고 있다는 걸 느낄 수 있었다. 나는, 언제나 그랬듯이, 내 자신이 이기주의자처럼 느껴졌다. 하지만 그 기회를 놓치고 싶지 않았다.

엔리코는 언젠가 그런 순간이 오리라는 것을 알고 있었다고,

그것이 신의 뜻이 아니겠냐고 했다.

"여기서 떠날 수 있는 기회가 나한테도 있었어. 하지만 남아서 어항의 물고기 왕 노릇을 하는 게 더 낫겠다고 생각했던 거지. 대신 네가 헤엄쳐야 할 곳은 바다야. 잘해낼 거야. 이기주의자처럼 느낄 필요 없어. 사실이 아니니까. 아니지, 오히려 기억해두어야 할 건, 다들 이기주의를 비판하지만 바로 그것 덕분에 탁월해지는 사람에게는 모두들 박수를 보낸다는 사실이야. 나한테 시간만 조금 주면 돼. 한 두세 주 정도. 나도 사람은 찾아야 하니까."

나는 새로운 광고 회사에서 일을 시작했다. 하지만 주말이 되면 엔리코를 찾아가 그의 일을 도왔다. 내가 끝내지 못하고 남겨두었던 프로젝트가 여전히 진행 중이었기 때문이다. 몇 달 후에 엔리코는 회사를 내놓기로 결심했다. 내가 떠난 뒤로 그가 혼자서 회사를 꾸려나간다는 것이 더 이상 아무런 의미가 없었기 때문이다. 회사를 이끌어나갈 만한 인물들이 없었다. 그는 1년 안에 모든 것을 처분하고 포르멘테라로 거처를 옮겼다. 내가 자주 그를 만나러 가는 곳이다. 특히나 여름에는……

새 회사에서의 근무 첫날은 이상한 방식으로 시작되었다. 사장은 자기 사무실로 나를 불러서 이렇게 말했다.

"아무것도 하지 말게. 당분간은 자네한테 아무런 프로젝트도 맡기고 싶지 않아. 아침 근무만 하게. 와서 책상에 앉아 있어도 되고 복도를 걸어 다녀도 좋고, 회의가 열리는 것 같으면 얘기하고 참석하면 돼. 하지만 아무 말도 하지 마. 그냥 보고 듣고 읽고 생각만 하는 거야. 자네가 하고 싶은 대로 마음대로 해. 하지만 프로젝트는 없어. 그냥 사무실의 공기만 맡으면 돼. 와서 화분이 되는 거야. 그게 자네 임무야."

"네, 알겠습니다."

나는 정신을 차릴 수가 없었다. 하지만 사장이 시키는 대로 했다. 나는 몇 주 동안 아침마다 회사에 놀러 다녔다. 사장 클라우디오는 광고계에서 잘 알려진 인물이었고 다들 천재라고 인정하는 사람이었다. 매력적이고, 유혹적이고, 똑똑하고, 말 잘하고, 아이러니하고, 카리스마적인 인물이었다. 아무 말 없이 의자에 앉아만 있어도 모두의 관심을 집중시키는 그런 종류의 사람들 중에 하나였다. 모두가 그를 존중했고 많은 사람들이 그를 두려워했다. 그의 여비서가 우리들 중 누군가를 호명하면 누가 불려 가는지 보기 위해 모두들 고개를 치켜들었다. 사장이 그에게 멋진 소식을 전해 줄 수도 있고 아니면 그를 일종의 '데드맨 워킹'으로 변신시킬 수도 있었기 때문이다. 그는 누구든 고무풍선처럼 바람을 불어넣고 터뜨려버릴 수 있는 힘을 가지고 있었다. 그의 사무실에 들어가는 사람은 신이 되어서 나올 수도, 모든 존재감을 상실한 채 걸어 나올 수도 있었다.

클라우디오는 신입 사원들을 위해 첫 1년 동안 아파트까지 제공했다. 나에게도 그 기회가 왔고 토니라고 부르는 청년과 함께 아파트 생활을 하게 되었다.

식물처럼 숨만 쉬는 견습생 생활을 마친 뒤에 사장은 나를 마

우리치오라는 아트 디렉터와 함께 팀을 만들어주면서 프로젝트 하나를 맡겼다. 그는 내가 사무실을 나가기 전에 그 이후로 절대 잊지 못할 말 한마디를 남겼다.

"재주는 선물이지만 성공은 일이라는 걸 명심해."

나는 그의 입에서 흘러나온 모든 격언들을 다 기억하고 있다. 어떤 것들은 이미 알려진 유명한 격언이었고 어떤 것들은 그가 한 말이었다. 대부분이 꼭 귀담아들어야 하는 훌륭한 조언들이었다.

"우리의 장점을 보여주는 것이 항상 적중하는 건 아니야. 가끔은 그걸 감추는 게 훨씬 나을 때도 있어."

"친근감이 가는 사람들도 참기 힘든 경우는 허다한 법이야."

"예술도 완전히 자유롭기 위해서는 철저하게 계산되어야만 해."

"우리들 중 누군가는 원숭이의 후예일 수도 있겠지. 하지만 커가면서 원숭이를 닮아가는 사람들도 있어."

"모든 벽은 하나의 문이야."

"불만족이 우리를 창조적으로 만드는 법이야."

내가 완성된 프로젝트를 제출했을 때 일어난 기적은 사장이 적어도 내 얼굴에 침은 뱉지 않았다는 것이다. 한마디로 대형 사고였다. 그날 밤에 나는 잠을 이루지 못했다. 엔리코와 일할 때처럼 그렇게 간단하지가 않았다. 첫 번째 실패 이후 나는 두려움에 휩싸였고 어리둥절했고 처음보다도 훨씬 더 자신이 없어졌다. 나는 아침이면 고개를 푹 숙이고 회사에 들어갔다. 내가 시골 출신이라는 사실부터가 쉽지 않았다. 조그만 도시에서 대도시로 이주를 한다는 건 적응하기 힘든 부분과 실패에 대한 두려움을 감수해야 한다는 걸 의미한다. 시골 출신으로 알려진다는 건 창피한 일이다. 당신이 태어난 곳에서는 중요한 사람으로 인정받을 수도 있겠지만 사실 당신은 어항 속의 물고기 왕에 불과할 뿐이다. 나는 어항을 버리고 바다로 헤엄쳐 나왔다. 바다의 물고기들과 경쟁을 하기 위해서였다. 하지만 바다로 나오자마자 내 존재의 크기는 형편없이 줄어들고 말았다. 매일매일이 하나의 전쟁이었고 지극히 하찮은 것들도 간과할 수가 없었다.

당신이 시골 출신이면 도시 사람들은 당신과 친해지자마자 서슴지 않고 당신을 놀리기 시작한다. 사투리 때문이다. 그래서 당신은 많은 단어들을 머릿속에 재입력시켜야만 한다. 도시 사람들은 당신의 모든 것을 가지고 트집을 잡는다. 당신이 옷을 입는 스타일도 마찬가지다. 사람들은 당신을 적응하지 못하는 인간으로 만들어버린다. 하지만 아이러니하게도 당신이 정말 적응 못 하는 인간이 되고 마는 곳은 당신이 태어나고 자란 고향이다. 그래서 얼마간 당신은 이곳도 저곳도 아닌 일종의 중간지대에서 살게 된다.

밀라노 사람들은 일주일 내내 나를 놀려댔다. 사투리 때문이었다. 하지만 주말에 시골로 내려가면 거리에서 만나는 사람들마다 이제는 내가 밀라노 말을 한다고 놀려댔다. 내가 더 이상 설 자리가 없는 것처럼 느껴졌다.

밀라노에 있으면 나는 시골 촌놈이었고 고향 땅에서는 도시 사람이었다. 내가 도시 말을 하는 것도 고향 사람들이 보기에는 내 머릿속이 뜬구름으로 가득했기 때문이다. 그 당시 나는 말 한마디 내뱉기 전에 내가 있는 곳이 어딘지부터 먼저 확인해야만 했다.

이상하게 들릴지도 모르지만 당신이 고향을 떠나면 그걸 상당히 사적으로 받아들이는 사람들이 있다. 거부당했다고 느끼는 것이다. 버림받고 멸시받고 상처받았다고 생각한다. 욕이라도 한마디 들은 거나 마찬가지인 것이다. 그들이 보기에 당신이 고향을 떠난 이유는 당신이 그들을 경멸하기 때문에, 혹은 당신이 그들보다 우월한 존재라고 생각하기 때문이다. 버림받았다는 생각 때문에, 그 피해 의식 때문에 당신의 말을 비꼬기 시작한다.

"다 아시면서……. 우린 시골 사람들이잖아요. 당신처럼 밀라노에서 사는 게 아니니까……."

나는 혼자 지내는 것이 훨씬 쉬웠다. 나한테는 익숙한 일이었다. 천천히 나는 주말에 시골로 내려가는 일을 한두 차례 빼먹기 시작했다. 그런다고 나에게 손해될 일은 딱히 없었다. 고향에서 벌어지는 일은 항상 똑같았다. 똑같은 사람들, 똑같은 이야기들이 오갈 뿐이었다. 왕래가 뜸해지자 친구들은 내가 그들을 볼 마음이 없는 거란 말을 입에 올리기 시작했다. 하지만 내가 도시에서 잘나가기 때문이란 얘기도 했다. 바쁠 거란 얘기도, 다른 방도가 없지 않겠느냔 얘기도…….

하지만 내 생각은 다르다. 여러 분야의 사람들과 부딪히다 보면 자극도 받게 되고 생각하는 방식도 바뀌게 마련이다. 재미있는 건 도시에서는 하는 일을 보고 사람을 판단하지만 시골에서는 무슨 꿈을 가지고 있느냐를 먼저 본다는 것이다.

내 친구들은 세상을 전혀 이해하고 싶어 하지 않는 눈치였다. 딴 회사 사람들 혹은 다른 도시 사람들만 해도 이미 '우리 사람도 아닌데 무슨 상관이야'라는 식이었다. 모르는 사람은 그걸로 벌써 적이나 마찬가지라는 논리였다. 그 논리 속에는 일종의 방정식이 하나 들어 있었다.

'내가 세상을 바라보지 않는 건 세상이 나를 바라보지 않기 때문이야.'

세상이 바뀌는 걸 도무지 싫어하는 사람들이었다. 그러면서도 삶이 지겹다는 말을 달고 살았던 것은 현실에 대한 좀 더 넓은 시야를 가지고 싶어 하지 않았기 때문에, 조금은 다른 인생을 살아보겠다는 생각을 한 번도 해본 적이 없기 때문이었다. 사는 것이 지겹다는 말 한마디가 그들을 의식 있는 사람들로 느끼게 해주었다. 그걸 밝히는 게 맘이 편했던 것이다. 결국은 그 지루함 속에서만 스스로를 알아볼 수 있는 사람들이었다.

그들이 가지고 있는 감정들은 아무런 의미가 없어 보였다. 텅 비어 있거나 자기만족적이었다. 그들이 살아가는 방식 속에는 모든 것을 밋밋하게 만들어버리는 뭔가가 들어 있었다. 무언가가 분위기와 여유를 죽이는 동시에 확신을 키우고 모든 것을 분명하게 만들어버렸다. 내 옛 친구들은 항상 질문보다는 답을 훨씬 더 많이 가지고 있었다.

나는 카뮈가 했던 말에 전적으로 동의한다.

"항상 동일한 일들을 반복하면서 자기중심에서 벗어나지 못하면 스스로의 지적 능력을 향상시키는 습관과 가능성을 동시에 잃어버리게 된다. 천천히, 모든 것은 닫히고 단단해지고 근육처럼 수축되고 만다."

대신에 나는 달리고 싶었다. 우리가 가지고 있는 지적 능력은 그것을 무언가에 적용할 수 있는 기회와 가능성 없이는 썩어 들어가게 마련이다. 내가 밀라노에서 만났던 사람들은, 나를 놀리기는 했지만 모두들 나한테 중요한 역할을 했다. 누구보다도 토니가 그랬다. 회사 사람들은 이구동성으로 그가 굉장히 유명한 카피라이터가 될 거라고 말했다. 20살 때 중요한 상을 받은 적도 있었다. 모두들 그가 천재라고 생각했다. 토니가 그 상을 받은 것은 광고계에서 유명한 일화로 남아 있다. 그는 약속된 스타였다. 나는 토니와 나이 차이가 두 살밖에는 나지 않았지만 항상 존경심을 가지고 그를 대했다. 나에게는 일종의 우상이나 다름없었다. 친근감도 가고 시원시원한 면도 있고 잘은 모르지만 뭔가 국제적이라고 할 수 있는 분위기도 가지고 있었다. 모두가 그를 좋아했고 나도 마찬가지였다. 런던에서 공부를 해서 그런지 그는 영어도 완벽하게 구사했다. 대신에 나는 언어에는 영 재주가 없었다. 가끔씩 그가 모델들을 집으로 데리고 와서 영어로 말을 시작하면 나는 아무 말도 하지 않고 입을 꼭 다물었다. 몇 마디 할 줄은 알았지만 입 밖으로 내뱉지는 못했다. 엉망인 발음으로 체면을 구기고 싶지는 않았다. 그래서 영어 학원에 다니기로 결심하고 저녁마다 원어로 영화를 보기 시작했다. 처음에는 아무 말도 이해하지 못했다. 하지만 거의 1년 동안 영어로만 영화를 본 뒤에는 영어 실력이 부쩍 늘었다.

토니는 밤을 새우는 일이 잦았고 오전 11시 이전에는 사무실에 도착하는 일이 드물었다. 가끔은 정오가 다 되어서야 올 때도 있었다. 밤에 잠을 청하려고 할 때면 그의 방에서는 음악 소리와 함께 친구들과 끊임없이 대화를 나누는 소리가 들려왔다. 가끔은 그들의 대화에 참여한 적도 있었지만 어느 정도 시간이 지나고 나면 자러 가는 것이 더 낫겠다는 생각이 들었다.

토니가 만나는 여자들 중에는 모델인 네덜란드 여자가 한 명 있었다. 굉장한 미인이었다. 그녀가 내게 처음 말을 건넸을 때부터 나는 정신없이 반해버리고 말았다. 그녀는 토니에게 푹 빠져 있었다. 하지만 토니는 그녀를 그다지 중요하게 생각하지 않았다. 그녀가 토니와 싸운 뒤에 우는 소리를 나는 몇 번이나 들을 수 있었다. 어느 날 토니가 그녀를 집 밖으로 쫓아내고 말았다. 나는 그녀가 더 이상 우리 아파트에 찾아오지 않았으면 하고 바랐다. 별다른 이유에서라기보다는 마음이 아팠기 때문이다. 물론 매번 그런 일이 있을 때마다 그녀가 그의 방을 뛰쳐나와 나에게 정치적 망명을 요청해주길 바랐던 것이 사실이지만, 그런 일은 한 번도 일어나지 않았다. 나는 열심히 일하면서 공부에 집중했다. 그것 말고 다른 일들에는 거의 시간을 할애하지 않았다. 일도 안 하고 공부도 하지 않을 때는 내가 원했던 삶을 되찾아보려고 노력했다. 그 삶은 내 것이 아닌 친구들의 삶이었다. 나는 내 삶을 여전히 부끄러워하고 있었다.

주말을 집에서 보낸 뒤 일요일 저녁에 엄마가 챙겨준 음식들을 가지고 아파트로 돌아올 때마다 왠지 모를 부끄러움이 나를 엄습했다. 시골식 라구에 삶은 야채들, 만두와 시골식 살라미, 탈레조 치즈, 스카모르차 치즈 등등, 이 모든 것들을 냉장고에 집어넣기 위해 나는 혹시라도 부엌에 누가 있는 건 아닌지 먼저 확인해야만 했다. 부엌에 누구라도 있을 경우에는 가방을 방 안에 잘 숨겨두었다가 방과 냉장고 사이에 길이 트일 때까지 기다렸다.

토니와 그의 친구들은 중국 음식에 브라질 음식, 멕시코 음식, 인도 음식, 스시까지 안 먹는 것이 없는 식도락가들이었다.

내가 어떻게 지내는지 궁금해서 저녁마다 엄마가 전화를 하는 것도 나한테는 창피한 일 중에 하나였다. 왠지 어린아이 취급을 받는다는 느낌이 들었기 때문이다. 토니와 같이 있을 때는 아예 전화를 받지 않는 경우도 있었다. 가끔씩은 귀찮다는 듯이 전화를 받기도 했다. 엄마는 아들을 사랑하는 마음으로, 그 마음을 전하고 싶어서 전화를 걸었지만 나는 고맙다는 말 대신에 신경질적인 반응을 보였다. 하지만 잠을 청할 때가 되면 어김없이 후회스러웠다. '오늘 밤에 돌아가시기라도 하면 어떻게 하지?' 죄송스러운 마음에 다시 전화를 걸고 싶었지만 엄마도 벌써 잠이 드셨을 늦은 시각이었다. 엄마가 전화를 한 건 내게 아무 일 없는지 궁금해서였고 주말이 되면 지저분한 옷들을 빨아줄 테니 집으로 꼭 가져오라는 말을 하고 싶어서였다. 금요일 저녁에 집으로 빨랫감을 가져가면 옷들은 다음 날 점심시간에 벌써 빨고 말리고 다리미질까지 돼서 곱게 개어져 있었다. 그 짧은 시간 안에 어떻게 하셨는지 모른다. 어쩌면 밤새 입김으로 말리신 것인지도……. 그건 엄마만의 비밀이다.

나는 도시 친구들을 관찰하기 시작했다. 그들이 어떻게 옷을 입고 다니는지 보고 옷 입는 스타일을 모방했다. 모든 것이 부자연스럽고 걸맞지 않았지만 나는 그들과 비슷해지려고 노력했다. 하지만 자부심이 부족한 탓이었을까, 다른 친구들이 훨씬 더 훌륭해 보였고 나보다 모든 면에서 나아 보였다. 실제로는 그렇지 않은 친구들에게서도 열등감을 느꼈다. 나는 내 삶이 아닌 친구들의 삶을 살기 시작했고 그들의 눈으로 인생을 바라보았다. 그들처럼 생각했고 그들처럼 행동하고 말했다.

그러던 어느 날 클라우디오가 나를 그의 사무실로 불렀다. 내 변화를 목격했던 것이다.

"내가 충고 한마디 하지. 듣고 나서는 자네 마음대로 해도 돼. 자네의 장점은 독창성이야. 괜히 딴 사람인 척하지 마. 자네가 못 하는 걸 하려고 애쓰지 말고 자네가 할 수 있는 걸 찾아서 싸우란 말이야. 딴 걸 찾을 생각 하지 말고……. 자넨 이미 다 가지고 있어. 내 말 믿어. 자네가 어떤 능력을 가지고 있는지는 자네부터 먼저 알아야 해. 자신감과 자부심을 가지란 말이야. 새로운 표현 방식 따위는 필요 없어. 자네가 이미 가지고 있는 것만으로도 충분해. 그걸 끄집어낼 줄 알아야지. 좀 유연해져 봐. 그러면 자연스럽게 스스로에 대한 믿음도 생길 테니까. 인생이란 원래부터 자기가 타고난 걸 드러내는 기술이야. 명심해둬."

그는 나를 돌려보내면서 책 한 권을 선물해주었다. 『손자병법』이었다. 모두 정곡을 찌르는 말들이었다. 나는 시간이 흐르면서 그가 내게 중요한 것들을 가르쳐주고 있다는 걸 깨달았다. 내게 숨 쉴 틈을 주지 않았던 것도 나를 시험하기 위해서, 내가 언제까지 버티는지 보기 위해서, 내게 동기를 부여하기 위해서였다는 걸 깨달았다. 하지만 처음에는 도저히 못 해낼 것 같다는 실망감 속에 갇혀 있었다. 그가 지르는 고함 소리가 내가 가야 할 길을 제시하고 있었다는 걸 이해하지 못했다.

그날 저녁, 집에서 가만히만 있을 수 없다는 생각을 했다. 나는 저녁 식사를 준비하기 시작했다. 식사를 하고 곧장 침대에 누울 생각이었다. 내가 부엌에 있는 동안 벨이 울렸다. 그녀였다. 토니의 애인이었다.

"토니 집에 없는데……."

"알아. 30분 후면 도착한다고 그랬어. 오는 동안 기다리려고."

그녀는 나를 따라 부엌으로 들어왔다.

"뭣 좀 먹을래?"

"아니. 배 안 고파."

우리는 이런저런 얘기를 나누기 시작했다. 얼마 지나지 않아 그녀가 코카인을 꺼내 들더니 내게 조금 해보지 않겠냐고 물었다.

"고맙지만 사양할게."

나는 그녀를 말리고 싶었지만 내 얘기를 듣지 않으리란 건 불 보듯 빤한 일이었다. 더군다나 내가 그녀의 부모님처럼 군다는 건 영 내키지 않는 일이었다. 한번은 친구들끼리 있을 때 내가 이렇게 말한 적이 있다.

"꼭 마약을 해야 되나? 그런 것 없이 즐기면 안 되나?"

토니의 친구 한 명이 그에게 이렇게 말했다.

"아니, 이건 또 누구야? 네 아버지니? 아니면 교구 신부님이라도 되시나?"

나는 마약에는 반대하지 않는다. 단지 그것 없이는 살지 못하는 인간의 무기력함에 반대할 뿐이다. 토니의 방에 있는 CD 커버들은 전부 긁힌 자국투성이였다. 코카인 가루를 줄 세우기 위해 사용했기 때문이다. 토니의 친구들 중에는 오디오도 없는 차 안에 CD 커버만 잔뜩 가지고 있는 사람도 한 명 있었다.

토니는 그날 저녁 두 시간 뒤에나 나타났다. 기다리는 동안 나와 시미는 많은 얘기를 나누었다. 그녀는 토니를 사랑했지만 계속해서 그와 같이 지내는 것은 큰 실수라는 것을 잘 알고 있었다. 그녀는 토니가 나쁜 사람이고 자신을 함부로 대하며 멸시까지 했다는 얘기를 들려주었다. 나는 아무 말도 하지 않고 듣기만 했다. 나는 내 생각을 절대로 먼저 말하지 않는다. 누가 묻지 않는 이상은. 하지만 어느 시점에선가 그녀가 내게 물었다.

"내가 맞는 거지?"

나는 어떻게 대답해야 할지 몰랐다. 나는 예수님을 항상 존경

해왔다. 언제나 적절하고 맞는 대답만 골라서 준비하고 있었기 때문이다. 예를 들면, 카이사르의 것은 카이사르에게 돌리고 하느님의 것은 하느님께 돌리라는 말이 있다. 예수님은 위대한 카피라이터였다. 그래서 나는 간단히 이렇게만 대답했다.

"토니랑 더 이상 같이 지내고 싶지 않으면, 훌훌 털어버리고 떠나면 되지 않겠어?"

"넌 참 좋은 사람이야……. 토니는 나빠. 누군지 모르지만 정말 운 좋은 여자일 거야, 널 만나는 여자는……."

내가 사랑에 빠져 있던 여자가 바로 그녀였다. 나는 이렇게 말하고 싶었다. '그 운 좋은 여자, 네가 하지그래?' 하지만 그녀가 '넌 참 좋은 사람이야'라고 했던 말뜻은 어쨌든 그녀가 나를 남자로조차 생각하지 않는다는 것이었다.

우리는 책 얘기도 했다. 그녀는 밀란 쿤데라의 『참을 수 없는 존재의 가벼움』을 펼쳐 들었다. 내가 읽기를 막 끝낸 책이었다. 나는 그녀에게 줄거리를 얘기해주었다.

"읽고 싶으면 내가 선물로 줄 수도 있어."

"난 이탈리아 말로는 책 안 읽어."

우리 둘만 있던 그 두 시간 동안 나는 나름대로 그녀를 사랑했다고 생각한다. 우리는 우리들의 삶과 현실로부터 떨어져 나간 전혀 다른 차원의 세계에 들어가 있었다.

그러고는 토니가 도착했다. 시미는 그와 함께 방 안으로 들어가버렸다. 나는 내 방으로 돌아와서 몸 상태가 그다지 좋지 않다는 것을 깨달았다. 회사 일 때문이기도 했고 시미 때문이기도 했다. 너무나 많은 일들이 일어난 하루였다. 위장이 뒤틀리는 듯했다. 이어서 옆방 침대가 삐거덕거리는 소리, 그녀의 신음 소리가 들려왔다. 나는 옷을 챙겨 입고 집 밖으로 나와버렸다. 왜, 어디가 그렇게 아픈 건지 알지도 못한 채 차를 몰고 시내를 배회했다. 질투심 때문은 아니었다. 그것보다는 훨씬 더 심각한 뭔가가 마음속 깊은 곳에 자리 잡고 있었다. 그것은 일종의 무기력함이었다. 조금 다른 상황 속에서도 내가 얼마든지 느낄 수 있었던 불능의 위협 같은 것이었다.

다음 날 나는 외국서적들을 파는 서점에 들러서 영어판 『참을 수 없는 존재의 가벼움』을 한 권 구입했다. 며칠 후 시미가 우리집에 다시 들렀을 때 그 책을 선물했다. 그녀는 고맙다고 말하면서 내 입술에 키스를 해주었다. 나는 저녁 내내 침대에 누워서 내 입술 위에 다시 포개지는 그녀의 입술을 상상하며 시간을 보냈다.

아침에 방에서 나왔을 때 토니의 방문이 열려 있었다. 그녀는 떠나고 없었고 부엌에는 전날 내가 그녀에게 선물했던 책이 그대로 놓여 있었다. 잊어버린 것이 분명했다. 나는 책을 다시 집어넣은 뒤에 사무실로 향했다.

토니는 항상 자신이 예술가란 얘기를 늘어놓았다. 그 사실이 남들과는 다른 삶을 살도록 만든다고 했다.

"예술가는 보통 사람들에게는 불가능한 삶을 살 수밖에 없어. 규칙을 깨고 한계를 뛰어넘어야 하는 것이 우리 예술가야. 우리가 지불해야 하는 대가인 셈이지."

토니와 그의 친구들은 술을 마시고 마리화나를 피우면서 밤을 보냈고 툭하면 코카인 파티를 열기 일쑤였다. 마리화나는 나도 가끔씩 한 대 피울 때가 있었다. ─ 친구들이 내게 건네는 마리화나를 나는 '밤 인사'라는 이름으로 불렀다 ─ 술도 맥주 정도는 마다하지 않았다. 하지만 코카인은 영 내키지가 않았다. 자제력을 잃을까 봐 두려웠다. 토니와 그의 친구들은 언제든지 맘만 먹으면 끊을 수 있다고 자신했다. 하지만 나는 로베르토가 했던 말을 기억하고 있었다. '절대로 마약 하면 안 돼.'

토니는 그의 일이 잠정적인 것에 지나지 않는다고 주장했다. 그가 즐겨 쓰던 표현 그대로였다. "난 감독이야." 그 뒤에는 항상 똑같은 말들이 이어졌다. "나중에 내가 영화를 찍게 되면……" 그는 거장 감독들을 사랑했고 신인 감독들을 미워했다. 신인들은 그에 비하면 모두 하찮고 별 볼 일 없고 재주 없는 인간들이었다. 모두 텔레비전 연속극 수준의 상업적인 영화를 가지고 흐름을 탄 운 좋은 인간들일 뿐이었다. 다른 감독들에 대해 얼마나 나쁜 말들을 많이 늘어놓던지 토니야말로 정말 훌륭한 감독일 거라는 생각까지 들 정도였다. 하지만 머지않아 그것이 현실과는 동떨어진 얘기라는 것을 나는 깨달았다. 계속해서 남을 비판한다는 건 자신에 대한 남들의 기대감만 증가시킬 뿐이다. 스스로 무덤을 파는 짓이다. 비판을 하면 할수록 남들은 더 많은 것을 기대한다. 기대감이 높아지면 높아질수록 실수할 수 있는 위험과 두려움도 함께 증가

한다. 그래서 직접 행동으로 옮기는 대신 끝없는 핑계를 대며 모든 것을 뒤로 미루게 된다. 비판하는 사람은 대부분의 경우 두려워하는 사람이다.

사무실에서의 상황은 계속 악화되기만 했다. 새로운 아이디어는 떠오르지 않았고 창조적인 영감에의 길은 완전히 차단된 상태였다. 나는 두려웠다. 문제를 앞에 두고 내가 그걸 결코 해결하지 못하리라는 생각에만 매달려 있었다. 아이디어를 발전시킬 만한 조그만 힌트 하나 없이 반복되는 그 지루한 나날이 나를 조금씩 갉아먹기 시작했다. 어려운 순간들이었다. 창조적인 일을 하는 사람이면 누구든지 새로운 무언가를 찾기 위해 애쓰면서 겪을 수 있는 힘든 순간이었다. 육체적으로도 힘들었다. 그건 마치 들어 옮겨야 하는 무거운 물건들과도 다르지 않았다.

그러는 가운데 나에게 두 번째 프로젝트가 주어졌다. 첫 번째 프로젝트를 실패로 장식하고 시간이 꽤 흐른 뒤였다. 하지만 새로운 기회마저도 재난으로 끝나고 말았다.

클라우디오는 이만저만 화가 난 것이 아니었다.

"내가 자네한테 했던 똑같은 얘기를 다시 한 번 하지. 하지만 이번이 마지막이야. 자넨 지금 누군가를 모방하고 있어. 이건 자네 스타일이 아니야. 문제는 자네가 누구인지 자네조차도 모른다는 거야. 남들 따라 하는 것 좀 그만해. 포기할 줄 모르면 새로운 길은 나타나지 않아. 그 알량한 자존심 싸움 좀 그만하고, 정말로 뭔가를 해보라고. 아니면 직업을 바꾸던지. 지난번에 실패를 했으니까 이번엔 이런 식으로 반응한 거겠지. 결국 자넨 모험을 하고 싶지 않았던 거야. 결과는 뻔해. 지난번과 똑같은 걸 나한테 가지고 온 거 아냐. 자네가 제안한 프로젝트 안에는 참신한 아이디어 라고는 하나도 찾아볼 수 없어. 혁신적인 것도 없고 과감한 거라 곤 흔적조차 찾아볼 수 없어. 아니, 이건 발전이 아니라 퇴보야, 퇴보! 나는 실패도 모르고 실수할 줄도 모르는 사람 필요 없어. 나한 테 필요한 건 용기 있고 참신한 인재야. 사람을 가장 정확하게 평 가할 수 있는 기준은 바로 모험을 감수할 줄 아는 용기야. 용기를 내서 뻔뻔스럽게 굴 줄 알아야지. 자네가 이 일을 계속하고 싶으 면 피해갈 수 없는 길이야. 창피해서도 안 되고 점잔을 뗄 필요 도 없어. 남들의 평가가 두려운 건가? 남들이 받아들이지 않을 것 같아서, 남들이 이러쿵저러쿵 떠들 것 같아서 두려운 건가? 먼저 모험할 작심을 하고 두려움을 극복해서 정말 자네가 가지고 있는 능력을 끄집어내 보든가, 그게 아니면 틀리지만 않으면 된다는 식 의 자네 프로젝트는 집으로 가지고 돌아가서 혼자 해. 자넨 재주 는 있어. 하지만 그걸 사용할 건지 아닌지는 자네가 결정하는 거 야. 한 남자가 자신이 무엇을 할 수 있고 어떤 능력을 가지고 있는 지, 무엇보다도 무엇을 할 수 없는지 깨달아야 하는 나이가 있네. 자넨 이제 자네의 한계가 뭔지 알아야 해. 그걸 알려면 끝까지 가 봐야 해……. 하지만 경고하는데, 다음에 가지고 오는 프로젝트도 참신하지 않으면 그걸로 자넨 끝이야. 아웃이야!"

나는 그의 사무실을 나와서 집으로 돌아왔다. 그리고 침대에 몸을 눕히고 울기 시작했다. 부모님께 다시 돌아갈까 고민했다. 아버지께는 죄송하다고 말하고 작업복을 입고 다시 바에서 일을 시작할까 하는 생각도 들었다. 아무런 얘기도 하지 않고, 마치 아무 일도 없었다는 듯이⋯⋯.

　내게는 도저히 해낼 수 없을 것 같은 두려움이 있었다. 내 마음속에서 자라난 악령들이 수만 가지의 근심과 의혹과 망상으로 나를 꼼짝 못하게 만들었다. 결국에는 실패하게 되리라는 생각에 사로잡혀 있었다. 무엇보다도 나는 혼자였다. 치가 떨릴 정도로 너무나 오랫동안 혼자였다. 나는 외로웠고 지쳤고 두려워하고 있었다.

　나는 침대에서 일어나 욕실로 가서 세수를 했다. 눈이 벌게져 있었다. 내 상태는 겉으로든 속으로든 엉망진창이었다. 반 시간 이상이나 거울 속의 나를 꼼짝도 하지 않고 뚫어져라 쳐다보았다.

　나는 그 얼굴에 대해서 알고 있는 모든 것을 지워버리고 싶었다. 내가 썼던 모든 가면들을 벗어던지고 싶었다. 내 이름과 나이, 직업, 출신, 국적, 모든 것을 지워버리고 싶었다. 모든 것을 집어던지고 그 안에 누가 숨어 있는지 내 두 눈으로 똑똑히 쳐다보고 싶었다. 그러나 그건 불가능한 일이었다. 내 눈에 들어오는 것은 언제나 보아왔던 나 자신뿐이었다. 그리고 그것이 지금의 나였다. 나는 내 모든 인생을 그 얼굴을 통해 바라보았다. 그리고 깨달았다. 그 얼굴 안에는 내 마음에 들지 않는 것들이 너무나 많이 있었다. 나는 거울 앞에 선 발레리나였다. 거울 앞에 서서 고쳐야 할

점들밖에는 발견하지 못하는 무용수나 마찬가지였다. 문제는 바로 그것이었다. 그것이 내 길을 막고 있었다. 나는 내가 누구인지도 몰랐을 뿐 아니라 그나마 알고 있던 얼마 안 되는 점들마저도 전혀 내 마음에 들지 않았던 것이다.

클라우디오가 옳았다. 누군가를 모방한다는 것이 아무짝에도 쓸모없는 일이라는 건 백번 옳은 말이었다. 하지만 한 번도 뭔가를 정말 잘한다고 느껴본 적이 없는 나로서는 당연히 남들을 모방하고 싶은 욕망이 클 수밖에 없었다.

사무실에서의 상황은 형언하기 힘들 정도로 복잡했다. 어쨌든 나는 포기하고 싶지 않았다. 다행히도 시간이 조금씩 흐르면서 일들이 서서히 풀려나가는 조짐을 보이기 시작했다. 내가 추진한 조그만 프로젝트 하나가 클라우디오의 마음에 쏙 드는 일이 벌어졌다. 정말 하찮은 광고였지만 나에게는 상당히 의미 있는 일이었다. 마우리치오와는 유일하게 같이한 작업이 되고 말았다. 그 이후로는 니콜라와 한 조가 되어 일을 시작했기 때문이다. 나와 니콜라는 그 뒤로 한 번도 떨어진 적이 없다.

그와 함께 일을 시작하면서 커다란 변화가 일어났다. 우리 두 사람이 같이 붙어 있으면 일에도 불이 붙었기 때문이다. 우리는 규모가 큰 프로젝트들을 따내는 데 성공했다. 자동차에서부터 선거 캠페인, 의약품에 이르기까지 다양한 분야의 광고들이었다. 어느 시점에선가 나는 1년 내내 바에서 일을 하며 벌었던 것보다 훨씬 많은 돈을 한 달 안에 벌기 시작했다. 나로서는 도저히 믿기지 않는 일이었다.

　모든 일들이 완벽하게 돌아갔다. 하루는 사장이 회의 도중에 모두가 듣는 앞에서 나를 칭찬하기 시작했다. 나의 의지력과 성실함과 일을 하면서 내가 쏟아붓는 헌신적인 태도 등등에 대한 칭찬이 끊이질 않았다.

　"여기 모인 여러분들 중에 실패만 거듭하는 누군가와 같지 않고……."

　그 '누군가'가 가리키는 사람은 토니였다. 한때의 영재 토니가 나를 대할 때마다 이상하게 행동하기 시작한 것은 바로 그때부터였다. 사장이 나에게는 칭찬의 말을, 자신에게는 비꼬는 말을 던졌다는 것이 그의 머릿속에 내가 일종의 적이며 경쟁자라는 생각을 심어주었던 것이다. 그는 모두가 언젠가는 크게 될 거라고 믿었던 인물이었다. 항상 사장의 사랑과 보호를 독차지해왔지만 이제는 설 자리를 잃어가고 있었다. 위협을 느낀 그는 나한테 거만하게 굴기 시작했다. 자신의 우월성을 증명해 보이고 싶었던 것이다. 하지만 그럴 필요가 전혀 없는 일이었다. 나는 항상 그의 재능을 인정해주었기 때문이다. 토니는 나를 파멸시키고 말겠다는 작정을 하고 경쟁에 달려들었다. 그는 수단과 방법을 가리지 않았고 정말 하찮은 일까지도 끈질기게 물고 늘어졌다. 집에서도 상황은 급속도로 악화되었다. 같이 산다는 건 냉장고까지도 나누어 써야 한다는 걸 의미한다. 하지만 그는 장을 보는 일이 거의 없었고 내가 사다놓은 음식들을 그가 먹어버리는 경우가 허다하게 발생했다. 나는 아침 식사로 빼놓지 않고 요구르트를 먹었다. 하지만 냉장고 문을 열었을 때 요구르트가 한 병도 남아 있지 않는 경우가 생기기 시작했다.

"요구르트를 먹으면 얘기라도 해줘. 그래야 또 사다놓을 것 아냐."

안다. 그다지 멋진 말은 아니었다. 하지만 허구한 날 그런 문제가 일어난다는 건 썩 내키지 않는 일이었다. 그는 이렇게 대답했다.

"지금 겨우 요구르트 한 병 가지고 나랑 싸우겠다는 건 아니지? 내일 내가 한 박스 사다주면 될 거 아냐."

나를 요구르트 한 병이 아까워서 싸움을 거는 바보로 만들고 싶었던 것이다. 나는 싸우고 싶지 않았다. 아침에 냉장고 문을 여는 순간, 내가 원하던 것이 사라지고 없는 경우가 더 이상 생기지 않길 바랐던 것이 전부였다. 어쨌든 그가 요구르트 박스를 사 온 적은 한 번도 없었다.

나를 가장 화나게 만들었던 것은 자신을 얼마나 월등한 존재로 여기던지, 자기 같은 천재와 한 아파트에서 사는 것만 해도 나에게는 커다란 행운이라는 식으로 항상 나를 대했다는 점이다. 내가 텔레비전을 보고 있으면 그는 더 흥미로운 프로그램이 있으니 채널을 바꾸라고 명령했다. 나는 처음에는 아무 말도 하지 않았다. 인격을 존중해줘야겠다는 생각에서였다. 하지만 시간이 점점 흐르면서 그의 태도가 신경에 거슬리기 시작했다. 우선은 텔레비전부터가 내 것이었다. 내가 돈을 주고 텔레비전을 산 이유도 그에게 텔레비전이 없었기 때문이다. 게다가 모든 건 그가 입버릇처럼 하던 말 때문에 벌어졌다.

"난 텔레비전 같은 건 안 봐."

하지만 사실은 텔레비전 말고는 아무것도 안 보는 인간이었다.

집에서 전구가 나가거나 차양 장치가 고장이 났을 때도 그는 나더러 고치라고 말했다.

"네가 해봐. 넌 경험이 많으니까. 난 그런 거 전혀 할 줄 몰라서……."

나는 그의 말을 기꺼이 받아들였다. 좋은 마음으로 임무를 맡았고 무엇보다도 내가 그런 걸 할 줄 안다는 것이 기뻤다. 그런 말들이 그의 월등의식에서 나온 소리라는 것을 나는 전혀 눈치채지 못했다. '나는 예술가라서' 그런 것들을 할 줄 모른다는 거나 다름없는 얘기였는데도 말이다. 그걸 알았더라면 내가 바닥 청소를 얼마나 잘하는지 보여주었을 것이다. 신문지를 가지고 어떻게 유리창을 닦는지, 컵들을 어떻게 말리는지, 특히나 손이 잘 들어가지 않는 작은 컵들을 어떻게 씻고 말리는지, 알루미늄 싱크대와 수도꼭지를 어떻게 하면 반짝거리게 만들 수 있는지, 혹은 누군가가 용변을 보고 솔로 청소하는 것을 잊고 나온 화장실을 어떻게 하면 감쪽같이 깨끗하게 만들 수 있는지 보여주었을 것이다. 나는 그에게 보여줄 만한 것들을 많이 가지고 있었다. 하지만 그는 20살에 최고의 상을 거머쥔 천재, 떠오르는 스타였고 내가 꺼내 드는 것들은 쳐다보지도 않을 월등한 존재였다. 진심이다. 내가 나보다 월등한 존재와 같은 지붕 밑에서 살 수 있었던 건 정말 행운이었다고 생각한다. 지금도 나는 여전히 나보다 훌륭한 사람들과 함께하려고 노력한다. 보다 높은 목표를 달성하기 위해 내게 자극과 영감을 줄 수 있는 누군가가 필요한 것이다. 그래서 나는 뭐든지 좋다고만 하는 사람들을 싫어한다.

나는 좋은 성과를 얻어내면서, 이제는 더 이상 남들을 모방할 필요도 없고, 내가 비록 시골 출신이지만 내 자신이 누구인지 아는 것만으로도 충분하다는 사실을 깨달았다. 그런 뒤에야 비로소 나는 남들과 타협하지 않고 자신감과 신념을 가지고 행동하기 시작했다. 하지만 나의 이러한 태도 변화가 토니의 눈에는 조금 다르게 비쳤다. 그에게 나의 태도는 더 이상 그를 존경하는 마음이 없다는 것과 무엇보다도 내가 허황된 꿈을 꾸고 있다는 걸 증명해주는 것일 뿐이었다. 토니는 나의 작업과 내가 이루어낸 성과가 마치 전부 운이 좋아서 생긴 일이라는 식으로 떠들어대기 시작했다.

"사람들이 그 광고를 너한테 맡긴 건 순전히 네가 운이 좋아서야."

"사장이 그 얘기를 너한테 숨긴 건 순전히 네가 운이 좋아서야."

"이 순간에 그런 일이 일어난 건 순전히 네가 운이 좋아서야."

왜 그가 그런 식으로 말하는지 나는 이해하지 못했다. 그가 좋은 성과를 거둘 때면 나도 같이 기뻐해줬는데······.

하지만 그렇게 해서 나는 그의 우정이 진실하지 않았고 자신의 이미지를 확고히 하기 위한 기회로 삼았을 뿐이라는 걸 깨달았다. 그가 아파트를 절대 떠나지 않았던 이유도 어쩌면 바로 그 때문이었을 것이다. 해마다 새로운 신입 사원이 들어왔고 그는 언제나 월등한 인간으로 남아 있을 수 있었다. 우리는 그에게 복종했고 그가 자신을 위대하게 느낄 수 있도록 도와주었던 것이다.

그를 미워할 수는 없었다. 하지만 그가 내 앞에서 거만하게 행동하는 것만큼은 더 이상 허락하지 않았다. 나는 일부러라도 그가 찍고 싶어 했던 영화에 대해 질문을 던지곤 했다. 나는 영화의 주제가 궁금했고 언제부터 찍기 시작할 것인지 알고 싶었다. 사람이 필요하면 내가 도와줄 수도 있지 않겠느냐고 묻기도 했다. 하지만 그는 변변치 않은 대답만 내놓을 뿐이었고 이야기의 주제를 바꾸려고만 했다.

"그런데 대본은 언제 완성하는 거야? 지금 작업 중이야?"

내가 이렇게 물을 때마다 그는 항상 핑곗거리들을 가지고 있었다.

"지금은 아니야. 뭘 좀 보러 여행을 떠나야 하거든……."

"지금은 아니야. 사진 합성 프로그램이 새로 나온 게 있는데 지금 그걸 기다리고 있는 중이라서……."

"지금은 아니야. 요샌 좀 힘든 시기라서……."

그는 항상 뒤로 미루기만 했다. 나는 그것이 전부 핑계에 불과하다는 걸 알고 있었고, 모든 사람이 자신에게 기대하는 바를 이루어낼 만한 능력이 없다는 사실을 받아들이지 못하고 다만 두려워하고 있을 뿐이라는 것도 알고 있었다. 아마도 스스로에게 기대했던 바를 이루어내지 못했다고 보는 것이 옳을 것이다. 사회생활 초기에 너무나 큰 상을 받았다는 것이 그를 모든 면에서 불리하게 만들었다. 이미 성공을 했다고 느꼈던 것이다. 그는 모든 것이 쉽게 해결되리라고 믿었다. 누구든 성공을 한 뒤에는 모두의 시선이 한곳으로 집중되기 마련이고, 그 기대감이 주인공의 근심을 키우기 마련이다. 어쨌든 천천히 성장하는 것이 훨씬 바람직한 일이다.

하루는 친구 입장에서 한마디 해주고 싶은 마음에 내가 먼저 말을 건 적이 있었다. 나는 그가 자신의 귀한 시간과 재능을 썩히고 있고, 계속해서 자신의 꿈을 미루기만 하는 것은 하나의 핑곗거리에 불과하며, 사실은 너무 두려워서 어떻게 대처해야 할지 모르고 있는 거라고 솔직히 말해버렸다. 나는 말을 하는 동안 최대한 정중한 자세를 고수하려고 노력했다. 내 이야기가 공격적으로 들리지 않았으면 하는 바람에서였다. 하지만 그의 반응은 지나치게 신경질적이었다. 그는 내가 하는 말이 뜬구름 잡는 소리일 뿐이고 자기에게 감히 그런 식으로 얘기한다는 건 꿈조차 꾸지 말았어야 할 일이라고 고래고래 소리를 질렀다. 그는 내가 그런 말을 할 자격도 없는 사람이고 내가 내뱉은 말들은 전부 나의 자만과 선입견과 무엇보다도 내 질투심의 결과일 뿐이라고 했다.

"이봐 토니, 난 친구 입장에서 얘기해준 것뿐이야."

"누가 너한테 물어봤어? 그리고 도대체 네가 뭘 아는데? 보아하니, 광고 한두 개 정도 운 좋게 그럭저럭 만들었다고 이러시는 모양인데……. 그것도 전부 내가 거부한 광고들이라는 거 알아? 표준말도 제대로 못 하는 놈이 어떻게든 살아보겠다고 여기까지 나타나서 이제는 인생 충고까지 하시겠다……. 꺼져버려!"

그리고 얼마 지나지 않아서 우리는 광고상 하나를 두고 경쟁하게 되었다. 아무도 상을 타지는 못했다. 하지만 나는 2등까지 올라왔고 어쨌든 그를 제친 셈이었다. 그 뒤로 그는 더 이상 내게 말을 걸지 않았다. 심하게 욕설을 퍼붓는 경우만 가끔 있을 뿐이었다. 스스로에게 불만이 많은 사람들은 남들을 잔인한 방식으로 대하기 마련이다.

한번은 내가 그의 아이디어를 훔쳤다고까지 하면서 문제를 일으킨 적이 있었다. 그의 말로는 내가 이용한 광고 문구가 어느 날 저녁 함께 이야기를 나누는 동안 자기가 했던 말이라는 것이었다.

어쨌든 그와의 관계는 이미 회복될 수 없는 단계로까지 흘러가고 말았다. 나는 사무실 근처에 아파트 하나가 나자마자 그곳으로 이사를 했다.

나는 두 개의 분리된 현실을 살아가고 있었다. 주중에는 정해진 목표들을 성공적으로 달성하면서 살다가도, 주말이 되면 시골집으로 내려가서 고생은 나보다 훨씬 더하면서도 아무런 결실도 맺지 못하는 아버지를 지켜보았다. 집에서는 일 때문에 너무 기뻐하는 모습을 보이고 싶지 않았고 사무실에서는 집안 사정 때문에 너무 슬퍼하는 모습을 보이고 싶지 않았다.

어쨌든 내게는 평상시의 연기력을 향상시킬 수 있는 좋은 기회였다. 육체적으로 무척 힘든 일이었다. 세상과 교류하고 내가 맡은 일을 성공적으로 해내기 위해 필요한 최소한의 행복감마저도 아무 일 없었다는 듯 감추어야 한다는 것이 힘들었다. 하지만 인생의 대부분을 감정적으로는 거짓말만 하면서 살아온 나였다. 내가 항상 혼자서 중얼거리던 말이 있다.

"나는 행복하진 않지만 그렇게 보이도록 할 수는 있어."

어느 날, 시골집에서 부모님과 함께 점심 식사를 하고 있는 동안 아버지가 내게 건넨 말이 있다. 처음에는 별로 중요하게 생각하지 않았지만 시간이 점차 흐르면서 그 말이 내 정곡을 찌르고 가슴속 깊숙이 박혀 있다는 것을 깨달았다. 이야기는 아버지의 형식적인 인사말로 시작되었다.

"일은 잘되어가니?"

"네."

"그래, 다행이다. 따지고 보면, 내가 운이 없었던 것이 오히려 너한테는 행운을 가져다준 셈이야."

"그게 무슨 뜻이에요?"

"무슨 뜻이긴? 여기 바의 일이 엉망으로 흘러가지 않았다면 네가 집을 떠나는 일도 일어나지 않았을 거 아니냐. 그러니까 내 불운이 너한텐 행운이었던 셈이지……."

아버지는 말을 하면서도 무슨 말을 하는 건지 전혀 의식하지 못하는 때가 많다. 자신이 입 밖으로 내뱉는 말의 위력을 의식하지 못하는 것이다. 아버지는 내게 던진 말 한마디가 나한테 어떤 의미로 다가올 수 있는지 이해하지 못했다. 눈 하나 깜짝하지 않고 하신 말씀이었다. 하지만 그 말들은 살 속에 박히는 파편처럼 나를 뚫고 들어와서 도저히 분리할 수 없는 아버지의 불행과 내 행운의 관계로 탈바꿈했다. 내 일이 잘 풀리면 풀릴수록, 돈을 더 벌면 벌수록 아버지를 향한 죄책감도 늘어났다. 돈과 성공이 우리를 멀어지게 했고 서로를 다른 존재로 만들어버렸다. 더 높은 곳을 향해 올라간다는 것이 나를 더욱더 외롭게 만들었다.

나는 성공했지만 그에 뒤따르는 행복을 있는 그대로 거머쥘 수가 없었다. 예를 들어, 나는 내 고물 차를 몰고 시내를 돌아다니는 일을 그만둘 수가 없었다. 많은 친구들이 내가 영화 속의 순수하고 낭만적인 주인공을 꿈꾸기 때문이라고 생각했다. 하지만 사정은 달랐다. 나는 고분고분한 척했을 뿐이다. 그것이 나에게는 좀 더 심각한 문제였다는 것을 그들은 이해할 수 없었다. 고물 차는 나와 내 가족을 연결시켜주는 일종의 고리였다. 새 차를 산다는 건 내게 부모님으로부터 한 발자국 더 멀리 떨어진다는 걸, 더 많은 외로움과 더 큰 죄책감을 느껴야 한다는 걸 의미했다.

나는 그 시절을 빠르게 향상되던 나의 경제적 상황과 직장 생활이 곧 가족과의 결별을 상징한다고 느끼면서 살았다. 모든 일들이 잘 풀려나갔지만 나는 결코 행복하지 않았다.

16.
(내가 참지 못하던) **그녀**

문제가 하나 생겼다. 무엇보다도 그녀가 떠난 뒤에 생긴 문제다. 외출을 하고 새로운 사람들을 만나기 시작한 지 꽤 되었지만 나는 마음에 드는 사람을 한 명도 만나지 못했다. 내 말은 나랑 조금이라도 닮은 인간을 전혀 발견하지 못했다는 뜻이다.

며칠 전에 니콜라와 같이 식전주를 마시러 간 적이 있다. 그의 친구들이 같이 자리를 했고 그 친구들의 친구들도 함께 와 있었다. 20분 정도 지난 뒤에 나는 손에 잔을 들고 서서 더 이상 뭘 해야 할지 모르는 내 자신을 발견했다. 순간 왜 내가 외출하는 걸 싫어하는지 그 이유가 머릿속에 떠올랐다.

그녀와 함께 지낼 때도 참지 못하고 서로 싸우며 토론을 벌이는 일이 허다했다. 결국 나는 그녀와 의견을 달리할 수밖에 없었다. 하지만 내가 느꼈던 것은 그녀가 남들과 '다르다'는 것이었다. 그녀는 나와 비슷했다.

우리가 같이 사는 걸 그만둔 이후로 나아진 것들이 한두 가지가 아니다. 하지만 모두 하찮은 것들이다. 전부 그녀의 부재와는 견줄 수 없는 것들이다.

굳이 예를 들자면, 겨울밤에 담요를 걷어찬 상태에서 눈을 뜨는 일은 더 이상 없다. 하지만 그녀가 곁에 있었을 때는 그것도 굉장히 추운 날만 골라가며 일어났다. 그녀가 잠결에 김밥처럼 담요를 몸에 둘둘 말아서 가져가버리면 나는 그녀를 다시 요요처럼 몇 바퀴 굴려야만 조금이라도 담요를 확보할 수 있었다.

한여름에 자다가 더위가 느껴지면 침대 한쪽에서 그녀의 자리였던 다른 한쪽으로 몸을 옮길 수 있다. 베개를 바꿔 벨 수도 있고 몇 초 동안은 신선하고 폭신폭신한 느낌을 맛볼 수도 있다. 비디오를 일시 정지 시키는 일 없이 계속해서 볼 수 있다. 이제는 영화를 보면서 두세 번은 화장실을 다녀와야 하는 그녀가 없기 때문이다. 정지된 비디오 화면을 앞에 두고 소파에 앉아 있는 건 괴로운 일이었다. 아무것도 안 하고 기다리면서 멈춰진 동작을 보고 있으면 꼭 영혼에 해를 끼치는 것만 같았다. 물론 그녀가 나서서 멈추지 말고 계속 보라고 하는 경우도 있었지만 나중에 가서는 왠지 미안한 마음에 그녀가 없었던 동안 진행된 스토리를 짧게나마 이야기해줘야 했다. 그런 상황이 벌어져도 한 가지만큼은 괜찮은 것이 있었다. 그녀가 화장실에서 돌아올 때 이런 말을 꺼낼 수 있었다. "거기 서 있는 김에……" 물 한 잔이나 사과 한 쪽 가져다달라고 할 수 있었다. 어쨌든 텔레비전은 혼자서 보는 것이 훨씬 낫다. 텔레비전은 어떤 면에서는 자위행위나 다름없다. 다른 사람 눈치

볼 것 없이 바보 같은 장면이 나오면 얼마든지 마음 놓고 웃을 수 있기 때문이다. 둘이서는 왠지 어색해지는 장면들이 꽤 있다.

아침에 차양 장치를 어떻게 조절하느냐는 문제도 해결되었다. 나는 항상 처음부터 끝까지 들어 올리는 것보다 살짝만 올리는 걸 선호했다. 나는 천천히 환해지는 것이 좋았다. 하지만 그녀는 창문을 한꺼번에 완전히 열어젖히는 걸 좋아했다. 그녀의 말버릇처럼 항상 '방 공기를 환기시키기' 위해서였다.

이제 하나 남은 요구르트는 내가 먹기 전까진 마지막 요구르트로 남아 있다. 화장실에 가도 이제는 문을 잠글 필요가 없다. 그녀가 집에 있는 동안에는 도저히 있을 수 없는 일이었다.

여름에 산책을 하는 것도 그녀가 없으면 유리한 점들이 많다. 내가 원하던 대로, 주머니에 아무것도 없이 돌아다닐 수 있다. 그녀가 주머니 없는 바지를 주로 입고 다녔기 때문이다. 그러니까 다른 누군가가, 즉 내가, 그녀의 모든 소지품을 대신 넣고 다녔던 것이다. 지갑에 휴대폰, 열쇠, 휴지까지 전부 내 몫이었다. 물론 그런 옷을 입은 그녀의 환상적인 모습을 보기 위해서는 반드시 치러야만 하는 대가였다.

우리가 함께 살던 시절을 떠올리다 보면 내가 정말 말도 안 되는 행동들을 했었구나 하는 생각이 든다. 그녀에게 함부로 대했던 걸 생각하면 정말 미안하다. 어떤 날들은 정말 꼴도 보기 싫을 정도로 미운 짓만 골라가며 할 때도 있었다. 대신에 내가 참는 날은 드물었다. 나는 버릇없는 변덕쟁이 아이처럼 행동했고 모두를 위해 한 걸음 뒤로 물러설 생각은 도무지 하질 않았다. 그녀를 견디기가 힘들었기 때문이다. 같이 살면서 우리는 주로 이런 식으로 싸웠다. 나는 일을 마치고 돌아왔을 때 아무도 없는, 그녀가 없는 집을 상상하곤 했다. 그러나 내가 꿈꾸었던 것이 현실로 이루어진 지금에 와서는, 처음에 상상했던 것과 상황이 전혀 다르다는 것을 인정한다.

그럼에도 불구하고 그녀와 함께 지낼 때 내가 정말 참지 못하던 것들이 있다. 흔한 예는 커피다. 우리는 집에 두 개의 모카 포트를 가지고 있었다. 하나는 2인용으로도 무난한 3인용이었고, 또 하나는 1인용으로도 무난한 2인용이었다. 2인용 모카 포트로 만든 커피가 훨씬 맛이 좋았다. 나는 먼저 잠이 깨면 혼자 마실 생각으로 2인용 모카 포트를 사용했다. 그러다가 기다리는 동안 그녀도 잠에서 깨는 일이 벌어지면 내 귀에 들려오는 말은 항상 정해져 있었다.

"왜 3인용으로 하지 그랬어……."

"자는 줄 알았지."

"내가 일어날 거 알잖아……."

이런 말이 커플 사이에서 오갈 때 의미하는 건 '이 자기밖에 모르는 인간아!'다.

그래서 나는 아침에 2인용 모카 포트를 꺼내 들고 그녀를 깨우지 않기 위해 살금살금 조심스럽게 움직이면서 그녀보다 커피가 먼저 나오기만을 기도했다. 커피가 한시라도 빨리 나오기를 기대하면서 모카 포트 뚜껑을 열고 그 조그만 화산 속을 들여다보곤 했다. 그것이 소소한 걱정거리들을 해결해나가는 내 모습이었다. 어쩌다 3인용 모카 포트를 사용이라도 하게 되면 그날은 그녀만을 위한 큰 선물이라도 했다는 듯이 후에 대가를 기대하곤 했다.

어느 날 저녁 우리는 동거를 포기하되 헤어지지 않을 수 있는 방법에 대해 이야기를 나누고 있었다. 우리만이 꾸밀 수 있는 은밀한 분위기를 만들어놓고 다소곳이 이야기를 나누었다. 너무 편안하고 은밀해서 둘 중에 한 사람이 마음 놓고 자신의 외도를 고백해도 무방할 것 같은 그런 분위기였다. 어느 시점에선가 그녀가 내게 고백을 하라고 부추기기 시작했다. 물론 외도를 고백하란 얘기가 아니라, 자기가 내 신경을 거슬리게 하는 것들이 있는지 알려달라고 했다.

"내가 하는 것들 중에 뭐라도 마음에 안 드는 일이 있을 거 아냐."

나는 당장은 아무것도 기억나는 게 없다고 대답했다. 물론 거짓말이었다. 나도 그녀에게 똑같은 질문을 던졌다. 그녀는 나보다 훨씬 더 솔직하게 대답했다. 마음에 안 드는 것이 한두 가지가 아니었다.

"자기는 휴대폰으로 대화를 마치면 그걸 주머니에 집어넣거나 테이블 위에 올려놓기 전에 깨끗이 닦는답시고 소매나 바지에 문지르거든……."

그 순간 그런 짓을 하는 내 모습이 눈에 들어왔다. 그녀가 말해주기 전에는 내가 그런 행동을 하는지조차 몰랐다. 그래서 그만 두었지만 그녀가 나를 떠난 뒤에는 곧장 다시 시작하고 말았다. 가끔씩은 정말 볼품없이 닦아내기도 한다. 그리고 바보 같은 생각을 한다. '만약 안 닦는다면 나한테 전화해서 다시 돌아오고 싶다고 떼를 쓸지도 몰라……'

그녀의 신경을 건드리던 것들 중에 다른 하나는, 또 휴대폰 얘기지만, 내가 문자를 너무 빨리 쓴다는 것이었다. 나는 양손으로 문자를 쓴다. 그리고 엄청 빠르다. 탁탁탁탁탁탁. 나의 빠른 타법이 그녀의 신경을 날카롭게 만들었던 것이다.

내가 좀 더 솔직했더라면 그녀가 내 신경을 날카롭게 만드는 건 아무것도 기억나지 않는다고 말하는 대신 아예 기다란 목록을 만들어주었을 것이다.

레스토랑에 가서 샐러드를 시켜놓고 나중에 취소하거나 아니면 뭐라도 더 얹어달라고 요청할 때.

음식을 삼킬 때 내는 소리.

아침에 날씨가 쌀쌀하면 코로 세게 숨을 들이켜는 버릇.

냉장고 문을 열어두는 버릇.

식사용 비스킷을 미련스럽게 씹어댈 때.

테이블에 있는 빵 부스러기들을 손가락으로 꾹 누른 다음 입 안으로 집어넣을 때……

하지만 내 신경을 가장 많이 건드렸던 건 그녀가 요구르트를 먹을 때였다. 좀 더 정확히 말하자면 내가 싫어했던 건 그녀가 요구르트를 조금도 남기지 않고 끝장을 보기 위해 내는 소음이었다. 스푼으로 플라스틱 용기를 박박 긁어대는 소리가 내 기분을 완전히 망쳐놓았다. 물론 내가 요구르트를 남김없이 먹어치울 때 동원하는 것은 혓바닥이다. 그게 얼마나 마음에 들던지…….

어떻게 보면 내가 그걸 싫어한다는 사실을 그녀가 눈치챘을지도 모른다는 생각이 든다. 가끔은 일부러 내 신경을 거슬리게 하기 위해 그런다는 느낌도 받았기 때문이다.

그러나 그녀가 없는 지금은 이 모든 것들이 그리울 뿐이다. 내 신경에 거슬리던 것들까지 포함해서 그녀의 모든 것이 그립다. 무엇보다도 더 이상 우리 사이에서 일어나지 않을 모든 일들이 내 마음을 아프게 한다. 비슷한 여자를 찾기도 힘들다. 나도 알지 못하는, 그녀에게만 있는 무언가를 똑같이 가진 다른 여자를 찾는다는 건 불가능한 일이다. 그래서 그녀를 놓치고 말았던 나의 어리석은 실수를 더욱 용서하지 못하는 것이다. 내가 그녀를 되돌려 받기를 원하는 건 바로 그런 이유에서다. 때문에 내가 입을 열면 그녀는 내 이야기를 듣고 나를 이해하고 결혼을 포기하게 될 것이다.

17.
니콜라

내가 하는 일은 사람들이 80년대에 하던 일 그대로다. 많이 올려줘봤자 90년대식이라고 할 수 있을까……. 문제는 많은 것들이 이전과는 다르게 변했다는 사실이다. 이제 회사에 들어오는 새 일꾼들은 전부 대학 졸업장에 뭘 공부했는지 이해하기조차 힘든 마스터 타이틀을 줄줄이 달고서 나타난다. 보통은 '커뮤니케이션'이란 딱지를 달고 있는 타이틀이 대부분이다.

새 일꾼들은 최신 기술로 아예 온몸을 무장하고 스튜디오에 나타난다. MP3에 스마트폰, 노트북, 등에 메는 노트북 배낭까지 없는 것이 없지만 아무것도 할 줄 모르는 완전히 무능력한 인간들이다. 그런데도 뻔뻔스럽게 개인 사무실에 비서까지 요구한다. 공부를 많이 했고 어떤 친구들은 외국 유학까지 다녀와서 마스터까지 했으니 어찌 보면 당연한 노릇이다. 어쩌다가 그 친구들에게 부탁이라도 하나 하면 자기들이 할 일이 아니라며 거부 반응을 보이는 경우가 태반이다. 한번은 내가 커피를 한잔 부탁했던 친구가 그건 직무명세서에 들어가지 않는 일이 아니냐며 따진 적이 있다. 결국 커피는 내가 가져왔다. 하지만 후에 그 친구가 내 욕을 하면서 한 번만 더 그러면 내 얼굴에 커피를 쏟아부어버리겠다고 으름장을 놓으며 돌아다닌다는 말을 들었다.

나는 그 친구를 이해한다. 사회생활을 20살에 시작하는 것과 30살에 시작하는 건 엄연히 다른 이야기다. 나는 그 친구의 두려움을 이해한다. 무엇보다도 내가 시작했을 때보다 지금이 훨씬 더 어렵다는 걸 이해한다. 폴 발레리가 했던 말 그대로다.

"우리 시대의 문제는 미래가 예전의 미래와 다르다는 것이다."

나는 훨씬 운이 좋았던 셈이다. 내가 이 일을 시작할 때 들어갔던 문은 너무 작아서 고개를 숙이고 들어갈 수밖에 없었다. 처음부터 나는 고개를 숙일 줄 알았다. 엔리코에게 커피를 가져다주는 건 내게 아무런 문제도 아니었다. 어쩌면 내가 일을 해오는 동안 가장 중요한 역할을 했던 것이 바로 고개를 숙일 줄 아는 태도였는지도 모른다.

니콜라와 나는 우리가 하고 있는 일이 더 이상 우리와 맞지 않는다는 생각을 하기 시작했다. 사업체들이 게임을 주도하는 법을 배우면서 인간의 상상력을 잠재웠기 때문이다. 사업체들이 이제 우리에게 강요하는 것은 '돈을 내는 사람이 옳다'라는 아주 단순한 원리였다. 광고라는 분야의 일이 시간이 흐르면서 점점 퇴보하고 있는 직종이라는 것도 모자라, 이제는 우리에게 죄의식까지 선사하는 지경에 이르고 말았다. 우리가 수년 동안 사람들의 머릿속에 말도 안 되는 사고방식을 심어왔고, 사실이 아닌 것들로 사람들을 설득시켜왔고, 필요로 하지 않는 것들을 필요하다고 속여왔다는 사실을 생각하면 죄의식이 생길 수밖에 없는 노릇이다.

예를 들어, 나는 아침에 유산균 음료를 마시지 않으면 면역력이 감퇴하기 쉽고 하루에 필요한 기력도 떨어진다는 확신을 사람들에게 심어주는 데 일조한 공범자다. 나는 향수가 지능을 가지고 있다든지 영양크림이 피부 노화를 방지하고 주름을 없애줄 수 있다는 헛된 망상을 사람들에게 심어주었다.

니콜라와 내가 곧장 친구가 되었던 것도 바로 광고인들의 죄의식에 관한 이야기를 나누면서였다. 우리가 나눈 첫 번째 대화의 주제가 죄의식이었고 따라서 우리를 떼어놓을 수 없는 친구 사이로 만들어버린 것도 죄의식이었다. 아직 클라우디오가 사장으로 있을 때 우리는 같이 일을 시작했고, 일 때문에 주말도 함께 보내는 사이가 되고 말았다. 우리는 강의도 같이 들으러 다녔다. 우리가 하는 일과 관련해서 유용할 것 같아 고른 강의 제목이 〈미학은 사람의 시간을 빼앗고 인간의 유일한 자산인 '개성'을 파괴한다〉였다. 어쨌든 내가 알고 있는 한, 그 제목은 키르케고르가 남긴 말이었다.

강의는 우리의 직업에 대해 역겹게 느끼고 있던 부분이 과연 무엇이었는지 분명하게 밝히고 있었다. 우리는 교수가 하는 말 한마디 한마디에 전적으로 동의했다.

"우리가 사회적 가치의 붕괴를 능동적으로 주도하는 중요한 역할을 맡고 있다는 건 우리 모두가 알고 있는 사실입니다. 그건 우리가 상품만 파는 것이 아니라 삶의 양식을 팔고 있기 때문입니다. 그것도 가능한 한 현실화시키기 어려운 삶의 양식, 동시에 다른 모든 것을 무력화시키는 삶의 양식을 소개하죠. 필요나 수요를 만족시키는 것이 목표가 아니라 필요와 욕망을 증가시키는 것이 우리의 목표이기 때문입니다. 욕망이 이미 충족되고 난 다음이 우리가 바라보는 곳입니다. 왜냐하면 충족시켜야 할 또 다른 욕망을 창조해내야 하니까요……."

맞는 얘기다. 사람들을 가지고 노는 것이 우리가 하는 일이다. 우리는 무관심한 사람들을 향해 우리에게 귀를 기울여달라고 호소한다. 우리가 사람들의 관심을 쥐어짜내는 것도 바로 일상의 무관심으로부터이다. 그것이 바로 우리의 자존심인 동시에 우리 안에서 자라날 죄의식의 새싹이다. 우리가 창조해내는 것은 공허함과 불안감이다. 그리고 상품들을 동원해서 그 공허함을 채우고 사람들을 진정시키는 것이다. 우리가 하는 일은 교회가 하는 일과 마찬가지다. 원죄로 얼룩지게 만든 다음 얼룩을 지우는 약을 파는 식이다. 소비는 사회를 움직이는 동력이다. 힘의 균형 관계, 사람들의 행동 양식, 사회적 범주의 구조를 결정짓기 때문이다.

광고 메시지는 마치 고대 중국의 물방울 고문처럼 계속해서 반복된다. 소비자는 메시지를 완전히 소화하게 되고 광고 메시지는 소비자의 자연적인 성향의 일부가 되어버린다. 이제는 소비자 스스로가 소비의 영역을 만들고 스스로의 감옥을 지키는 감시인이 된다.

현대 사회가 이룩해낸 위업들 중에 하나는 저축 문화를 완전히 초토화시켰다는 점이다. 누구든 자신이 버는 만큼, 아니 그보다 더 많은 돈을 쓸 수 있다. 미래에 벌게 될 돈을 미리 앞당겨서 쓰는 것이 가능하다. 아직 가지고 있지 않은 돈이지만 할부나 대출, 카드 같은 수많은 지불 서비스들을 이용해서 돈을 앞당겨 쓰는 것이 얼마든지 가능하다.

우리는 우리들의 천적인 생산성 저하라는 문제에 대항하여 싸운다. 우리의 무기는 창의력이다. 계속해서 새로운 욕망을 창조하고 자극하고 새로운 욕구를 생산해내는 것이 우리의 일이다. 우리는 항상 새로운 시장을 공략하고 정복한다. 상품을 구입하는 것이 평안함을 느끼기 위한 또 하나의 방법이라는 것을 사람들에게 설득시키는 것이 우리의 할 일이다. 상품을 구입하도록 만드는 방법에는 수만 가지가 있다. 그중에 굉장히 효과적인 방법이 하나 있다. 새로운 버전에 항상 밀려나는 '생산품의 노화'라는 것이다. 한 상품이 가지고 있는 신선한 이미지, 새로운 것에 대한 환상을 신속히 제거하는 방법이다. 우리가 하는 일은 소비자에게 바로 그 상품이 이미 낡아버렸다고 말하는 것이다. 가지고 있는 물건이 그 사람을 대변하는 이상, 빠르게 변화하는 시대에 뒤처지지 않기 위해서는 이제 그 낡은 물건 대신 새로운 상품을 구입해야 한다고 우리는 말한다. 소비자가 곧 상품이다. 새로운 상품은 소비자를 훨씬 더 젊게 만들어준다. 우리들이 창조해낸 것은 만족할 줄 모르는 소비자들이다. 어떤 독재정권도 이루어내지 못한 일색화를 현대인들의 소비사회가 아무 말 없이 이루어낸 것이다. 헉슬리가 말했던 대로다.

"머지않아 차세대들은 사람들에게 노예 상태를 사랑하도록 만들 수 있는, 일종의 눈물 없는 독재 체제들을 생산해낼 수 있는 방법을 터득하게 될 것이다. 모든 사회 구성원들이 집중되어 있는 일종의 고통 없는 집단 수용소 안에서, 사람들은 사실상 그들의 자유를 박탈당하겠지만 어쨌든 행복해하며 살아갈 것이다."

나는 니콜라와 함께 이런 주제들을 가지고 자주 대화를 나누는 편이다. 우리는 철학적인 내용의 대화를 좋아한다. 그래서 모든 걸 접고 시골에 내려가서 농장이나 차리자는 얘기가 나올 때도 있다. 하지만 불행하게도 우리가 하는 일을 너무 좋아한다는 결론을 항상 내리게 된다. 텔레비전과 광고의 세뇌교육 방식은 어쨌든 우리를 명령하는 위치에 서 있도록 만든다. 게다가 우리가 사용하는 언어는 국제적이다. 우리는 상표와 함께 일을 하고, 상표는 최첨단의 국제 언어다. '코카콜라'는 전 세계에서 두 번째로 많이 사용되는 낱말이다. 첫 번째는 '오케이'다. 온 세상 사람들이 전부 알고 있는, 우리한테는 신상神像이나 마찬가지인 말들이다. 우리는 이 현대인만이 가지고 있는 종교의 제사장인 셈이다.

니콜라가 내 삶의 무대에 등장한 건 이미 내가 성년의 나이에 접어들고도 한참이 지난 뒤였다. 니콜라는, 예를 들어 카를로처럼 내가 어렸을 때부터 알고 지내던 친구와는 많이 다르다. 카를로와는 이제 얼굴 보는 일도 드물고 전화도 거의 하지 않지만 그가 내 친구라는 건 무의식 속에서도 느낄 수 있다. 하지만 니콜라가 친구로 느껴지는 건 우리가 매일같이 얼굴을 보기 때문이다.

카를로가 내 삶에 등장한 건 초등학교 시절부터였다. 카를로는 배꼽 잡고 웃을 만큼 재미있는 얘기를 해주면서 곧장 나를 사로잡았다. 카를로의 얘기는 그때부터 항상 웃기는 이야기 중에 1순위를 차지했다. 물론 지금 생각해보면 왜 그렇게 웃었는지도 이해가 되지 않는다. 카를로를 만나기 전에 내가 제일 좋아하던 얘기는 따로 있었다. 물론 그것도 지금은 전혀 이해가 되지 않는 이야기다. 왜 그렇게 웃겼는지…….

"엄마가 피에로에게 이렇게 말했다. '소시지를 좀 사 오거라.' 피에로는 소시지를 사러 가게까지 가는 것이 귀찮았다. 그래서 고추를 자르기로 결심했다. 피에로는 고추를 잘라서 종이에 예쁘게 싼 뒤 엄마에게 가져다주었다. 엄마는 맛을 보고 이렇게 말했다. '맛있는데. 하나 더 사 오거라.' 피에로는 이렇게 대답했다. '다시 자라자마자 다녀올게요.'"

내가 8살 때 제일 좋아하던 이야기였다. 이 얘기를 들을 때마다 배꼽을 잡고 웃곤 했다. 그런데 카를로가 나타나서 그의 비장의 무기를 꺼냈다.

"안녕, 예쁜 아이야. 이름이 뭐니?"

"우고!(거칠고 퉁명스러운 목소리로)"

"에이, 그러지 말고 좀 달콤하게 얘기해봐!"

"우고 사탕."

그 말도 안 되는 이야기를 듣고 얼마나 웃어댔는지 모른다. '우고 사탕', 대체 뭐가 그렇게 우스웠던 걸까?

어쨌든 우리들이 간직하고 있는 가장 재미있는 이야기는 따로 있다. 가끔씩 얼굴을 볼 때마다 우리는 여전히 그 이야기를 다시 꺼내곤 한다. 한번은 16살 때 포르노 극장에 잠입하는 데 성공한 적이 있다. 포르노 극장들이 하나둘씩 문을 닫고 있던 시절이었다. 우리는 입구에 대각선으로 노란색 줄을 쳐놓고 18세 미만의 입장을 금지하는 극장 안으로 들어갔다. 나이 든 창녀들이 그들의 화려한 경력을 뒤로하고 유종의 미를 거두기 위해 드나드는 곳이었다. 극장 안의 어둠과 남자들이 영화를 보면서 흥분해 있는 상황을 쉽게 이용할 수 있었기 때문이다. 몇 푼 안 되는 돈이지만 벌이는 벌이었다. 대부분은 블로잡으로 끝내는 것이 보통이었다.

우리 자리에서 두 줄 앞에 망사 셔츠를 입은 남자와 한 여자가 나란히 앉아 있었다. 여자 친구인지 아니면 그곳에 '일'을 하러 온 여자인지 전혀 구분이 가지 않았다. 영화는 흔들거리는 커다란 자동차 열쇠가 화면을 채우면서 시작되었다. 그러고는 한 여자의 손이 시동을 끄기 위해 열쇠를 돌리는 장면이 나왔다. 뭐든지 크게만 확대해서 보여주는 장면들이 계속되는 가운데 차에서 내리는 여자의 다리, 그리고 한 건물을 향해 걸어가는 모습이 이어졌다. 또 다른 열쇠 꾸러미가 화면을 채우더니 대문이 열리고 엘리베이터 안으로 장면이 바뀌었다. 아직 얼굴도 몸도 보이지 않는 주인공 여자가 아파트 문 앞에서 멈추어 섰다. 화면은 다시 열쇠 구멍으로 가득해졌다. 그 안으로 열쇠가 들어가고 문이 열리더니 화면이 다시 복도를 걷는 여자의 두 발로 돌아왔다. 그때 느닷없이 튀어나온 한 남자의 목소리가 여자의 발소리를 중단시켰다. 망사 옷을 입은 남자였다.

"무슨 이야기가 이렇게 복잡해!"

우리는 배꼽을 잡고 웃음을 터뜨렸다. 망사 옷 남자가 남긴 말은 오랜 세월이 흐른 지금에도 여전히 우리의 배꼽을 흔들어놓는다. 우리가 자주 쓰는 말이다.

"너무 복잡해!"

니콜라와 카를로가 서로를 알게 된 것은 카를로가 파티를 열었을 때였다. 고향에서 열린 깜짝 파티로, 나와 니콜라가 광고 부문에서 상을 탄 걸 축하하는 자리였다. 카를로가 어떻게 니콜라의 전화번호를 알아냈는지는 모르는 일이다. 중요한 건 이 깜짝 파티를 나를 위해 둘이서 같이 준비했다는 것이다. 그날을 나는 결코 잊지 못할 것이다. 내 친구들이 전부 와 있었고 이모와 사촌 형제들, 엄마까지 와 계셨다. 없는 사람은 딱 한 명이었다. 아버지였다. 엄마가 나를 부둥켜안는 동안 내가 물었다.

"아버지는요?"

"집에 계셔. 몸이 너무 피곤하셔서……. 너한테 인사 전해달라신다."

지금은 니콜라가 제일 자주 만나는 친구다. 그는 일을 같이 시작하던 첫날부터 내게 이런 말을 했다. 그에게 일이란 하나의 게임일 때만 의미가 있고 창조적인 면을 발휘하는 것은 미치지 않기 위해 꼭 필요한 요소라고.

"가뜩이나 문제가 많은데 내가 하는 일까지 또 하나의 골칫거리로 둔갑하는 건 싫어."

"아니, 너한테 무슨 심각한 문제가 있다고 그런 말을 해?"

"네가 가지고 있는 문제랑 다를 거 하나도 없어. 기억해둬. 인생은 죽음에 이르는 병이야. 그러니까 즐길 줄 알아야 해. 오늘 기분 좋아? 그럼 즐기라고!"

그가 남긴 또 한마디가 있다.

"슬픈 인간들은 주변도 슬프게 만들어버리는 법이야."

요 며칠 전에는 그에게 아이디어 좀 끄집어내보라고, 광고 문안 한두 개 정도 만들어보라고 독촉을 한 적이 있다. 그는 잠시 후에 내게 이런 쪽지를 내밀었다.

"영감이 많이 떠올라서 세 개나 만들었어."

의자를 집어 들어 머리를 내려치고 싶었다.

그가 과민 반응을 보이는 때도 있다. 예를 들어, 내가 이렇게 얘기할 때다.

"아니야. 그렇게 하는 게 아냐. 내가 설명해줄게."

그러면 그는 이렇게 반응한다.

"오케이, 위키."

그가 나를 그런 이름으로 부른다는 건 내가 잘난 척을 했고 그 래서 머지않아 나를 놀리기 시작할 거라는 걸 의미한다. 아니나 다를까, 위키는 위키백과의 약자다. 가끔 그는 나를 똘똘이라고도 부른다.

한번은 그의 집에 놀러간 적이 있다. 물론 자주 있는 일은 아 니다. 가봤자 먹을 것이 없기 때문이다. 그날도 우리가 먹은 거라 곤 아무것도 없이 파르메산 치즈만 얹은 스파게티뿐이었다. 식사 후에 우리는 소파에 앉아 담배를 한 대씩 피웠다. 어느 시점에선 가 니콜라가 이렇게 말했다.

"넌 말이야, 다른 사람들 얘기는 모조리 다 들으면서 네 얘기 는 거의 안 하더라. 도무지 마음을 열지 않아. 아무도 못 믿겠단 거지."

"그건 또 무슨 얘기야?"

"내가 진작부터 얘기를 하려고 했었는데…….. 젠장, 넌 아무도 안 믿잖아!"

"그게 청소부 아줌마한테 50유로짜리 시험을 치르게 만든 네 가 할 말이냐?"

"무슨 소리야? 그건 일을 확실하게 해두기 위해서 그런 것뿐이야."

50유로짜리 시험이란 이런 걸 말한다. 50유로짜리 지폐 한 장을 집 안 어딘가에, 마치 우연히 떨어뜨린 것처럼 느껴질 만한 곳, 예를 들어 소파 바로 밑 같은 곳에 끼워둔다. 그리고 청소부 아주머니가 지폐를 고스란히 테이블 위에 올려놓는지 아니면 자기 주머니에 집어넣는지 보는 것이다.

니콜라는 담배를 한 모금 더 빨아들인 뒤에 말을 계속했다.

"어렸을 때 하던 '운명에 맡기기' 게임 기억나? 왜 친구들이 옆에서 받아주기로 하고 뒤로 그대로 나자빠지는 게임 말이야. 내가 볼 때 넌 그거 못 한다."

"글쎄, 네가 틀린 것 같은데……."

"헤, 그럼 내가 뭐라고 그럴 것 같냐? 이제 일어나서 해봐!"

"저리 가! 이 거머리 같은……."

그는 벌떡 일어나면서 말했다.

"안 돼, 안 돼. 지금 해야 돼. 이리 와!"

"다른 사람은 다 괜찮은데 너랑은 싫다. 넌 그냥 놔버릴 인간이야. 내가 알아. 그 놀이가 아니라 네가 문제라고."

"말도 안 되는 소리. 네가 안 하겠단 이유는 네가 자기 그림자도 못 믿는 인간 때문이라는 거 알아? 안 떨어뜨린다고 약속한다니까. 아니, 어쩌면 그럴지도 모르지. 나한테 달렸네……. 자, 믿어봐!"

"싫어. 네가 떨어뜨리면 내가 다칠 거 아냐."

"당연하지. 내가 널 떨어뜨리면 당연히 다치는 건 내가 아니라 너지…… 안 떨어뜨린다니까. 믿으라고!"

"야, 이제 이 말도 안 되는 장난 좀 그만하자. 딴 얘기나 하자고."

"믿어보라니까!"

나는 그가 장난을 칠 생각으로 시작한 일이 아니라는 걸 깨닫고 그의 도전을 받아들이기로 했다. 소파에서 일어나면서 나는 알았다고 대답했다. 그러고는 곧장 니콜라가 옳았다는 것을 깨달았다. 몸이 움직일 생각을 하지 않았다. 마음을 비우고 모든 걸 운명에 맡기는 일이 내게는 불가능했다.

"됐어. 이제 움직여봐!"

"믿는다! ……근데 잘 안 되네. 몸이 안 움직여. 정말 안 움직인다니까."

"그것 봐. 내 그럴 줄 알았다니까. 믿어보란 말이야. 내가 받을 테니까. 잘하면……."

나는 웃기 시작했다.

"웃지 말고 눈을 감아. 그리고 마음의 준비가 됐다 싶으면 몸을 던지는 거야."

거의 1분 이상이 걸렸지만 나는 결국 몸을 던지는 데 성공했다. 니콜라가 나를 받아냈다. 난생처음 겪어본 일이었다. 그 바보 같은 장난을 친 뒤에 우리는 다시 소파에 주저앉았다. 배가 고팠다. 뭔가 단것이 먹고 싶었다. 찬장을 뒤지러 간 니콜라가 끝내 섹시 숍에서 사 온 사탕으로 만든 팬티를 들고 나타났다.

"이것밖에는 없어. 바나나 맛인데……."

처음에 나는 됐다고 했다. 하지만 결국에는 하나를 집어 들어 입안에 넣고 맛을 보았다. 결코 나쁘다고는 할 수 없는 맛이었다.

우리 두 사람은 그날 저녁 시간을 그렇게 매듭지었다. 따지고 보면 독특하기 짝이 없는 장면이었다. 소파에 앉은 두 남자가 운명 게임 후에 바나나 맛 팬티 사탕을 즐기고 있었으니 말이다.

18.
(그 누구와도 바꿀 수 없는) **그녀**

나는 항상 그녀가 내 짝이라고, 이제는 내게 남은 유일한 여자라고, 그녀가 아니면 다른 어떤 여자도 만나지 못할 거라고 생각했다. 그녀와 함께 있을 때 느꼈던 것을 다른 여자들과는 한 번도 느껴본 적이 없다. 특히나 그녀가 화내는 척하는 걸 얼마나 사랑했는지 모른다. 화를 내거나 마음이 상한 척하는 그녀만의 방식은 세상에서 유일무이한 것이었다. 토라져 있을 때도, 말을 하지 않을 때도 오래가는 법이 없었다. 그녀는 어린아이나 마찬가지였다. 그녀는 나를 위해 립밤을 포기했다. 키스할 때 나는 그녀의 아무 것도 바르지 않은 자연 그대로의 입술을 좋아했다. 어떤 끈적끈적한 느낌의 물질이 그녀의 입술 위에 있다는 것 자체가 싫었다. 향기도 마찬가지였다. 과일 향까지 포함해서. 그것을 포기한다는 것이 누구나 할 수 있는 쉬운 희생이라고 생각하는 사람이 있다면 그는 립밤이 뭔지 모르는 사람이다. 차라리 담배를 끊는 것이 훨씬 쉽다. 립밤을 안 바르면 입술이 항상 건조하고 갈라져 있는 듯한 느낌이 든다. 어떤 여자가 어느 순간 '미안한데, 혹시 립밤 가지고 있어?'라고 물어보는 건 흔히 있는 일이다. 잘 생각해보면 이상할 수밖에 없는 질문이다. 우선은 남자들이 립밤을 주머니에 넣고 다니는 건 거의 드문 일이니까. 하지만 입술이 갈라지는 위기 상황에 처한 여자한테는 지극히 정상적인 질문이다. 립밤을 사용하는 걸 포기할 줄 아는 여자는 사랑을 위해 모든 걸 포기할 줄 아는 여자다. 립밤을 포기하는 여성은 위대한 여성이다. 나의 '그녀'는 위대한 여성이었다.

어쨌든 지금은 여기에 없다. 더 이상은 내 삶 속에 남아 있지 않은 여자다. 그녀는 모든 것을 가져가버렸다. 나를 버리고 떠난 뒤 이틀이 지난 후에 그녀가 내게 메일을 보내왔다. 물건들을 가지러 오고 싶은데 자기가 집에 들어올 때 내가 없었으면 좋겠다는 얘기였다.

나는 니콜라에게 주말을 그의 집에서 보낼 수 있겠냐고 물었다. 그는 '물론' 좋다고 말하는 것으로 그치지 않고 내게 그 이상을 해주었다. 그는 다음 날 사무실에 들어와서 파리행 비행기 티켓 두 장을 흔들어 보였다. 물론 그가 티켓을 들고 나타난 것이 처음은 아니었다. 유럽의 도시 어딘가로 떠나기 위해 그는 인터넷을 붙들고 몇 시간이나 조사를 한 뒤 제일 유리한 조건으로 티켓을 먼저 구매한다. 나중에 우리가 떠날 수 없는 경우가 생기더라도 그렇게 큰 손해를 보는 것은 아니다. 그가 구입하는 건 항상 가장 저렴한 티켓이다.

그와 함께 주말을 보내면서 온 세상을 돌아다닌다는 건 즐거운 일이다. 물론 어딘가를 향해 떠난다는 것이 항상 나를 긴장하게 만드는 건 사실이다. 정말 떠나야 되는 순간이 다가오면 무슨 일이든 일어나서 못 떠나면 좋겠다는 막연한 기대를 가질 정도니까. 짐은 꾸리지만 내가 얼싸안고 싶은 것은 소파다.

집을 비워두고 여행을 떠날 때면 나는 문을 닫고 소파와 벽 위에 부드럽게 내려앉는 빛을 관찰한다. 살짝 열어놓은 차양 장치를 통해 부끄러운 듯 빛이 스며들어 오는 것을 물끄러미 바라본다. 그리고 집에 남아 있는 모든 것들이 내가 없는 삶, 나의 부재로 인해 내 것이라고 할 수 없는 삶을 살게 되리라는 생각을 한다. 나는 주변을 둘러보고 여러 사물들, 의자들, 테이블, 침대를 바라본다. 그리고 내가 돌아올 때면 모든 것이 내가 놓아둔 대로 아무런 변화 없이 그대로 남아 있으리란 생각을 한다.

주말여행에는 줄리아가 따라올 때도 가끔 있다. 셋이서 함께 외출을 한다는 건 한 사람이, 그러니까 거의 매번 니콜라가, 앞에 아무도 없이 혼자 앉아야 한다는 걸 의미한다.

차 안에서는 니콜라가 운전대를 잡으면 줄리아가 뒤로 간다. 내가 운전을 하면 두 사람은 교대로 뒷자리를 차지한다. 줄리아가 운전대를 잡으면 뒤로 가는 것은 니콜라다. 그러니까 나는 절대로 뒷좌석에 앉지 못한다. 이유는 나도 모른다. 우리가 그렇게 하기로 약속을 한 것도 아니고, 모든 것이 그냥 그렇게 흘러갈 뿐이다.

유럽의 다른 도시에 가게 되면 내가 제일 먼저 들르는 곳은 미술관이다. 마지막으로 런던에 갔을 때 나는 호텔방에 짐을 내려놓자마자 테이트 모던 미술관으로 향했다. 전시회를 좋아하긴 하지만 솔직히 말하면 그 분위기가 나를 약간 불편하게 만들기도 한다. 아무렇지도 않은 척하지만 속으로는 뭔가 불편함을 느낀다. 예술을 사랑하고 어느 정도는 이해하지만 정말 끝까지 완벽하게 이해하는 것은 아니기 때문이다. 그래서 나는 전시회에 혼자 가는 것을 좋아한다. 한 작품 앞에 서서 내가 있고 싶은 만큼 있을 수 있기 때문이다. 내 시간을 내가 원하는 만큼 쓰고 어떤 작품들은 건너뛸 수도 있다. 한 예술 작품을 혼자서 일대일로 마주한다는 것은 멋진 일이다. 나는 전시회에 가면 누군가와 같이하는 정해진 일정을 별로 선호하지 않는다. 내가 좋아하는 것은 내 시간의 리듬을 좇는 일이다.

미술관에서 또 내가 좋아하는 것은 북 숍에 들르는 일이다. 나는 항상 뭔가를 구입한다. 컵도 사고 달력, 연필, 때로는 냉장고용 마그네틱까지……

니콜라와 함께 파리에서 보낸 주말이 내게는 결코 쉽지 않은 시간이었다. 조금 있으면 그녀가 집으로 돌아와서 이삿짐을 쌀 거라는 걸 알면서도 계속해서 파리라는 낭만적인 도시의 골목길을 거닌다는 것이 나를 황폐하게 만들었다. 먹고 걷고 카페에 앉아 있는 동안에도 주변의 아름다움은 전혀 눈에 들어오지 않았다. 내 머릿속에는 온갖 물건들을 개고 접어서 상자 안에 집어넣는 그녀의 모습뿐이었다. 상자 속에, 가방 속에, 트렁크 속에, 무너진 희망 속에……. 뭐라도 잊어버린 것은 없었으면 하는 슬픈 바람으로 집 안을 이리저리 배회하는 그녀의 모습이 눈에 선했다. 당장이라도 자리를 박차고 일어나서 그녀에게 달려가 무릎을 꿇고 떠나지 말라며 애원이라도 하고 싶었다. 그러나 소용없는 일이었다. 지킬 수 없는 말을 그녀에게 무작정 믿어달라고 강요할 수는 없었다. 항상 그랬듯이 내가 지키지 못할 약속이었다.

니콜라는 분위기를 바꾸어보려고 했다. 내가 머리로는 딴 곳에 가 있다는 걸 알고 있었던 것이다. 나는 내 생각 속에 갇혀 있었고 그 생각은 지리적으로 먼 곳에 가 있었다. 니콜라는 계속해서 내게 말을 걸어왔다. 얘기를 하고 또 하고…….

"왜 크루아상의 모양새가 이렇게 생긴 줄 아니? 그리고 왜 그런 이름으로 부르는지 알아?"

카페에 앉아 있는 동안 니콜라가 내게 물었다. 나는 대답조차 하지 않았다.

"잘 봐. 생긴 게 초승달이랑 비슷하잖아. 터키 국기에 그려져 있는 초승달 기억나지? 터키인들이 빈을 공략하려고 한밤중에 땅굴을 파고는 성벽 밑에다가 폭탄을 설치해서 무너뜨리려고 했던 적이 있어. 하지만 한밤중에도 일을 하고 있던 빵집 주인들이 그 소리를 듣고는 군대에 연락을 취했던 거야. 결국 터키인들은 실패를 하고 쫓겨나고 말았지. 나라에서는 빵집 주인들한테 승리를 기념하기 위한 특별한 빵을 만들어보라는 명령을 내렸고 그렇게 해서 탄생한 것이 바로 크루아상이란 거야. 크루아상, 초승달이란 뜻이잖아. 터키 국기에 새겨져 있던 거란 말이지…… 알고 있었어? 재미있지 않냐? 재미없어?"

"재미없어."

일요일 저녁, 집으로 돌아왔을 때 나는 아파트 문 앞에서 몇 분 동안이나 꼼짝도 하지 않고 그대로 서 있었다. 새로운 삶을 시작해야 한다는 것이 내키지 않았기 때문이다. 모든 것이 처음처럼 그대로 남아 있기만을 나는 간절히 바랐다. 간절히…….

그녀가 부엌에서 내게 건네는 말이 들려오는 듯했다.

"얘기는 나중에 하자. 저녁 준비했으니까 식사부터 해."

하지만 집은 텅 비어 있었다. 텅 빈 것이 나의 미래였다.

19.
테이블 위의 손

아버지와는 말 몇 마디 주고받고 말아버리는 차가운 관계로 급격히 추락하고 말았다. 다정함과 은밀함 따위는 전혀 찾아볼 수 없었다. 내가 집을 떠나온 지 많은 세월이 흘렀고 어쩌면 그간에 일어났던 모든 일들을 잊을 만한 시간은 충분히 지난 셈이었다. 하지만 아버지하고의 냉전은 이미 습관의 일부였고 우리가 불안함을 느낄 때마다 숨을 수 있는 일종의 피신처였다.

내가 집을 떠났던 건 이전과는 다른 인생을 원했고 새로운 가능성을 모색하고 있었기 때문이다. 결국 나는 성공했고 그것이 결과적으로는 나의 판단이 옳았다는 것을 증명해주었다. 하지만 나의 성공은 모든 것을 뒤틀리게 만드는 원인이 되고 말았다.

엄마는 내 직장 생활을 궁금해하며 쉴 새 없이 질문을 쏟아부었다. 엄마는 알고 싶어 했고 아들을 자랑스럽게 여겼다. 하지만 아버지는 아무 말도 하지 않았다. 그럼에도 불구하고 아무것도 아닌 일이 말씨름으로 번지기 일쑤였다.

어느 날 저녁, 엄마가 미트볼 요리를 했을 때였다. 내가 꼭 좋아하는 식으로 만드셨던 것이 기억난다. 식사를 하면서 오갔던 얘기는 아버지가 이제 정밀 검사를 받아야 한다는 것이었다. 엄마가 운전을 하지 않았으니 결국에는 내가 아버지를 모시고 가겠다고 나섰다.

"괜찮으시면 제가 모시고 갈게요."

"아니다. 혼자 가도 돼. 내가 불구냐."

"혼자서 못 가시니까 제가 가겠다는 거 아니에요. 저는 그냥 아버지가 원하시면 제가 같이 갈 수도 있다는 거예요."

"필요 없다. 어쨌든 고맙다."

고마워서도 아니고, 나를 귀찮게 하기 싫어서인 것도 아니었다고 생각한다. 무엇에 사무쳐 있었는지 아버지는 나를 향한 마음의 문을 굳게 닫고 있었다.

그날은 평상시처럼 아무렇지도 않게 조용히 끝을 맺지 못했다. 침묵이 모든 것을 덮어주던 냉전의 순간들은 반복되지 않았다. 그날은 내가 분노를 터뜨렸다. 아버지가 조금 전에 던진 몇 마디 말 때문일 수도 있고, 아니면 그냥 피곤했기 때문일 수도 있었다. 나는 이성을 잃고 모든 것을 토해냈다. 엄마의 미트볼이 아니라 수년 동안 내가 꾹꾹 참아가며 속에 담아두고 있던 모든 말들, 모든 억울한 감정들을 일제히 폭발시키고 말았다. 내 입에서는 토로의 말들이 하염없이 흘러나왔다. 생각을 하고서 하는 말들이 아니었다. 말들은 그냥 흘러나올 뿐이었다.

"아버지! 뭐가 문제인 줄 아세요? 이제 제가 도저히 못 참겠다는 거예요. 정말이에요, 이번에는. 더 이상은 못 견디겠어요. 이런 식의 상황이 되풀이되는 게 대체 언제부터예요? 왜 우리가 싸우는지 아세요? 우리가 아무런 할 말이 없기 때문이에요. 아무런 얘기도 안 하는 건 얘기하는 게 창피하기 때문이잖아요. 말했다가 후회할까 봐 그게 두려워서 그러는 거잖아요. 왜 분명하게 얘기를 안 하세요? 제가 집을 떠난 나쁜 놈이라고, 가족을 배신한 놈이라고 왜 얘기를 못 하세요? 제가 아버지를 외면했다고, 저밖에 모르는 놈이라고……. 말해보세요. 그렇게 속으로만 꿍하고 있지 말고 제발 입 좀 열어보세요. 그리고 끝을 내자고요.

전 며칠이나 멀리 떨어져 있다가 여기에 식사하러 와요. 어떤 때는 몇 주씩 걸릴 때도 있어요. 그런데도 아버진 말 한마디 없이 식사만 하고 끝나면 곧장 자리에서 일어나 텔레비전부터 켜러 가시잖아요. 아버지한텐 제가 누구예요? 아들 맞아요? 아들이 귀찮으세요?

누가 우리를 아버지 아들 사이로 보겠어요? 남남이지……. 우린 남남이에요. 아버진 저에 대해서 아무것도 몰라요. 제가 뭘 느끼는지, 제가 집을 떠났을 때 어떤 느낌이었는지 아버지는 정말 아무것도 몰라요. 유일하게 할 줄 아는 말이라고는 제가 내놓는 돈 받기 싫다는 것뿐이잖아요. 그리고 돈 생기는 대로 갚겠다는 말이 입에서 나오세요? 그 말도 안 되는 얘기……. 이젠 정말 지긋지긋해요. 그게 진짜 쓰레기 같은 말이라는 건 아버지도 알잖아요. 재수가 좋았느니 나빴느니 하면서 아버지가 운수로만 인생을 따지는 것도 이제는 아주 신물이 나요. 그렇게 오랜 세월이 흘렀는데도 아버진 아직도 저를 남처럼, 배신자처럼 대하잖아요. 제가 용서를 받아야 하나요? 용서를 받으려면 뭘 어떻게 해야 해요? 말씀 좀 해보세요.

저는 어렸을 때 문제 한번 일으킨 적 없어요. 바에서 일을 할 때도 정말 최선을 다했어요. 열심히 일하고 열심히 먹고, 가끔씩 아버지 때문에 더러운 꼴 당하는 것도 꾹꾹 참아가며 일했어요. 집을 떠나면서도 가슴속에 남아 있던 응어리가 떨어져 나가질 않더니만⋯⋯. 그게 토를 해도 소용이 없다는 것 아세요? 아버지는 몰라요. 하지만 저는 허구한 날 한밤중에 토하면서 지냈어요.

전 살면서 모든 걸 포기했어요. 무엇보다도 행복을요. 그리고 뛰어들어서 우리들의 문제를 해결해보겠다고 열심히 일했어요. 그러니 성공할 수밖에요. 성공밖에는 다른 길이 없었으니까요. 하지만 전 그 지저분한 돈 따위에는 아무런 관심도 없어요. 저한테 그 돈을 돌려주겠다는 얘기 대신 제가 어떻게 지내는지 좀 물어보시면 큰일이라도 나요? 아버지로서 아들한테 뭘 해주었으면 좋겠냐고 한번 물어보세요. 아버지답게 물어보시라고요. 빚진 사람처럼 그러지 말고, 아버지답게. 전 행복하게 살고 싶어요. 누구든 행복하게 살고 싶은 사람에게 제일 먼저 필요한 게 뭔지 아세요? 바로 아버지란 존재예요.

바깥세상에서 많은 분들이 절 아들처럼 대해주었어요. 가까이 있어주셨고 무엇보다도 많은 것들을 가르쳐주셨어요. 그분들의 도움 없이는 제가 해낸 그 모든 일들 절대로 이루어내지 못했을 거예요. 저는 아직도 그분들하고 만나요. 언제든지 다시 저를 도와주실 분들이고, 언제든지 제가 필요하면 달려오실 분들이에요. 저한테는 당연히 중요한 사람들이에요. 하지만 결국에 제가 선택하는 아버지는 한 분뿐이에요. 그렇게 많은 세월이 흘렀는데도 제가 왜 아직 여기 있는지 아세요? 제가 가장 원하는 사람이 바로 아버지이기 때문이에요.

하지만 이젠 저도 알아야겠어요, 아버지가 절 아들로 원하시는지. 그냥 우연히 아들로 태어났으니까 아들 하라는 건 받아들이고 싶지 않아요. 아버지가 저를 아들로 원해야만 아들로 남을 거예요. 선택을 하세요, 아버지. 아니면 전 영영 떠날 거예요."

마지막 말을 잇는 동안 나는 눈물을 글썽거렸다.

나는 마음을 진정시키고 가라앉은 목소리로 차분히 덧붙였다.

"제가 건강 진단 하는 데 모셔다드려도 되겠냐고 물어보면 곧장 필요 없다고만 대답하지 마시고, 젠장, 한번 생각을 해보세요. 제가 필요해서 그러는 건 아닌지 한번 생각해보시라고요."

그렇게까지 대들면서 아버지와 맞서본 적은 이제껏 한 번도 없었다. 엄마는 두 손을 가슴팍 한가운데에 포개놓고 아무 말 없이 가만히 앉아 있었다.

나는 아버지의 대답을 기다렸다. 아버지는 아무 말 없이 조용히 앉아 있다가 양손을 테이블 위에 올려놓고 자리에서 일어날 기세를 보였다. 그러고는 몸을 일으킨 뒤 아무 말 없이 거실로 가서 소파에 앉아 텔레비전을 켰다.

아버지의 침묵은 내가 겪은 가장 고통스러운 경험들 중에 하나였다.

나는 자리에서 일어나 재킷을 집어 들고 밖으로 나와버렸다. 쾅 하는 문소리가 모든 것에 종지부를 찍는 듯했다.

차를 몰고 밀라노로 돌아오는 동안 나는 오랫동안 참고 있던 눈물을 쏟아냈다.

그날 밤은 잠을 청하기가 쉽지 않았다. 언제 곯아떨어졌는지도 전혀 기억이 나지 않는다. 다음 날 아침 자명종 소리도 들은 기억이 없다. 오후에 엄마가 내게 전화를 걸었다. 내게 별일이 없는지 궁금해서였다.

"전 잘 있어요, 엄마. 어제 일은 죄송해요."

"사과할 필요 없다……."

잠시 동안 침묵이 흐른 뒤에 엄마가 다시 말을 이었다.

"아버지가 어떤 분인지 네가 잘 알잖니……. 속을 보여주지 않을 뿐이지 널 미워하는 게 아니야. 반대로는 생각하지 말거라……. 너는 모르겠지만, 네가 없을 때 모두에게 네 얘기를 얼마나 많이 하시는지 몰라. 누가 네 소식을 물어보면 신이 나서는 네 칭찬부터 늘어놓는다니까……. 그리고 하는 말이, 너 같은 아들을 둔 게 우리한테 얼마나 큰 복인지 모르겠다고 그러셔. 오늘 점심때 내가 얘기 좀 했다. 조금씩 나아질 거다. 네가 좀 참아야지 어떻게 하겠니. 내가 안다, 나아질 거란 말 네가 싫어한다는 거. 하지만 이번에는 이 엄마가 하는 말이야……."

엄마가 말씀하시는 동안 내 눈에서는 눈물이 흘러내렸다. 엄마가 눈치채지 못하도록 애쓰면서 나는 소리 없이 울었다. 더 이상은 엄마가 무슨 말을 하고 있는지도 귀에 들어오지 않았다. 먼저 들은 말을 속으로 되풀이하고 있었기 때문이다. '그리고 하는 말이, 너 같은 아들을 둔 게 우리한테 얼마나 큰 복인지…….'

"어제 일 죄송해요, 엄마. 일부러 그런 건 아니에요."

"얘야, 나는 지금 너를 나무라는 게 아니다. 그냥 조금만 더 참아보라는 것뿐이야. 안다. 네가 이제까지 해온 일이 참는 일인데……. 아니, 그보다도 밥 먹으러 언제 또 올 거니? 이번에는 네가 좋아하는 돈가스 하려고 하는데……."

"알았어요. 며칠 있다가 알려드릴게요."

"아버지가 안부 전하란다."

사실일 리가 없었다. 하지만 나는 믿어보기로 했다.

"제 안부도 전해주세요."

20.
(내 냄새가 배어 있는) **그녀**

가끔씩은 아침에 그녀가 잠에서 깨어나 일을 하러 가기 위한 준비를 다 마칠 때까지 기다렸다가, 그녀가 밖으로 못 나가도록 문 앞을 막아서곤 했다. 나는 그녀에게 키스를 퍼부었다. 그녀와 사랑을 나누고 싶었다.

그녀는 내게 계속해서 늦었다고, 못 하겠다고만 했고 나는 흥분이 고조된 상태에서 회사에 조금 늦게 도착하는 일이 뭐가 그렇게 중요하냐며 그녀를 설득시키려고 했다. 나는 시간과의 싸움을 즐겼고, 그녀의 일과 싸우는 것도 재미있었다. 그녀가 결국에는 열 일 제쳐놓고 나를 선택할 수밖에 없다는 걸 느끼면서 그녀와 사랑을 나누고 싶었다. 나는 그녀에게 누구보다도 중요한 존재가 되고 싶었다. 그녀에게 저항할 수 없는 나의 매력을 발휘해보고 싶었다. 나는 승리를 맛보고 싶었고 거의 대부분의 경우 승리는 내 차지였다.

그녀의 시간을 빼앗으면서까지 사랑을 나눈다는 것이 나는 미치도록 좋았다.

짧은 시간 안에 옷도 완전히 벗기지 않은 상태에서 급하게 나누는 사랑이 나는 정말 미칠 정도로 좋았다. 섹스가 끝나자마자 치마의 주름을 펴고 머리를 만지면서 씻지도 않고 도망치듯이 사라지는 그녀의 모습을 바라보는 일이 나에게는 일종의 마약이나 다름없었다.

그녀가 곧장 샤워기 밑으로 달려가지 않는 것이 회사에 늦은 탓도 있었지만 무엇보다도 내 체취를 하루 종일 느끼고 싶어서였다는 생각을 하면 왠지 뿌듯해졌다.

그런 식으로 바쁘게 돌아가던 아침 시간들은 우리 삶의 일부였다. 일상적인 것이 되어버렸다는 이유에서 더 이상 받지는 못했지만 처음에 그녀는 내게 이런 문자를 보냈다.

'내 몸에 아직도 자기 냄새가 배어 있어. 죽을 때까지 씻고 싶지 않아.'

21.
화초 가꾸기

아버지와 다투고 나서 얼마 지나지 않아 편지 한 장이 날아왔다. 태어나서 처음으로 받아보는 엄마의 편지였다. 몇몇 문장들을 나는 토씨 하나 빼놓지 않고 또렷하게 기억한다.

……내가 어렸을 때는 저녁에 혼자서 우는 일이 많았단다. 언젠가는 우리 부모님이 세상에 더 이상 안 계실 테니까…….

이제 이렇게 늙어가다 보니 가끔씩은 걸음을 멈추고 옛날 일들을 떠올릴 때가 있단다. 아버지 생각도 나고 어머니, 우리 집, 내 친구들, 그리고 어렸을 때 네 모습도 생각나. 그런데 최근 기억들보다도 유년기와 소녀 시절의 기억들이 훨씬 더 또렷하게 떠오르더구나. 마치 늙어가면서 다시 옛날 그 시절, 그때 나이로 돌아가는 것 같은 기분이야…….

로렌초, 우리 엄마가 나한테 해준 것만큼 나도 네게 좋은 엄마였는지 궁금하구나…….

너를 아들로 둔 이 엄마는 인생에서 더 이상 아무것도 바랄 게 없단다. 하지만 네가 마음이 좀 더 편안해지는 모습을 꼭 보고 싶구나. 나는 네가 네 아버지처럼 항상 뭔가 모자라다는 느낌을 가지고 살지 않았으면 한다. 너하고 아버지도 이제는 점점 더 좋아질 거야. 내가 아버지하고는 이야기를 많이 한단다. 그리고 너를 얼마나 아끼시는지는 내가 잘 알아…….

사랑한다, 엄마가.

엄마는 키가 작고 연약하고 섬세한 여인이다. 정말 힘들었던 시기에도 나는 엄마가 불평하는 소리를 한 번도 들어보지 못했다. 한 번도 신경질을 부린 적이 없고 예의에 어긋나는 행동을 하거나 사람을 막 대하는 일은 절대로 없었다. 부정적인 의견을 표시하는 법도 없었고 당사자가 없는 곳에서 남 얘기를 한 적도 전혀 없었다. 엄마는 진짜 사람이 아니라는 생각이 들 정도였다.

저녁에 혼자 집에 남아 있을 때면 나는 엄마 생각을 했다. 오로지 나만을 위해 아무 말 없이 수고해준 모든 것들이 떠올랐다. 엄마는 내가 필요할 때마다 항상 내 곁에 있었다. 그런데도 나를 방해한 적은 한 번도 없었다.

편지 속의 엄마가 그랬던 것처럼 나도 저녁 시간에 부모님이 더 이상 계시지 않을 때를 생각하면 가슴이 저려온다. 내가 떠올리는 엄마는 앞치마를 걸치고 부엌을 돌아다니는 모습, 빨래를 널고 개고 다리는 모습, 손잡이가 없는 프라이팬으로 돈가스를 부치는 모습, 부엌 테이블에 혼자 앉아서 커피를 마시는 모습이다. 엄마를 생각하면 엄마가 나에 대해 알고 있는 것들이 떠오른다. 예를 들어, 엄마는 나와 관련된 모든 치수들을 빠짐없이 다 알고 있다. 하다못해 나의 식사량까지도⋯⋯. 엄마의 말들을 떠올리면서 그녀의 영원하고 무한한 사랑을 되새겨본다. 그 안에는 말 없는 사랑이 들어 있다. 엄마가 아직도 서랍 속의 셔츠와 스카프 사이에 넣어두는 분홍색 향비누처럼 향기롭고 포근한 사랑이다. 옷장 안의 상자들 위에 적혀 있는 엄마의 글씨처럼: '샌들(엄마), 눈 장화(로렌초), 고동색 부츠.'

모든 것을 꾸려나가기 위해, 모두의 화해를 위해 쏟았던 사랑, 언제든지 엄마가 우리와 함께한다는 걸 알리기 위해 쏟았던 사랑을 떠올려본다. 아버지와 내가 다툴 때마다 엄마가 겪어야 했던 모든 어려움을 생각해본다. 엄마는 평안함을 되찾을 때까지 기다릴 줄 알았다. 마치 한 여자로서, 엄마로서 살아간다는 것이 그녀에게 온 세상의 움직임을 파악할 수 있도록 허락해주었던 것만 같다.

나는 엄마한테 한 번도 편지를 써본 적이 없다. 엄마의 편지를 받아본 뒤로도 상황은 마찬가지였다. 항상 속에서 치밀어 오르는 소용돌이가 잉크를 빨아들였다.

하지만 엄마의 편지는 내가 부모님과 함께 다시 시작한 새로운 경험들의 출발점이 되었다. 엄마의 편지를 받아본 뒤, 아니나 다를까, 며칠이 채 지나지 않아서 이상한 일이 벌어졌다.

일요일 오전 11시였다. 나는 침대에서 늦게 일어나 커피를 마시면서 창밖을 바라보고 있었다. 나는 도시를 바라보며 잔을 향해 입김을 불어넣었다. 내가 즐겨 하는 일 중에 하나였다. 잠이 깨는 동안 도시를 향해 조그만 구름들을 선사했던 것이다. 일요일 아침에 내가 듣는 음악들은 항상 정해져 있다. 물론 계절과 날씨도 음악을 고르는 데 지대한 영향을 끼친다. 제임스 테일러, 닉 드레이크, 캣 스티븐스, 밥 딜런, 에릭 클랩튼, 캐롤 킹, 조니 미첼, 캣 파워, 노라 존스, 세자리아 에보라, 이브라힘 페레르, 루치오 바티스티…….

그날 아침은 왠지 사과를 하나 먹고 싶다는 생각이 들었다. 보통은 사과 껍질을 끊지 않고 한 줄로 만들어 깎는 걸 좋아한다. 집중을 하는 재미라고나 할까. 한 손에 사과를 쥐고 과일칼을 가져다가 돌리고 있는 도중에 벨이 울렸다. 나는 하고 있던 곡예를 서둘러 마치고 인터폰 수화기를 집어 들었다.

"누구세요?"

"……아버지다. 화초 때문에 왔다."

화초? 이상스럽기 짝이 없는 일이었다. 상상조차 못 했던 일이 벌어지고 있었다. 아버지는 내가 이사했을 때 우리 집에 딱 한 번밖에는 와본 적이 없었다. 그것도 엄마와 함께…….

"올라오세요. 기억하세요? 4층이에요."

그러고는 기억이 나기 시작했다. 한번은 두 분과 저녁 식사를 하는 동안, 그녀가 떠나고 난 뒤에 나 혼자서는 잘 안 되는 일들이

262

몇 가지 있다고 고백한 적이 있었다. 가장 급한 건 두 가지였다. 하나는 오리털 이불을 이불 커버에 집어넣는 일이었고 또 하나는 화초였다. 오리털 이불의 경우에는 커버 없이 덮고 자면 그만이었지만 화초는 다루는 방법을 따로 터득해야만 했다. 물론 성과라고 할 수 있는 것은 거의 없었다.

아버지의 방문은 전혀 예상치 못한 것이었다. 더군다나 일요일 아침에, 그렇게 조용한 집안 분위기 속에서……. 아버지는 손에 필요한 공구들을 잔뜩 들고 비료도 두 자루나 가지고 들어왔다.

"아침 식사 하라고 코르네토 좀 가져왔다."

"누가 왔나 했는데, 아버지가 오신 줄은 몰랐어요."

"네 엄마가 얘기 안 하던?"

"아니요. 커피 한잔 드려요?"

"네가 마시려고 하는 거면…… 그래, 한잔 다오."

아버지는 테라스 쪽으로 난 문을 열고 가져온 물건들을 바깥에 쌓기 시작했다. 나는 여전히 뜨겁던 모카 포트를 찬물에 집어넣고 식힌 뒤에 아버지를 위해 커피를 준비했다.

"그쪽으로 가져다 드려요, 아니면 들어와서 드시겠어요?"

"아니다. 이리로 가져오렴. 이대로 들어가면 바닥이 흙으로 난리가 날 거야."

땀이 났는지 아버지는 스웨터를 벗어 들었다. 언젠가 내가 아버지 생신날 선물로 사드렸던 스웨터였다. 그걸 입은 모습은 처음 보는 셈이었다. 엄마가 입고 가라고 부추긴 게 틀림없었다. 화초를 정리하라고 아버지를 보낸 것도 엄마일 것이다. 그 스웨터가 내가 드린 생일 선물이라는 걸 아버지가 까맣게 잊었을 가능성은 얼마든지 있었다.

일을 마친 뒤에 아버지는 나를 테라스로 불러 설명을 시작했다.

"여기 있는 몇몇 화초들은 신경 쓰지 않아도 된다. 어차피 죽지는 않으니까. 특히 이 제라늄들이 그래. 다른 것들, 이 다육 식물들도 실제로는 그렇게 많이 신경 쓸 필요 없어. 대신에 이놈하고 이놈은 좀 까다로우니까 좀 더 자주 들여다봐야 해. 이미 사버린 것들이니까 어쩔 수 없지만 다음부터는 화초에 얼마나 시간을 할애할 수 있는지 생각해보고 사거라."

"제가 산 게 아니에요. 걔가 취미로 하던 것들이라……."

"알았다. 하지만 이제 네 것 아니냐. 조금만 더 신경 쓰면 돼. 화초들이 전부 똑같은 건 아니야. 어떤 것들은 좀 많이 칭얼대는 것들도 있거든. 예를 들어서, 이건 완전히 맛이 갔어. 하지만 아직 죽은 건 아니야. 보이니, 내가 어디를 잘라냈는지? 안쪽은 아직 퍼렇잖아. 아직 늦지 않았어. 살릴 수 있어. 이 담쟁이덩굴 창살도 좀 더 고정시키긴 했는데, 너한텐 뭐 없니? 내가 온 김에 꽉 조여놓고 갈까? 난 드릴도 가져왔는데."

"아니요……. 아무것도 없는 것 같은데요."

"그래. 그럼…… 난 이만 간다. 필요하면 연락해라. 그리고 내가 가끔씩 화초 보러 오마, 네가 원하면……."

"네, 좋아요."

"그래. 잘 있어라."

"네, 조심히 가세요……. 고마워요."

"아니다……."

첫 데이트라도 나간 것처럼 나는 바싹 긴장해 있었고 어떻게 무슨 말을 해야 할지 전혀 몰랐다.

나는 문을 닫고 소파에 몸을 던졌다. 피곤했다. 아버지가 와 있었다는 것이 내 기운을 쏙 빼놓고 말았다. 마치 이삿짐을 나르다가 주저앉은 느낌이었다.

나는 테라스로 나가 아버지가 정리해놓은 화초들을 바라보았다. 화분 안에는 새 흙들이 이제 막 물 세례를 받은 상태였다. 마른 이파리들은 모두 잘라냈고 담쟁이덩굴 창살도 제대로 붙어 있었다. 모든 것이 깨끗하게 정돈되어 있었다. 갑자기 눈물이 흘러 내리기 시작했다.

22.
(처음 만난) **그녀**

그녀는 세상 어떤 여자들과도 달랐다. 첫 순간부터 그랬다. 만난 지 한 달이 지나자마자 나는 그녀에게 내 아파트로 와서 같이 살지 않겠느냐고 제안했다. 그녀를 천천히 알아간다는 것이 내키지가 않았다. 나는 곧장 뛰어들고 싶었고 그녀와의 모험 속에서 그녀를 발견하고 싶었다. 나는 구름을 타고 그녀를 찾고 싶었다. 그녀를 완전히 알기도 전에 나는 그녀와의 은밀함을 원했다. 앎보다는 하나가 되기를 선택했던 것이다.

그녀는 내 제안을 받아들였다.

성급한 선택은 결코 아니었다. 초기의 성급함이 후에 우리가 헤어지게 되는 동기를 제공했던 것은 아니다. 그녀는 서두를 줄 모른다. 그녀는 고집스럽지 않았고 항상 내 공간을 존중할 줄 알았다. 그녀는 나와 내 일 사이에 끼어들지 않았고 나와 내 친구들 사이에도 마찬가지였다. 그녀는 내 곁에 있고 싶어 했지, '사이'에는 끼어들고 싶어 하지 않았다.

우리가 처음 만났을 때였다. 우리는 눈을 마주친 뒤에 서로에게 곧장 거부 반응을 보였다. 나는 그녀가 마음에 들지 않았다. 우리는 저녁 만찬에 참석 중이었고 그녀는 바로 내 코앞에 앉아 있었다. 얼굴은 예뻤지만 내가 원하는 타입과는 정반대의 여자였다. 금발에 파란 눈이 강렬한 빛을 뿜어내고 있었다. 내가 첫눈에 반하지 않았던 것도 바로 그래서일 것이다. 검은 머리카락에 검은 눈동자를 지닌 지중해 여인들이 나의 주 관심사였다. 유일하게 점수를 줄 수 있는 부분은 그녀의 묶은 머리였다. 그리고 나의 관심을 곧장 끌었던 것은 외모보다 그녀의 행동이었다. 나는 자신감 있는 그녀의 표현 방식이 마음에 들었다. 그녀는 자극하는 것을 좋아했다. 그리고 그건 나도 마찬가지였다. 나는 그녀의 도전을 받아들였고 잠시 후에 우리는 대화를 시작했다. 농담을 주고받고 서로의 허를 찔러가며 즐거운 대화 분위기를 만들어갔다. 그날 저녁 식사 후에 우리는 사랑을 나누었다.

나는 그녀를 내 아파트로 초대했다. 한 여자를 그렇게 강렬하게 원했던 적은 그때까지 한 번도 없었다. 아파트 문을 열쇠로 열면서 한시도 그녀에게서 눈을 떼지 않았다. 한쪽 발로 문을 닫기도 전에 나는 그녀에게 키스를 퍼붓기 시작했다. 마치 키스로 그녀를 으스러뜨릴 것만 같은, 집어삼킬 것만 같은 느낌이었다. 나는 그녀의 묶은 머리를 풀고 머리카락을 뒤로 젖혔다. 그러고는 그녀의 목을 물어대며 키스를 하기 시작했다. 그녀의 어깨에, 입술에, 얼굴에, 키스를 했다. 깨끗하고 화장 안 한 그녀의 얼굴에 그런 식으로 키스를 퍼붓는다는 것이 마음에 들었다. 그곳에서 선 채로 사랑을 나누고 싶었다. 무엇보다도 그것을 원하는 다급한 그 녀의 욕망이 느껴졌다. 먼저 오갔어야 할 모든 질문보다도, 지켜 야 할 모든 순서들보다도 더 급한 것이 나를 향한 그녀의 욕망이 었다. 나는 점잖고 예의 바르고 친절하고 싶지 않았다. 나는 그녀 가 제일 먼저 만나는 것이 내 안에 숨어 있는 야수이기를 바랐다. 나 역시 그녀 안에 숨어 있는 또 다른 그녀를 원했다. 나는 그녀가 바보 같고 능력 없는 남자들이 쉽게 접근하지 못하도록 감추고 있 던 그녀 본연의 모습을 원했다. 끝까지 여자일 줄 아는 그녀를 나 는 원했다. 한순간도 참을 수가 없었다. 나는 부드러운 눈길로 그 녀를 바라보지 않았고 떨리는 목소리로 그녀에게 말을 걸지도 않 았다. 아니, 그 순간만큼은 아니었다. 주저할 필요도, 불안해할 필 요도, 친절할 필요도 없었다. 우리의 첫 순간에 그런 것들은 전혀 필요하지 않았다. 부드러운 말도, 향내 나는 침대보나 폭신한 침 대도 필요 없었다. 오로지 필요한 것은 차가운 벽과 우리 주변의 물건들이 쏟아져 내리는 소음, 그리고 손톱과 함께 파고드는 헐떡 거림뿐이었다. 애무조차도 필요 없었다. 그건 나중을 위해, 모든 것이 끝났을 때를 위해 미뤄두어야 했다. 얼마나 많은 애무를 해 주고 싶었는지 모른다. 난 이미 그녀에게 푹 빠져 있었다. 하지만 나의 부드러운 손길은 식후 디저트처럼 나중을 위해 미루어두고 싶었다. 그 순간에 필요한 것은 오로지 살과 땀과 높게 치솟아 오 르는 불꽃뿐이었다. 그녀는 문 옆에 기대어 서 있었다. 나를 붙들고 몸을 비틀면서 벽에 등을 기댄 채 아래로 미끄러져 내려갔다. 그러고는 내 어깨에 손을 얹고 매달리며 다시 위로 올라왔다. 내가 머릿속으로 중얼거렸던 것을 내 손이 행동으로 옮기기 시작했다. 나는 옷 사이로 손을 넣어 그녀의 몸을 만지기 시작했고 치마 밑으로도 손을 집어넣었다. 나는 그녀를 정복하고 싶었다. 그녀가 이성을 잃기를 바랐다. 나는 그녀의 귀에 대고 속삭였다. 저녁 식사를 하는 동안 내내 그녀를 원했고 당장이라도 테이블 위에 올려놓고 가지고 싶었다고 말했다.

그녀가 내게 물었다.

"왜 안 했어?"

세상 어디를 가더라도 그녀가 나와 함께하리라는 느낌이 곧장 들었다. 세상에는 아무것도 요구하지 않는 것이 훨씬 나은 여자들이 있다. 어차피 아니라고 대답할 것이 뻔하기 때문이다. 아무것도 요구하지 않는 남자들에게만 좋다고 대답하기 때문이다. 나는 그녀의 손목을 붙잡고 벽 쪽으로 돌려세웠다. 그러고는 그녀의 치마를 들어 올리고 팬티를 벗겨 내렸다.

"당장 하고 싶다고 말해봐……."

"응……."

우리들의 첫 순간을 나는 그렇게 시작했다. 잠시 후에 우리는 침대 위로 쓰러졌고 다시 사랑을 나누기 시작했다. 천천히. 그녀가 날 미치도록 좋아하는 모습이 보고 싶었다. 나는 완전히 그녀와 그녀의 욕망에 집중해 있었다. 하지만 한 가지 그녀가 원하지 않았던 것이 있다. 내가 너무 그녀의 오르가슴에만 집중한다는 것이었다. 그녀는 절정에 한 번 오른 뒤에 나도 그녀와 함께 즐길 수 있기를 원했다.

첫 순간부터 분명했던 것은 단 한 번으로 끝날 스토리가 절대로 아니었다는 것이다. 그녀는 나의 여자였고 나는 그녀의 남자였다.

지금까지 일어난 일과는 상관없이 그건 여전히 분명한 사실이다. 나는 그녀를 다시 되찾을 것이다.

23.
가장 긴 여행

아버지가 집에 와서 화초들을 정리하고 가신 지 이틀 뒤에 엄마에게 전화를 걸었다.

"엄마, 고마워요. 아버지가 오셔서 화초들 정리하고 가셨어요."

"화초라니?"

"일요일에 오셨어요. 우리 집 테라스에 있는 화초들 말이에요. 엄마가 얘기한 거 아니었어요?"

"아니. 나는 아무 말 안 했다. 나한테는 친구 만나러 간다고 점심 혼자 먹으라면서 나가셨는데? 공구를 들고 나가는 건 봤는데……. 어쨌든 너한테 간다는 얘기는 없으셨다."

나는 아무 말 없이 가만히 듣고 있었다.

"네 아버지, 정말 별나시다. 뭐든지 그렇게 제멋대로만 하시니……. 그래, 얘기는 나눈 거니?"

"아니요. 테라스를 정리하셨는데……, 지금은 꼭 베르사유 정원 같아요."

밀라노에 있는 동안 나는 거의 운전을 하지 않았다. 어떤 때는 차를 너무 오랫동안 방치해두는 바람에 어디에다 주차해놓았는지 기억조차 못 할 때가 있다. 그러면 나는 차를 찾기 위해 리모컨 키를 누르면서 거리를 배회하기 시작한다. 내 차의 방향 지시등이 켜지기만을 기대하면서 온 동네를 싸돌아다닌다. 토요일 아침부터 나는 차를 찾기 시작했다. 부모님과의 점심 약속 때문에 차가 필요했다.

하지만 차는 나타날 생각을 하지 않았다. 결국에는 마지막으로 언제 차를 사용했는지 한참 동안 생각한 뒤에야 주차한 곳을 기억해냈다. 차를 찾고 운전석에 앉아 시동을 걸었지만 아무런 반응이 없었다. 배터리가 방전된 상태였다. 불을 켜놓았던 것이 틀림없었다. 당장 그 문제를 해결해야 한다는 것이 영 내키지가 않았다. 나는 택시를 불러서 역으로 향했다. 부모님 댁에는 기차를 타고 가기로 했다.

식탁에 앉아서 식사를 하는 동안 아버지는 내게 일이 잘되어가는지, 무슨 일을 하고 있는지 물어보았다. 식사를 마치고 곧장 텔레비전 앞에 가서 자리를 잡는 일도 일어나지 않았다. 내가 물었다.

"텔레비전 안 보세요?"

"이젠 좀 지긋지긋하다. 더 이상은 볼 게 없어."

기적 같은 일이었다.

그날, 식사를 마치고 나는 고향 시내에 산책을 하러 나섰다.

이곳에서 살지 않게 된 뒤부터는 더 아름답게만 보이는 도시다. 편안하고 느리고 조용하고 모든 것에 사람의 손길이 느껴지는 곳이다. 길을 찾으면서 시간이 얼마나 걸리는지 물어보면 이구동성으로 '5분'이라고 대답한다. 모든 것이 5분 거리에 있는 도시다.

나는 옛 친구들을 만나러 갔다. 이곳에 오면 눈치 볼 것 없이 혼자 돌아다닐 수 있다는 것이 마음에 든다. 돌아다니면서 빼놓지 않고 내가 아는 누군가를 만난다는 것도.

늦은 오후에 나는 다시 친구들을 찾아가서 인사를 나누었다. 저녁 8시에 밀라노로 돌아가는 열차를 타야 했다. 부엌에는 엄마뿐이었고 아버지는 허드렛일을 하느라 창고에 내려가 있었다.

"아버지가 그러시는데 너만 괜찮으면 아버지 차 네가 써도 된단다. 그냥은 못 준다면서 차 닦으러 가셨어. 기름도 넣어놓으셨어. 아버지 말이 차는 멀쩡하단다. 나중에 천천히 가져오면 돼. 우리한테 당장 필요한 건 아니니까."

나는 인사도 할 겸 창고로 내려갔다.

"차 얘기 들었어요. 고마워요."

"고맙다니, 무슨 소리! 어차피 우리가 당장 쓸 것도 아니고 돈 드는 일도 아닌데, 뭘……."

"그런데 뭐하시는 거예요?"

"그냥…… 정리 좀 하는 거다. 먼지만 쌓이는 이 쓸데없는 것들 좀 치워버리고 싶어서."

"우아! 아무것도 안 버리시던 분이……. 이건 정말 빅뉴스인데요?"

"그러게 말이다……. 이런 일이 일어날 줄 누가 알았겠니."

아버지가 아이러니한 말투로 덧붙였다.

그날 저녁, 나는 아버지의 차를 몰고 밀라노로 돌아왔다. 새차처럼 깨끗하게 만들어놓은 데다 재떨이 안에는 방향제까지 들어 있었다. 운전을 하면서 나는 우리 두 사람의 모습을 떠올렸다. 어렸을 땐 문 뒤에 숨어서 아버지가 일을 마치고 집으로 돌아오기만 기다렸다. 그리고 아버지가 집 안으로 발을 들여놓자마자 달려가서 매달리곤 했다. 행복했다. 하지만 언제부턴가 그 일을 그만두고 말았다. 아버지가 다른 일들 때문에 항상 바쁘다는 것을 깨달았기 때문이다. 어쩌면 그것이 실수였는지도 모른다. 계속해서 그를 귀찮게 했어야 했다. 어느 시점에선가 우리 두 사람은 서로를 외면하기 시작했다. 그때부터 서로의 부재는 빗방울이 되고 소낙비가 되고 우리 둘 사이를 항상 갈라놓기만 하는 벽이 되고 말았다. 성장하는 동안 내 안에는 아버지처럼 되고 싶지 않다는 욕망이 자리 잡고 있었다. 내가 아버지와는 다른 남자라는 것을 항상 보여주고 싶었다. 일찍부터 나는 어른들의 세계에 뛰어들었고 그 세계의 잔인함을 경험했다. 집안의 경제적인 어려움과 그에 따른 정서 불안 때문에 발생하는 모든 문제들을 소화해내야만 했다. 하지만 결국 나는 이 모든 것들로부터 벗어나기 위해 집을 도망쳐 나올 수밖에 없었다. 그리고 좌충우돌하며 헤쳐 나가야 했던 어려운 상황들, 그런 식으로 흘러간 내 삶의 과정이 나를 영영 딴 사람으로 만들고 말았다. 나를 무정한 사람으로 만들어버렸던 것이다. 원래부터 그랬던 것은 아니다. 내 선택이 아니었다. 그건 살아남기 위한 본능 때문에 일어난 변화였다. 한 번도 누구에게 정을 줘본 적이 없다는 사실 때문에, 나는 중요한 인간관계 속에서 나의 모든 한계와 결점들을 드러낼 수밖에 없었다. 나에게는 한 여인이 있었다. 나를 사랑했던 여인이고 내가 내 나름대로 아끼고 사랑했던 여인이었다. 하지만 나는 그녀를 떠나보내고 말았다. 바로 아버지가 나를 떠나보냈던 것과 조금도 다를 바 없는 똑같은 방식으로. 나는 이제야 아버지를 알기 시작했고 하루가 지나면 지날수록, 그를 알면 알수록 내가 그를 더 많이 닮았다는 것을 깨닫는다.

나를 버리고 떠나 이제 한 달 반 뒤에 결혼을 하는 '그녀'가 했던 말이 생각난다. 그녀는 내가 집에 돌아와서도 아무 말도 하지 않았던 것과 우리끼리 아무것도 할 수가 없었던 것도 허구한 날 내게 할 일이 밀려 있었기 때문이라고 했다. 이제 나는 그 말이 내가 어렸을 때 아버지를 보고 하던 얘기와 똑같다는 것을 깨닫는다.

시간이 흐르면 흐를수록 내가 아버지와 더 많이 닮았다는 느낌이 든다. 전에는 이해하지 못하던 것들을 지금은 이해한다. 내가 지금 하루가 다르게 더 닮아가고 있는 사람은 내가 평생 동안 싸우기만 했던 사람이다. 아버지의 진정한 모습을 보기 위해 내게 어른의 눈이 필요했다는 생각이 든다. 아버지와 화해를 한 지금, 내 행동에서 아버지와 비슷한 점을 발견해도 그렇게 흥분하거나 두려워하지는 않는다. 아니, 오히려 더 이상은 혼자가 아니라는 느낌이 든다. 아버지와 함께 있어도 이제는 마음이 편안하다. 그래서 혼자 있을 때도 마음을 편히 가져보려고 노력한다. 아버지를 살리고 싶은 내 마음속엔 나 자신을 살리고 싶은 마음이 있다. 아버지를 용서하려는 내 마음속엔 나 스스로를 용서하고픈 마음이 들어 있다.

나는 아버지에 관한 중요한 사실 하나를 발견했다. 아니, 아마도 나에게 더 중요한 사실일 것이다. 나는 아버지의 '사랑한다'는 말을 수년간 기다려왔다. 그러나 내가 모르고 있던 사실은 벌써 그 이야기를 화초를 정리하러 오셨을 때 내게 하셨다는 것이다. 아니면 차를 빌려주시면서, 내 차를 세차시키려고 몰고 가시면서, 혹은 아파트에 새 선반을 설치해주겠다고 나서시면서, 내 자전거를 고치면서 이미 하셨다.

아버지는 감정이나 사랑 표현이라고는 전혀 모르시는 분이다. 아버지한테서는 모든 것이 곧 행동으로 변하기 때문이다. 깨끗하게 정리하고 닦아놓고 고쳐놓은 사물들로 변한다. 아버지의 사랑은 실용적이다. 행동이나 마찬가지다. 아버지는 말 대신 일을 한다. 나한테 사랑한단 말은 절대로 못 하실 분이다. 대신 그 감정을 표현하기 위해 항상 뭐라도 하실 분이다.

내가 깨달은 또 한 가지는, 그렇게 긴 세월이 흘렀는데 이제 와서 아버지가 나에게 '사랑한다'는 말을 하거나 나를 부둥켜안는다거나 하는 일이 일어나면 틀림없이 내가 먼저 거부감을 느낄 거라는 사실이다. 아버지가 그런 말을 한다는 건 상상조차 하기 힘든 일이다.

우리 집에 화초를 정리하러 오셨던 그날은 아버지가 그의 인생에서 가장 긴 여행을 한 날이었다. 아버지가 드디어 나를 아들로 선택한 날이었다.

24.
(훔친 키스와) 그녀

어느 봄날이었다. 우리는 차를 몰고 저녁 약속 장소로 이동하고 있었다. 그리고 현금 인출기 앞에서 멈춰 섰다. 그녀는 차에서 내려 자동 창구 앞으로 다가갔다. 파란색 옷을 입고 있었다. 몸맵시와 등이 그대로 다 드러나는 옷이었다. 그리고 굽이 높고 밑창이 빨간 하이힐을 신고 있었다.

차 안에서 그녀를 바라보고 있던 나는 더 이상 참지 못하고 차에서 내려 가까이 다가갔다.

그녀는 내가 와 있다는 것을 알아차리고 뒤돌아서서 말했다.

"여기서 뭐해? 돈은 내가 뽑을게."

나는 아무 말 없이 그녀를 바라보았다. 그리고 그녀의 입술과 목덜미에 키스를 했다. 나는 차 안으로 돌아와서 창문을 통해 계속 그녀를 바라보았다. 빨리 돌아오기만 기다리는 나를 보기 위해 그녀도 몇 번이고 고개를 돌렸다. 입가에는 미소를 머금고 있었다. 행복해 보였다. 내가 그녀를 얼마나 좋아하는지, 얼마나 미치도록 좋아하는지 느꼈던 것이다. 그녀는 아무 말 없이 다시 차에 올랐다. 그리고 뒷좌석에 가방을 올려놓기 위해 몸을 돌렸다가 내 입술을 향해 다가왔다.

25.
쥐어짜기

　우리 부모님은 '훌륭하신 분들'이다. 표현치고는 조금 모호하다는 걸 나도 안다. 하지만 딱히 다른 말은 생각나지 않는다. '단순한……'이란 표현은 더 모호하게 들린다. 두 분은 오랜 고생과 희생 끝에 드디어 바를 팔아넘기셨다. 부모님이 소유주는 아니었다. 단지 운영권을 내놓고 어느 정도 액수의 권리금을 되돌려 받은 것뿐이었다. 그 돈에 내가 조금 보태서 마련한 목돈으로 우리는 그 괴물 같은 빚을 드디어 청산할 수 있었다. 그리고 두 분은 은퇴를 하셨다.

　바를 이용하던 많은 단골손님들이 그 소식을 듣고는 크게 섭섭해했다. 사람들의 예기치 못했던 정감 어린 반응이 부모님을 감동시켰다.

　누구보다도 엄마가 받은 감동이 컸다. 바를 거의 고정적으로 들락거리던 80세 노인 한 분이 편지를 보내오기까지 했다. 엄마는 나에게 편지를 읽어달라고 했다.

얼마나 섭섭한지 제 마음을 꼭 전해야겠다는 생각이 들었습니다. 그토록 오랜 세월 동안 저를 가족처럼 대해주신 분들의 바가 문을 닫는다니 정말 가슴 아프고 슬픈 일입니다. 근자에 제 다리가 좀 불편해져서 들르고 싶어도 자주 들를 수가 없었습니다. 하지만 그렇다고 해서 여러분을 향해 제가 간직하고 있는 애틋한 마음이 줄어든 것은 결코 아닙니다. 세상이 점점 더 메말라가고 있습니다. 그래서 정이 더욱 중요하다는 생각이 듭니다.

감사드리면서 모두 안아드리고 싶습니다.

그 와중에 나는 융자를 받아 집을 한 채 사는 데 성공했다. 바로 지금 부모님이 살고 계시는 집이다. 처음에는 아버지가 반대하고 나섰다. 아버지를 설득하기 위해 나는 밀라노에서 집을 사려면 돈이 너무 많이 들어가지만, 부모님이 사는 곳에서는 충분히 가능한 일이라고 설명했다. 나에게는 일종의 투자인 셈이고, 내가 살려고 사는 집이 아닌 이상 그냥 비워두느니 두 분이서 사는 게 차라리 낫지 않겠느냐고 말했다. 결국 아버지는 손을 들고 말았다.

그래서 두 분은 이제 시골에서 편안한 여생을 보내신다. 두 분 모두 최소한의 연금으로 생활하신다. 나도 조금은 보탠다. 하지만 두 분은 가능한 한 적게 쓰려고 노력하신다. 항상 그래왔으니 어쩔 수 없는 노릇이다. 이제는 더 이상 갚을 빚이 없는데도 습관을 버리지 못하는 것이다. 두 분 모두 다른 삶은 원하지 않는다. 장을 볼 때도 뭐든지 싸게 파는 디스카운트 마켓에 가신다. 치즈는 플라스틱 덩어리 같고 모차렐라는 고무공 같고 초콜릿은 흰색 가루로 덮여 있기 일쑤인 곳이다. 더 질 좋은 제품들을 사야 한다고 몇 번이나 설득해보았지만 소용없는 일이었다.

"너도 알잖니, 우리한테는 그런 걸로도 족하다는 거. 하지만 이 비스킷 좀 봐라. 어쨌든 맛있잖아?"

너무 거부 반응만 보이면 안 되겠다 싶어서 한번 시도해본 적이 있다. 비스킷은 입안에서 톱밥처럼 부서지고 말았다. 전부 뭔가를 모방한 것뿐이었다. 바를 운영할 때도 우리가 먹었던 음식은 항상 질이 떨어지는 것들이었다. 이름만 반대로 불렀을 뿐이다. 소시지 반죽을 햄이라고 불렀고 찐 고기를 로스트비프라고 불렀다. 초콜릿이 조금이라도 들어간 크림이면 맛이 전혀 달랐는데도 우리는 무조건 누텔라라고 불렀다.

나는 가끔씩 부모님에게 특별한 음식들을 선물하곤 한다. 하지만 두 분은 왜 특별한 음식인지, 이 치즈가 어떻고 이 와인은 어떤 향을 지녔고 이 꿀이 왜 좋은지 한참 동안 설명을 들은 뒤에도 언제나 똑같은 말씀만 하신다.

"아니, 여기서 열지 말고 집으로 가져가거라. 네가 먹어야지. 우리야 이게 뭔지도 모르는데, 먹어서 뭐하겠니."

맞는 얘기다. 차이를 모르시는 것이다. 아니, 어쩌면 차이를 느끼면서도 이제까지 항상 드셨던 것만 선호하시는 것일 수도 있다. 더 맛이 있어서라기보다는 익숙한 것들을 사랑하시기 때문이다. 익숙하지 않은 맛이 싫으신 것이다. 익숙하지 않기 때문에 맛이 있는지 없는지조차 분간을 못 하신다. 두 분은 이런 말씀을 자주 하신다.

"그래, 맛있구나. 그런데 사람들이 왜 이런 거에 사족을 못 쓰는지 이해가 안 돼. 하는 얘기들 들어보면 안에 별것도 안 들어 있는 것 같던데……."

세월이 흐르면서 미각이 감퇴하신 것이 틀림없다. 하지만 사실은 좋은 음식을 고를 줄 아시는 분들이다. 내가 부모님 댁에 식사를 하러 가면 엄마가 장을 봐오는 규모부터가 달라진다. 엄마는 두 번 장을 본다. 한 번은 나를 위해 좋은 것들만 고르신다. 파르마의 프로슈토가 좋은 예다. 프로슈토를 내 앞에 둘둘 풀어놓을 때는 기쁜 소식을 전하러 온 천사의 눈빛을 하고는 신이 나서 말씀하신다.

"이것 좀 먹어봐라. 맛이 정말 괜찮단다. 네가 너 먹으라고 따로 사놓은 거야."

나를 위해 샀다는 프로슈토를 한 장 들어서 아버지의 접시 위에 올려놓으면 아버지는 곧장 됐다고 말씀하신다. 물론 그러고는 드시는 게 보통이다. 따지고 보면 집 안에서 남아도는 음식들은 전부 아버지가 해치우는 것이 우리 집 전통이라면 전통이다. 엄마가 항상 하시던 말씀이 있다.

"다 못 먹겠으면 그냥 남겨라. 나중에 아버지가 드시면 되니까."

저녁 식사 시간 때 남은 음식은 냉장고 안으로 들어가거나, 아니면 밖에 두었다가 다음 날 점심으로 아버지 접시 위에 다시 등장한다.

두 분에게는 모자란 것이 없다. 지금 형편으로도 만족해하신다. 두 분의 습관을 바꾸려고 시도해서 성공한다 해도 그것으로 두 분의 인생을 더 행복하게 만들어드릴 수는 없을 것이다.

오히려 다른 사람의 인격을 존중할 필요가 있다. 누구든 자기만의 방식으로 자신의 삶에 길들여져 있다는 사실을 이해해야 한다. 거의 40년을 함께 살아오신 분들이다. 이미 오랜 시간에 걸쳐 익숙해졌기 때문에 상당히 민감하기까지 한 삶의 메커니즘이 있다. 그 긴긴 세월이 흐르는 동안 두 분 사이에서 태어난 삶의 역학 관계를 나는 변형시키지 않도록 조심해야 한다.

두 분은 사물과 음식을 전적으로 기능적인 측면에서만 바라보신다. 먹는다는 건 영양을 섭취한다는 걸 의미하고 사는 물건들도 기능 외에는 고려하는 것이 없다. 예쁘거나 못생긴 것에 대해서는 관심이 없다. 예를 들어, 비싼 만년필은 절대로 안 사실 분들이다. 그런 걸 구입하는 사람들도 이해하지 못하신다.

"글씨만 써지면 되지, 왜 돈을 더 내야 하니? 극장엔 왜 가니? 1년만 기다리면 텔레비전에서 해주는걸. 유선 방송까지 왜 돈을 주고 봐야 하니, 있는 채널도 다 못 보는데?"

두 분의 삶에 리듬을 부여하는 것은 습관과 정해진 시간이다. 은퇴와 함께 새로운 상황에 필요한 약간의 변화가 있었을 뿐이다. 예를 들어, 엄마가 아침에 일찍 장을 보러 가실 때는 아직 잠들어 있는 아버지에게 메모를 남기신다.

'장 보러 가요. 신문은 제가 사 올게요.'

나가기 전에 엄마는 항상 모카 포트를 가스레인지 위에 올려 놓으신다. 아버지는 불을 켜기만 하면 된다. 굳이 메모를 남겨야 할 필요가 없는 사항이다. 평생을 그렇게 살아오신 분들이다. 바를 운영했을 때는 모카 포트를 저녁부터 준비했다. 아버지는 새벽에 일어나야 했고 아침에 마시는 첫 커피는 모카 포트로 만든 것을 선호했기 때문이다. 가끔은 바에 내려가서 한 잔을 더 마실 때도 있었다.

이제 엄마는 모카 포트뿐만 아니라 알약까지 준비해야 한다. 아버지의 혈압과 당뇨 때문이다. 잘 접은 냅킨 위에 마치 산타클로스가 놓고 간 캐러멜처럼 알약을 올려놓으신다.

엄마가 남기는 메모는 감동적이다. 두 분이 서로를 향해 아직도 품고 있는, 평생 동안 간직해온 조그마한 관심들이다. 불행히도, 내가 어떤 여자와도 공유해볼 수 없었던 관심들이다. 적어도 지금까지는……

엄마는 은퇴를 하신 후에도 조금밖에 바뀌지 않았다. 여전히 가사를 돌보고 시내에서 오랫동안 걸으면서 좀 더 여유 있게 장을 보신다. 자유로운 시간을 즐길 줄 아신다. 엄마는 바의 일에 관여하기보다는 엄마와 아내 역할을 더 중요하게 여겼다. 그리고 그건 지금도 마찬가지다. 엄마의 삶 속엔 평안함이 깃들어 있다. 살면서 커다란 야망을 가져본 적이 없었으니 그만큼 실망도 덜 하셨을 것이다.

아버지는 조금 더 예측불허다. 인생의 낙오자라는 생각이 그를 괴롭히기 때문이다. 쫓아가기에 바빴던 자신의 인생을 어느 한 순간에 갑자기 재정비한다는 것은 쉽지 않은 일이다. 수십 년간 일만 해오다가 어느 날 갑자기 자유로운 시간이 끝도 없이 펼쳐지는 걸 감당하기가 힘드셨던 것이다. 은퇴를 한 뒤 처음 며칠 동안은 마치 혼이 빠진 사람 같았다. 테라스의 화분 위치를 이틀마다 한 번씩 바꿨던 것도 바로 그때였다. 벽과 난간과 선반에 칠을 하고 자전거를 고치고 나무판자를 자르고 두들기고 뚫고 쉴 새 없이 중얼거리면서 불평불만을 늘어놓았다. 내가 이런 사실들을 모두 알고 있는 것은 엄마가 귀띔을 해주었기 때문이다. 내가 아는 한 엄마가 내게 속사정을 털어놓았다는 것은 아버지 때문에 이미 엄마의 참을성이 한계를 넘어섰다는 것을 의미했다. 엄마는 말수가 적고 신중한 사람이었다.

엄마가 보기에 아버지는 온 세상을 미워하는 사람으로 변해 있었다. 차를 모는 동안 모두를 향해 클랙슨을 울려대는 것도 세상에 운전할 줄 아는 사람이라고는 자기 말고 아무도 없다는 식이었다. 공사를 하면 엉망으로 하고 있다고 불평하고, 엄마에게는 지저분한 바지도 아닌데 왜 빨았냐고, 벗자마자 빨아대니 무서워서 아예 옷도 못 벗겠다고 계속해서 불평을 늘어놓았다.

그러고는 어느 순간이었는지 아버지가 진정을 하기 시작했다. 새로운 국면을 맞이했던 것이다. 그건 텔레비전이었다. 텔레비전이 그의 발목을 붙들었다. 나이 어린 아이들이 엄마가 바쁠 때 보이는 반응과 똑같았다. 집에 들를 때마다 아버지가 텔레비전 앞에 앉아 있지 않으면 이상할 정도였다. 아버지는 아무짝에도 쓸모가 없어서 죽을 날만 기다리는 남자처럼 보였다. 입 밖으로 내뱉는 몇 마디 속에서도 자포자기와 무기력함이 느껴졌다. 아버지가 표출하던 분노도 복용하던 약 때문이었는지 완전히 가라앉고 말았다. 아버지는 현실 속의 삶보다는 텔레비전 속의 삶에 더 매력을 느꼈다. 아버지의 인생에 새로운 시간표를 부여했던 것이 바로 텔레비전이었다. 부엌에는 텔레비전이 없었기 때문에 독일 탐정이 등장하는 연속극을 놓칠 수가 없어서 식사 시간을 앞당겨야만 했다. 해가 바뀔 때마다 연초에 텔레비전 프로그램을 계획하는 방송국 사장이 우리 부모님의 식사 시간을 결정했던 것이다.

한번은 부엌에 조그만 텔레비전을 하나 가져다 두면 어떻겠냐고 내가 제안한 적이 있다. 아버지는 이렇게 대답했다.

"우리 그렇게 막가지는 말자. 내가 그 정도로 처참해 보이냐?"

아버지가 텔레비전 없이는 못 살던 시절이었다. 나는 새 텔레비전 하나를 엄마에게 선물했다. 두 분 취향이 틀린 데다가 항상 양보를 하는 바람에 보고 싶은 것을 못 보는 분이 엄마였기 때문이다. 그래서 침실에 있는 텔레비전을 보는 건 엄마의 권리였다. 저녁 식사 후에 아버지는 거실 소파에 자리를 잡았고 엄마는 침실로 들어갔다. 물론 엄마는 침실로 퇴장하기 전에 아버지의 혈압약을 준비하는 것도 잊지 않았다. 아버지가 잊지 말고 드시기를 간절히 기도하면서……. 엄마는 침실에서 아무 말 없이 조용히 텔레비전을 시청했지만 아버지는 콧방귀를 뀌거나 한마디 거들거나 투덜대거나 아니면 텔레비전과 말씨름까지 하는 경향이 있었다. 아버지가 울분을 터뜨리는 데 텔레비전이 어느 정도 도우미 역할을 한 건 사실이다. 엄마는 아버지가 혼자 말씀하시는 소리를 자주 듣는다고 했다. 하지만 그건 아버지가 항상 지니고 있던 습관 중에 하나였다. 내가 어렸을 때도 아버지가 식사 도중에 뉴스에서 싫어하는 정치인을 보면 음식을 입에 문 채 욕설을 퍼부었던 적이 한두 번이 아니었다.

두 분은 이제껏 살아오신 대로 커다란 문제 없이 그럭저럭 살아가신다. 하지만 여행 한번 다녀오시라고 두 분을 설득하는 일은 부질없는 짓이다. 아버지는 경제적인 이유 때문에 움직이지 않는 거라고 말씀하시지만 사실 돈은 핑곗거리에 불과하다. 두 분이 여행을 원하지 않는 이유는 그것이 상상할 수 없는 일이기 때문이다. 평상시에 하던 대로 할 수 없을 것이 뻔하기 때문에 두려우신 것이다. 두 분은 집 같은 익숙한 환경 속에서만 편안함을 느끼신다. 결혼식이나 성찬회합이 열리는 경우를 제외하고는 레스토랑에도 안 가시는 분들이다. 성찬회합도 대부분은 엄마 혼자서 가신다.

텔레비전에서 여름 바캉스에 관한 뉴스를 내보낼 때 수많은 사람들이 해수욕장을 빽빽하게 채우고 있는 모습을 보면 항상 똑같은 말씀을 반복하신다. '사람들은 다들 미쳤어. 집에 있지 피곤하게 저 짓을 왜 한대?' 혹은 더위를 식히기 위해 도시 곳곳에 있는 분수대로 나와 머리를 적시는 모습을 보아도 반응은 마찬가지다. '아니, 집에들 있지 왜 밖으로 나와서 저런 정신 나간 짓들을 한다니?' 정신 나갔다는 말을 가장 많이 쓰신다. 그것도 사투리로.

한참을 조른 뒤에, 작년 여름에는 일주일 동안 바닷가에 다녀오시라고 설득하는 데 성공했다.

나는 펜션을 예약할 수밖에 없었다. 절약하고 싶어서가 아니라 호텔로 모셨다가는 불편해하실 것이 뻔했기 때문이다. 대신에 펜션은 주인이 직접 경영하는 곳이고 주인아주머니 이름도 친근감이 가서 두 분이 지내기가 훨씬 수월할 것 같았다. 사람들과의 접촉이 필요한 두 분에게는 더 어울리는 곳이라는 생각이 들었다. 아니나 다를까, 두 분은 바캉스 대부분의 시간을 주인아주머니와 함께 보냈다. 주인아주머니와 함께 텔레비전을 보고 카드놀이를 하고 수다를 떨면서 보냈던 것이다. 엄마는 펜션의 부엌일을 돕기까지 하셨다. 아무것도 안 하고는 가만히 있지를 못하시는 분이다. 아침에는 침대 시트를 가는 일까지 도맡아 하셨다고 했다.

아버지가 많이 바뀐 건 근래에 와서다. 이제는 나도 마음을 편히 놓는 편이다. 새로운 단계에 돌입했기 때문이다. 은퇴를 하신 다음 첫 번째 단계는 끊이지 않는 허드렛일이 특징이었다. 두 번째는 텔레비전 앞에서 꼼짝도 하지 않는 단계였고, 이제 이 새로운 단계는 뭐랄까, 한마디로 놀라운 면을 가지고 있었다. 왜냐하면 일종의 부활이었기 때문이다.

아버지는 새로운 세계에 반응을 보이기 시작했다. 휴대폰과

컴퓨터를 써보기로 하고 더 나아가 영어까지 배우기로 결심하셨다. 그건 청소년의 단계라고도 할 수 있었다. 스스로를 위해 뭔가를 배우고 해보겠다는 결심의 단계였다.

26.
(사티와) **그녀**

8월의 어느 일요일이었다. 도시는 텅 비어 있었고 우리는 다음 날 바캉스를 떠나기 위해 준비 중이었다. 뜨거운 열기가 집 안으로 들어오는 것을 막기 위해 차양 장치를 다 내려놓은 상태에서 우리는 하루를 보냈다. 그녀는 짧은 미니스커트에 비키니 상의만 걸치고 집 안을 돌아다니며 짐을 꾸렸고, 나는 사각팬티만 입고 웃통을 벗은 채 컴퓨터 폴더를 정리하고 있었다.

7시쯤 되었을 때 그녀가 차양 장치를 들어 올리고 창문을 열어젖혔다. 미지근한 바람이 슬며시 집 안쪽으로 불어왔다. 그녀가 레몬 티를 한 컵 가져왔다. 나는 그녀의 손목을 붙잡고 그녀를 내 무릎 위에 앉혔다. 그러고는 손가락으로 그녀의 머리카락 사이를 쓸어내렸다. 그녀가 말했다.

"나 땀범벅이야……."

나는 그녀의 입술에, 그리고 볼과 목에 키스를 했다. 비키니의 삼각형 천 조각을 한쪽으로 밀어내고 내 손을 그녀의 젖가슴으로 가득히 채웠다. 우리는 의자에 앉아 사랑을 나누었다. 막바지에 달했을 때 그녀의 근육이 순간적으로 경직되었다가 나를 꼭 껴안으며 풀어지는 것이 느껴졌다. 우리가 의자에 말없이 앉아 있는 동안 창에서 불어 들어오는 바람이 우리를 부드럽게 감싸 안았다.

컴퓨터에서 에릭 사티의 그노시엔 1번이 들려왔다. 몇 분 뒤에 창문을 통해 고기 굽는 냄새가 안으로 들어오기 시작했다. 우리는 영문도 모른 채 깔깔대고 웃었다. 그리고 샤워를 한 다음 산책에 나섰다. 우리는 손을 맞잡고 창문 밖으로 새어나오는 텔레비전 소리를 들으면서 소소한 대화를 나누었다. 잠을 자러 가기 전이었다. 그녀가 가져다준 레몬 티가 그대로 남아 있었다.

27.
새로운 인생

나한테는 자식이 없다. 그래서 아이들에게 뭔가를 가르치면서 느끼는 행복이 어떤 것인지 알지 못한다. 하지만 부모님에게 뭔가를 가르쳐드린다는 것이 형언하기 힘든 감동을 선사한다는 것만큼은 자신 있게 말할 수 있다. 아주 간단하기 짝이 없는 것들도 마찬가지다. 하다못해 숫자 넣기 같은 것도 가르쳐드리는 일만큼은 하나의 감동이다. 부모님에게 순수한 기쁨과 즐거움을 선사한다는 사실이 주는 감동이다.

믿기 힘든 일이었지만 어느 날 아버지가 영어를 공부하고 싶은데 좀 도와줄 수 있겠냐고 내게 물었다. 그날 30분 정도 아버지에게 간단한 원칙들을 설명해드렸던 것이 나에게는 최근 몇 년 사이에 일어난 가장 재미있는 일들 중에 하나였다. 아버지는 쉽지 않다는 것을 곧장 알아차렸다. 나는 엄마도 불러들였다. 하지만 두 분이 사 온 책자 속의 연습 문제를 설명한다는 것은 거의 불가능한 일이었다.

문제 1. 이하의 답들에 해당되는 적절한 질문을 적어보자.
톰은 런던에 산다.

정답: 톰은 어디서 사나?
부모님의 대답: 잘 지내나요?

나는 답으로 내놓아야 하는 질문은 제시된 문장 다음에 이어져야 할 말이 아니라 바로 전에 나와야 하는 말이라고 설명했다. 하지만 못 알아들으신 것이 분명했다.

내 이름은 마크다.

정답: 이름이 뭐예요?
부모님의 대답: 그럼 성은요?

나는 기운이 빠져서 다음 문제로 넘어갔다.

문제 2. 왼쪽 칸에 있는 이름들을 오른쪽 칸에 있는 행동 혹은 직업과 올바르게 연결해보자. 예를 들어, 제인은 선생이다.

부모님의 마지막 조합: 우리 집 강아지는 저널리스트다.

아버지는 영어를 포기하고 말았다. 하지만 휴대폰하고는 많이 친해진 편이다. 문자 보내는 법을 터득한 덕분에 나에게 감정을 표현하는 방법까지 찾아내셨다. 물론 말이 안 되는 일이지만 사실이었다. 문자로는 하고 싶은 말을 하실 수 있었던 것이다. 아버지는 엄마처럼 편지를 쓰는 일은 절대로 못 할 분이다. 하지만 문자만큼은 나와 의사소통을 하기 위한 적절한 도구로 비친 것이 틀림없다. 아버지가 처음으로 내게 보냈던 문자다: '안녕 로렌초, 잘 지내니 질문.'

'질문'이라고 쓰신 것은 내가 물음표 입력하는 방법을 미처 가르쳐드리지 못했기 때문이다. 그 뒤에 아버지가 두 번째로 보냈던 문자다: '우리는 네 얼굴 보고 싶은데, 언제 집에 오니?'

문자가 도착했을 때 나는 휴대폰을 손에 쥔 채 5분 이상을 그 자리에서 꼼짝도 하지 않고 서 있었다. 내가 보기에는, '나는'이라고 쓰는 것이 너무 쑥스러워서 '우리는'이라고 쓰신 것이 틀림없었다.

나는 답문을 보내지 못했다. 썼다가 지우는 일을 스무 번도 더 했을 것이다. 그러고는 결국 포기하고 말았다. 집에 전화를 걸어서 엄마와 얘기를 나누는 동안 나는 문자 잘 받았다는 얘기를 아버지에게 좀 전해달라고 부탁했다. 엄마는 아무것도 모르고 있었다. 입을 다물고 있어야 했다는 생각이 곧바로 들었다. 그것은 우리 둘만의 비밀이었다. 결국 제일 바보 같은 철부지는 나라는 생각이 들었다. 내가 평생 동안 참지 못했던 일이 아버지가 내게 애틋한 관심을 보여준 적이 없었다는 것이었는데, 지금이라도 그걸 보여주겠다고 저렇게 안간힘을 쓰고 계신 마당에 나는 그냥 아무런 대책 없이 어쩔 줄 몰라 하고만 있었던 것이다. 아무 반응도 보이지 않고 답도 못 하고…….

아버지가 보내는 문자들을 자연스럽게 소화해낸다는 건 내게는 쉽지 않은 일이다. 도착하는 문자들은 내용과 상관없이 나를 감격시킨다. 아버지가 내게 차를 빌려주시거나 내 차를 세차하시거나 기름을 넣어주셨을 때 느끼는 감동과 같다. 내가 하는 일을 칭찬하실 때, 내가 어떻게 지내는지 물어보실 때, 내가 연애를 하는지, 아이를 가질 의향은 있는지 물어보실 때 다가오는 무조건적인 감동들도 마찬가지다.

최근에는 아버지가 나를 대할 때 마치 죄를 지은 사람처럼, 그리고 어떤 식으로든 그걸 만회하려고 애쓰는 사람처럼 행동한다는 것을 깨달았다. 이제는 아버지가 나를 찾고 있었던 것이다. 인생은 아이러니하다. 어렸을 때 아버지가 내게 자주 하던 말을 이제는 내 입으로 반복하게 되는 경우가 종종 생긴다. 어느 날 내게 전화를 하셨을 때도 마찬가지였다.

"일요일에 올 거니? 내가 창고에서 뭘 하나 발견했는데 너한테 보여주려고……."

"일요일은 안 돼요. 일해야 해요."

아버지와의 새로운 분위기가 나한테는 정말 특별하다. 엄마하고 있을 때와는 전혀 다른 분위기다. 엄마와는 아무 말도 하지 않을 때가 많다. 눈짓만으로도 서로를 이해하기 때문이다.

어처구니없는 일이지만 아버지가 보내는 문자는 엄마의 편지보다 훨씬 더 큰 위력을 발휘했다. 엄마는 좀 더 능동적이다. 엄마는 나를 껴안을 수 있다. 엄마가 나한테 보낸 편지는 이루 말할 수 없이 감동적이었다. 하지만 아버지는 그 몇 마디 되지 않는 문자를 적기 위해 훨씬 더 길고 고된 여행을 해야만 했다. 그 몇 마디를 위해 모험을 감행해야만 했다. 헤아릴 수 없는 많은 것들을 이해하고 받아들여야만 했다. '안녕 로렌초, 잘 지내니 질문'이란 문자와 함께 아버지가 의식조차 하지 못한 상태에서 내게 알려준 것이 있다. 그건 아버지에게 일어난 일이 하나의 기적이라는 사실이다.

28.
(모든 걸 알고 있던) **그녀**

그녀는 질투심이 강한 여자는 아니다. 뒷조사를 좋아하는 그런 여자들하고는 거리가 멀다. 어쨌든 나는 한 번도 외도를 한 적이 없다. 만약 그랬다면 그녀가 알아차리는 데 1초도 안 걸렸을 것이다. 무엇보다도 내가 거짓말을 특별히 잘하는 사람이 못 된다는 것과, 그녀가 가지고 있는 그 직감이라는 비상한 재주 때문이다.

우리 회사에 스타일이 마음에 드는 아가씨가 한 명 있었다. 만약 내게 '그녀'가 없었다면 분명히 무슨 짓거리든 벌였을 테지만 나한텐 이미 '그녀'가 있었고, 당연히 그 아가씨와는 가끔씩 수다를 떠는 것 말고는 아무 짓도 하지 않았다. 날 버리고 떠나서 조금 있으면 결혼하는 '그녀'가 언젠가 사무실을 찾아온 적이 있다. 그리고 저녁에 집에서 얘기를 나누는 동안 사무실에서 자신이 만났던 다른 여자들은 다 제쳐놓고 그 아가씨에 대한 질문만 늘어놓기 시작했다. 어떻게 해서 무엇을 보고 알아차렸는지는 모른다. 양심에 가책을 느낄 만한 일을 한 적은 없지만 당황스럽기는 마찬가지였다. 자신이 그 아가씨와 나에 대해 이미 알고 있다는 걸 경고하기 위해서 일부러 그런 질문들을 했는지는 모르겠다. 그 이후로 우리는 한 번도 그 얘기를 다시 꺼낸 적이 없다.

반면에 나는 질투심이 강한 남자다. 한번은 그녀가 샤워를 하는 동안 그녀의 휴대폰을 집어 들고 폴더들을 하나씩 점검해본 적이 있다. 수신문자, 발신문자, 보관문자 등등……. 나는 통화 기록도 살펴보았다. 그리고 그녀가 욕실에서 나오는 기미가 보이자 곧장 휴대폰을 내려놓았다. 하지만 화면에 불이 들어와 있었다. 그녀는 그걸 두 눈으로 목격했지만 나한테는 아무 말도 하지 않았다. 우리는 그 얘기를 한 번도 한 적이 없다. 하지만 그녀가 눈치챘다는 걸 나는 알고 있었다. 그녀가 그때 무슨 생각을 했을지 항상 궁금했다. 내가 너무 사랑에 빠져 있어서라고 생각한 건지 아니면 질투심이 너무 강해서라고 생각한 건지……. 물론 이 두 상황 사이에 무슨 차이가 있는지는 모르겠지만.

29.
텅 빈 집

내가 니콜라와 함께 마지막으로 작업한 광고는 상당히 중요한 프로젝트였다. 어느 자동차 회사의 신형 모델을 소개하는 광고였다. 툭하면 밤늦게까지 사무실에 남아 있도록 만드는 것이 바로 이 자동차 광고였다. 하루는 늦게까지 일을 하다가 휴식 시간을 가지기로 하고 마르게리타 피자를 두 판 시킨 적이 있다. 텅 빈 사무실에 앉아 있는 것은 멋진 일이다. 모든 것이 조용하고 편안하게 느껴지는 곳, 하다못해 종이팩에 담긴 피자를 먹고 수다를 떠는 것조차도 매력적인 일로 변해버리는 곳이다. 우리는 기회가 오면 마실 생각으로 사무실에 보관해두던 적포도주를 한 병 땄다. 그날 저녁, 니콜라는 계속해서 문자를 주고받았다.

"무슨 할 말이 그렇게 많아?"

"사라한테 쓰는 거야."

"그건 벌써 눈치챘다. 걔하고는 처음부터 줄곧 그랬으니까."

한때는 여자를 사귀려면 우선 같이 데이트하자고 설득부터 해야 했고 서로에 대한 얘기도 몇 시간씩 나눠야 했고 식사비도 무진장 들어갔다. 하지만 지금은 이 문자라는 것만 가지고도 충분히 분위기를 만들 수 있고 자신이 어떤 타입인지 상대에게 알릴 수 있다. 첫 데이트를 하면서도, 이미 문자를 주고받은 상태면 벌써 어떻게 대응해야 하는지에 대한 아이디어를 어느 정도 가질 수가 있다. 그래서 저녁 식사는 결승전이 될 수 있다. 전부 치러야 하는 예선전들 중에 하나가 아니다. 문자를 주고받는 것만으로도 충분히 서로를 가깝게 느낄 수 있고 은밀한 분위기를 창출해낼 수 있는 것이다.

하지만 휴대폰 문자만의 언어를 터득해야만 한다. 글을 쓰는 것만으로는 충분하지 않기 때문이다. 문자의 심리학을 알지 못하면 저녁 식사 약속은 꿈도 꾸지 못한다. 경기를 시작하기도 전에 탈락해버릴 위험이 있다. 미묘한 것들이 문자의 값어치를 결정한다. 예를 들면, 시간이 그렇다. 한밤중에 보내는 문자, 혹은 아침 일찍 보내는 문자들은 무수히 많은 생각을 하게 만든다. '일어나자마자 내 생각을 한 거네…….' '잠에 들기 전에 내 생각을 한 거네…….'

누구보다도 여자들은 이러한 사소한 것들에 신경을 많이 쓴다. 그리고 양이 중요하다. 얼마나 많은 문자들을 주고받느냐는 것은 상당히 까다로운 문제다. 너무 적으면 관심이 모자라는 것 같고 너무 많으면 간섭하기 좋아하는 자신 없는 남자로 보이기 십상이다. 몇 분 만에 대답을 하느냐는 것도 중요한 문제다. 그리고 무엇보다도 중요한 건 문자를 잘 해석해야 한다는 것이다. 예를

들어, 아이러니한 내용의 문자는 오해의 소지가 많고 신경질적인
반응을 유도할 수 있다.

"사춘기 시절로 퇴보한 거 아냐?"

내가 니콜라에게 말했다.

"약간은 그래 보이지? 난 내일모레면 40살인데 사라는 이제
25살이야. 그런데 만나면 만날수록 더 맘에 들어. 재미있어. 친근
감도 가고 똑똑하고. 그리고 같은 또래 여자아이들보다 훨씬 더
성숙해. 왜 말끝마다 쉼표 대신 '그래서…… 그래서……' 하는 꼭
어디 모자란 것 같은 여자아이들하고는 거리가 멀단 말이지. 네
친구 줄리아도……."

"너한테도 친구라는 거 알아둬라."

"알아. 어쨌든 그 줄리아가 며칠 전에, 모든 여자들이 자기보다
더 젊은 여자를 두고 똑같이 하는 말을 나한테 던지더라. 40살이
다 된 내가 20살 먹은 여자아이한테 대체 무슨 할 말이 있는 건지
얘기 좀 해보라고."

"그래서? 뭐라고 대답했는데?"

"우선 내가 40살이 아니라 37살이고 사라도 20살이 아니라
25살이라는 걸 짚어줬지. 말은 제대로 해야 하지 않겠어? 여자들
은 정말 환상적이야. 자기는 소녀 시절에 같은 또래 여자들에 비
해 훨씬 성숙했단 얘기만 늘어놓으면서, 다른 여자들 얘기만 나왔
다 하면 25살밖에 안 된 여자들은 전부 바보고 머리가 텅 비었다
고 그러거든. 그런 얘기를 듣고 있다 보면 마치 여자들은 35살만

먹으면 전부 똑똑해지고 멋있어지고 섹시해진다는 느낌이 든단 말이지. 하지만 나는 나이를 먹는다고 해서 여자들이 성적으로 더 대담해지고 자연스러워진다고는 생각하지 않아. 엘리자베타 기억나지? 34살이었는데, 남자 물건을 어떻게 움켜쥐어야 하는지도 모르던 애야. 그래서 설명을…… 예를 들자면 말이야."

"그거 궁금한데! 설명한답시고 또 무슨 얘기를 했는데?"

"별거 아냐. 그냥…… 그걸 움켜쥐고 움직일 때 손에 카나리아가 있다고 상상해보라고 그랬지. 너무 꼭 쥐어도 안 되고 너무 살짝 쥐어도 안 되고……. 왜냐하면 너무 꼭 쥐면 죽어버리고 너무 살짝 쥐면 날아가버리니까."

"그거 아주 괜찮은데! 기억해둬야겠어, 나중에 써먹게……. 어쨌든 사라랑은 심각한 거 맞지? 내가 봐도 다른 여자들하고 있을 때랑은 많이 달라 보여. 물론 발레리아한테 다시 말려들긴 했었지만 그러고는 정신 차렸잖아. 이번에는 제대로인 것 같은데……."

"많은 여자들을 사귄다는 것도 결국에는 혼자 지내는 법을 터득하는 하나의 괜찮은 방법에 지나지 않아. 자유분방하고 집요하게 지속되는 성행위는 세상을 무의미하게 만들 뿐이야."

"이야! 이거 어디다 적어놔야겠다. 나중에 광고 문구로 쓰게……. 자유분방하고 집요한 성행위는 세상을 무의미하게 만든다. 아니, 그런데 대체 어디서 그런 문구들이 마구 튀어나오는 거냐?"

"내가 한 말 아니야. 누구 건지 기억은 안 나지만 내 건 아니야. 어쨌든 사라랑 같이 있으면 좋아. 게다가 아직 많이 어리니까 뭐든 할 수 있고 선택의 폭도 넓고. 사라는 아직 어떤 인생을 살고 싶은 건지 분명한 아이디어가 없어. 나는 기로에 놓여 있고……. 왠지 『베네치아에서의 죽음』에 나오는 주인공처럼 되어가고 있다는 느낌이야. 구스타프처럼 내 안에서는 이미 사라져가고 있는 젊음과 그 젊음의 아름다움에 매력을 느끼는 거지. 내가 사라한테 새로운 책이나 영화를 권하는 게 얼마나 행복한 일인지 모를 거다. 책이든 영화든 개 마음에 들 거라는 걸 내가 아니까. 난 지금 개가 변화할 수 있도록 돕고 있다고 생각해. 그럴 때마다 내가 그 나이였을 때가 떠오르거든. 사랑을 나눌 때도 뭔가 새로운 걸 가르쳐주면 굉장히 좋아해, 즐길 줄도 알고. 그렇게 젊은 여자애들하고 같이 있으면 모든 게 더 산뜻하고 훨씬 쉬워. 개랑 하고 싶은 게 한두 가지가 아냐. 메뉴에 유치하게 음식 사진 찍어놓은 레스토랑에도 개하고는 여전히 같이 간다니까. 그리고 사라 세대가 좀 내버려진 세대잖아. 도움이 필요한 애들이라고. 우리보다도 운이 없는 아이들이야. 말도 제대로 못 하지, 뭘 먹어야 할지도 모르지, 섹스도 할 줄 모르고, 심지어는 마약도 제대로 못 한다니까. 근데 그거 아냐? 상관없는 얘기라는 건 알지만, 사라 어깨에 예방 접종 자국이 없더라니까……."

"그럼 C64도 뭔지 모르겠네?"

"당연히 모르지."

---

* 코모도어 64: 코모도어 인터내셔널이 1982년 8월에 내놓은 8비트 가정용 컴퓨터

"형광 열쇠 고리도? 전화 줄처럼 꼬여 있는 거 말이야."

"못 봤을 것 같은데……. 봤다고 해도 아주 어렸을 때겠네. 나랑 12년이나 차이가 난다는 건 우리가 중학교 다닐 때 태어났단 얘기야. 우리가 토요일 오후만 되면 시내를 이리저리 돌아다니면서 여자 뒤꽁무니 쫓아다니던 시절이었지. 처음 만났던 여자 친구들은 기억나? 그땐 학교가 끝나자마자 집에 가서 샤워하고 머리에 젤 바르고 돌아다녔는데, 꼴이 정말 여자들을 꾀러 산부인과라도 찾아가는 격이었지. 맙소사, 뭔지 알겠어? 어쨌든 난 걔가 너무너무 좋아. 걔도 그걸 알고. 내가 얼마나 자주 밤에 잠을 안 재우는지 아냐?"

"밤새도록 섹스하고 아직도 멀쩡하냐? 정말 부럽다."

"아니, 그게 아니라…… 내가 코를 골아서."

"저런……. 난 왜 이렇게 항상 당하기만 하냐."

"어쨌든 너한테 중요한 할 얘기가 한 가지 있어. 솔직히 좀 참았다 하는 얘기다."

"항상 그랬잖아. 내가 걱정할 얘기야? 또 한 번 마음 아프게 하면 내가 견딜 수 있을지 모르겠네."

"그래. 어쩌면 우리 둘 다 걱정해야 할지도 모르지. 결정은 내렸어."

"회사 그만두잔 얘기하고 싶은 거야? 우리 직업 바꾸고 드디어 시골에 농장하러 가는 거냐?"

"아직은 아니야."

"그럼 뭐야? 얘기해봐!"

"파티에 가면 가끔씩 혼자 오는 남자들 있잖아? 왜, 술도 많이 마시고 왠지 슬픈 얼굴에 넥타이를 느슨하게 매고 앉아서는 담뱃불로 고무풍선 터뜨리고 있는 그런 남자. 그림이 그려지니?"

"응……. 그런데 네가 하려는 얘기랑 무슨 상관인데?"

"어찌 되었든 간에 나중에 그런 불쌍한 인간이 되고 싶지는 않다는 생각이 얼마 전에 들더라. 그래서 그렇게 되지 않기로 결심했지."

"이야, 이건 정말 이상해도 한참 이상한 얘기다."

"아냐. 이상할 것 하나도 없어. 매일같이 파티 하듯이 사는 게 난데, 언젠가는 그 파티가 끝날 거라는 게 두려운 건 당연한 일 아니겠어? 정말 흥미롭고 사랑스러운 여자들은 다들 누군가 한 명씩 꿰어 차고 떠나버린 다음에, 결국에는 혼자 남아서 고무풍선 터뜨리는 신세가 될까 봐 두려운 거지. 그래서 나도 바꿔보기로 하고 중요한 결단을 내린 거야."

"정신 차려보기로 했다, 뭐 이런 얘기냐?"

"사라보고 같이 살자고 그랬어."

"우아! 그렇게 해서 도달한 결론이 그거야? 뚱뚱해져서는 술 취한 채로 앉아서 풍선 터뜨리는 네 모습이 두려워서?"

"아니, 그게 아니라 사실 날 설득시킨 건 사라야."

"사라가 너한테 같이 살자고 그랬단 말이지?"

"아니, 그렇게 단도직입적으로 물어본 건 아니고……. 나랑 있을 때 걔가 하는 행동 하나하나가 어떻게 보면 날 설득한 셈이지. 한마디씩 하는 말도 그렇고 걔가 순간순간 들게 만드는 내 기분도 영 다르고……. 그거 알지? 내가 누군가를 책임지는 일 질색하는 거. 이 부분에 대해서는 나도 너랑 같아. 다른 사람들한테 뭘 해달라고 하는 게 싫은 거야. 다른 사람들이 나한테 뭘 해달라고 하는 게 싫으니까. 하루는 그냥 도망가게 만들어버리자고 작정을 한 적이 있었어. 영영 떠나버리면 모든 걸 훌훌 벗어던질 수 있겠다 싶었지. 그래서 문자를 보냈어. 내 곁에 있으면서 허송세월하지 말라고, 나 같은 놈 조심하라고. 답문이 왔는데……, 그걸 읽으니까 뭔가 다른 느낌이 들더라."

"뭐라고 했는데?"

"아주 길게 답했더라고. 너무 길어서 다 읽기도 전에 다음 문자가 도착하는 그런 거 있잖아……. '자기가 날 책임져야 하는 것도 아니고, 날 보호해야 하는 것도 아니야. 알아, 자기가 나를 어린애처럼 생각한다는 거. 맞아. 따지고 보면 자기한테는 내가 어린 아이일 수밖에 없으니까. 하지만 조심해야 하는 건 자기도 마찬가지야. 나도 얼마든지 생각을 바꿀 수 있으니까. 나는 모험이 필요하다고 생각해. 누구든 더 이상 흥미를 느끼지 못하면 작별을 고하는 게 당연한 거고, 자기도 예외는 아니야. 적어도 내가 볼 때는 그래. 난 자기를 사랑해. 내가 지금 확신할 수 있는 건 그것뿐이야. 나한테 중요한 것도 그것뿐이고. 하지만 자기가 나랑 헤어지고 싶어서 그런 말 하는 거라면 곧장 얘기해줘. 정말 그런 거라면, 맞아,

시간만 낭비하는 셈일 테니까.'"

"그래서 너는 그런 문자 받고 뭐라고 답했는데?"

"그냥 곧장 데리러 갔지. 그날 저녁에 나한테 와서 자고 갔어.
걔랑 같이 살기로 그날 밤에 결심한 거야. 몇 년 전에 네가 그랬던
것처럼."

"그 얘기는 꺼내지도 마라. 내 얘기는 왜 해? 어떻게 끝났는지
뻔히 알면서!"

"바로 그거야! 그래서 같이 살아보겠다는 거라고. 사라가 내
여자인지 아닌지 곧장 알 수 있을 거 아냐. 같이 살다 보면 탐색하
는 시간도 그만큼 줄어들 테니까."

"글쎄……. 왠지 계획치고는 긍정적인 면이 별로 없어 보이는
데. 그러지 말고 반대로 생각해보는 건 어때? 걔가 네 여자라면 네
가 그만큼 시간을 버는 셈이니까 같이 사는 거라고……."

"편할 대로 생각해라."

"사라한테는 언제 얘기했어?"

"한 몇 주 됐어."

"그걸 이제야 말하는 거야?"

"대답을 할 때까지 기다려야 할 것 아냐. 싫다고 그랬으면 너
한테 얘기도 안 꺼냈어."

"그러니까 좋다고 했단 얘기네."

"응."

"어쨌든 파티에 혼자 남은 쓸쓸한 남자 때문이 아니라 그냥 속

시원하게 그 아일 사랑하기 때문이라고 왜 인정을 못 하냐?"

"정말로 사랑하는 건지 모르겠어. 개랑 있으면 그냥 좋아. 마음이 편안하고 항상 내 자신을 되찾는 기분이고. 개랑 있으면 뭐든지 자연스러워……."

"바이런이 행복이란 쌍둥이로 태어난다고 했어. 속에서 나비가 춤추는 것 같지 않아?"

"아니, 난 방금 먹은 이 피자밖에는 느껴지는 게 없는데. 젠장, 무슨 고무 씹는 것 같더라. 고무보트라도 하나 집어삼킨 기분이야."

"그러게……. 헛배가 불러서 나도 아주 미치겠다."

"그 나비 얘기 말인데, 내가 어제 아주 이상한 글을 하나 읽었어. 사람들이 나비의 위에서 뭘 추출해냈는지 아냐?"

"누가 뭘 해?"

"누구긴 누구야, 과학자들이지."

"아…… 나비의 위장에서 과학자들이 뭘 추출해냈는지는 미처 조사를 못 해왔습니다, 교수님."

"정자."

"아이고 그래, 기분이 훨씬 낫네. 너란 놈이 그렇게 빨리 바뀌었을 리가 없지. 어디 갔다 이제 오셨어?"

"아니, 내 얘기부터 들어봐. 수컷 나비의 정자는 조그만 알 안에 들어 있어. 교미를 할 때마다 수컷이 암컷 몸 안에다 알을 하나씩 남겨놓는데, 정자가 들어 있는 그 알이 암컷의 위장 안에서 꼼짝도 하지 않는다는 거야. 그러니까 암컷 나비의 위장을 열어서 알의 개수를 세어보면 나비가 몇 번이나 교미를 했는지 알 수가 있다는 거지."

"무슨 말도 안 되는 소리! 수컷이 암컷의 위장에다 그 짓을 한단 말이야? 아니, 나비들이 무슨 오럴섹스라도 하느냐고?"

"그걸 내가 어떻게 아나? 그냥 인터넷에서 읽은 것뿐인데. 정말 뻥인지도 모르는 거고. 하지만 집에 수집해놓은 나비들이 좀 있는데 네가 원하면 언제든지…… 어쨌든 만약에 사람이 나비처럼 교미를 했다면 배 속에 든 알만 해도 한 욕조나 되는 여자들 꽤 나올 거다."

"허튼소리 좀 그만하고……. 사라랑 같이 살게 돼서 기쁜 거야, 아니야?"

"당연히 기쁘지. 조금 긴장이 되긴 하지만……. 동거 생활에 대해서 네가 했던 얘기들이 아직도 생각나. 요구르트 퍼먹는 소리까지 미워하게 되더라는 얘기 말이야."

"하지만 이제는 그 소리가 듣고 싶어서 미치겠다는 것 아니겠어? 내가 인생에서 경험한 가장 멋진 일들 중에 하나였다는 생각이 들 정도니까. 같이 살면서 할 수 있는 멋진 일들 굉장히 많아. 이삿짐 옮길 때 혹시 손 필요해?"

"아니야, 됐어. 실어 나를 게 그렇게 많지 않다고 그랬거든."

"여자들이 하는 얘기는 우리가 생각하는 거랑 많이 다르다, 너……."

"맞아. 그래서 내일 아침 8시에 마씨모한테 트럭 빌리러 가기로 했어. 그래야 한 번에 옮길 수 있으니까."

마씨모는 그녀의 사촌, 다시 말해 나를 버리고 떠난 그녀의 사촌이다. 최근 들어 나와의 왕래가 조금 줄어들었을 뿐이지 그는 여전히 우리의 친구였다.

"뭐, 8시에? 더 늦게 갈 수는 없어? 오늘 새벽 3시나 되어야 일이 끝난다는 거 알잖아. 그것도 일이 잘 풀려야……."

"8시 반에 산으로 출발한다는데 어떻게 해, 그럼."

"오늘 저녁에 다녀오지 그랬어?"

"오늘은 늦게 들어온댔어. 아니, 뭐야? 내일 아침에 네가 가는 것도 아닌데……."

"그래. 알았다. 그럼 가능한 한 빨리 끝내보자고. 어디까지 하고 있었더라?"

"그러니까…… '좋은 사람은 태어나고 훌륭한 사람은 만들어진다.'"

"아니, 자동차 광고하는데 어쩌다가 그런 문구가 떠오른 거야?"

"아무래도 그놈의 피자 때문에 머리가 둔해진 모양이네."

그날 나는 새벽 4시에 집에 들어왔다. 차를 타고 오면서 니콜라가 동거를 결정한 것은 어쨌든 그를 위해 잘된 일이라는 생각이 들었다.

나도 그녀와 함께 지내고 싶다. 그녀를 되찾아오고 싶다. 물론 동거를 하는 동안 정말 숨이 막힐 것 같고 도망치고만 싶던 어려운 순간들이 있었다. 가끔은 내가 내 자신을 완전히 바꾼다는 것이 불가능하게만 느껴지고, 새로운 사람으로 변신하기엔 너무 늦어버린 게 아닌가 하는 생각이 든다. 하지만 나는 그녀에게 다시 돌아가고 싶다. 매일 뭔가를 같이 나눌 수 있다는 것, 같이 잠들고 깨어나고 먹는 것과 더불어 함께할 수 있는 모든 것들이, 나의 의혹과 두려움에도 불구하고, 여전히 매혹적이고 아름답게만 느껴진다. 내 머릿속이 불분명한 생각으로 꽉 차 있다는 걸 잘 알고 있다. 동거라는 것이 두렵기도 하고 매혹적으로 느껴지기도 한다. 하지만 어떻게 해볼 도리가 없다. 그녀에게 돌아오라고 설득하기 위한 시간은 며칠밖에 남아 있지 않다.

집에 도착했을 때 침대 위에 그녀가 잠들어 있는 모습을 발견하고 싶었다. 하지만 집은 텅 비어 있을 뿐이었다.

30.
(우리의 향기와) 그녀

　"이제 내가 안을 테니까 가만히 좀 있어. 너무 찰싹 붙어 있다고 뭐라 그러지 말고, 밉살스럽게."

　어느 날 침대에 있는 동안 내가 그녀에게 했던 말이다. 어두워서 그녀를 볼 수가 없었고 그녀의 목소리와 체온만 느낄 수 있었다. 어두운 침실과 그녀의 부드러운 입술……. 그리고 그녀의 몸에서 나는 향기와 내 체취가 섞이면서 세상에 단 하나밖에 없는 새로운 향내를 만들어냈다. 우리 둘이 섞여 들어간 냄새였다. 나와 그녀의 향내였다. 그 향을 얼마나 다시 느껴보고 싶은지 모른다. 그녀 없이 나는 반쪽짜리 향수일 뿐이다.

31.
나의 모습

그녀가 곧 결혼할 거라는 소식을 전해 들었을 때, 내가 느꼈던 감정이 정확히 무엇이었는지 처음엔 이해하지 못했다.

"젠장, 결혼을 해? 무슨 뜻이야? 아니, 뭐 그런 얘기를 나한테까지……."

그 소식은 내게 이루 말할 수 없는 커다란 충격을 안겨주었다. 마치 내가 몹시 아끼는 누군가의 죽음을 접한 듯한 느낌이었다.

"근데…… 얼마나 사귄 거야? 1년도 채 안 된 것 같은데. 아니, 사귄 지 1년도 안 됐는데 결혼한다는 게 가능해?"

"마씨모가 그러는데 둘이서 잘 지낸대. 남자가 당장이라도 결혼해서 아이도 낳고 싶어 한다고……."

"그래그래, 알았어. 난 걔네들에 대해서 아무것도 알고 싶지 않아. 근데 그놈은 대체 어떤 놈이야?"

한번은 니콜라가 바에서 두 사람을 우연히 만난 적이 있었다. 내가 그 자리에 없었던 것이 천만다행이었다.

"자, 이제 그만하자. 그런 얘기 말고 뭐 유익한 것 좀 해보자. 여자 한 명 부를까? 아니면 빙고하러 갈까?"

우리는 집에 남아서 술을 마셨다. 물론 더 많이 마신 건 당연히 나였다. 다음 날 사무실에서 나는 정말 말도 안 되는 바보 같은 일을 저지르고 싶으니 좀 도와줘야겠다고 니콜라에게 말했다. 내가 그런 생각을 할 수 있었다는 것 자체가 믿기지 않았다. 나는 그의 눈을 똑바로 쳐다보면서 입을 열었다.

"그놈 얼굴 좀 보자."

"누구?"

"걔가 결혼한다는 그놈 말이야."

"진심으로 하는 얘기야? 농담이겠지……."

"농담 아니야. 그놈 얼굴 좀 보여달라고. 그 친구가 어디서 일하는지 알잖아."

"너도 알잖아."

"그래, 안다. 하지만 혼자 못 가겠으니까 이러는 거 아냐. 지금 같이 좀 가자. 사무실 밑에서 기다리면 그놈이 점심 먹으러 기어나올 거 아냐……. 물론 배가 고파야 하겠지만……."

"꼭 이렇게까지 해야 하는 이유가 뭔데?"

"없어!"

"아무런 이유가 없다……. 그러고 보니 그걸로 충분하네. 가자!"

우리는 그의 사무실 밑에서 진을 치고 기다렸다. 우리가 찾은 곳은 길 건너편 벤치였다. 시계는 11시 반을 가리키고 있었다. 나는 그에 대해 거의 아는 바가 없었지만 공학도라는 건 알고 있었다. 빼빼 마르고 검은 뿔테 안경을 쓴 친구들 말고, 운동선수 뺨치는 체격에 문신까지 새긴 데다 재미있고 귀에 거슬릴 정도로 많은 재주를 가지고 있는 사람이었다.

니콜라가 나한테 그 두 인간을 만났다고 털어놓았을 때 나는 수많은 질문을 쉴 새 없이 퍼부었다. 하지만 그에 대한 말만 나왔다 하면 곧장 제동을 걸었다.

"오케이, 오케이. 이제 됐어. 그만해……. 그 정도로 됐다."

나는 상상을 하기 시작했다. 그나마 내가 알고 있는 모든 정보들을 총동원해서, 주워들은 이야기들까지 가미해 나만의 상상력으로 하나의 괴물을 만들어갔다. 프랑켄슈타인! 하지만 그는 남들이 부러워할 만한 것들만 골라서 가지고 있는, 더욱더 미워할 수밖에 없는 인간이었다. 안다. 그가 잘못한 건 아무것도 없었다. 하지만 미운 건 어찌해볼 도리가 없는 일이었다.

니콜라는 조심스럽게 입구를 주시하면서 가끔씩 입을 열었다.

"이런 건 여자들이나 하는 짓이야. 환자들이나 하는 짓이라고. 네가 여자가 아닌 이상 환자 아니면 뭐겠어? 시작은 항상 그래. 처음에는 뭔가 이상하다는 느낌 때문에 시작되지. 하지만 그 순간이 지나고 나면 모든 게 지극히 정상적으로 변해버린다니까. 결국에는 네가 이 벤치에 앉아서 신문으로 얼굴을 가리고 먹고 자고 꼼짝도 못하고 있다는 걸 한참 있다가 깨닫게 된다는 거야."

니콜라는 거의 두 시간 동안이나 쓸데없는 이야기들을 늘어놓왔다. 그러다가 어느 순간 느닷없이 내뱉었다.

"나왔다!"

나는 프랑켄슈타인을 바라보았다. 그녀가 조금 있으면 결혼을 할 남자라는 것이 도저히 믿기지 않았다. 그런데도 저놈이 바로 그 인간이라는 것은 부인할 수 없는 사실이었다. 내가 상상했던 것과는 완전히 달랐다. 그녀가 같이 지낼 만한 남자의 이미지와는 전혀 다른 모습이었다. 하지만 그게 대체 무슨 상관이란 말인가? 나는 인도를 걷는 그의 모습을 조금도 놓치지 않고 유심히 관찰했다. 프랑켄슈타인은 10미터 앞에 있는 카페 안으로 쑥 들어가버렸다.

우리가 같이 지내던 시절에 그녀에게 들었던 비밀들이 생각났다. 그녀가 내게 마음을 완전히 열고 얘기하던 순간, 동시에 그녀에게 먼 옛날의 기억들이 떠올랐던 적이 있었다. 그녀는 내게 고백하기 시작했고 본인도 거의 잊어버리고 있던 어린 시절의 일들을 하나하나 이야기해주었다. 그렇게 해서 나는 그녀의 집에 있는 조그만 테이블 위에 빨간 전등 하나가 놓여 있었고, 그녀의 방 천장 조명에는 아리스토캣*이 새겨져 있었고, 그녀가 타고 다니던 자전거의 안장이 흰색이었다는 것을 알게 되었다. 또한 그녀가 어릴 때부터 목욕을 좋아했던 이유는 자신이 인어공주라고 생각했기 때문이었다. 그녀의 목욕 가운은 그녀가 어릴 때부터 줄곧 노란색이었다. 한번은 그녀의 오빠가 미끄럼틀 위에 있는 그녀를

---

* 1970년 미국의 월트 디즈니 프로덕션에서 제작된 애니메이션 영화

밀어뜨리는 바람에 아래로 떨어져서 크게 다친 적도 있었다. 그녀는 만화영화를 볼 때 소파에 누워 머리를 아래로 하고 거꾸로 바라보곤 했다. 그녀에게는 첫 생리의 경험이 하나의 커다란 충격이었다. 그녀의 어머니는 아무런 설명도 없이 단지 별일 아니니 씻으면 된다고만 얘기했다. 생리가 시작되었을 때 그녀는 곧장 샤워를 했고 아무런 부담 없이 학교에 갔다. 오전 수업이 반쯤 끝났을 무렵 친구들 앞에 선 그녀의 치마는 온통 피투성이였다. 수치스러움과 두려움에 사로잡혀 화장실로 달려간 그녀는 그곳에서 도무지 나올 생각을 하지 않았다. 소식을 듣고 곧장 쫓아온 여선생님이 그녀에게 모든 것을 설명해주었다. 이것이 그녀에게 여성이란 존재의 미묘함을 처음으로 느끼게 해준 경험이었다. 나는 그녀가 제일 좋아하는 그림이 고야의 〈벌거벗은 마하〉이고, 만테냐의 〈죽은 그리스도〉 앞에서도 항상 감동을 받는다는 걸 알고 있다. 자러 가기 전에 항상 허브티를 마신다는 것도, 대신에 카모마일을 마실 때는 티백이 가라앉지 않고 둥둥 떠다니는 것이 싫어서 불평을 늘어놓는다는 것도 알고 있다. 그녀가 좋아하는 영화의 제목들은 거의 대부분이 두 명의 사람 이름으로 되어 있다. 〈나와 애니〉, 〈해럴드와 모드〉, 〈미니와 모스코비츠〉, 〈쥴 앤 짐〉……. 그리고 로맹 가리의 『자기 앞의 생』이나 도스토옙스키의 『가난한 사람들』, 피츠제럴드의 『밤은 부드러워』 같은 소설들을 수년에 걸쳐 읽고 또 읽는다는 것과 그럴 때마다 눈물을 흘린다는 것도 나는 알고 있다.

저놈이, 내가 지금 미행하고 있는 저 남자가 이 모든 것들을 알고 있을까? 그녀의 상처가 무엇이었는지 알고 있을까? 그것을 느껴본 적은 있을까? 그녀의 하얀 자전거 안장과 아리스토캣 조명과 빨간 전등 때문에 질투심이 들끓듯이 일어났다. 그녀가 처음으로 생리를 시작했던 날의 기억을 뺏기고 싶지 않아서 질투가 났다. 미끄럼틀에서 떨어져 난 상처를 뺏기고 싶지 않았다. 이 모든 기억들을 나는 저 남자와 나누어 갖고 싶지 않았다. 그녀에 대해 내가 모르는 무엇을 그가 알고 있을까? 그녀가 나에 대해서 얘기했을까? 무슨 얘기를 했을까? 그가 나에 대해서 알고 있는 것이 무엇일까?

카페 안으로 뛰어들고 싶은 충동이 느껴졌다. 내가 누구인지 얘기하고 그에게 '공학도 양반! 이제 우리 좀 제발 내버려두지그래. 당신과는 상관없는 일이잖아. 하얀 안장이랑 아리스토캣이랑 빨간 전등이랑 다 잊으란 말이야!'라고 소리치고 싶었다.

그러나 나는 차갑게 니콜라를 바라보며 말했다.

"좋아. 이제 가자."

드디어 내가 가지고 있던 환상에 얼굴을 그려 넣고 정체성을 부여할 수 있었기 때문이다.

그녀를 머릿속에서 떨쳐버릴 수가 없었다. 나는 그녀가 다른 남자를 만난다는 사실을 힘들게 받아들였다. 하지만 결혼을 한다는 건 믿을 수 없는 일이었다. 나는 그녀가 나 외에 어떤 남자를 만나더라도 그녀의 삶에는 아무런 변화도 일어나지 않을 거라고 확신하고 있었다. 내가 만났던 모든 여자들과는 다를 거라고 믿었다. 우리가 함께 지낸 것이 우리의 운명이었고 그녀는 나를 사랑한 것만큼 그 누구도 사랑하지 않을 여자였다. 그런데 만난 지 1년도 안 되어서 결혼까지 하다니! 조금은 기다릴 줄 알아야 했다. 서로를 잘 알 수 있을 때까지, 서두르지 말고 기다려야 했다. 나중에 후회하게 되는 일을 피하기 위해서라도.

니콜라가 내게 소식을 전해주었던 그날 저녁에 나는 아무렇지도 않은 척했지만, 사실은 그가 밖으로 나가자마자 그녀에게 전화를 걸었다. 그녀에게 농담이 아니라 진심이라고, 다른 남자와 결혼할 수는 없는 거라고, 그녀에게 당장이라도 달려갈 수 있다고, 우리가 살던 집에서 같이 다시 살 준비가 되어 있다고, 아이를 갖자고 말하고 싶었다. 하지만 그녀는 전화를 받지 않았다. 신호는 갔지만 헛수고였다. 전화를 받지 않은 이유가 그놈과 함께 있었기 때문이라는 생각이 들기 시작했다. 섹스를 한 뒤 침대 위에서 서로 꼭 끌어안고 둘만의 미래를 꿈꾸고 있던 것이 틀림없었다. 나는 뛰어난 상상력을 가지고 있었고 그 덕택에 많은 혜택을 누렸지만 어떤 경우에는 그것이 모든 것을 무너뜨리기도 했다.

나는 벌거벗은 채 집 안을 어슬렁거리기 시작했다. 밤새도록 아무것도 건드리지 않고 방 안팎을 들락거렸다. 가끔은 멈춰 서서 아무것도 보이지 않는 창문 밖을 바라보곤 했다. 다음 날 아침 니콜라에게 그놈의 얼굴을 보여달라고 조르기 전에 아버지가 보낸 문자가 도착했다. 문자는 내가 상상조차 할 수 없었던 내용을 담고 있었다.

'고맙구나. 날 위해서 네가 해준 모든 것들이. 아빠가.'

기뻐서 날뛰어도 모자랄 정도로 획기적인 사건이었다. 그럼에도 불구하고 아버지의 문자는 나를 더욱 정신없는 상태로 몰아넣고 말았다. 머릿속 어딘가가 꼭 고장 난 것만 같았다.

오랜 세월이 걸렸지만 아버지는 드디어 아버지의 자리로 되돌아와 있었다. 세상일은 발전하고 변하기 마련이었다. 그 시점에서 나는 가만히 있지 말고 움직여야 하는 것이 바로 나라는 걸 깨달았다. 아버지에게 감사하다는 말을 전하고 싶었다. 나도 아버지가 나를 위해서 했던 모든 일들을 알고 느끼고 있었다는 말을 전하고 싶었다. 하지만 쉽지가 않았다. 내 속마음을 표현할 수 있는 적절한 시기와 말과 용기가 필요했다. 나는 마음이 너무 아파서 정신을 차릴 수가 없었다. 조금 있으면 그녀가 결혼을 하고, 아버지에게는 무슨 말을 해야 할지 여전히 말문이 막혀 있었기 때문이다.

며칠 전에 엄마가 했던 말이 생각났다. 우리가 아버지를 영영 잃게 될지도 모르겠다고.

그녀도 마찬가지였다. 나는 세상에서 내가 가장 사랑하는 사람들을 잃어가고 있었다.

32.
아침의 햇살

　오랫동안 미루어 온, 추상적이면서도 시간과 동떨어져 있는 듯한 무언가가 나를 완전히 사로잡는 그런 순간들이 있다. 잠깐이지만 보이지 않는 손길이 어루만지는 듯한, 날개의 퍼덕임 같은, 천사의 방문처럼 느껴지는 그런 순간들이다. 시작되었다가 곧장 사라지고 마는 한순간이다. 하지만 그런 순간이 있다. 마치 주변의 모든 것들이 멈춘 듯한 느낌이 드는…….

　나는 항상 이런 느낌들이 내 것이라는 생각을 해왔다. 물론 그건 틀린 생각이었다. 사실은 그 느낌이 나를 소유하고 있었다. 보통 이런 순간들은 아침 일찍 혹은 해질 무렵에 찾아온다. 내가 훨씬 더 쉽게 감격하고 감동받는 순간들이다. 사소하고 하찮은 것들이 눈을 뜨고 손짓을 하며 내게 나지막한 목소리를 들려주는 그런 순간들이다. 여름에는 청명한 하늘이 검푸르게 변해갈 무렵 하얀 별들이 첫 인사를 하며 떠오를 때, 겨울에는 집과 차들과 가로등에서 불이 켜지기 시작할 무렵이다. 내가 어디에 있는지는 중요하지 않다. 고속도로를 달리면서도 나는 감격할 수 있다. 차 안에 앉아 있으면 차창 위에 떨어져 내 쪽으로 움직이는 물방울 하나마저도 마치 내 영혼을 타고 흘러내리는 듯이 느껴진다.

깊숙이 빨려 들어가 마치 공중에 매달려 있는 것만 같은 상태에서 나는 천천히 나 자신을 되찾는다. 내 살이 다시 현실과 환영을 구분하는 경계로 되돌아온다. 나 자신으로 되돌아오고 내 이름이 되고 내 나이가 되고, 그 순간에 나와 내 삶을 생각하기 시작한다. 내 시간과 지금의 모습으로 변한 나 자신을, 결국에는 어린 시절의 내가 변화한 것에 불과한 나 자신을 생각하기 시작한다. 나는 다른 인간들과 마찬가지로 수많은 나를 합쳐놓은 것에 지나지 않는다. 나의 삶 속에서 나라는 사람으로 존재해왔던 모두를 합해놓은 것에 불과하다. 내가 느끼는 나는 바로 프리드리히가 그린 〈안개 바다 위의 방랑자〉다. 니콜라가 가장 좋아하는 그림이다. 그 그림을 내게 알려준 것도 니콜라였다.

엄마한테서 아버지 소식을 전해 듣고 줄리아의 집 소파에 앉아 어쩔 줄 몰라 하는 동안 느꼈던 것도 바로 이런 감정들이었다.

어쩌면 아버지가 곧 돌아가실지도 몰랐다. 와인을 마시는 동안 아무런 맛도 느껴지지 않았다.

"아버지가 오늘 점심 식사 시간에 엄마한테 그러셨대. 내일 병원에 진단 결과 보러 가는데 내가 같이 가줬으면 하신다고……."

"그래서, 갈 거야?"

"그럼, 가야지. 나랑 같이 가고 싶다고 그러셨다는데……. 놀라운 일이야, 믿기 힘들 정도로."

"네 아버님, 이제 너 놀라게 하는 데 재미 들리셨나 봐."

"미치겠다……. 많이 심각한 건 정말 아니었으면 좋겠어. 지금 아버지가 떠나신다는 게……. 난 아직 준비가 안 됐어. 물론 그 마음의 준비는 절대로 못 할 거라는 걸 알지만……. 지금은 아니잖아. 아, 하느님! 제발……. 이제 막 가까워지기 시작했는데, 이제야 말문도 좀 트이고 조금씩 서로를 알아가기 시작했는데……. 지금은 아니야……. 하느님, 제발, 지금은 아니에요……."

"침착하란 말은 못 하겠다. 생각을 아예 하지 말란 말도 못 하겠고. 그런 말은 사람을 더 날카롭게 만들 뿐이거든. 하지만 내가 기분을 조금이라도 풀어줄 수 있으면……."

"스트립쇼 하면 되겠네."

"그걸 해서 네 기분이 확실히 나아진다는 보장만 있다면 기꺼이 해주겠지만……."

"잠깐만 기다려봐. 먼저 니콜라한테 전화해서 내일 회사 못 나간다고 알려줘야겠어."

나는 그에게 전화를 걸어서 아버지 소식을 전했다. 30분 후에 줄리아네 집에 현관 벨이 울렸다. 그리고 두 사람 모두 새벽 2시까지 나와 함께 있어주었다. 줄리아는 데이트 약속이 있었지만 전화를 걸어서 예기치 못한 일이 생겼다며 약속을 취소해버렸다.

"아니, 제정신이야? 나가봐. 네가 나랑 있다고 뭐가 바뀌는 것도 아닌데. 나는 니콜랑 집에 가면 돼. 나가야 하는 거면 신경

쓰지 말고 나가."

"오늘 저녁에 약속 취소한다고 해서 크게 손해 보는 건 없어. 내가 한두 사람 만나보는 것도 아니고……. 이번에도 아니라는 건 벌써 눈치챘어. 내가 어떤지 알잖아. 가끔씩 남자랑 데이트도 하고 백방으로 시도는 해보는데 잘 안 되네……. 이제 남자들한테 환상 같은 건 안 가지고 있지만 가끔씩은 그냥 믿어보기도 해. 내가 틀리기를 기대하는 거지. 하지만 저녁 식사 하면서 마주 보고 얘기만 시작하면, 말을 하면 할수록 그 인간들이 다 뻔해 보이는 걸 어떻게 해. 문제는 다들 똑같은 얘기를 한다는 거야. 얘기하다 보면 다음에 무슨 말을 할 건지, 무슨 생각을 하는지, 무슨 행동을 할 건지 내가 다 알아맞히는 남자들도 있다니까. 전부 처음에는 괜찮지 않을까 착각하게 만들지만 나중에는 천천히 본색을 드러내는 인간들이야. 내가 마지막으로 사귀었던 남자가 몇 주 후에 나한테 뭐라고 그랬는지 알아? '나보다 훨씬 많은 걸 알고 있는 여자랑 지내기는 좀 힘들 것 같아. 당신은 똑똑한 여자야, 내가 과분할 정도로. 당신과 있으면 내가 항상 별 볼 일 없는 바보란 느낌이 들거든.' 그러니까 그게 따지고 보면 내가 더 바보란 얘기 아니겠냐고."

줄리아는 나랑 비슷하다. 정말 마음에 드는 사람을 찾지 못한 것이다. 굳이 차이가 있다면 아직도 가끔은 누구랑 외출도 하고 여전히 시도를 하고 있다는 점이다.

"오늘 저녁에 만나려고 했던 남자는 새 후보야, 아니면…… 마지막 워크 오브 셰임?"

워크 오브 셰임Walk of Shame이란, 여자가 데이트를 마치고 난 뒤에 집으로 돌아가지 않고 남자 집에 가서 침대로 미끄러져 들어가 잠까지 자는 경우를 말한다. 다음 날 아침, 여자는 일하러 가기 전에 집에 들러서 옷을 갈아입어야 한다. 때문에 이미 정장 차림을 한 사람들 사이에서 저녁에나 입는 외출용 드레스를 입고 하이힐을 신은 채 걸어야 하는 일이 벌어진다. 어쩌다가 커피라도 한잔 하고 싶어서 바에 들어가면 사람들은 그녀가 긴 밤을 보내고 나왔다는 걸 곧장 눈치챈다. 이런 아침 행보를 미국 사람들은 '워크 오브 셰임'이라고 부른다. 사실은 그렇지 않은데도 여자가 모든 사람들이 자기를 쳐다보고 있다는 느낌을 받기 때문이다. 여자는 사람들이 이구동성으로 자신을 나무라는 것처럼 느낀다. '네가 밤새도록 그 짓하고 온 거 다 알아.'

"아니. 새로 만난 남자야. 커피 한 잔밖에는 안 마셨어. 하지만 내가 관심 없어 한다는 걸 벌써 눈치챘을 거야."

"근데 넌 가방에 칫솔은 넣고 다니니? 밤에 집에 못 들어갈 경우를 대비해서 말이야."

니콜라가 물었다.

"데이트를 하고, 나중에 남자 집으로 가게 될 가능성이 있다는 생각이 들면…… 가지고 가야지."

"여자들이 칫솔을 챙기는 건 남자들이 콘돔을 챙기는 거랑 마찬가지야. 남자는 여자랑 그 짓을 할 가능성이 있다고 생각할 때,

여자는 집에 못 들어갈 경우를 대비해서 챙기는 거잖아."

"난 칫솔 항상 가지고 다녀. 꼭 밖에서 자는 경우가 아니라도."

"나도 콘돔을 항상 가지고 다녀. 나중에 안 건데, 콘돔은 원래 포장을 벗기기 어렵게 만든다네."

"그건 왜?"

"여성에게 기회를 주기 위해서겠지. 남자가 힘들게 그걸 준비하는 동안 시간이 걸리니까 그 안에 생각을 바꿀 수 있는 마지막 기회를 주자는 것 아니겠어?"

"정말 재미없다."

줄리아가 말했다.

둘 다 내 주의를 딴 데로 돌리려고 나름대로 노력하는 모습이었다. 니콜라는 최선을 다했다. 그러고 난 후에 모두 각자의 집으로 돌아갔다. 이미 자기 집에 있던 줄리아만 빼고.

나는 밤새 잠을 이루지 못했다. 누군가를 부르고 싶어도 모두들 잠들어 있는 깊은 밤, 그럴 때마다 '젠장, 왜 나한테는 지구 반대편에 친구 한 명 없는 거지?'라고 불만을 토로하게 되는 그런 밤이었다.

그날 밤 내가 잠을 이루지 못한 또 다른 이유는 사실 아버지의 건강이 악화되었다는 소식보다도 그녀의 결혼이 훨씬 더 나를 불안하게 만들었기 때문이었다. 그것이 나를 더욱 부끄럽게 했던 것이다.

그녀에게 전화를 걸고 싶었다. 그날 밤에는 아버지 소식을 이미 접한 뒤여서 그랬는지 그녀에게 전화를 거는 것이 덜 어렵고 그다지 큰 실수를 하는 것도 아니라는 느낌이 들었다. 아버지가 사실 날이 얼마 남지 않았다는 얘기를 하면 그녀가 그렇게 쌀쌀맞게 전화를 받지는 않을 거란 계산으로 모험을 할 수가 있었다. 그런 생각을 했었다. 안다. 내가 천박하기 짝이 없는 인간이라는 걸.

결국에는 번호를 누르고 말았다. 그녀의 휴대폰은 전원이 꺼진 상태였다.

내 몸 상태도 말이 아니었다. 나는 진정을 할 수가 없었다. 아버지도 나처럼 잠을 못 이루고 계신 것은 아닐까 하는 생각이 들었다. 아버지에게도 전화를 할 수 있었다. 그러나 나는 아침이 빨리 오기만을 기다렸다. 삶의 무게가 온몸으로 느껴졌다. 외로웠다.

꼭두새벽에 샤워를 하고는 옷을 입고 차를 찾으러 나섰다. 그리고 밀라노를 빠져나와 순환도로를 달린 뒤에 고속도로로 접어들었다. 5시 30분에 나는 우리 집 근처에서 천천히 차를 몰며 배회하고 있었다. 나는 시내로 돌아와 주차를 하고 산책을 시작했다. 그리고 일찍 문을 연 바 안으로 들어갔다. 눈에 졸음이 가득한 바리스타에게 카푸치노, 코르네토, 복숭아 주스를 주문했다. 담배를 끊은 지 10년이 넘었지만 담배도 한 갑 달라고 했다. 아침 식사를 한 뒤에는 밖으로 나와 테이블에 앉아서 담배를 피우기 시작했다. 이유는 모른다. 지푸라기라도 잡아보자는 심정으로 나는 담배에 매달렸다. 아버지도 오랫동안 담배를 피우셨고 이제 폐에 문제가 생겨서 돌아가실지도 모르는 마당에, 나는 걱정을 한답시고 담배를 피우면서 연기만 뿜어대고 있었던 것이다. 내가 바보처럼 느껴졌다. 세 모금을 피운 뒤에 나는 담배를 끄고 바로 다시 들어가서 입에 남은 고약한 담배 냄새를 씻어내려고 커피를 한 잔 더 시켜 마셨다. 그리고 차를 몰고 부모님이 계신 집 밑으로 돌아왔다.

아침의 첫 햇살이 서서히 비춰오고 있었다. 근사한 하늘이 눈앞에 펼쳐지기 시작했다. 가로등 밑의 그림자들이 서서히 자취를 감추면서 주변 사물들의 실루엣에 자리를 양보하고 있었다. 한편에서는 별이 남아 있는 어두운 하늘이 펼쳐져 있고 다른 한편에서는 첫 햇살의 푸른 광선이 지평선 위로 떠오르고 있었다. 나를 사로잡는 것이 바로 그런 아침의 혼란스러움이었다.

아침에 일찍 일어나는 것이 내게는 쉽지 않고 드문 일이지만 일어났을 때 느끼는 아침의 첫 햇살과 신선한 공기와 고요함 모두가 내게는 하나의 마술과도 같다. 아침에는 나를 정복하는 평화로움이 있다. 떠오르는 태양은 언제나 내게 감동을 준다. 하지만 이런 일은 드물게 일어난다. 내가 아침에 일찍 깨어 있을 때는 그제야 자러 가는 경우가 거의 대부분이기 때문이다. 나에게 새벽은 대부분 밤샘을 의미한다. 밤새 놀다가 친구들과 함께 바에 들러서 아침 식사를 같이할 때도 있다. 그러고는 카푸치노 향을 입안에 간직한 채 그대로 잠을 자러 가곤 한다.

그날 아침에는, 하지만, 또 다른 빛이 나를 감동시켰다. 바로 엄마의 부엌에 켜진 불빛이었다. 아무런 소리도 들려오지 않는 가운데 그 불빛이 서서히 내 가슴을 녹이기 시작했다. 욕실에서 면

도를 하고 있는 아버지를 위해 잠옷을 입은 채 부엌에서 커피를
준비하는 엄마의 모습이 떠올랐다.

나는 집 안으로 들어섰다. 커피 향이 진동했고 내가 상상했던
대로 엄마는 부엌에, 아버지는 욕실에서 외출 준비를 하고 있었다.

"이 커피 네가 마시련? 네 아버지, 오늘은 욕실에서 안 나오실
모양이다."

"네, 그럼요. 잘 마실게요."

"뭐라도 좀 먹겠니?"

"아니요. 바에서 코르네토 먹었어요."

"커피 여기 있다……. 그런데 대체 몇 시에 일어난 거니?"

"사실은 잠을 못 잤어요."

엄마는 다시 모카 포트를 준비해서 가스 불 위에 올려놓았다.
그러고는 내게 넘치는지 잘 보라면서 아버지 옷을 준비하러 방으
로 들어갔다.

나는 자리에 앉았다. 아버지 자리 위에 엄마가 냅킨을 펼치고
올려놓은 알약들이 눈에 들어왔다. 가스 불 위의 모카 포트를 바
라보면서 커피를 마시는 동안 아버지가 팬티와 셔츠 바람으로 부
엌에 들어왔다. 깨끗하게 수염을 깎고 머리도 빗은 상태였다.

"여기서 뭐하는 거냐?"

"면도 크림이 조금 묻어 있네요, 귀밑에요……."

아버지는 손으로 닦아내는 시늉을 해보였다.

"그쪽 말고 반대편이에요."

"아니, 근데 대체 몇 시에 일어난 거냐?"

"5시경에요."

거짓말이었다.

"근데 벌써 여기에 와 있는 거야? 요샌 감시 카메라 때문에 빨리 달리다가 잘못 걸리면 면허증 뺏긴다."

"아버지 커피 제가 마셨어요. 그래서 새로 하고 있는데 거의 다 올라왔어요."

"그래, 잘했다. 가서 옷 입고 오마."

엄마가 부엌으로 돌아와서는 의사에게 가져다주어야 할 서류 뭉치들을 한 묶음 내밀었다.

"꼭 필요한 건지는 모르겠다. 어쨌든 가지고 가봐라. 혹시라도 모르는 일이니까."

서류들을 전부 나한테 건넨 이유는 그것이 아버지가 전혀 할 줄 모르는 일 중에 하나였기 때문이다. 엄마는 혼자 다 알아서 하시는 편이다. 똑같은 일이 엄마한테 일어났다면 병원으로 모시고 가는 것만으로도 충분했을 것이다. 하지만 아버지는 처음부터 끝까지 옆에서 지켜봐야만 했다. 엄마는 건강 진단도 항상 혼자 받으러 다니신다. 비가 오는 경우에만 아버지가 차로 데려다 드릴 뿐두 분이서 같이 의사를 만나러 가는 일은 없다. 아버지는 차에서 그냥 기다린다. 아버지는 병원, 응급실, 의사들로부터 멀찌감치 떨어져 계신다. 그래서 진찰이나 검사를 받으러 아버지를 병원으로 모시고 가는 건 언제나 고된 일이다. 아버지는 자신이 의사들보다

낫다는 말씀을 하신다. 누구든 자신의 건강은 자신이 챙겨야 하는 법이고 의사들 얘기만 듣다 보면 없는 병도 생긴다는 것이다.

나는 서류들을 챙겨 들고 아버지를 기다렸다. 아직은 이른 시간이었다. 소파에 앉아서 기다리는 동안 아버지가 잠깐 다녀오겠다며 창고로 내려가셨다. 나는 엄마한테 물었다.

"근데 저 아래에는 무슨 할 일이 그렇게 많아요, 항상?"

"아버지의 모든 물건들이 다 저 아래에 있잖니. 이리저리 옮기고 정리하고 부수고 붙이고……. 뭔지 알잖니, 네 아버지가 좀 정신없는 걸 좋아하시는 거."

나는 소파에 앉아서 거의 잠이 들 뻔했다. 줄리아에게서 날아온 문자가 졸음에서 나를 깨웠다.

'건투를 빌어.'

엄마가 내 곁으로 와서 앉았다. 나는 엄마를 바라보며 물었다.

"무섭진 않으세요?"

"왜 아니겠니. 하지만 생각 않으려고……. 결과를 알기 전까지는."

엄마의 반짝이는 두 눈이 대신 말을 하는 듯했다. 우리는 8시경에 집을 나섰다. 나는 말을 많이 하지 않았다. 두 분은 담담해 보였다. 일을 다 마치고 병원 밖으로 나왔을 때 엄마는 우리에게 점심으로 뭐가 먹고 싶은지 묻기까지 했다. 차를 타고 오는 동안 아버지는 아이러니한 어조로 평상시의 의견을 다시 피력하기 시작했다.

"내가 항상 얘기했지, 건강 진단 받을 필요 없다고. 그것 봐. 내 말이 옳았잖아. 의사들이 그런 얘기를 한 순간부터 내가 아프기 시작한 거라고. 병을 만드는 사람들이라니까. 내가 항상 하는 말이지만 의사들하고 친하게 지낼 필요 없어."

나는 웃고 싶었지만 웃음이 나오질 않았다. 대신에 나는 미소를 지어 보였다. 콧구멍으로 몰래 한숨을 내뱉으면서……

33.
(세상에서 가장 아름다운) **그녀**

어느 겨울 날, 토요일 오후였다. 점심 식사를 마친 뒤에 우리는 곧장 침대로 기어 들어갔다. 베이지색 침대 시트와 불이 켜져 있던 두 개의 갓 전등이 기억난다. 소나기가 내리고 있었지만 조용한 분위기가 감돌았고 들려오는 건 끌어내린 차양 장치 위로 쏟아지는 빗방울 소리뿐이었다. 우리는 사랑을 나누고는 곧장 잠이 들었다.

잠에서 깨어나 커피를 마신 뒤에 나는 그녀를 위해 커피를 침실로 가져왔다. 그녀를 깨우기 전에 잠시 그녀의 얼굴을 바라보았다. 잠들어 있는 동안 그녀의 숨소리를 듣는다는 건 행복한 일이었다. 그녀의 손이 베개 밑으로 미끄러져 들어가는 모습을 보는 것도 즐거운 일이었다. 그녀가 오로지 나만을 위해 이곳에 와 있다는 것이 믿기 힘들 정도로 황홀하게 느껴졌다. 나는 침대 머리맡에 앉아 그녀의 머리카락을 쓰다듬었다. 그리고 눈을 뜨는 그녀의 이마에 키스를 했다.

그녀가 몸을 일으켰다. 그녀가 싫어하는 얼굴 그대로였다. 그 점에 대해서만큼은 우리는 의견이 일치하지 않았다. 나한테는 그 모습이 세상에서 가장 아름답고 소중했다. 내 마음을 언제고 녹일 수 있는 힘을 지니고 있었다. 잠에서 깨자마자 그녀가 보여주는 얼굴 없이는 그녀를 더 이상 사랑할 수 없을 것 같은 기분이 들었다.

나는 다시 침대 안으로 기어 들어갔다. 그녀도 커피를 마신 뒤에 이불 속으로 들어왔다. 조금 더 부둥켜안은 채 누워 있는 동안 그녀가 내 머리를 쓰다듬었다.

바로 이런 순간들에 대한 기억이 나를 여전히 그녀와 묶어두는 결정적인 원인이다. 나는 이 아름다운 순간들의 노예다.

34.
뒤꿈치를 들고 앉아서

병원 대기실은 사실상 복도나 마찬가지였다. 많은 사람들이 대기 상태에서 순번을 기다리고 있었다. 우리는 사람들로부터 멀찌감치 떨어져 자리를 잡았다. 말 한마디 없이 자동적으로 일어난 일이었다. 그 점에 대해서만큼은 한결같았다. 우리는 침묵이 필요한 사람들이었다. 갑자기 섞여 들어간 군중들로부터 우리는 떨어져 있을 필요를 느꼈다. 모든 것이 흰색이었다. 의자들도 마찬가지였다. 벽에는 이탈리아 도시들의 사진이 걸려 있었다. 피사의 사탑, 베네치아의 곤돌라, 콜로세움.

어느 때부터인지 한쪽 문에서 간호사가 한 명 나와 대기 중인 사람들의 이름을 호명하기 시작했다. 그녀는 아무도 쳐다보지 않고 들고 있는 서류에서 절대로 시선을 떼지 않았다. 하지만 무례한 사람처럼 보이지는 않았다. 그저 굉장히 할 일이 많은 사람 같은 인상을 풍길 뿐이었다. 그녀가 다시 문 안쪽으로 사라졌을 때 모두들 일제히 말을 하기 시작했다. 많은 사람들이, 나처럼, 보호자로 와 있었다. 부모님을 모시고 온 사람, 아내나 남편의 보호자로 온 사람들이었다. 가족의 본모습은 이런 상황 속에서 드러난다는 생각이 들었다.

아버지가 멀리서 우리 쪽으로 다가오고 있는 한 남자를 가리키며 말했다.

"저 사람이 우리 담당 의사다."

나는 그에게 다가가서 인사를 하고 내 소개를 했다.

"아! 선생님이시군요. 광고의 천재!"

"아니, 제가 무슨 일 하는지 어떻게 아십니까?"

"당연히 아버님께 들었죠. 진찰만 오셨다 하면 선생님 말씀만 하세요. 제 아들이랑 나이가 비슷한 아들이 하나 있는데 광고 분야에서는 최고의 일인자라고 하시면서……. 저렇게 자랑스러워하는 아버님을 두셔서 좋겠어요. 제 아들놈은 제가 맘씨만 좋은 별 볼 일 없는 남자라고 하는 통에……. 아니, 그러지 말고 내가 말 놓아도 되겠나?"

"아, 네. 그럼요……. 제 아버지 문제에 대해서는 어제야 소식을 들었습니다. 부모님께서 제가 걱정할까 봐 감추고 계셨던 건데……. 제가 무슨 마음의 준비를 해야 하는지만…… 알았으면 합니다."

"솔직히 말하겠네……."

의사는 하루 전날 줄리아가 내게 했던 말을 똑같이 반복했다. 간단한 수술로 끝날 수도 있고 그렇지 않으면 화학요법을 써야 하는데, 그럴 경우에 어쨌든 기대할 수 있는 건 없고 남은 시간도 고 작해야 몇 달 정도밖에는 되지 않는다고 했다.

"검사 결과를 가져오면 그때 안으로 들어와서 같이 얘기하세······."

그렇게만 말하고 그는 유유히 사라져버렸다. 한 걸음 한 걸음을 옮길 때마다 슈퍼맨의 망토처럼 출렁이는 백색 가운을 뒤로하고 그는 빠른 걸음으로 복도를 빠져나갔다.

나는 다시 아버지 옆으로 돌아와 앉았다. 우리 앞에는 커다란 유리 창문이 하나 있었다. 창문은 열려 있었고 밖에서는 나무 꼭대기가 바람에 이리저리 고개를 흔들고 있었다. 나는 고개를 젖히고 머리를 벽에 기댔다. 그리고 하늘을 바라보기 시작했다. 저 높은 곳 어딘가에 있을, 내가 풍덩 하고 빠질 수 있는 푸른 공간을 내 눈으로 보고 싶다는 생각이 들었다. 하지만 천장은 내가 뚫고 지나갈 수 없는 하얗고 커다란 벽이었다. 대신에 아버지는 허리를 꼿꼿이 펴고 앉아서 아무 말 없이 창밖을 바라보고 있었다. 아버지는 반듯하게 다린 바지에 깨끗한 셔츠, 입을 기회가 거의 없던 베이지색 재킷을 입고 있었다. 평상시와 마찬가지로 엄마가 그날 아침에 준비한 옷들이었다. 고동색 새 신발도 며칠 전에 장이 섰을 때 엄마가 고른 것이었다. 한때 쓰던 말대로 파티용 복장이었다. 부모님은 의사 내지 변호사를 만나러 가거나 혹은 누군가의 집을 찾아갈 때는 항상 옷을 단정하게 차려입는다. 그것도 습관이자 예의범절 중에 하나다.

나는 눈을 감았다. 병원 안의 모든 소음들이 귀에 들려오기 시작했다. 사람들이 낮은 목소리로 얘기하는 소리, 간호사들이 수다 떠는 소리, 발걸음 소리, 이동식 침대가 지나가는 소리, 문이 닫히는 소리……. 나는 다시 눈을 떴다. 그리고 벽에서 머리를 들어 몸을 앞으로 숙이고 재킷 주머니에서 캐러멜 상자를 꺼내 들었다. 아버지에게 캐러멜을 권하자 한 개를 집으셨다.

나는 상자를 치우고 아버지에게 손을 내밀면서 캐러멜 껍질을 달라고 했다. 아버지는 껍질을 잘게 말아서 내 손안에 쥐어주었다. 그리고 나를 한번 바라본 뒤에 말했다.

"고맙다."

이 모든 행동을 취하는 동안 우리는 줄곧 정신이 딴 데 팔려 있었다. 하지만 내 정신이 팔려 있던 곳은 다름 아닌 아버지였다. 나는 마지막일 수도 있다는 두려움 때문에 아버지의 행동들을 탐욕스럽게 관찰했다. 아버지의 '고맙다'는 말이 머릿속에서 길게 울려 퍼지는 동안 나는 자리에서 일어나 캐러멜 껍질을 버리러 갔다. 그러고는 곧장 깨달았다. 그걸 버린다는 것이 내게 얼마나 힘든 일인지. 나는 캐러멜 껍질을 손가락 사이에 끼고 만지작거렸다. 휴지통 앞에 꼼짝도 하지 않고 서서 시간을 끌었다. 결국에는 껍질을 버리고 내 자리로 돌아왔지만…….

아버지가 캐러멜을 씹는 소리가 들려왔다. 나는 더 이상 머리를 벽에 기대지 않고 아버지를 따라 허리를 꼿꼿이 세우고 창밖을 바라보았다. 아버지가 침묵을 깨고 하늘이 꾸물꾸물해지고 있디는 말을 했다. 나는 그냥 짧게만 대답했다.

"네. 비가 올 것 같아요."

다시 침묵이 시작되었다. 긴장감이 감도는 긴 침묵이었다. 그러다 아버지가 느닷없이 침묵을 깨고 말했다.

"네 할아버지가 돌아가셨을 때 내가 곁에 있었단다. 침대 옆에……."

나는 아버지를 향해 고개를 돌렸다. 드디어 그 침묵 속에서 무슨 생각을 하고 계셨는지 공개하고 있었기 때문이다.

"점심시간이 다 됐을 즈음에 돌아가셨어. 네 할머니가 이모하고 다른 손님들이랑 같이 식사를 하러 내려가셔서 우연히 나 혼자 방에 남아 있었던 거야. 네 할아버지가 돌아가시기 전 한 달 동안 나도 굉장히 힘들어했단다. 마지막으로 숨 쉬는 모습을 내가 지켜봤어. 숨소리가 거칠어지기 시작했는데 한 번 길게 숨을 내쉬더니만 그냥 떠나시더라."

"무서우셨어요?"

"아니. 무섭진 않았어. 그냥 기분이 이상했어."

아버지는 아무 말 없이 할아버지의 임종을 다시 보기라도 한 듯한 표정을 지었다. 그리고 잠시 후에 다시 말을 이었다.

"사실은 내가 이상한 짓을 하나 했단다. 이 얘긴 아무한테도 한 적이 없어. 너한테 처음으로 얘기하는 거다."

"무슨 일이 있었는데요?"

"자리에서 일어나 돌아가셨다는 소식을 알리러 곧장 달려가는 대신에 열쇠로 문을 걸어 잠갔어. 나랑 네 할아버지랑 같이 방 안에 갇혀 있었던 거야. 침대 옆으로 가서 다시 앉은 뒤에 네 할아버지 얼굴을 뚫어져라 쳐다봤지. 굉장히 오랫동안 그곳에 남아서 얼굴만 바라봤단다. 그러고는 일어나서 문을 열고 사람들한테 돌아가셨다는 소식을 알리러 내려갔어. 내가 왜 방 안에 네 할아버지랑 갇히고 싶었는지는 나도 몰라."

"할아버지가 피해만 다니시는 바람에 할아버지와 함께 단둘이서 지낼 수 있는 시간이 모자라셨던 것 아니에요? 그때 우셨어요?"

"아니. 난 잘 울지 않아. 어렸을 때부터……."

"어렸을 때도 안 우셨다니 그건 무슨 얘기예요?"

"5살 아니면 6살 때까지는 울었을 거야. 그 이후로는 안 울었어. 네 할머니가 나한테 화가 나면 때리는 걸 멈추지 않았던 것도 내가 울지 않았기 때문이야. 신경을 자극했던 거지. 한번은 나를 거꾸로 눕혀놓고 등을 발로 밟으면서 나더러 울라고 하신 적도 있어. 한번 상상해봐라."

"할머니가요?"

"그래. 내가 울어야 할 때 울지 않는 걸 보면 참지를 못하셨지."

"그럼 정말 6살 이후로는 한 번도 운 적이 없으신 거예요?"

"한 번도 없었던 건 아니고……. 다 큰 다음에는 몇 번 있었지, 두세 번 정도. 내가 어렸을 때 이런 일이 있었단다. 울음을 그치기 시작할 무렵이었다고 해두자. 네 할아버지가 두 팔로 나를 번쩍 들더니 화로의 불덩이 위로 날 데려가서는 울음을 멈추지 않으면 떨어뜨리겠다고 한 적이 있어. 발밑에서 타오르던 불꽃이 아직도 잊히지가 않아. 그때 느꼈던 공포감을 절대로 잊을 수가 없었지. 나더러 그만 울라고 하셨는데 나는 더 울기 시작했어. 무서우면 무서울수록 더 울음이 나왔던 거야. 그러고는 거의 1년 동안 말을 못 했어. 더듬거리기만 했지. 제대로 말을 시작했던 날 내가 주먹으로 테이블을 쾅 하고 내리쳤다는 거 아니겠니……."

"와! 정말 충격이 크셨겠네요. 할머니가 아버지를 때렸다는 건 정말 상상이 안 가요."

"왜 할머니만이겠니……. 네 할머니는 때리시면서도 '엄마 손은 약손'이라는 얘기를 빼놓지 않고 했었지만 할아버지가 화가 나면 도망가는 게 상책이었어. 가끔씩은 허리띠도 빼들었으니까. 내가 맞아야 하는 이유를 끝없이 늘어놓으면서 때리시는데……. 그리고 하시던 말씀이 이거야. '이제 네 방으로 기어 들어가서 내가 나오라고 할 때까지 꼼짝도 하지 마.' 그런데 나오라는 말은 나중에 안 하시더라. 나는 하루 종일 방 안에 갇혀 있었어."

"할아버지가 그렇게 나쁜 사람인 줄은 몰랐어요……."

"나쁜 사람 아니었어. 그 당시에는 다들 그랬으니까."

"다들 그랬다니, 그건 또 무슨 말이에요?"

"그게 지극히 정상적인 일이었단 얘기야. 모든 부모들이 다들 그랬으니까. 뭐든지 따귀를 맞아가며 배워야 했던 시절이었지. 별다른 방도가 없었어. 문제 삼지도 않았고. 습관이란 게 그래서 무서운 거야. 자식들 다루는 게 가축 다루는 거나 마찬가지였으니까.

운이 좋으면 따귀 몇 대 맞고 끝났고, 그렇지 않으면 허리띠가 날아왔어. 그럴 때마다 도망 다니느라 테이블 주위를 빙빙 돌곤 했지. 네 할아버지가 나를 때렸던 건 증조할아버지한테서 그대로 맞았기 때문이야. 네 증조할아버지도 마찬가지였을 거고……."

"하지만 아버지는 절 때린 적이 없으시잖아요."

"나는 그게 안 되더구나. 난 네 할아버지와는 많이 달랐어. 항상 약골이었지."

"그게 정말 기운의 문제라고 생각하세요? 그냥 할아버지를 따라 하고 싶지 않아서였을 수도 있잖아요."

"글쎄, 그건 잘 모르겠다. 어쨌든 나는 그게 잘 안 되더라. 물론 네 엉덩이를 몇 번 때려준 적은 있어. 하지만 그러고 나면 내 속만 더 상했지……."

"기억이 전혀 안 나요. 제가 무슨 짓을 했었는데요?"

"네 엄마한테 대답을 함부로 했었지, 아마……."

"얻어맞으신 거 말고 할아버지에 대해서 뭐가 또 기억나세요?"

"대단한 정력가셨지. 굉장한 일꾼이셨고. 그래서 나한테 할애할 만한 시간은 별로 없었어. 하지만 한번은 손으로 직접 트럭 하나를 만들어주신 적이 있어. 유리창도 진짜 유리에, 건전지로 작동되는 전조등도 달려 있었지. 어쨌든 우리한테는 말수가 적으셨어."

"식구들한테 말을 안 했다는 뜻이에요?"

"집 밖에서는 아무하고라도 주저하지 않고 얘기를 나누셨거든. 말씀도 굉장히 잘하시고 대단한 수다쟁이셨지. 집에서만 말씀

이 없으셨어. 나한테는 거의 한마디도 안 건네셨고. 네 할아버지
랑 단둘이 있어도 정말 몇 시간 동안 입도 뻥긋하시지 않을 때가
많았단다. 마치 내가 그 자리에 없는 것만 같았지. 네 할아버지가
나한테 입을 여실 때는 야단을 치거나 아니면 설교를 하거나 둘
중에 하나였어."

"무슨 말씀을 주로 하셨는데요?"

"뻔한 얘기지……. 내가 운이 좋은 놈이라고 그러셨으니까. 어
릴 적부터 일을 해야 했던 네 할아버지에 비하면 나는 행운이라는
거였어. 똑같은 고생을 하지 않아도 되고 네 할아버지가 고생하신
덕분에 부족한 것 없이 지낼 수 있었으니 난 운이 좋은 놈이었던
거야. 할아버지가 어렸을 때는 일당으로 우유 1리터를 받아가면
서 힘들게 일을 하셨다니까……. 그런 얘기들 아니면, 나더러 정
신 좀 차리라고, 서둘러서 일을 배워야 그렇지 않으면 아무짝에
도 쓸모없는 인간이 될 거라고 그러셨지. 할아버지가 항상 하시던
말씀이 그거였어. 내가 언제나 뭘 하든지 간에 너무 느리다고. 뭘
시켜도 성공 못 할 거라고……. 맞는 말이었어. 결국 내 인생은 네
할아버지가 예견하신 대로 흘러갔으니까."

"그건 바라보는 관점에 따라 다르게 할 수 있는 얘기예요. 아
버지 곁에서 조금이라도 용기를 북돋아주는 사람이 있었다면 상
황은 많이 달라졌을 거예요……."

"그랬을 수도 있겠지. 하지만 결국에는 이렇게 흘러가고 말았
어. 네 할아버지 말이 옳았던 거야. 내가 이룩해놓은 것이 아무것

도 없으니……. 네가 성공을 해서 그나마 도움을 받았으니 망정이지 그렇지 않았다면 지금쯤 어떤 꼴을 하고 있을지 상상이 안 간다."

"아버지, 그런 말씀 마세요. 아버지가 저한테 뭘 부탁하시든 저한테는 그만큼 기쁜 일이 없어요. 뭐든지 필요한 게 있으시면 말씀만 하세요. 오늘도 여기에 이렇게 모시고 왔잖아요."

"내 부탁을 들어주는 게 기쁘다……. 네가 평생 동안 해온 일 아니니? 아주 행복했겠네."

우리는 얼굴을 마주 보고 미소를 지었다.

"살아오면서 내가 이룬 멋진 꿈이라고는 네 엄마밖에 없다. 아니, 네 엄마하고 너야. 물론 너야 나보다는 네 엄마 공이 훨씬 크지."

"제가 엄마 아들이고 아버지는 그냥 도우미 역할밖에는 한 게 없다는 얘기 다시는 하지 마세요. 들을 때마다 얼마나 마음이 상했는지 아세요?"

"마음이 상했다고? 아니, 나는 농담했던 건데……."

"농담치고는 너무 심하셨잖아요. 제가 그 나이 때 뭘 얼마나 알아들었겠어요."

"네가 마음이 상했었는지는 정말 몰랐구나……. 그래, 내가 눈치채지 못한 게 한두 가지가 아니지……. 하지만 이건 알아둬라. 네 엄마, 정말 대단한 사람이야. 내가 운이 좋았던 거지. 그거 아니? 내가 네 엄마한테 억지로 살게 만든 인생을 생각해보면 사실 나를 버리고 언제라도 떠날 수 있었어. 그런데 끝까지 내 곁에 남아 있잖니……. 우린 경제적인 상황이 가면 갈수록 나빠지고 있는 상태였는데도 결혼을 하기로 마음먹었어. 그리고 최악의 순간에 결혼을 했지. 나중에 네 엄마가 임신을 하고, 나는 가족을 먹여 살리겠다고 나섰는데 일은 안 풀리고……. 걱정거리만 태산이었지. 그런데도 네 엄마는 화 한 번 내지 않고 오히려 상황이 점점 좋아질 거라면서 나한테 용기를 북돋아주는 데만 신경을 썼단다. 네 엄마는 이제까지 불평불만 한 번 한 적이 없어. 네 외할아버지, 외할머니도 마찬가지다. 나한테 뭐라고 한마디 하실 수 있었는데 끝까지 입을 꼭 다무셨지. 점잖으신 분들이야. 우리 상황을 이해하고 도움도 많이 주셨단다.

여름 방학에 네가 외할아버지 댁에 가 있는 동안 엄마가 일요일마다 널 보러 갔었는데 기억나는지 모르겠구나. 나는 항상 일 핑계를 대고는 옆으로 슬쩍 빠졌지. 일도 해야 했지만 사실은 내가 그분들 얼굴을 볼 면목이 없어서 그랬던 거야. 물론 나한테 아무 말씀도 안 하셨지만, 내가 내키지 않아서…….

대신에 네 친할아버지는 내 사업이 어떻게 되어가는지 많이 궁금해하셨어. 왜냐하면 처음에 자금을 대셨거든. 나는 그냥 잘된다고 허구한 날 거짓말만 늘어놨지. 너무 늦기 전에 도움을 곧장 청했어야 하는 상황이었는데 끝까지 입이 안 떨어지더라. 내가 실패자라는 사실을 인정하고 싶지 않아서 그냥 모른 척했던 거야. 하지만 그런 식으로 시간이 흐르면 흐를수록 상황은 점점 더 안 좋아졌고, 그래서 어쩔 수 없이 얘기를 꺼낼 수밖에 없는 지경까지

갔는데 그때 내가 무슨 날벼락을 맞았는지 넌 상상하기 힘들 거다. 소리를 고래고래 지르면서 내가 자기 돈을 다 날렸다고, 내가 무능력한 인간이고 직장 생활밖에는 하지 못할 위인이라며 호통을 치셨지. '내가 그게 버린 돈이나 마찬가지가 될 거라고 경고했었지!' ……이제 네 엄마한테 전화해라. 우리가 아직 대기 중이라고 해."

"네."

내가 통화를 하는 동안 아버지가 내 쪽으로 손을 내밀었다.

"기다려보세요. 아버지가 하고 싶은 말씀이 있으신가 봐요."

"여보세요. 아니……, 아니야. 아직 아무것도 몰라. 진료실에 들어가지도 않았어. 나와서 다시 전화할게……. 끊어."

아버지는 내가 엄마에게 벌써 했던 말을 그대로 반복했을 뿐 한마디도 덧붙이지 않았다. 걱정하고 있을 엄마가 마음에 걸리셨던 것이다. 내게 휴대폰을 건넨 다음 아버지는 다시 아무 말도 하지 않는 상태로 되돌아갔다. 몇 분이 흘렀는지 모른다. 분 대신 날이 흐르는 것처럼 느껴졌다. 머지않아 아버지가 돌아가실지도 모른다는 생각이 들기 시작했다. 엎드려 누워 있는 아버지의 등에 발을 올려놓는 할머니의 모습, 할아버지 옆에서 아무 말 없이 앉아 있는 아버지의 모습이 머릿속에 떠올랐다. 그리고 또 한 사람이 떠올랐다. 나를 버리고 떠나서 머지않아 결혼을 하는 그녀의 모습이었다. 아버지가 위독한 상황일지도 모른다는 심각한 문제를 앞에 두고도 나는 끊임없이 내 머릿속을 파고드는 그녀의 모습을 과감하게 떨쳐버리지 못하고 있었다. 어쩌면 이렇게 힘들고 벅

찬 하루를 보낸 뒤 집으로 돌아갔을 때 그녀가 나를 기다리고 있었으면 좋겠다는 막연한 기대를 가지고 있었는지도 모른다.

나는 정신을 차리고 주변의 사물들을 유심히 관찰하기 시작했다. 어느 순간인가 갑자기 우리를 에워싸고 있는 침묵이 많은 이야기로, 이루 말할 수 없는 사랑으로 꽉 차 있다는 느낌이 들었다. 바로 그때였다. 아버지가 왼손을 내 어깨 위에 올려놓았다. 마치 내 어깨에 몸을 지탱하고 일어서려는 듯이. 하지만 아버지는 일어나지 않았다. 그리고 손도 그 자리에 그대로 머물러 있었다. 아버지는 아무 말도 하지 않았다. 따뜻한 온기가 아버지의 손을 통해 전해졌다. 만약 그 순간 내가 고개를 돌렸다면 곧장 울음을 터뜨리고 말았을 것이다. 하지만 일어나서는 안 될 일이었다. 약한 모습을 보일 수는 없었다. 나는 곁에서 아버지를 지켜드리기 위해 와 있었고 그것이 내 임무였다. 하지만 내 두 눈은 눈물바다를 지탱하고 있는 댐이나 마찬가지였다. 잔금이 가 있는 무너지기 일보 직전의 댐이었다. 계속해서 부풀어 오르기만 하는 감정을 억누르기 위해 나는 꼼짝도 하지 않고 온 신경을 집중시켰다. 고개를 돌려서 아버지를 바라보고 싶었다. 돌아서서 부둥켜안고 싶었다. 하지만 그럴 수가 없었다. 그럴 힘이 없었다. 그러나 언제, 어디서 용기를 얻었는지, 나도 모르게 오른손을 아버지의 무릎 위에 올려놓는 데 성공했다. 우리는 서로를 바라보지도 않았고 아무 말도 하지 않았다. 나는 계속해서 내 자신이 무력하게만 느껴졌다. 모든 것이 무너지는 듯한 느낌이었다. 참고 있던 감정을 폭발시키면서 울음을 터뜨리기 일보 직전이었다. 그건 내가 원하지 않던 일이었다. 아버지가 내 어깨에서 손을 떼고는 내 손을 붙들었다. 어렸을 때 이후로는 아버지의 손을 잡아본 적이 없었다. 나는 더 이상 저항할 힘이 없었다. 모든 것이 무너져내리는 순간이었다. 바로 그때 전혀 예기치 못했던 이상한 느낌이 내 온몸을 사로잡기 시작했다. 마치 내 연약함을 보상이라도 하겠다는 듯이 이상한 힘이 나를 감싸 안았다. 더 이상은 울고 싶지가 않았다. 그때까지 아버지를 병원으로 모시고 온 내 마음은 부모의 마음과 다를 바 없었다. 하지만 아버지가 내 손을 잡는 순간 나는 다시 아들로 돌아왔다. 나는 아버지가 필요했고 그걸 알아차린 아버지가 나를 위해서 내게 손을 뻗었던 것이다. 그곳에서 아무 말 없이, 그렇게 아버지의 손안에 내 손을 담고 있는 것이 마음에 들었다. 아버지와 그토록 가까이 있어본 적은 한 번도 없었다. 시간을 조금만 거슬러 올라가서 이런 일이 일어났다면 나는 틀림없이 당황했을 것이다. 하지만 그 순간에는 전혀 그렇지 않았다.

가끔씩 아버지는 엄지손가락을 내 손등에 문지르기도 했다. 그가 옆에 있다는 것을 내게 알리고 싶어 하는 것 같기도 했고, 내 손을 움켜쥐었던 순간을 다시 재현해보고 싶어 하는 것 같기도 했다.

아버지가 손을 거두었을 때 나는 잠시만이라도 혼자 있고 싶은 생각이 들었다.

"화장실에 잠깐 갔다가 전화 한 통 하고 올게요. 그동안에 의사 선생님이 오시면 저한테 전화주시고요. 혹시라도…… 아버지

혼자 들어가고 싶으신 거면, 제가 밖에서 기다릴게요. 돌아와서 안 계시면 들어가신 줄 알고 있을 테니까……."

"아니다. 전화하마. 같이 들어가자."

나는 화장실에 가서 거울 속의 내 모습을 바라본 뒤 얼굴을 씻고 밖으로 나왔다. 멀리 앉아계신 아버지의 모습이 눈에 들어왔다. 아버지는 뒤꿈치를 들고 발끝으로 바닥을 지탱하고 계셨다. 깍지 낀 두 손은 무릎 위에 올려져 있었다. 끝나지 않을 것 같은 하루를 앞에 두고, 지나온 모든 생애를 앞에 두고 구부정한 자세로 앉아 있는 한 남자의 모습을 바라보면서 나는 눈물을 흘리기 시작했다.

먼저 흘러내렸던 울음이 되돌아와 다시 한 번 나를 뒤흔들었다. 나는 창가로 다가가서 서둘러 눈물을 닦았다. 그리고 일부러 다른 생각을 떠올렸다. 내 눈에서 눈물이 흘러내렸다는 것을 감출 수 있을 때까지 기다려야만 했다. 바로 그 순간에 그녀에게 전화를 걸기로 결심했다. 내가 사랑하는 여인에게. '익명' 버튼을 누른 뒤에 그녀의 번호를 입력했다. 나는 아버지를 바라보았다. 그리고 휴대폰 화면을 한번 바라보고는 아버지 쪽으로 다시 고개를 돌렸다. 시선을 고정시킨 채 나는 '걸기' 버튼을 눌렀다. 벨이 두 번 울린 뒤에는 더 이상 내 심장 박동 소리가 들려오지 않았다. 내 귀에 들리는 건 그녀의 목소리뿐이었다.

"여보세요?"

그토록 중요하고 긴장된 순간에 아버지가 자리에서 일어나는 것이 보였다. 그러고는 손짓으로 나를 부르는 것이었다. 우리들 차례가 된 것이 분명했다.

"누구세요?"

나는 아무 말 없이 휴대폰을 끄고 화면을 옷에 문질러 닦았다.

35.
(비스킷 사이에 숨은) **그녀**

같은 날 저녁, 나는 아버지의 병에 관한 담당 의사의 의견을 듣고 병원을 나와 그녀의 집으로 향했다. 그녀를 만나야만 했다. 얘기를 나누고 싶었고 그 공학도란 동물과 결혼해선 안 된다고, 나에게 돌아와달라고 설득하고 싶었다. 아침에 목소리를 한 번 들은 것이 전부였고 그 뒤로는 연락을 취하는 것이 불가능했다. 나였다는 것을 눈치채고 휴대폰을 꺼놓은 게 분명했다. 나는 그녀의 집 앞에서 새벽 3시까지 기다렸다. 똑같은 일을 3일 동안 반복했다. 회사를 옮긴 지가 얼마 되지 않았다는 것은 알고 있었지만 새 사무실이 어디인지는 몰랐다. 3일 동안 그녀는 한 번도 집으로 돌아오지 않았다. 남자 집에서 벌써 동거를 시작한 것이 틀림없었다. 나는 3일 내내 그녀의 집 밑에서 밤을 새우는 일뿐만 아니라 출근길과 퇴근길에도 그곳에 들러 상황을 지켜보았다. 아니, 솔직히 말해 어딘가를 갈 때마다 매번 그녀의 집에 들러 벨을 누르곤 했다. 하지만 대답하는 사람은 아무도 없었다. 이런 식의 생활은 일주일 이상이나 지속되었다.

슬픈 나날들이 빚어낸 우울함과 대항해보겠다는 생각으로 나는 제일 좋아하는 아이스크림 가게를 찾아갔다. 생크림과 쿠키와 헤이즐넛 아이스크림을 사 들고 밖으로 나오기 전이었다. 길 건너편에 있는 슈퍼마켓 하나가 눈에 들어왔다.

"장 좀 보려고 하는데 이 아이스크림 좀 맡아주시겠어요? 10분 안으로 돌아올게요."

"아, 그럼요. 다녀오세요."

"감사합니다."

살 것이 그렇게 많지는 않았다. 나는 바구니를 들고 쫓아가서 영양센터 번호표부터 뽑았다. 33번이었다.

"28번 손님!"

기막힌 타이밍이었다. 나는 슈퍼마켓 복도를 이리저리 돌아다니기 시작했다. 그러다가 한쪽 모퉁이를 돌아섰을 때 심장이 멎어버리는 줄 알았다. 내가 좋아하는 비스킷 코너 앞에 머리를 높이 올려 묶은 여자가 한 명 서 있었다. 그녀는 푸른색 옷에 굽이 높은 샌들을 신고 목에 진주 목걸이를 하고 있었다. 아름다웠다. 나는 온몸이 뻣뻣해졌다. 이런 곳에서 그녀를 만나리라고는 꿈도 꾸지 못했다. 나를 버리고 떠났던 여자, 머지않아 결혼을 하는, 내가 사랑하는 여자였다. 그녀가 내 앞을 걸어가고 있었다. 잠시 후에 그녀는 왼쪽으로 방향을 돌렸다. 나는 못 본 척 뒤로 돌아와 그녀가 오고 있는 쪽을 향해 걸어갔다. 복도를 반쯤 지났을 무렵 그녀가 나를 발견했다. 그녀는 화들짝 놀라면서 내 이름을 불렀다.

"로렌초……."

"어……. 그래……."

나는 가능한 한 자연스럽게 보이려고 애를 썼다. 내가 물었다.

"그런데 여긴 웬일이야?"

그렇게 바보 같은 질문은 또 없었다. 우리는 슈퍼마켓에 와 있었고 손에는 장바구니를 들고 있었다.

"장 봐."

"나도."

"그래. 그런 것 같더라. 어떻게 지냈어?"

"응, 그냥…… 잘 지내. 너는?"

"난 잘 있어."

"와, 이런 경우가 다 있다니. 난 이곳에서 장 보는 거 처음이거든. 우리가 다니던 아이스크림 가게 갔다가 들른 거야."

그 말과 함께 '우리'라는 단어가 예전과는 달리 이상한 뉘앙스를 풍기고 있다는 걸 깨달았다.

"내가 전화했었는데……."

"알아……. 얼마 전에 한 번은 대답까지 했었어. 더 이상은 나한테 전화하지 말라고."

"그런데 왜 나한테 화난 거야?"

"난 화난 게 아냐."

"그럼 왜 나를 피하는데?"

"네 전화를 피하는 것뿐이야. 그것도 화나서가 아니라 내키지 않기 때문이고. 네가 나한테 전화를 하는 이유가 그냥 단순히 내가 어떻게 지내는지 궁금해서는 아니잖아?"

"그것도 궁금하지, 물론……. 하지만 전화를 건 이유는 무엇보다도 너한테 할 얘기가 있어서야."

"그래, 바로 그거야. 내가 전화를 안 받는 이유가 바로 그거라고"

"잘 모르겠네……. 어쨌든 나는 옛날 그대로야. 왜 날 그렇게 대해? 우리가 서로 모르는 사람도 아니고……."

"바로 그거라고. 그래서 내가 대답을 안 하는 거라니까."

"그냥 잠깐 얘기만 하면 되는데……."

"내가 하고 싶은 얘기는 벌써 2년 전에 했어. 나 화 안 났고 내가 너한테 나쁘게 군다거나 일부러 그러는 것처럼 보이고 싶지 않아. 억울한 감정 같은 거 나한텐 없어. 단순히 나는 네가 하려고 하는 얘기에 더 이상 관심이 없을 뿐이야. 나한텐 이미 지나간 옛날 일이라고."

"하지만 중요한 얘기야. 못 믿겠지만…… 우리들 얘기라고."

"너한테 중요한 얘기겠지, 로렌초……. 그리고 더 이상 '우리'는 없어."

"한번 들어주기라도 하면 되는 거잖아."

"나도 솔직히 말할게……. 난 너한테 화나지 않았어. 네가 그렇게 생각하는 것도 싫고. 나한테는 이미 끝난 얘기야. 간단해. 그뿐이야. 네가 아직도 그 옛날 일 때문에 못 지내고 있는 거라면 미안해. 내가 할 수만 있다면 어떻게라도 도와주고 싶지만 그럴 수가 없네. 그래서 내가 일부러라도 전화를 안 받는 거야. 시간이 많이 흘렀고 우리 사이에 남아 있는 건 아무것도 없지만 네가 못 지낸다는 얘기는 듣고 싶지 않아."

"많이 보고 싶었어……. 나한테 돌아와줘. 진심이야."

그녀는 내 눈을 똑바로 쳐다보았다. 그때까지 나를 쳐다봤던 것보다 훨씬 오랫동안……. 그러고는 입술을 약간 찡그리는 듯싶더니 알쏭달쏭한 미소를 지어 보였다.

"부모님은 어떻게 지내셔?"

"딴 얘기 하지 마……."

잠시 동안 침묵이 흘렀다. 그녀는 여전히 내 눈을 똑바로 쳐다보고 있었다.

"정말 대단해……."

"뭐가?"

"넌 항상 그런 식이잖아. 내가 뭘 해보려고만 하면 나타나서는 그동안 내가 힘들게 쌓아놓은 것들을 다 무너뜨린다고. 그럴 때마다 네가 산산조각 내는 게 바로 나야. 내가 매번 다시 일어서려고 할 때마다 네가 돌아온다는 거 알아?"

"하지만 이번에는 달라."

그녀가 다시 나를 바라보았다. 그리고 아무 말도 하지 않았다. 그녀가 무슨 생각을 하고 있었는지 안다. 나 역시 같은 생각을 하고 있었으니까. 수년간 되풀이된 똑같은 말을 내가 내뱉었던 것이다. 안타까워하는 듯한 미소가 그녀의 입가에 떠올랐다. 미련은 남아 있지 않은 듯했다. 말을 하면서도 침착하기 짝이 없었다. 그 순간 그녀를 영영 잃고 말았다는 생각이 들기 시작했다. 그런 느낌은 처음이었다. 더 물고 늘어지고 싶었지만 그녀의 얼굴이 모든 것을 분명하게 말하고 있었다.

"못 지낸다니 미안하네……. 그게 뭔지 알아. 하지만 다시 말하는데, 나는 너한테 화 안 났어. 정말이야."

내 얼굴에 슬픈 기색이 역력했던 게 틀림없다. 나 때문에 많이 안타까워하는 모습이었다. 아마도 그래서였을 것이다. 그녀가 이렇게 덧붙였다.

"괜찮으면 장 다 보고 커피 한잔 하는 건 어때?"

나는 아무 말 없이 고개만 끄덕였다. 잠시 후 우리는 같이 밖으로 빠져나왔다. 나는 더 이상 아무 말도 할 수가 없었다. 그녀의 자연스러운 행동 자체가 나를 불편하게 만들었다. 나를 보자마자 지었던 놀란 표정 말고는 우리의 만남을 너무나 아무렇지도 않게 이끌어가고 있었다. 머뭇거리지도 않았고 말실수도 한 번 하지 않았다. 목소리가 떨리지도 않았고 감정적으로도 전혀 흔들리지 않는 눈치였다. 그저 기미만 보였을 뿐……. 우리들의 러브 스토리를 완전히 잊고 지워버리는 데 성공한 것 같은 분위기를 풍기고 있었다.

그녀가 나의 것이라는, 내가 그녀의 것이라는 나의 모든 믿음과 확신은 단지 내 머릿속에서만 작동하던 환상에 불과했다. 그 순간 나는 깨달았다. 모든 것이 분명했다.

"아이스크림 찾아야 되는데……. 이 집 생크림 맛 잘 만드는 거 기억나지?"

"응. 나도 자주 와. 나 이제 이 근처에서 살아."

"저쪽 아파트는 어떻게 하고?"

"아직 그대로 있어. 하지만 이쪽으로 옮긴 지 꽤 됐어. 내가 조금 있으면 결혼한다는 소식 아마 들었겠지?"

"응. 알아."

"우리 여기서 살아. 여긴 파브리치오 집이고, 내 아파트는 내 놨어."

그의 이름을 듣는 순간 칼날이 내 가슴속을 파고드는 것만 같았다. 그냥 그 사람이라고 할 것이지……. 왜 그 인간이 그렇게까지 중요한 거지?

내가 입 밖으로 꺼내면 안 되는 얘기가 하나 있었다. 그 인간이 어떻게 생겨먹었는지 보려고 그의 사무실 밑에까지 쫓아갔었다는 얘기……. 아무 쓸모 없는 일인데도 그녀를 만나려고 집 밑에서 밤새 기다리기까지 했다는 얘기…….

내 마음은 한마디로 엉망진창이었다. 전혀 자연스럽지가 않은데도 그런 척할 뿐이었다. 가슴이 아팠다. '우리'에 대해서 나는 더이상 아무런 할 말이 없었다. 어디서 용기가 났는지 모르지만, 나는 이런 말을 내뱉었다.

"커피 대신에 아이스크림은 어때? 우리 집에 가서 먹자."

싫다는 말은 곧장 들려오지 않았다. 그냥 머뭇거릴 뿐이었다.

"아무래도 커피가 낫겠어……. 금방 집에 가야 해."

"무슨 할 일이 있는 모양이네?"

"특별한 건 없고……."

"자, 그러지 말고 집에 가자. 집이 어떻게 변했는지도 한번 보고. 내가 많이 바뀌었거든. 아이스크림 먹고, 커피 한잔 마시고, 그러고 가면 되잖아……. 약속할게, 이제는 더 이상 전화 안 할 거야. 그냥 내버려둔다니까."

내 두 눈을 똑바로 바라보며 그녀가 말했다.

"그건 내가 집까지 안 따라가도 약속해야 하는 거야. 네가 정말로 나를 아낀다면 날 그냥 내버려둬야 하는 거잖아."

나는 아무 말도 하지 않았다. 그저 내 제안에 대한 그녀의 대답을 듣고 싶을 뿐이었다. 그녀가 받아들일 수 없는 얘기라는 건 이미 알고 있었다. 하지만 그토록 멀게만 느껴지는 그녀에게 이런 얘기를 한다고 해서 내가 손해 볼 건 아무것도 없었다.

"좋아. 가자."

잠시 후 차의 뒷좌석에는 슈퍼마켓에서 들고 나온 내 봉투와 그녀의 봉투가 나란히 올려졌다. 최종 목적지는 물론 각자의 집이었다. 그녀를 옆자리에 태우고 운전을 하는 동안 그냥 그대로 세상 끝까지 달려가고 싶은 욕구가 치솟았다. 나는 곁눈질로 그녀의 발과 다리를 쳐다보았다. 그녀는 아이스크림 봉투를 손에 들고 있었다. 운전을 하는 내내 생각을 바꿨다며 차를 세우라고 하는 그녀의 목소리가 들려오는 듯했다. 하지만 나는 끝까지 아무 소리도 듣지 못했다.

"니콜라는 어떻게 지내?"

"잘 지내. 동거 시작했어."

"니콜라가 동거를?"

"그러게 말이야. 하지만 사실이야."

그녀와 함께 우리 집 계단을 오르는 건 오래된 기억 속을 걸어 올라가는 것과 마찬가지였다. 우리가 처음 만났던 날 식사를 마치고 내 아파트로 같이 올라가던 일과, 처음으로 사랑을 나누었던 순간이 떠올랐다.

하지만 모든 것이 변했다. 나보다는 그녀가 변해 있었다. 아니, 나한테 변한 거라곤 아무것도 없었다. 나는 그 순간에도 그녀를 원했고 우리가 처음 만났을 때 일어났던 똑같은 일이 다시 벌어진다 해도 전혀 놀라지 않았을 것이다. 그녀를 붙들고 벽 쪽으로 밀어붙이면서 키스를 퍼부었을 것이다. 그러나 벽은 이미 우리 사이에 놓여 있었다.

36.
중단된 침묵

아버지와 나는 담당 의사 앞에 자리를 잡고 앉았다.

"아! 드디어 아드님께서 모습을 드러내셨군요. 영광입니다."

그는 조금 전에 나와 얘기를 나누면서 말을 놓았다는 사실을 까맣게 잊어버리고 있었다.

"광고 만들다가 엑스트라라도 한 명 필요하면 언제든지 불러 주세요. 금방 달려가겠습니다. 저야 몸값도 많이 안 나가고……."

"진단 결과가 좋으면 한번 생각해보도록 하죠."

재치 있는 농담이라면 뒤지고 싶은 생각이 없었다.

담당의는 진단서를 손에 들고 읽기 시작했다.

"자, 그럼 무슨 문제가 있는지 한번 볼까요……."

우리는 아무 말도 하지 않고 침묵을 지켰다. 의사도 마찬가지였다. 나는 진단서를 들고 있는 의사의 손을 유심히 관찰했다. 어디로 피서를 다녀왔는지 검게 그을린 피부색이 하얀 가운과 대조를 이루고 있었다. 기다리던 검사 결과와 우리가 겪고 있는 근심스러운 상황을 고려해볼 때 그의 검은 피부는 왠지 불공평한 듯한 냄새를 풍기고 있었다. 나는 그의 얼굴 표정을 유심히 관찰했다. 하지만 그의 얼굴에 나타나는 미세한 변화들이 미소인지 아니면 안타까워서 얼굴을 찡그리는 것인지 도무지 분간이 가지 않았다. 그의 말을 기다리는 동안 아버지가 침묵을 깨고 입을 열었다.

"선생님, 솔직하게 말씀해주세요. 사실을 알고 싶으니까요. 긴 설명은 필요 없습니다."

"걱정 마십시오. 전부 다 말씀드릴 테니."

"감사합니다."

그리고 도무지 끝나지 않을 것 같은 침묵이 계속되었다. 드디어 의사가 한숨을 한 번 내쉬고는 입을 열었다.

"저희가 아주 지독한 걸 발견해냈습니다."

온 세상이 멈추는 순간이었다. 아버지가 이제 돌아가실 거란 생각밖에는 나지 않았다. 나도 같이 죽는다는 느낌이 들 뿐이었다. 어느 정도는…….

의사는 전혀 가슴 아파하는 눈치가 아니었다. 그의 목소리에서는 감정이 느껴지지 않았다. 나는 본능적으로 손을 아버지의 무릎 위로 가져갔다. 하지만 고개를 돌려 그를 바라볼 용기는 여전히 나지 않았다. 그를 잃어가고 있었다. 드디어 때가 온 것이다.

사람들은 죽을 때가 되면 살아온 인생 전부가 주마등처럼 눈앞을 스쳐 지나간다고들 한다. 하지만 죽는 사람이 내가 아닌 아버지였음에도 불구하고 내 머릿속에는 한때의 이미지들이 빠른

속도로 펼쳐지기 시작했다. 내가 어렸을 때 아버지와 함께했던 순간들, 어른이 되어서 같이 보낸 시간들, 엄마와 함께…….

"하지만 다행히도…….."

담당의가 뒤늦게야 다시 말을 잇기 시작했다.

"암 전이는 없어요."

"무슨 뜻입니까?"

"운이 좋으시다는 뜻입니다. 전부 우연이겠지만 검사를 하신 타이밍이 기가 막혔어요. 이젠 아무런 문제 없이 치료만 잘 받으시면 됩니다. 몇 달 정도만 검사를 늦추셨더라도 상황은 많이 달랐을 겁니다. 아예 희망이 전혀 없는 상황으로 번졌을 가능성도 충분히 있었어요. 생체 검사를 통해서 저희가 발견한 건 선암이에요. 하지만 전이가 시작된 건 아닙니다."

"그래서요?"

내가 물었다. 좀 더 정확하고 확실한 대답을 원했다.

"수술을 받으셔야 합니다. 이 진단서를 읽어드리지는 않겠습니다. 전부 기술적인 용어들로 쓰여 있어서 이해를 못 하실 테니까요. 제가 지금 해드릴 수 있는 말은 수술을 받으셔야 한다는 것뿐입니다."

"생명에 지장이 있는 건 아니죠, 맞나요?"

내가 다시 물었다. 기술적인 용어가 들어가지 않은 조금 더 분명하고 확실한 대답이 듣고 싶었다.

"생명에 지장이 있는 건 아닙니다."

나는 아버지를 바라보면서 마치 오랜 친구에게 하듯이 손으로 아버지 어깨를 툭 하고 건드렸다. 기뻐서 날아갈 것만 같았다. 지옥에서 천국으로 올라가는 것은 한순간이었다.

"감사합니다, 선생님. 감사합니다."

나는 그에게 감사의 인사를 전했다. 마치 이 모든 것이 그의 덕분이라는 듯이, 그가 마치 기적이라도 만들어냈다는 듯이, 그가 마치 신이라도 된다는 듯이…….

그 시점에서 아버지가 갑자기 질문을 늘어놓기 시작했다.

"언제 수술을 받아야 하나요? 폐를 잘라내야 하는 건가요? 위험한 수술은 아닌가요? 제가 생명에는 지장이 없다는 말씀 진심이신가요? 화학 치료를 받아야 하나요, 아니면 방사선 치료를 받아야 하나요? 혹시 산소 호흡기 같은 걸 이제부터 달고 살아야 하는 건가요?"

의사가 고개를 설레설레 저으면서 끼어들었다.

"제가 하나씩 대답해드리겠습니다. 다시 한 번 말씀드리지만 전이가 없는 선암입니다. 수술을 해야 되지만 폐를 전부 도려내는 건 아니에요. 아주 필요한 부분만 조금 제거하는 것뿐입니다. 위험한 수술이 아닙니다. 화학 치료는 생각도 하지 마시고요, 방사선 치료도 마찬가지입니다. 산소 호흡기도 필요 없어요. 요양만 조금 하시면 됩니다. 그러면 아무런 문제가 없어요. 몇 달만 늦게 저희한테 오셨더라면 상황은 많이 달랐을 겁니다. 하지만 이젠 아무 문제 없어요. 위험하지 않습니다."

나는 몸을 뒤로 뻗어서 의자 등받이에 기대고는 아무도 눈치 채지 못하게 조용히 깊은 안도의 한숨을 내쉬었다. 우리는 의사와 악수를 나누고 밖으로 나왔다. 나는 담당 간호사와 함께 다음 진료와 검사 시간을 의논하고 날짜를 잡았다. 병원을 빠져나오는 동안 복도에 앉아 대기하고 있는 사람들을 바라보았다. 비록 모르는 사람들이지만 우리가 방금 들은 것처럼 좋은 소식만 있기를 기원했다.

커피를 한잔 마시고 싶었다. 우리는 바에 들어가서 커피 두 잔과 코르네토 하나를 주문했다. 빵은 아버지 몫이었다. 코르네토를 입에 넣으면서 아버지가 말했다.

"네 엄마한테 전화부터 해라."

나는 전화를 걸어서 아버지가 생명에는 지장이 없고 수술을 받아야 하지만 위험한 건 아니라고 설명했다.

"말씀하실래요?"

아버지는 빵을 입에 넣고 옷에 잼을 떨어뜨리지 않으려고 애쓰면서 고개를 좌우로 흔들었다.

우리는 마치 하루 종일 막노동을 하고 나온 사람들처럼 의자에 축 늘어져 앉아 있었다. 어느 순간 나는 아버지가 이전과는 많이 다른 모습을 하고 있다는 걸 발견했다. 내가 바라보고 있는 아버지는 신이 이제 막 내게 선사한 새로운 아버지였다. 잃은 거나 마찬가지라고 믿었던 바로 그 순간에 다시 되찾은 셈이었다. 아버지뿐만 아니라 내가 잃어버렸던 그의 모든 시간도 함께 되찾았다.

그 시간이 과연 무엇이었는지, 또 얼마나 소중한 것이었는지를 나는 그 순간에 처음으로 깨달을 수 있었다. 내게는 두 배로 더 소중한 시간이었다. 더 이상 되찾는 것이 불가능하다고 믿었기 때문이다. 너무 짧아서 결코 내가 헤아릴 수 없으리라고 믿었던 시간이었다. 순간 나는 더 이상 인생이 나를 끌고 다니도록 내버려두지 않겠다고 결심했다. 그녀와의 시간도 더 이상 낭비할 수 없었다. 2년이란 어마어마한 세월을 그냥 흘려보냈다. 2년이란 세월 동안 그 시간을 꽉 채울 수도 있었을 수많은 아름다운 순간들을 나는 모두 잃어버린 셈이었다. 결코 되돌아오지 않을 순간들이었다. 아버지와, 그녀와 함께했어야 할 너무나 많은 시간들을 낭비했다. 그것이 이제 내가 원하는 시간이다.

"그게 시간 문제였다는 거 이제 이해하셨어요, 아버지? 건강 진단은 다 쓸데없는 짓이라고만 하시더니……."

"그러게 말이다. 네 말이 옳았구나."

우리는 집으로 돌아왔다. 엄마는 기뻐서 어쩔 줄을 몰라 하며 나를 보자마자 부둥켜안았다.

"안아줘야 할 사람은 저기 있어요."

"그래 안다, 알아. 하지만 너도 안아줘야지……."

나는 두 분과 함께 점심 식사를 했다. 평생을 통틀어서 가장 맛있게 먹은 점심이었다. 나는 엄마에게 다음에 언제 병원에 가야 하는지, 약속 시간과 빼놓지 말고 지켜야 되는 것들에 대해 설명했다.

"어쨌든 수술받으러 가시는 날에는 저도 같이 가니까 너무 걱정 마세요."

이제는 가능한 한 아버지 곁에 가까이 있어야겠다는 생각이 들었다. 하지만 커피를 마신 뒤에는 그만 자리에서 일어나고 싶었다. 혼자 있고 싶었다. 나는 두 분께 인사를 했다. 엄마는 접시를 닦기 시작했고 아버지는 나를 따라나섰다. 우리는 다시 인사를 나누고 아버지는 창고로, 나는 차로 향했다.

니콜라와 줄리아에게는 벌써 전화로 소식을 알렸다. 나는 차창을 내린 뒤 음악을 끄고 조용히 차를 몰았다. 하늘을 보고 싶었다. 전에는 고개를 들고 쳐다볼 만한 여유가 없었던 하늘이었다. 그리고 무엇보다도 신선한 공기가 그리웠다.

37.
우리

    나를 버리고 떠나 조만간 결혼을 하는 그녀가 내 집 안을 이리저리 돌아다니고 있었다. 나는 시선을 떼지 않고 그녀가 걷는 모습을 관찰했다. 내게는 익숙한 모습이었다. 방 안으로 들어서기 전에 잠깐 멈추어 서서 문 위에 올려놓는 그녀의 손을 관찰했다. 내게는 익숙한 손이었다.

    "물 한잔 줄까?"

    "응, 고마워."

    나는 부엌으로 향하면서 내가 떨고 있다는 걸 깨달았다. 물을 따르는 동안 그녀의 휴대폰이 울리기 시작했다. 나는 누군가가 우리의 이 소중한 만남을 방해할까 봐 겁이 났다. 그녀는 휴대폰을 넌지시 바라보고는 전화를 받는 대신 '음소거' 버튼을 눌렀다. 신호가 계속해서 울렸지만 소리는 들리지 않았다. 화면의 불빛이 반짝거릴 뿐이었다. 나도 모르게 입에서 이런 말이 튀어나왔다.

    "그 친구야?"

"응."

"전화받고 싶으면 받아. 난 저쪽에 가 있을게."

"나중에 내가 하면 돼."

그 인간이 그녀에게 전화를 했다는 게 얼마나 내 신경을 건드렸는지 모른다. 그 인간이 이제 그녀의 남자라는 사실에 화가 치밀었다. 그녀가 전화를 받지 않았다는 것 때문에 그가 화가 났는지는 모르겠다. 하지만 그가 전화를 했다는 사실 때문에 내가 화가 난 건 틀림없었다.

"질투하는 편인가?"

아무런 대답이 없었다. 대신에 그녀는 내가 화초 키우는 법을 썩 잘 배웠다고 칭찬했다.

"아버지가 도와주신 거야."

"네 아버님이?"

"응. 일부러 한번 들르셨어. 손을 좀 보고 다 죽어가던 화초들도 몇 개 살려놓고 가셨지. 아직도 가끔씩 와서 보고 가셔."

나는 물을 마시는 그녀의 모습을 바라보았다. 더욱더 아름다워 보였다.

"네가 잘 지내는 것 같아서 다행이다. 예전처럼 여전히 예쁘고……."

그녀는 내 말에 아무런 반응도 보이지 않고 소파에 앉았다.

"텔레비전은 이제 치웠나봐."

"난 이제 영사기 써. 그러니까 저 벽이 내 텔레비전인 셈이야."

"아하…… 그럼 굉장히 크겠네?"

"그냥 벽 전체가 텔레비전이라고 보면 돼."

나는 창문의 차양 장치를 끌어내렸다.

"뭐하는 거야?"

"어둡지 않으면 아무것도 안 보이거든."

"아니야, 아니야. 안 봐도 돼. 괜찮아."

"그냥 보여주려고 한 것뿐이야."

"알았어. 하지만 됐어……."

우리 둘 사이에 침묵이 감돌았다. 우리를 멀리 떨어뜨리는 침묵이었다.

"네가 놓고 간 물건들이 몇 가지 있어."

"뭔데?"

"책 한 권하고 팬티 한 장."

"네가 가져도 돼. 전부……."

나는 아이스크림을 컵에 담아 그녀에게 건넸다.

"이게 네 거야, 받아. 생크림하고 쿠키 맛. 네가 제일 좋아하는 거잖아."

나는 그녀 옆에 자리를 잡고 앉았다. 몇 초를 채우지 못하고 그녀는 자리에서 일어나 책꽂이 쪽으로 향했다.

"책들이 두 배로 늘어난 것 같은데."

"두 배까지는 아니고……. 더 많아진 건 사실이야. 선반 하나 살 참이야. 책들 포개놓는 거 난 질색이거든."

나는 그녀와 책들이 있는 곳으로 다가갔다. 그리고 그녀 바로
뒤에서 멈춰 섰다. 그녀의 향기가 느껴졌다. 나는 책을 집으려고
팔을 뻗었다. 거의 그녀 뒤에 바싹 달라붙어 있는 것과 마찬가지
였다. 너무 가까웠던 탓일까, 그녀가 내 품 안에서 빠져나가고 말
았다. 내가 그녀와 걷고 있던 땅은 꺼지기 일보 직전이었다. 나는
내 말 한마디, 행동 하나, 조그만 손짓 하나가 모든 것을 망쳐버릴
까 봐 두려워하고 있었다. 내 얼굴이 나의 두려움과 감추어진 욕
망을 있는 그대로 드러내지는 않을까 의심스러웠다. 음악을 틀어
볼까도 생각했다. 하지만 결코 좋은 생각은 아니었다. 내 의도를
잘못 오해할 가능성이 너무 많았다. 나는 정말로 그녀가 아무렇
지도 않은 건지, 아니면 그런 척하는 건지 알 수가 없었다. 연기를
하고 있는 거라면 정말 대단하다고 칭찬하지 않을 수가 없었다.
한 치의 오차도 없었기 때문이다. 무엇보다도 그녀가 배역을 싫어
하지 않는다는 느낌을 주고 있었다.

　"새 가구들이 마음에 든다. 잘 어울려. 이 집은 항상 내 마음에
들었어."

　"그럼 그만 돌아오지그래? 이 집은 온통 네 얘기뿐이야. 내 인
생도 네 얘기뿐이고……. 여기에 와 있는 네 모습을 한번 봐. 이 가
구들 사이에 와 있는 네 모습을 보라고. 이 접시들, 저 침대보들,
많은 것들이 네 손으로 직접 산 거잖아. 돌아와……. 지금도 벌써
여기에 와 있잖아. 항상 여기에 있었고, 네가 좋다고 고개만 끄덕
이면 모든 것이 다 네 것으로 돌아오는 거야."

그녀는 미소를 지을 뿐이었다. 아이스크림을 한 스푼 입에 넣고는 대답조차 하지 않았다. 나는 부엌으로 가서 접시를 하나 꺼내 들었다.

"이거 보이니? 내가 식사할 때마다 쓰는 접시야. 내가 지금 어떤 지경으로까지 추락했는지 보여? 내가 이 빠진 접시를 아직도 사용하는 이유가 단지 네가 그랬기 때문이라는 게 이해가 가? 이 접시 기억나니?"

"응……."

"난 새 접시가 싫어. 이가 빠진 접시지만 차라리 네가 쓰던 접시가 나아. 이 접시를 닦을 때마다 손가락으로 까칠한 부위를 문지를 수 있거든. 그러면서 내가 뭘 상상하는 줄 알아? 알라딘의 램프처럼 이 접시를 문지르면 네가 돌아올 거라고 상상해. 이 세상의 어떤 접시하고도 바꿀 수 없을 거야. 돌아와……. 자기를 가까이 느껴보고 싶어서 하는 이 불쌍한 소꿉장난에서 날 구해보라고……. 내가 불쌍한 놈이라는 거 알아. 그래서 도와달라는 거야. 이 형무소에서 나를 꺼내달라고 애원하는 거라고."

나는 말을 맺으면서 그녀에게 미소를 지어 보였다. 그녀도 내게 웃음을 선사했다. 우리는 서로 마주 보고 같이 웃기 시작했다. 그녀가 웃으면 온 세상이 멈추는 것만 같았다. 언제나 그랬고 그날도 여전히 마찬가지였다.

"네가 그렇게 얘기하니까 정말 널 구하기 위해서 뭐라도 해야 할 것 같은데?"

우리는 그녀가 규칙적으로 떨어뜨리던 물건들, 빼놓지 않고 잊어버리던 물건들 얘기를 나누면서 농담을 주고받았다. 그러다가 그녀가 내게 물었다.

"화장실 좀 써도 돼?"

"나한테 그런 거 물을 필요 없어. 어딘지는 알 거고⋯⋯."

그녀가 화장실에 가 있는 동안 나는 다음에 무엇을 해야 하는지, 무슨 말을 하는 것이 좋을지 생각했다. 나는 신선한 공기를 마시기 위해 유리문을 열고 테라스로 나갔다. 이제는 비록 그녀가 멀게만 느껴졌지만 이 순간이 그녀를 돌아오게 만들 수 있는 적절한 기회라는 생각이 들었다. 우리가 농담을 주고받는 동안 상황은 호전되는 듯했다. 그녀를 더 즐겁게 하고 더 웃게 하고 모든 것을 더 가볍게 느낄 수 있도록 해야겠다는 생각이 들었다. 내가 이런 생각들을 하고 있는 동안 화장실에서 나온 그녀가 허를 찌르며 먼저 입을 열었다.

"이제 가는 게 낫겠어."

"아니, 가지 마."

"내가 보기엔 지금 가는 게 좋겠어."

"5분만 더 있다가 가⋯⋯."

"아이, 참⋯⋯. 그렇게 아이처럼 굴지 마. 지금 가야 돼. 여기에 다시 한 번 와서 집 구경도 하고 네 얼굴도 보고⋯⋯ 정말 좋았어. 하지만 난 이제 가야 돼."

"차로 데려다 줄게."

"고맙지만, 됐어."

"하지만 장을 본 물건들도 많이 있는데…….”

"걱정 마. 전부 가벼운 것들이니까."

그녀는 재킷을 걸치더니 소지품과 물건들을 집어 들고 문 쪽으로 향했다. 숨통이 조여오는 듯한 느낌이었다. 문 앞에 서 있는 그녀를 바라보면서 나는 그녀가 나를 버리고 떠났을 때와 똑같은 상황이 전개되고 있다는 걸 깨달았다. 그때 나는 아무 말도 하지 못했다. 그래서 그녀를 잃었다. 이제는 서로를 마주 보고 인사를 나누어야 하는 시간이었다. 형식적이었지만 내 양쪽 볼에 키스를 해준 뒤, 그녀가 먼저 인사를 했다.

"안녕, 로렌초."

내 입에서는 인사말이 떨어지질 않았다. 그냥 '안녕'이란 말조차도 입 밖으로 내뱉을 수가 없었다. 인사를 하는 대신 나는 그녀에게 이렇게 말했다.

"2년 전 네가 이 집을 나서기 전에 나한테 아무 말이라도 해보라고 정말 간곡하게 애원한 적이 있었지……. 기억나? 그때도 네가 지금 서 있는 바로 그 자리에 똑같이 서 있었어. 나더러 입만 다물고 있으면 다냐고 다그쳤었지."

"그래. 기억나."

"이번에는 내가 너한테 애원하는 거야……. 남으라고. 제발 부탁이야. 가지 마. 나한테 돌아와줘. 이곳으로 영원히 돌아와줘."

"하지만 지금은 상황이 달라, 로렌초. 너무 늦었어."

"늦지 않았어. 내 얘기 좀 들어봐. 나랑 같이 지내기 위해서 네가 많은 걸 포기했다는 거 다 알아. 하지만 지금 네가 보고 있는 나는 예전과는 전혀 다른 사람이야. 네가 원하는 대로 변했다고."

"이제는 돌이킬 수 없는 일이야. 너무 늦었어, 로렌초⋯⋯. 나, 갈게. 보내줘, 제발. 부탁이야."

"아니야. 넌 여기에 와야 돼. 이리로 짐 다 싸들고 와야 한다고⋯⋯. 사랑해. 널 사랑하고 싶어⋯⋯. 내 곁에 앉아 있는 네 모습이 그리워. 내가 다른 곳에 있을 때도 네가 항상 여기에 있다는 걸 안다는 게 그리워. 사람들이랑 식사를 할 때 마음 놓고 네 다리 위에 손도 올리고 싶고, 차를 몰고 집으로 돌아올 때 네가 옆에 있어줬으면 싶고, 너랑 이런저런 얘기, 좋은 얘기 나쁜 얘기도 하고, 네 곁에서 잠이 들고 눈을 뜨고 너랑 같이 먹고 마시고⋯⋯ 그러고 싶어. 네 눈동자를 보면서 얘기하고 싶어⋯⋯. 아니면 각자 방에서 소리 지르면서 얘기해도 좋아. 난 널 매일같이 보고 싶어. 네가 걷는 모습도, 네가 냉장고를 여는 모습도⋯⋯. 욕실에서 들려오는 헤어드라이기 소리도 듣고 싶고, 네가 내 거라는 얘기를 너한테 매일 하면서 살고 싶어. 너랑 싸우고 싶고, 네 미소를 보고 싶고, 네 눈물도 닦아주고 싶어. 외식하러 나갈 때 피곤하니까 집으로 돌아가고 싶다는 소리도 듣고 싶고, 네가 옷을 입기 위해 내 도움이 필요할 때 곁에 있어주고 싶고, 바닷가에서 선글라스를 쓰고 아침 식사를 하는 동안 네 앞에 앉아서 제일 맛있는 과일을 네 입에 넣어주고 싶어⋯⋯. 너한테 잘 어울리는 귀걸이도 골라주고 싶고, 네가 머리를 잘랐을 때 잘 어울린다는 얘기도 해주고 싶고, 네가 넘어지면서 나를 꼭 붙드는 모습도 보고 싶고, 네가 새 신발을 살 때도 네 곁에 있어주고 싶어. 네가 없었던 이 2년이란 세월을 잊어버리고 싶어. 아무런 의미가 없었으니까……. 네가 떠났던 날이 그냥 어제였다고 생각하고 다시 시작하자. 그때 내가 너를 붙잡았다고, 내가 지금 너한테 하는 얘기 전부를 2년 전에 했다고 생각하고 다시 시작하는 거야. 2년을 2분으로 줄여보자고. 우린 할 수 있어. 우리가 할 수 없는 게 뭐가 있겠어? 우리가 갔던 곳으로 다시 되돌아갈 수도 있고 새롭게 해볼 수 있는 것들도 얼마든지 있어. 이전보다 훨씬 더 멋질 거라고……. 그리고 무엇보다도 너랑 아이를 가지고 싶어. 너를 꼭 닮은 아이였으면 좋겠어. 네 눈을 가진 아이면 좋겠어. 일요일 아침이면 우리 침대로 기어들겠지? 그럼 너한테 하는 것처럼 간지럼도 태울 수 있겠지? 너랑 나, 우리 둘이서. 우리가 할 수 있는 것들이야. 부탁이야. 가지 마."

"너무 늦었어, 로렌초……. 너무 늦었어."

"아직 늦지 않았어. 부탁이야. 나한테 돌아와줘. 돌아와. 돌아와줘……."

내게 가까이 다가온 그녀가 입으로 쉬이— 소리를 내면서 손가락 하나를 내 입술 위에 올려놓았다.

"로렌초, 그만해."

나는 말하는 걸 포기하고 말았다. 그녀의 눈을 바라보면서 손가락을 붙들고 그 위에 내 입술을 가져갔다. 내 손을 뿌리치길 기

다렸지만 그런 일은 일어나지 않았다. 그녀는 내가 그녀의 손을
붙들고 계속해서 가벼운 키스를 하도록 그냥 내버려두었다. 나는
그녀의 손목으로, 팔로, 내 입술을 천천히 옮겨갔다. 그녀는 아무
말도 하지 않았다. 이제는 입맞춤을 그만두고 더 있다 가라고 설
득해야 되지 않을까 하는 생각이 들었다. 하지만 더 이상은 멈출
수가 없었다. 내 입술은 이미 팔꿈치에서 어깨, 어깨에서 목까지
올라와 있었다. 그녀의 체취가 느껴지기 시작했다. 나는 멈추지
않고 키스를 계속했다. 그리고 키스를 하면 할수록 종말에 한 발
자국 더 가까이 다가서고 있다는 것을 느꼈다. 나는 그녀에게 마
지막으로 키스하고 있다는 것을 감지했다. 얼마나 더 오래갈지 모
르지만, 몇 초만이라도 더, 그녀를 내 품 안에 두고 싶었다. 더 이
상 실수가 두렵지 않았다. 나는 드디어 그녀의 입술을 점령했다.
내 입술 위에 포개진 그녀의 입술이 내 가슴을 기쁨과 환희로 터
뜨려버릴 것만 같았다. 영원히 떼고 싶지 않았다. 그녀가 입을 벌
리기 시작했다. 그녀의 부드러운 혀가 내 혀에 와 닿는 것이 느껴
졌다. 강렬하기 짝이 없는 키스였다. 우리의 첫 키스도 그만큼 강
렬하게 느껴지지는 않았다. 그토록 나를 몽롱하게 만들지는 않았
다. 믿을 수 없는 일이 벌어지고 있었다. 불가능한 일이었다. 나는
온몸을 떨고 있었다. 그녀의 사랑 때문이었다. 빠르게 뛰는 심장
이 목구멍까지 올라와 있었다. 더 이상은 아무것도 이해되지 않았
다. 나는 그녀의 얼굴을 두 손으로 안아 쥐고 계속해서 키스를 했
다. 그리고 그녀를 벽 쪽으로 밀어붙였다. 우리가 처음으로 사랑

을 나누었던 바로 그 벽이었다. 나는 한쪽 손을 그녀의 등 뒤로 미끄러뜨렸다. 손에 와 닿는 지퍼를 아래로 잡아 내리고 옷을 바닥으로 떨어뜨렸다. 그리고 브래지어를 벗겨 내렸다. 내게는 너무나 익숙한 그녀의 젖가슴과 젖꼭지를 곧장 알아보았다. 나는 손으로 그녀의 가슴을 움켜쥐고 그 위에 키스를 퍼부었다. 그러고는 목덜미 부위의 머리카락을 움켜쥐고 그녀의 머리를 뒤로 세게 잡아당겼다. 나는 그녀를 바라보았다. 그녀의 얼굴은 천장을 바라보고 있었고 목은 내 입술만을 기다리고 있는 듯했다. 어느 순간 그녀가 나의 셔츠를 풀어 젖히기 시작했다. 내 손은 이미 그녀의 허벅지 사이로 미끄러져 들어가고 있었다. 모든 의혹과 당혹스러움과 불안감은 한순간에 사라지고 말았다. 우리는 바닥으로 미끄러졌다. 내 입술이 그녀의 다리 사이를 오가는 동안 그녀가 내 머리를 붙들었다. 그녀의 몸에 키스를 하는 동안 그녀의 손이 내 머리를 압박해오기 시작했다. 이 모든 것이 내게는 너무나 익숙한 행동들이었다. 하지만 그것이 나를 더 놀랍게 만들었다. 모든 게 첫 경험의 순간보다도 훨씬 더 강렬했기 때문이다. 모든 숨소리와 그녀의 헐떡거림과 손놀림과 입맞춤이 내게는 너무나 익숙한 것인 동시에 전혀 새로운 것이었다. 그녀가 내 머리를 꼭 움켜쥐었다. 그리고 거칠게 숨을 몰아쉬다가 몸을 떨기 시작했다. 그럴 때마다 몇 분 뒤면 그녀가 절정에 오른다는 것을 나는 정확하게 기억하고 있었다. 내가 알고 있던 그녀 그대로였다. 그녀, 나의 여인이었다. 이제 머지않아 그녀가 나를 밀어내기 시작하리란 것도 알고 있었다.

언제나 그래왔던 것처럼 이번에도 나는 저항을 시작했다. 언제나처럼, 멈추고 싶지 않았기 때문이다. 그녀가 정신을 차리려고 하는 동안 나는 바지를 벗고 그녀의 팬티를 벗겨 내렸다. 모든 것은 빠르고 강렬하고 숨 가쁘게 진행되었다. 그녀 안에 들어가자마자 마치 우리 둘 다 안정을 되찾은 듯한 느낌이 들었다. 어딘가에 도달한 듯한 느낌이었다. 그곳에 이름이 있다면 그건 '우리'였다. 마치 2년이란 시간의 공백은 존재하지 않았다는 듯이 우리는 서로의 눈동자를 바라보았다. 그동안 아무 일도 일어나지 않았고 아무것도 존재하지 않았다는 듯이…… 뜨겁게 달아오른 그녀의 몸에서 열기가 느껴졌다. 내 몸에 짓눌려 있는 그녀의 가슴과 나를 휘감고 있는 다리가 느껴졌다. 느닷없이 그녀가 먼저 입을 열었다.

"미워!"

"미워하는 게 아냐. 날 사랑하잖아."

"아니야. 난 너 사랑 안 해. 미워!"

"아니야. 넌 날 사랑하는 거야. 사랑한다고 얘기해봐."

그녀의 손톱이 내 등을 찌르기 시작했다.

"사랑한다고 말해. 날 아직도 사랑하는 거 알아…… 말해봐."

손톱은 이미 내 살 속을 파고들고 있었다.

"아파."

"알아."

"날 사랑한다고 말해."

"난 네가 미워, 미워, 미워!"

그녀는 나를 밀어내기 위해 안간힘을 썼다.

"그만해. 저리 가. 비켜……. 날 보내줘. 저리 비켜……. 저리
가……."

"그만!"

"그만해. 네가 먼저…… 날 놔줘……. 말했잖아, 날 놓으란 말
이야."

그녀가 거세게 반항하기 시작했다. 나는 그녀의 머리카락을
붙들고 뒤로 잡아당겼다.

"아파……."

"알아."

"날 보내줘……."

"날 사랑한다고 얘기해."

"그만해. 날 내버려둬. 난 네가 미워. 밉다고 그랬잖아."

나는 그녀의 뺨을 향해 손바닥을 날렸다.

"사랑한다고 말해."

"그만해……. 난 널 사랑하지 않아. 난 네가 미워."

나는 다시 그녀 안으로 들어가려고 시도했다. 그녀의 다리가
열리지 않았다. 나는 다시 한 번 따귀를 날렸다.

"다리 벌려."

"제발 그러지 마!"

또 한 번 따귀가 날아가고 다시, 그리고 또다시……. 어느 순
간엔가 그녀는 저항을 포기했다. 나는 몸을 밀착시키고 그녀 안으

로 들어갔다. 두 손으로 그녀의 얼굴을 안아 쥐고 두 눈을 똑바로 쳐다보았다. 엄지손가락으로 그녀의 양쪽 볼을 힘껏 움켜쥐었다. 그녀는 나를 뿌리치려고 고개를 좌우로 흔들어댔다. 나는 그녀를 꼭 붙들고 나를 똑바로 쳐다볼 수 있도록 꼼짝 못하게 만들었다. 그녀가 나를 물려고 덤벼들기 시작했다.

"물지 마! 그만해! 날 사랑한다고 말해."

그녀가 내 눈을 바라보기 시작했다. 그 시선 속에 그녀가 있었다. 내가 사랑하던 여인을 그 시선 속에서 발견할 수 있었다.

"사랑한다고 얘기해줘."

그 순간 그녀의 두 눈이 눈물로 가득 채워졌다.

"사랑해. 널 사랑해……. 사랑해……. 사랑해……."

그리고 나를 부둥켜안았다.

"나도 사랑해. 그 어느 때보다도……."

그녀가 나를 꼭 끌어안았다. 숨쉬기가 곤란할 정도로 꼭. 우리는 서로를 껴안고 꼼짝도 하지 않았다. 시간이 멈춘 듯했다. 우리는 사랑을 나누었다. 나는 그녀의 눈동자를 응시하면서 머리카락을 뒤로 넘기고 가슴을 애무했다. 그녀도 내 머리카락 사이에 손가락을 끼워 넣고 도처에 키스를 하기 시작했다. 입술에, 볼에, 이마에, 목에……. 분노는 사라지고 없었다. 우리는 아무 말도 하지 않았다. 하지만 교차되는 우리의 시선은 사랑을 선언했다. 나는 아주 천천히 그녀 안에서 움직이기 시작했다. 잠시 후 그녀의 등이 뻣뻣해지고 근육이 경직되는 것이 느껴졌다. 그녀가 절정에 오르려 하고 있었다. 나는 그녀의 손을 붙잡고 그 손가락 사이로 내 손가락을 끼워 넣었다. 손목과 손목을 맞대고 우리는 서로의 손을 꼭 움켜쥐었다.

"기다려봐, 내 사랑. 지금 하지 말고……. 조금만 참아봐. 조금만 기다려……. 나랑 같이 가……."

나는 그 순간에 내가 경험하고 있는 그 느낌이 가능한 한 오래 지속되기를 바랐다. 나는 잠시 그녀 안에서 동작을 멈추고 기다렸다. 그리고 다시 이전보다 더 천천히 움직이기 시작했다. 천천히, 안과 밖으로……

"조금만 더 참아봐……. 조금만 더……."

아무 말 없이 그녀가 나를 바라보며 고개를 끄덕였다. 그녀의 목에선 미세한 신음 소리만이 들려올 뿐이었다. 무한한 힘이 내 안에서 느껴졌다. 드디어 그녀를 소유한 느낌이었다. 그토록 오랜 시간을 갈망한 끝에 결국 사랑을 쟁취하는 데 성공했던 것이다. 나는 쾌락에 몸을 떠는 그녀를 바라보았다. 얼굴이 빨갛게 달아오르고 땀이 맺힌 이마에는 얇은 핏줄들이 솟아올라 있었다. 나는 그녀를 향해 고개를 숙이고 속삭였다.

"사랑해……. 내가 널 얼마나 사랑하는지 알지? 너랑 같이 아이를 가지고 싶어. 바로 지금……. 얘기해봐. 너도 그걸 원한다고……. 나는 그러고 싶어……."

그녀는 두 눈을 꼭 감고 몇 초 동안 그대로 머물러 있었다. 그리고 눈을 다시 뜨고는 내 눈을 똑바로 쳐다보기 시작했다. 나는 같은 말을 반복했다.

"그걸 원한다고 말해봐."

그녀는 계속해서 나를 뚫어지게 쳐다보기만 했다. 고통을 참는 중이라는 듯이 입술을 꼭 다물고 있을 뿐이었다. 그러고는 천천히 고개를 아래위로 끄덕이기 시작했다. 변함없이 반짝이는 눈으로 그녀는 나를 바라보고 있었다.

나는 행복했다. 한 번도 느껴본 적이 없는 행복이었다. 내 몸의 모든 세포들이 정체 모를 힘으로 충만해지는 느낌이었다. 절정의 순간이 다가오고 있었다.

"사랑해……. 이제 내 눈만 바라봐. 잘 봐. 이제…… 참지 말고 내버려둬. 지금이야, 지금……. 이리 와……. 나랑 같이…… 그래, 나 여기에 있어……."

그녀의 쾌락이 멀리서 출발해 절정에 달하면서 나와 함께 폭발하는 것이 느껴졌다.

우리는 온통 경직된 몸으로 서로를 부둥켜안으며 긴 신음 소리를 내뱉었다. 끝날 것 같지 않은 긴 오르가슴이었다.

나는 마치 허공에 떠 있는 기분이었다. 내가 어디에 있고, 무슨 일이 있었는지 의식을 되찾고 현실로 되돌아오는 데만 몇 분이 걸렸는지 모른다. 나는 벌거벗은 채로 바닥에 누워 있었다. 그리고 옆에는 내 반려자가, 이제 막 나를 여전히 사랑하노라고 고백한 내 여자가 곁에 누워 있었다. 나는 아무 말 없이 천장을 향해 고정시킨 시선을 돌려 그녀를 바라보았다. 그녀 역시 나를 바라보고 있었다. 그리고 내게 미소를 보내면서 내 몸을 만지작거리기 시작했다. 흘렸던 눈물 때문에 눈이 여전히 벌겋게 부어 있었다. 내게 천천히 다가온 그녀는 내 코끝에, 입술에 키스를 했다. 그리고 계속해서 나를 쓰다듬었다. 나 역시 그녀를 쓰다듬기 시작했다. 아무 말 없이. 그리고 이렇게 말했다.

"더 이상 여기서 떠날 생각 하지 마. 그 긴 시간 동안 나는 내가 항상 믿어왔던 사랑이 사실은 존재하지 않는 것이라고만 생각했어. 하지만 그 사랑이 존재한다는 걸 오늘 너랑 같이 느낄 수 있었어. 그 사랑은 바로 너야. 그러니까 이제 나한테 돌아와야 해. 우리가 함께하는 건 운명이야. 네가 오늘도 여전히 그런 눈으로 나를 바라본다는 건 나도 너한테 뭔가를 줄 수 있었다는 의미겠지. 내가 여기에 있는 이유는 오로지 너를 위해서야. 우리를 위해서고. 너도 그걸 느낀다고 확신해. 내가 너를 설득할 필요조차 없는 거야. 너도 느끼는 거니까."

"물론이야. 나도 느껴. 하지만 이제 와서 뒤로 되돌아갈 수는 없어. 너무 늦었어."

"늦지 않았어. 늦었다고 느낄 때가 가장 빠른 거야. 뭣 때문에 못 돌아오는 건데? 결혼식이 중요하나? 예약할 만한 레스토랑이 없어서? 사탕 봉투 때문에?"

침묵이 흘렀다. 그녀가 내 얼굴에 키스를 하기 시작했다. 코와 눈, 눈썹, 볼, 턱에다가……. 나는 눈을 감았다.

"내가 임신했다고 하면 어쩔 건데?"

"뭐라고? 임신?"

나는 눈을 휘둥그레 뜨며 물었다.

"그래. 내가 만약에 임신을 했다면? 그래서 너무 늦은 거고. 레스토랑이나 결혼식 때문이 아니라……."

나는 등을 일으켜서 팔꿈치로 몸을 지탱하고 그녀의 얼굴을 바라보았다. 농담을 하고 있는 건지 알고 싶었다.

"날 똑바로 쳐다봐. 정말로 아이를 가진 거야, 아니면 내가 널 보내줬으면 해서 그냥 해보는 소리야?"

"네가 선택해."

"그럴 리가 없잖아. 네가 날 믿지 못하니까 지어낸 얘기 아냐? 날 정떨어지게 만들려고 하는 소리잖아. 다 소용없는 짓이야. 어림도 없어. 네가 정말로 임신했다고 해도 소용없는 일이야. 게다가 임신은 하지도 않았으면서……. 정말로 임신을 했다면 방금 우리 사이에 일어난 일은 뭐야? 네가 절대로 받아들이지 않았을 거 아냐……."

"네가 아직 나를 잘 모르는 걸 수도 있겠지."

"정말 미칠 노릇이군. 어쨌든 애가 있든 없든 상관없이 데리고 살 테니까 그런 줄 알아. 사랑하는 사람들은 같이 살아야 할 운명이기 때문에 서로 사랑하는 거라고."

"정말 그런 거라면 얼마나 좋겠어. 하지만 서로 사랑하면서도 시간이 엇갈려서 헤어지는 경우도 많아. 바로 우리야. 시간을 맞추지 못한 거지."

"잘못 생각하는 건 너야. 늦지 않았어. 네가 다른 놈이랑 결혼하기 전에 이렇게 다시 만났잖아. 시간을 못 맞추긴, 제때에 딱 맞췄는데. 그리고 우리가 사랑을 나누는 동안 나랑 아이를 가지고 싶다고 네 입으로 그랬잖아. 어쩌면 지금 막 생겼을지도 모르는 일이고……."

"로렌초, 난 항상 너만 사랑했어. 지금도 마찬가지야. 처음처럼, 옛날이나 지금이나. 내가 떠났을 때도, 내가 돌아왔을 때도 난 항상 너만 사랑했어. 이 2년 동안 곁에 없는 너를 사랑했던 것처럼……. 누구도 너를 사랑하는 만큼 사랑할 수가 없어. 물론 시도는 해봤지만 다 소용없는 일이야. 난 너와 함께 지내는 게 좋아. 네가 나를 바라보는 모습이 좋고 나를 쓰다듬는 모습도, 나와 얘기하는 모습도, 우리가 사랑을 나눌 때의 모습도…… 얼마나 좋은지 몰라. 네가 속으로 감추고 있는 네 약한 모습들도 얼마나 사랑했는지 몰라. 그걸 끄집어내는 게 좋았거든. 그게 뭔지 이해하고 알아보고 싶었던 거야. 내가 감당하기에 그렇게 힘들었는데도 좋은 걸 어쩌겠어. 네가 이겼어. 내 머릿속에 있는 사람은 항상 너였어. 내가 아이를 원했던 남자는 너밖에 없어. 네가 훌륭한 아버지가 될 거라는 걸 알고 있었고, 너를 사랑하는 것처럼은 아무도 사랑한 적이 없고 사랑하는 것도 불가능하리라는 걸 알고 있었기 때문이야. 난 널 느껴, 항상. 네가 없을 때에도……. 어떤 남자하고도 일어나지 않은 일이야. 내가 너한테 느끼는 감정을 어떤 남자한테서도 느껴본 적이 없어. 내가 지금 결혼하려고 하는 남자도 마찬가지야. 난 영원히 너만 사랑할 거야……."

"나도……. 나한테도 내 아이 엄마는 너뿐이야. 네가 아니라면 내 아들도 없을 거야. 정말 한순간만큼은 널 영영 잃어버렸다고 생각했어. 하지만 지금 여기에 이렇게 와 있잖아? 이젠 우리가 절대로 헤어지지 않을 거라는 걸 느껴. 널 되찾은 건 지금까지 내 인생에서 일어난 가장 멋진 일이야. 사랑해. 영원히 너만 사랑할 거야."

"영원히? 정말? 진심이야?"

"살면서 지금처럼 확신에 차 있었던 적은 한 번도 없었어."

우리는 서로를 부둥켜안고 꼼짝도 하지 않았다. 영원함보다 더 값어치 있는 것은 영원한 순간들이다. 지금 이 순간들처럼.

나는 자리에서 일어나 욕실로 향했다. 하지만 먼저 그녀에게 행복하냐고 물었다. 그녀의 두 눈이 반짝이더니 눈물 한 방울이 볼을 따라 흘러내렸다. 그녀는 시선을 떨어뜨리면서 대답했다.

"응, 나 행복해. 욕실에서 나온 다음에 샤워 좀 해도 될까?"

"여긴 네 집이잖아. 그런 거 물어볼 필요 없어."

"알아. 그래서이기도 해, 지금 내가 이렇게 행복한 건."

나는 욕실에서 거울을 들여다보았다. 두 눈이 마치 빛을 발하고 있는 것만 같았다. 나는 세수를 하고 얼굴을 닦았다. 밖으로 나가기 전에 그녀를 위해 샤워부스의 물을 틀고 서랍에서 새 수건을 꺼내놓았다. 아이를 가지고 싶다는 생각으로 사랑을 나눈 건 처음이었다. 이번으로 부족하다면 기적이 일어날 때까지 계속해야겠다는 생각이 들었다.

"자축할 겸 오늘 저녁에 우리가 다니던 레스토랑에 가서 식사하는 건 어때?"

욕실 밖으로 나오면서 들뜬 마음에 큰 소리로 물었다. 드디어 그녀가 돌아왔다. 이 세상의 어떤 남자도 나만큼 사랑하지 않았고, 사랑할 수도 없는 그녀가 내게로 돌아왔다. 나와 아이를 가지고 싶어 하는 그녀가 돌아왔다. 나에게 속한 그녀, 그리고 그녀에게 속한 나. 지금부터 영원히······.

복도로 들어선 순간이었다. 문이 반밖에는 닫혀 있지 않았다.

페데리카는 더 이상 그곳에 없었다.

역자 후기

    파비오 볼로는 못하는 것이 없는 재주꾼이다. 영화배우에서부터 시작해서 라디오 DJ, 텔레비전 토크쇼 진행자, 소설가에 이르기까지 적지 않은 분야에서 전부 1등을 달린다. 스타 작가들도 이제는 볼로가 언제 책을 출간하는지 주목해야 할 정도다. 왜냐하면 이제는 독주하는 그를 쫓아갈 재간이 없기 때문이다. 어쩌면 댄 브라운을 제치고 당당하게 선두 자리를 차지하는 그를 보고 이탈리아 사람들이 더 그를 사랑하게 되었는지도 모른다.

    어느 한 분야에 만족하지 않는 새로운 세대들이 많은 일을 소화해내는 볼로를 보며 갈증을 해소하고 있는 듯한 느낌을 받는다. 하지만 사실 작가로서의 볼로가 이탈리아 사람들의 영웅인 이유는 그가 모두를 위해 말하고, 모두가 바라는 것을 말하기 때문이라는 생각이 든다. 최고의 토크쇼 진행자이면서도 여전히 수줍어하는 모습을 간직하고 있는 볼로는 사람들의 마음을 녹이는 말들을 참지 못하는 재주가 있다. 가만히 듣고만 있다가도 모두가 듣기 원했던 말을 마치 꾹꾹 참았다가 말한다는 듯이 꺼내곤 한다. 그의 글들 역시 우리가 느끼지 못했던 소중한 것들의 모습과 의미, 그리고 그것에 대한 우리들의 감추어져 있던 갈망을 일깨워준다. 그래서 사랑받는 작가다. 볼로는 소소한 것에서 기쁨을 발견할 줄 아는 작가다. 삶의 철학을 주어진 시간과 일상 속에서 발견할 줄 아는 것, 어쩌면 그것이 우리 모두가 바라는 것인지도 모른다.

볼로는 일상의 위대함을 사랑하는 작가다. 한국에 처음으로 소개되는 그의 작품 『내가 원하는 시간』을 번역할 수 있어서 기쁘기 그지없다. 이제는 친구처럼 느껴지는 파비오에 대해 무슨 말을 할까 고민하다가 긴말보다는 작가의 말을 직접 전하는 것도 나쁘지 않으리란 생각이 들었다. 아래에 볼로가 라디오 방송에서 낭독했던 산문 〈행복이란?〉을 옮겨 적는다.

"우리가 삶을 통해서 배우는 건, 진정한 행복이란 위대한 성취와는 아무런 상관이 없다는 것이다. 20년간의 고생 끝에 얻게 되는 성취감이 행복을 대변해주진 않는다. 행복이란 검투사들이 살아남기 위해 목숨을 걸고 싸워 얻는 승리와는 거리가 멀다.

행복이란 그것이 전부라고 믿고 쫓아가서 쟁취하는 사랑이 아니다. 강렬하고 화려한 느낌과는 거리가 먼 것이다. 행복이란 고층 빌딩을 오르내리면서 날마다 시험을 치르듯이 끊임없이 감행해야 하는 도전이 아니다.

우리가 살아가면서 배우는 것은, 행복은 작고 소중한 것들로 이루어져 있다는 점이다. 아침에 마시는 커피의 향기는 행복을 느끼기 위한 우리들만의 아주 조그만 예식이다. 행복은 아름다운 노래의 음들 몇 개로만 이루어져 있다. 따뜻한 색깔의 책 한 권으로 족할 때도 있다. 어떤 때는 스쳐 지나가는 음식 냄새로, 어떤 때는 고양이나 강아지의 코를 부비는 것만으로도 행복을 느끼기에 충분할 때가 있다.

우리가 배우는 것은, 뒤꿈치를 들고 가슴 졸여가며 느끼는 것이 행복이라는 사실이다. 우리는 행복을 느끼는 데 가슴을 따뜻하게 하는 조그만 불꽃놀이면 족하다는 것을, 별과 태양이 우리에게 감동을 줄 수 있고, 봄의 향기가 우리를 겨울잠에서 깨어나게 할 수 있고, 나무에 기대앉아 책을 읽으면 마음이 편안해지고 머리가 맑아진다는 걸 배우게 된다.

행복과 사랑이 아주 소소하고 예리한 감각으로 이루어져 있다는 것을, 가슴속이 짜릿해진다거나 사랑하는 이가 멀리 있는데도 아주 가까이 있는 것처럼 느껴지기도 하고, 시간이 멈춘 듯 5분이 몇 시간보다 훨씬 더 길고 소중하게 느껴질 수 있다는 것을, 우리는 깨닫는다. 그래서 눈을 감고 우리의 감각을 깨우고 시를 읽고 글을 쓰고 혹은 사진을 바라보며 사랑하는 사람과의 거리와 시간을 좁히는 법을 배우게 된다.

우리는 예기치 못했던 전화와 문자를 받는 사소한 순간들이 진정으로 행복한 순간이라는 걸 깨닫는다. 그래서 우리는 가슴속에 서랍을 하나 마련해두고 조그맣지만 소중한 꿈들을 간직한다. 아이를 안아보는 것처럼 애틋한 행복이 또 어디 있을까? 그래서 우리에게 가장 큰 선물이란 바로 우리가 진심으로 사랑하는 사람들을 떠올리게 만드는 것이다.

우리의 생각을 급하게 일기장에 정리할 때에도 그 안에는 행복이 숨어 있다는 걸, 우리가 우울할 때에도 그건 가슴 아플 정도로 행복한 무언가가 우리 안에 남아 있기 때문이란 걸 우리는 깨닫게 된다.

우리는 살아가면서 이 조그마한 것들이 얼마나 아름답고 위대한 것들인지 알게 된다."